타나토노트

타나토노트²

베르나르 베르베르 장편소설 이세욱 옮김

LES THANATONAUTES
by BERNARD WERBER

(C) Éditions Albin Michel S. A., Paris 1994
Korean Translation Copyright (C) The Open Books Co., 1994, 2013

이 책은 실로 꿰매어 제본하는 정통적인 사철 방식으로 만들어졌습니다.
사철 방식으로 제본된 책은 오랫동안 보관해도 손상되지 않습니다.

렌에게

156. 천국은 과연 어디에 있을까?

스테파니아는 이륙용 의자에 가부좌를 틀고 앉았다. 그 날, 처음으로 우리는 전파 망원경을 사용해서 그녀의 영혼을 추적해 볼 예정이었다.

나는 생각의 속도로 움직이는 영혼을 추적할 수 있다는 것에 대해 아직 확신을 못 갖고 있었다.

아망딘은 생리적 상태를 측정하는 계기들을 조절하였고, 라울은 파동 수신기 시스템을 전원에 연결하였다. 로즈와 나는 커다란 탁자 위에 성좌도를 펼쳐 놓았다.

그 별자리들 가운데 하나가 천국일 수 있을까? 그런 생각 자체가 이단적인 것은 아닐까? 저승의 구체적인 자리를 드러내면 온 종교계가 발칵 뒤집힐지도 모른다. 그러잖아도 종교계는 우리가 자기네 고유 영역에 손을 댄다고 못마땅해하고 있는 판국이 아닌가!

스테파니아가 눈을 감았다. 그녀가 눈을 감는 것은 잠수에 앞서 잠수함의 승강구를 닫는 것과 비슷하다. 콧구멍의 발름거림이 더욱 느려졌다.

 정신이 충분히 집중되어 이륙하기에 알맞은 평정 상태에 이르렀다고 느끼자, 스테파니아는 부스터의 스위치를 잡고 조용히 초를 세었다.

 「여섯…… 다섯…… 넷…… 셋…… 둘…… 하나. 발진!」

 주파수를 86.4kHz에 맞춘 파동 수신기가 신음하는 듯한 소리를 냈다. 한 영혼이 이륙하는 소리였다.

 방 안에 긴장이 감돌았다. 로즈는 흥분을 억누르려고 내 팔을 꽉 잡았다. 마침내 우리는 영혼의 자취를 따라갈 수 있게 된 것이다. 라울은 기자들을 부르고 싶어 하지 않았다. 그래도 비디오카메라의 작동 상태를 확인하는 것은 잊지 않았다. 전파 망원경으로 추적하는 최초의 비행이니만큼, 아무리 못해도 비디오 필름 정도는 남겨 두어야 했다.

 우리는 기다렸다. 스테파니아는 생각의 속도로 움직이고 있었지만 파동은 그렇게 빨리 전달되지 않았다. 그녀가 멀어질수록 파동을 포착하는 데 걸리는 시간이 길어졌다. 8분이 지나서 우리는 그녀가 우주 공간의 어디에 있는지를 알게 해줄 만한 뚜렷한 파동을 포착했다.

 이제 내가 나설 차례였다. 나는 전파 망원경의 제어 컴퓨터로 다가갔다. 스테파니아의 영혼이 보내는 신호가 모니터에 잡히고 있었다. 나는 영혼의 거리와 방향과 이동 속도를 알아내기 위해 회전 기어들을 조정했다. 로즈는 내 옆에서 자기 나름대로 관측에 전념하고 있었다.

 「됐어요. 신호가 오는 곳을 판단할 수 있겠어요.」

 로즈는 플라스틱 자 두 개를 들더니, 신호가 오는 곳이라고 판단된 구역에 자들을 교차시키면서, 극축을 기준으로 영혼의 자리를 매겼다.

「스테파니아는 큰곰자리 쪽으로 날아가고 있어요. 방금 토성을 지나갔어요. 아주 빨리 가고 있어서 곧 태양계를 벗어날 것 같아요.」

스테파니아는 정말 생각의 속도로 비행하고 있었다. 빛의 속도보다 엄청나게 빠른 속도였다.

「지금 있는 곳이 어디지?」

모니터에 눈길을 붙박은 채 라울이 위치를 확인했다.

「태양계를 벗어나고 있는 것 같은데.」

라울보다는 로즈가 훨씬 더 정확했다.

「천왕성을 벗어났어요. 야!」

「왜 그래요?」

「속도가 대단하군요.」

「지금은 어디에요?」

「태양계를 막 벗어났어요. 이제부턴 신호가 도착하는 데 더 많은 시간이 걸릴 거예요.」

「우리 은하를 벗어났나요?」

「아니요. 오히려 은하 중심 쪽으로 가고 있는 것 같아요.」

「은하 중심으로 간다고요? 그럼 그쪽에 뭐가 있지요?」

그 질문에 대해 로즈는 나선 모양의 그림을 그려 설명했다.

「우리 은하는 지름이 10만 광년인 볼록 렌즈 비슷한 원반 모양을 이루고 있어요. 중심부에서 두 개의 나선팔이 돌아 나오는 나선 은하지요. 우리 은하에는 1천억 개의 붙박이별 말고도 떠돌이별, 달별, 별똥별, 가스 따위가 많이 들어 있어요. 스테파니아의 영혼은 그 별들 가운데 하나를 찾아가는 것 같아요.」

「그 별에 뭐가 있을까요?」

「천국 아니면 지옥이 있겠지요……. 하여튼 태양계는 우리 은하의 한쪽 나선팔 가장자리에 있을 뿐이에요. 스테파니아는 변두리에서 중심으로 가고 있는 셈이죠.」

우리는 모두 기계에서 나오는 소리에 귀를 기울이고 있었다. 미약하기 이를 데 없는 그 소리가 어마어마한 대탐사의 자취를 알려 주고 있었다.

「지금은 어디에 있나요?」

라울이 물었다.

「계속 우리 은하의 중심 쪽으로 가고 있어요.」

「정확하게 어느 쪽이죠?」

로즈는 다시 자들을 들고 몇 차례 교차시켜 보고 나서 말했다.

「궁수자리 쪽이에요. 더 정확하게 말하면, 궁수자리 서쪽을 향해 가고 있어요.」

천국이 과연 궁수자리에 있는 것일까? 나는 계산에 열중해 있는 로즈를 도왔다. 로즈가 성좌도를 기리기머 말했다.

「이쪽이에요. 스테파니아는 여기 이 별을 지나 계속 중심으로 가고 있어요.」

「상당히 먼 거리죠?」

「그럼요. 적어도 3만 광년은 떨어진 곳이에요. 스테파니아의 영혼에 비하면 우리의 모든 로켓이나 우주 왕복선은 달팽이처럼 기어가는 거나 다름없어요.」

「이제 어디에요?」

「그녀가 지금 가고 있는 곳은……..」

「어디죠?」

로즈는 화면을 뚫어져라 바라보았다. 몇 분 전부터 화면에는 갖가지 숫자가 연이어 나타나고 있었다.

「그녀가 사라졌어요. 신호가 끊겼어요.」

「어떻게 된 거죠?」

라울이 당황한 기색을 보이며 물었다.

「스테파니아가 더 이상 신호를 보내지 않고 있어요.」

불안을 느낀 로즈가 들고 있던 자를 바닥에 떨어뜨렸다. 그 둔탁한 소리 때문에 낭패감이 번져 나가면서 느닷없이 침묵이 찾아들었다. 아망딘은 가장 위급한 순간에도 침착성을 잃지 않는 간호사답게 아주 숙련된 동작으로 스테파니아의 생리적인 상태를 확인했다.

「아직 살아 있어요.」

「그런데 왜 신호가 사라졌을까요? 그렇게 긴 파동은 우주 공간에서 아주 빠르게 그리고 아무런 제약 없이 전달될 텐데 말이에요.」

내 말에 로즈가 맞장구를 쳤다.

「정말 이해할 수 없는 일이에요.」

157. 신호가 사라진 이유

스테파니아의 몸은 여전히 움직이지 않았고, 우리는 그녀의 영혼이 어디쯤 가고 있는지를 모르고 있었다.

「어떻게 하죠? 스테파니아를 깨워 볼까요?」

로즈는 기계들을 하나하나 살펴보고 나서 말했다.

「기다려요. 신호가 사라진 이유를 알 수 있을 것 같아요.」

로즈는 성좌도 위에서 자들을 이리저리 움직여 보다가 컴퓨터를 이용해 복잡한 계산을 했다. 그녀의 얼굴에 미소가 번졌다.

「내가 보기에는……..」

로즈의 표정이 밝았다. 컴퓨터를 움직이는 손놀림이 한결 빨라졌다.

「됐어요. 모든 게 일치해요. 완벽해요.」

「무엇을 발견했소?」

내가 물었다. 나는 그녀가 그렇게 흥분해 있는 모습을 본 적이 없었다.

「스테파니아는 신호 보내는 것을 중단한 게 아니에요.」

「그럼 어디로 간 거요. 어떤 붙박이별인가요?」

「아니에요.」

「그럼 어떤 떠돌이별?」

「역시 아니에요.」

「아니면, 어떤 초신성이나 성단이오?」

「다 아니에요.」

로즈는 손가락으로 영계 지도를 가리켰다. 우리는 여러 색깔로 구역을 표시해 놓은 깔때기 모양의 그림을 바라보았다. 로즈는 점점 오므라드는 모양을 한 깔때기의 구멍을 가리키고 있었다. 우리는 그녀가 무엇을 말하려는지 알아차리고 한 목소리로 외쳤다.

「블랙홀!」

로즈가 고개를 끄덕였다.

그로써 신호가 사라진 이유는 쉽게 설명될 수 있었다. 블랙홀은 제 힘이 미치는 곳으로 지나가는 물질, 빛, 파동 등 모든 것을 빨아들이는 거대한 흡인기다. 우리는 그 블랙홀이 영혼도 삼켜 버린다는 것을 알게 된 것이다.

「블랙홀이라……」

라울은 아직 의구심을 떨치지 못한 모양이었다. 그가 한 가지 의문을 제기했다.

「블랙홀은 이미 목록에 올라 있는 것만 해도 수십 개가 있어요. 그런데, 영혼이 다른 블랙홀을 제쳐 두고 유독 그쪽으로 가는 이유는 뭘까요?」

그 물음에 로즈의 설명이 이어졌다.

「그 블랙홀은 예사 블랙홀과는 달라요. 그것은 우리 은하 한가운데에 자리 잡고 있어요.」

158. 역사 교과서

1932년에 네덜란드의 천체 물리학자 얀 오르트는 은하계의 질량을 계산해 냈다. 그러기 위해 그는 우리 은하의 원반부에서 별들의 시선 속도를 관측했다. 그것을 토대로 은하 내에 작용하는 만유인력의 세기를 알아낸 다음, 은하의 총질량을 구했다. 우리 은하의 질량 분포를 확인한 오르트는 놀라지 않을 수 없었다. 우리 은하를 구성하는 물질 중에서 〈보이는 물질〉은 반도 되지 않기 때문이었다.

그의 연구를 통해서, 하늘에는 아주 〈무거운〉 어떤 물질, 눈에 보이는 모든 별들만큼이나 무겁고, 검출할 수도 관찰할 수도 없는 물질이 존재한다는 사실이 확인되었다. 오르트는 그 이상한 물질을 〈유령 물질〉이라고 불렀다.

『기초 강의용 영계 탐사의 역사』

159. 유대교 신화

중심이 〈원천〉을 낳고 더할 나위 없이 신비로운 빛을 발한다. 그 빛은 순수하고 투명하고 은은해서 감지할 수가 없다. 그 광점(光點)이 퍼져 나가 궁전이 되고 그 궁전이 중심을 덮는다. 〈불가지한 광점〉의 원천인 그 궁전 역시 맑고 투명하나 태초의 광점보다는 덜 투명하다. 그러나 그 궁전으로부터 우주 창생의 빛이 퍼져 나온다. 거기에서 나온 빛 하나하나가 뇌를 싸고 있는 막처럼 먼저 나온 빛을 겹겹이 감싸 버린다.

『조하르』
프랑시스 라조르박의 논문, 「죽음에 관한 한 연구」에서 발췌

160. 끈기

신은 블랙홀 속에 숨어 있는 것일까? 저승이 바로 블랙홀일까?

언젠가 어떤 과학 잡지에서 블랙홀의 사진을 본 적이 있다. 그것은 현란한 주황색 고리 모양이었고 가운데는 흐릿한 주황색 반점이 있었다. 그 사진을 보면서 나는, 원과 원의 중심점을 펜을 떼지 않고 그리는 방법이 무엇인가라는

라울의 수수께끼를 떠올렸었다. 새삼스러운 깨달음이지만, 확실히 그 수수께끼는 단순히 재치를 겨루자는 놀이가 아니었다.

원과 원의 중심! 그것이 바로 신의 모습, 죽음의 모습은 아닐는지!

비행에서 돌아온 스테파니아는 자기가 은하계 지름의 3분의 1이나 되는 거리를 날아가 우리 은하 중심에 있는 블랙홀에 들어갔다 나왔다는 사실을 알고 너무 놀라서 어쩔 줄을 몰랐다.

라울은 영계 지도를 다시 그리고 거기에 블랙홀의 자리를 표시했다. 그것은 그다지 어려운 일이 아니었다. 두 개의 나선팔이 돌아 나오는 우리 은하를 나타내기 위하여 컴퍼스로 원을 그린 다음, 가운데에 점을 찍으면 그만이었다. 로즈가 라울을 거들었다. 그녀의 천문학 지식이 의학, 생물학 및 갖가지 종교에 관한 우리의 지식을 보완해 주고 있었다.

로즈는 블랙홀에 관해 우리에게 많은 설명을 들려주었다.

「블랙홀은 일생을 마친 별들이 마지막으로 도달하는 단계인데, 그 밀도가 어마어마해요. 그곳은 압력이 엄청나기 때문에, 만일 지구가 거기에 빨려 들어간다면, 무게는 지구와 똑같지만 크기가 1세제곱센티미터밖에 안 되는 구슬 모양으로 수축될 거예요. 블랙홀의 힘은 무한히 크기 때문에 어떤 물질도 빛도 그곳을 빠져나갈 수가 없어요. 게다가 블랙홀은 관측하기가 어려워요. 어떤 별이 증발하는 것을 보고서야 블랙홀의 존재를 인지할 수 있어요. 별이 증발하는 순간에 엑스선을 방출하는데, 그것을 통해 별들의 무덤인 블랙홀이 있다고 추정할 수 있게 되는 거예요. 그 엑스선은 말하자면 별들이 내지르는 단말마의 비명인 셈이지요.

그런데 우리 은하의 한가운데에도 엑스선을 방출하는 구멍이 있다는 것이 확인되었어요. 천문학자들은 그곳에 〈궁수자리 A-서(西)〉라는 이름을 붙였지요. 그들의 계산에 따르면, 그것은 질량이 태양의 5백만 배가 넘는 거대한 블랙홀이에요. 그 지름은 27억 킬로미터, 즉 2.5광시(光時)로서 태양계의 4분의 1쯤 되는 것으로 알려져 있어요.」

궁수자리 A-서! 어쩌면 그것은 저승을 지칭하는 과학적인 이름일지도 몰랐다. 그곳이 은하계의 중심임에도 우리는 그곳에 대해 아는 바가 거의 없었다.

우리는 우리가 알아낸 사실을 공표했다. 그것이 세계적으로 어떤 파장을 몰고 올지에 대해서는 미처 깨닫지 못했다. 실험 결과를 발표할 때는 그 파장을 고려하여 신중히 해야 한다는 것은 이미 몇 차례의 경험을 통해 알고 있는 바였지만, 설사 위험이 따르더라도 과학을 위해 그것을 널리 알릴 의무가 있다는 것이 라울의 생각이었다.

시베리아의 아카뎀고로도크[1]에서 러시아의 한 우주 비행사 팀이 우리가 발견한 블랙홀 천국을 탐사하겠다고 우주 왕복선의 방향을 은하계의 중심으로 돌렸다. 참으로 어리석기 짝이 없는 짓이었다. 타나토노트의 영혼은 빛보다 빨리 움직일 수 있지만, 우주선은 아무리 첨단의 것이라도 그렇게 할 수 없었다. 우주선을 훔쳐 타고 간 그들은 태양계

---

[1] 러시아의 도시. 〈학자들의 작은 도시〉라는 뜻. 1959년 서부 시베리아 노보시비르스크 근처에 순수 응용과학 연구를 위해 건설된 신도시.

를 빠져나가는 데만 최소한 5백 년이 걸릴 것이고, 블랙홀 가까이에 접근하려면 적어도 천 년이 걸릴 터였다. 설사 우리가 모르는 어떤 생존 방법이 있어서 천 년이 넘도록 살아남는 데 성공한다 해도, 블랙홀에 도착하는 순간 그 소용돌이에 빨려 들어가 흔적도 없이 영원히 사라지고 말 것이다.

이 글을 쓰고 있는 지금 이 순간에도 그 러시아인들은 여전히 우주 공간을 떠돌면서 이따금 자기들의 위치를 알리는 신호를 보내오고 있다. 그 신호를 받는 작은 수신기는 워싱턴의 스미스소니언 죽음 박물관 지붕 위에 설치되어 있다.

그러나 앞뒤를 헤아리지 않고 그렇게 우주 공간으로 날아가는 사람들이 그들뿐이었다면 오죽이나 좋으랴! 우리가 은하계 중심에서 영계를 발견했다고 발표하고 나서 한 달이 지나는 동안, 150명이 넘는 아마추어 타나토노트가 천국에 가보겠다는 열망을 품고 돌아올 수 없는 길을 떠났다.

종교계 지도자들이 영계 탐사를 금지하고, 그것을 어기면 파문의 벌로 다스리고 있는데도, 수도자들은 부쩍 더 열을 올리면서 모호 3의 공략에 나섰다. 그들은 자기들 종교 의례에 들어 있는 영계로 나아가는 방법이라 할 만한 것들을 십분 활용했고, 자기들의 신화에 나오는 온갖 비방들을 동원하였다. 세 번째 코마 장벽을 넘는 데 도움이 될 만한 것이 있으면 뭐든 닥치는 대로 끌어들였다.

어머니와 형이 운영하는 가게에 손님이 다시 북적거렸다. 로즈는 우리 팀을 이끄는 천문학자가 되었고, 사람들은 그녀의 사인을 가장 많이 찾게 되었다.

161. 역사 교과서

오랜 세월 동안 사람들은 자기들의 은하 한가운데에 무엇이 있는지 몰랐다. 사람들은 자기들을 둘러싸고 있는 우주가 2억 5천 년마다 한 바퀴씩 돌고 있다는 것은 알았지만 무엇의 둘레를 돌고 있는지는 모르고 있었다.

『기초 강의용 영계 탐사의 역사』

162. 모호 3

스트라스부르 자유 유대교 학교의 영계 탐사 팀이 세 번째 코마 장벽을 가장 먼저 넘음으로써 세상을 깜짝 놀라게 했다. 그 팀을 이끄는 사람은 프레디 메예르라는 유대교 랍비였다. 그 유대인 타나토노트들은 영계 탐사에 새로운 지평을 열 독창적인 생각을 해냈다. 그들의 아이디어는 단독 비행 대신 집단 비행을 하자는 것이었다. 사실 탐사자들이 불귀의 객이 되고 마는 것은 대부분 그들의 은빛 생명줄이 너무 가늘어지도록 늘어나다가 모호 3에 이르기 전에 끊어져 버리기 때문이었다. 메예르 랍비는 그 점을 확인하고, 문제를 해결할 방도를 모색했다. 은빛 줄을 더 강하게 만드는 방법은 무엇일까? 대답은 간단했다. 여러 줄을 엮으면 외줄보다 강해질 것은 당연한 이치였다. 혼자서 이륙하지 않고 여럿이 심령체의 줄을 묶고 떠나는 것이 해결책이었다.

메예르의 생각은 적중했다. 메예르를 팀장으로 랍비 세 사람이 한 팀을 이루어 생명줄을 묶고 이륙했다. 그들은 각자 다른 두 사람의 생명줄을 보호하면서 안전하게 영계를 비행할 수 있었다.

물론 위험이 없는 것은 아니었다. 비행기의 한 부분이 고장을 일으키면 승객 전체가 목숨을 잃듯이 단 하나의 과실이 대형 참사를 불러일으킬 수도 있었다. 하지만 스트라스부르의 유대인들은 실수 없이 일을 해냈다.

미국 텔레비전 방송사들이 생중계를 하는 가운데, 메예르는 모호 3 너머에 광대한 평원이 펼쳐져 있으며, 죽은 이들이 한없이 길게 늘어선 채, 무언가를 기다리며 천천히 나아가고 있다고 발표했다.

「선친이 아직 그 줄에 끼여 계시다면 그분을 뵐 수 있을 거야.」

라울은 거의 제정신이 아니었다. 그는 메예르와 그의 제자들을 한시라도 빨리 만나고 싶어 했다. 스트라스부르의 유대인들은 뷔트 쇼몽의 타나토드롬으로 우리를 만나러 오는 것에 기꺼이 동의했다.

메예르 랍비는 머리가 벗겨지고 체구가 자그마한 사람이었고, 알이 두꺼운 검은 안경을 쓰고 있었다. 그 안경이 너무 어색하다 싶었는데, 놀랍게도 그는 장님이었다. 안경을 벗은 그가 펜트하우스의 안락의자에 눈을 감고 앉아 있는 모습을 보고, 처음에 나는 그가 자고 있다고 생각했다. 그런데 이야기를 시작할 때 그가 여전히 눈을 감고 있는 걸 보고서야, 비로소 그 타나토노트가 장님이라는 사실을 깨달았다. 장님 타나토노트라니!

「그것 때문에 영계 탐사를 하는 데 지장이 있지는 않으신가요?」

「영혼에는 눈이 필요하지 않지.」

그가 내 쪽으로 얼굴을 돌리며 싱긋 웃었다. 그는 내 목소리만 듣고도 내가 어디에 있는지 정확히 알고 있었다.

그가 내 손을 잡았다. 그는 그런 접촉만으로 나에 관한 모든 것을 알아낼 수 있는 사람이라는 느낌이 들었다. 그는 내 손바닥의 온기와 땀, 손금, 손가락 모양을 통해 내 인격을 감지하고 있었다.

「선생님은 흰 지팡이를 안 짚고 다니시는군요.」

그에게는 흰 지팡이 따위가 필요 없겠다 싶어 내가 그렇게 말했다.

「그럴 필요가 없지. 내가 장님일지는 모르지만 절름발이는 아니거든.」

그의 제자들이 하하 하고 웃음을 터뜨렸다. 그들은 스승을 존경하고 스승의 익살을 무척 좋아하는 듯했다. 그러나 나는 마음 편히 웃을 수가 없었다. 눈먼 사람들은 으레 슬프고 괴로울 거라는 고정 관념이 있어서, 그들이 농담을 하며 쾌활하게 웃는 데 선뜻 맞장구를 치기가 어려웠던 것이다. 게다가 성직자이고 박식한 학자라면 마땅히 진지한 사람의 전형이겠거니 하는 지레짐작도 있던 터였다.

라울은 그가 장님이라는 게 믿어지지 않는지, 메예르의 눈 바로 앞에 대고 긴 손가락을 까불었다. 메예르는 태연하게 그를 나무랐다.

「자네 손가락 좀 그만 까불게. 자네가 일으킨 바람 때문에 내가 감기라도 걸리면 어쩌려고 그러나?」

「정말 아무것도 안 보이시는 겁니까?」

「그렇다네. 하지만 귀가 있으니 얼마나 다행스러운가. 귀까지 먹는다면, 그땐 정말 괴로울 게야.」

그의 제자들이 다시 밝게 웃었다. 메예르는 낯빛을 조금 더 진지하게 바꾸고 말을 이었다.

「사람은 형상에서보다 소리에서 유익한 정보를 더 많이 얻는 법이지. 나는 실명한 뒤에 랍비가 되었는데, 그 전에는 안무가였고 어려서부터 피아노를 즐겨 쳤다네. 심령체의 탯줄을 엮는다는 생각은 바흐의 푸가에서 영감을 얻은 걸세.」

랍비는 아무의 도움도 받지 않고 피아노 쪽으로 가더니, 피아노 걸상을 끌어내어 걸터앉았다. 거의 수학적이라고 할 만한 선율이 유리 지붕 아래에 울려 퍼졌다. 실내 장식을 위해 들여놓은 푸르른 열대 식물마저 음악에 취하는 듯했다.

「이 악절을 들어 보게. 두 가지 성부(聲部)를 느낄 수 있을 걸세.」

나는 더 잘 듣기 위해 눈을 감았다. 그렇게 집중하고 들으니, 아닌 게 아니라 두 가지 성부가 포개져 있음을 느낄 수 있었다. 메예르의 설명이 이어졌다.

「바흐는 엮기의 천재였네. 두 가지 성부를 엮어서, 존재하지는 않지만 두 성부를 합친 것보다 더 풍부한 제3의 성부를 만들어 내는 듯한 느낌을 갖게 한다네. 그 기법은 음악뿐만 아니라 문학, 회화 등 모든 분야에 활용할 가치가 있네. 눈을 감고 계속 들어 보게.」

문득 나를 공격하던 어떤 수도자의 심령체를 혼내 주었던 일이 떠올랐다. 그때 나는 눈을 감아야 비로소 심령체의 모습이 제대로 보이는 것을 경험했었다. 눈은 때로 제대로 보는 데 장애가 될 수 있다. 나는 눈을 감음으로써 랍비가 한 말을 더 잘 이해할 수 있었다. 그가 계속 건반을 두드리고 있었다. 두 성부가 나란히 달리는데, 내 귀에는 그 두 성부와는 전혀 다른 곡조가 들리고 있었다. 그때까지 나는 음악은 존재의 가장 내밀한 곳에서 우러나오는 희로애락의 표현이라고만 생각해 왔었다. 음악을 순수한 과학으로 이해한다는 것은 도저히 생각할 수 없었던 일이다. 나는 소리를 귀청으로만 느꼈을 뿐 듣는다는 것이 무엇인지를 몰랐다. 프레디 메예르를 통해서 나는 비로소 듣는 법을 배우고 있는 셈이었다.

그는 연주를 계속하면서 홍소를 터뜨렸다.

「미안하오. 난 행복하면 웃음을 참을 수가 없소.」

아망딘은 토마토 주스와 보드카를 섞은 〈블러디 메리〉 한 잔을 피아노 위에 갖다 놓았다. 랍비는 연주를 멈추고 그것을 마셨다. 우리는 모두 그의 제자들과 똑같이 감동 어린 눈길로 그를 바라보았다. 이윽고 그는 모호 3 너머로 비행했던 이야기를 들려주었다.

「모호 3 너머에는 영혼들이 북적거리는 아주 광대한 천계가 펼쳐져 있네. 거대한 원통의 내벽에 평원이 있고, 거기에 생명줄이 잘린 영혼들이 모여 있는 거지. 죽은 사람 수십억 명이 주황색 평원에서 참을성 있게 뭔가를 기다리고 있네. 그들은 기착지의 통과 승객들처럼 길게 줄을 지어 천천히 이동하고 있어. 그들은 더 이상 날지 않고 느릿느릿 가고 있기 때문에 그 위로 날아가기가 수월하지. 강물과도 같은 그 흐름의 한복판엔 영혼들이 빽빽하고, 가장자리 쪽은 영혼들이 적어서 흐름이 좀 더 빠르다네. 사자들은 삼삼오오 무리를 지어 자기들이 떠나온 이승의 삶에 대해 이야기를 나누고 있더군. 학자들은 연구 업적의 독창성을 논하고, 배우들은 자기들 연기의 특성을 놓고 말다툼을 벌이며, 작가들은 서로의 작품을 혹독하게 비판하고 있었네. 그러나 죽은 이들 대부분은 조용히 나아가기만 해. 다른 사자들에게 밀려서 앞으로 나아가지 못하고 아주 오래전부터 제자리에 머물러 있는 듯한 이들도 있다네. 사람들이 많이 모여 있는 곳에서는 으레 다른 사람들을 제치고 맨 앞으로 나아가려는 자들이 있게 마련이거든.」

메예르의 이야기는 요컨대 세 번째 코마 장벽 너머에 죽은 이들의 거대한 행렬이 있으며, 죽은 이들은 아무 일도 하지 않고 그저 뭔가를 기다리며 천천히 나아가고 있다는 것이었다. 그렇다면, 그들은 무엇을 기다리는 것일까? 시간의 시련을 받고 있는 것일까? 누군가가 그들에게 인내심을 가르치려는 것일까?

「시간의 시련…… 그게 바로 지옥일지도 모르겠군요.」

내가 그렇게 말하자 메예르가 답했다.

「그럴지도 모르지. 하지만 우리 타나토노트는 그런 시련을 받지 않아도 된다네. 우리는 주황빛 원통 안에서 북적거리는 죽은 이들 위를 날아갈 수 있으니까 말일세. 어찌 보면 그 주황빛 천계는 꽤 아름다운 곳이라네. 언젠가 본 화성 사진과 비슷한 데가 있더군. 가운데로는 사자들이 강물처럼 흘러가고, 그 둘레에는 둑방과 언덕이 있지. 멀리에 햇빛 같은 신비로운 빛이 보인다네. 자석처럼 끌어당기는 그 빛을 향해 저승객들이 나아가는 것이네. 하지만 나는 그 제4천계 안으로 더 나아갈 엄두가 나지 않았네. 동료 랍비들이 제3천계인 적색계에 머물면서 내 은빛 생명줄을 지켜 주고 있었지만, 더 나아가다가는 영겁의 시간 속에 묻혀 버릴 것 같은 두려움이 일었다네.」

라울은 프레디 메예르의 말을 하나도 빼놓지 않고 기록하고 있었다.

「선생님, 그 천계를 더 자세하게 묘사해 주시겠습니까?」

「앞으로 나아갈수록 점점 뜨거워지고 원통 내벽이 더욱 빨리 돈다네. 느린 속도로 작동하는 믹서 안에 갇혀 있어서 결국엔 짓이겨지고 말 거라는 생각이 들었네. 그런 속도감과 영혼들의 느린 움직임이 묘한 대조를 이루더군. 벽이 그렇게 빨리 돌면 영혼들의 움직임도 빨라져야 할 텐데, 전혀 그렇지 않았다네.」

「그것은 블랙홀의 원심력 때문이에요.」

로즈의 지적에 이어 아망딘이 놀라움이 가득한 표정으로 물었다.

「선생님은 정말 열기와 속도를 느끼셨나요?」

「그래요, 아가씨. 그 때문에 고통을 받은 건 아니지만, 그걸 분명히 느꼈소.」

랍비는 언제나 변함없는 천진한 표정으로 검은 빵모자를 들었다 놓았다. 그는 자기 주위에 있는 모든 사물에서 소리를 느꼈다. 아망딘의 목소리에 담긴 유혹의 낌새를 그는 나보다 더 강하게 느꼈을 것이다. 하지만 그는 그것을 불쾌하게 여기지 않았다. 그 자그마한 유대인은 부처님처럼 환하게 웃음을 지었다.

「죽은 이들이 다들 그렇게 모여 있는 광경을 보고 깊은 감동을 받으셨을 것 같은데, 어떠셨어요?」

아름다운 금발의 여자가 찬탄이 가득 담긴 음성으로 물었으나, 메예르의 대답은 담담했다.

「처음 몇십억 명을 볼 때는 그랬는데, 모든 일이 다 그렇듯이, 그다음부턴 예삿일처럼 익숙해지더군.」

라울은 영계 지도를 잡더니, 만족한 기색을 보이며 테라 인코그니타라는 말을 지우고 뒤쪽에 다시 쓴 다음, 메예르가 알려 준 것을 적어 넣었다.

제4천계
자리 코마 플러스 27분.
빛깔 주황색.
느낌 시간과의 싸움, 대합실, 회전하는 〈하늘〉, 광활한 평원. 수십억의 사자들이 줄을 지어 잿빛 강물처럼 ─ 영혼으로 이루어진 강물이므로 잿빛인 게 당연하다 ─ 나아가고 있음. 사람들은 거기에서 시간과 맞서 싸우고 인내를 배움. 유명 인사들의 영혼과 이야기를 나눌 수도 있음.

「선생님, 그 터널의 안쪽 깊숙한 곳에 어떤 벽이 있는 것을 〈느끼지〉 못하셨나요?」

아망딘의 물음이었다.

「나를 그냥 프레디라고 불러 주게. 그리고 일부러 〈보다〉

라는 동사를 사용하지 않으려고 애쓸 것 없네. 영혼 상태에서는 나도 완벽하게 볼 수 있으니까 말일세. 사람은 자기 육체를 벗어나면, 더 이상 신체적인 장애 때문에 괴로움을 받지 않는다네. 그건 그렇고, 자네 질문에 답하기로 하지. 자네 말대로 나는 터널 안쪽, 수백 미터 전방에 또 다른 벽이 있는 것을 보았네. 그게 모호 4겠지?」

「그 벽이 모호 3보다 더 좁던가요?」

라울이 물었다.

「약간 좁았네. 모호 4의 지름은 모호 3의 4분의 3 정도 될 걸세.」

「그러면 깔때기의 곡선은 탄젠트 곡선이군요. 앞으로 나아갈수록 나팔 모양에서 튜브 모양으로 바뀌어 가요. 여쭤볼 게 하나 더 있습니다, 선생님.」

「프레디라고 부르게.」

「그러지요, 프레디. 혹시 그 사자들의 행렬 속에서, 나이는 마흔쯤 되고 이런 머리 모양에 안경을 쓰고 저처럼 껑충하며 언제나 주머니에 손을 넣고 있는 남자를 못 보셨나요?」

처음으로 프레디의 얼굴에 웃음기가 가셨다.

「자네 아버지 얘기를 하고 있는 겐가?」

「예. 선친에 대한 얘깁니다. 여러분이 괜찮으시다면, 그분 얘기를 하고 싶습니다. 그분이 돌아가신 지 이제 30년 가까이 됩니다.」

「30년이라……. 자네 내 얘기를 제대로 이해하지 못한 것 같네. 그 행렬 속에는 수십억이나 되는 사람들이 있다고 말했네. 그 많은 사람들을 어떻게 하나하나 살펴볼 수가 있겠나? 그 거대한 무리 속에서 자네 아버지를 구별해 내는 게 가능하리라고 생각하나?」

「하긴 그렇군요. 제가 어리석은 질문을 했어요. 갑자기 선친 생각이 나는 바람에……. 그분은 너무 일찍 세상을 떠나셨어요. 그때 전 너무 어렸고……. 그분은 떠나시면서 당신의 비밀도 다 가져가셨지요.」

라울이 얼굴을 붉혔다.

「그 비밀이 바로 자네가 받은 유산이라고 생각하는 게 좋을 게야. 자네를 의문 속에 남겨 둠으로써, 그분은 자네들의 사업을 이끌어 갈 원동력을 자네에게 주신 거라네.」

「정말 그렇게 생각하세요?」

프레디는 다시 웃음을 터뜨렸다.

「물론이지. 때때로 나는 정신 분석과 유대교 신비주의 카발라의 가르침이 하나라는 생각을 한다네. 그 두 가지가 하나로 결합되는 일이 가끔 있지. 그것에 대해서는 나보다 자네가 더 정통할 거라고 믿네.」

라울이 탄식하며 말했다.

「할 수만 있다면 그분께 많은 걸 여쭤 보고 싶습니다……. 영계 탐사를 가장 먼저 생각해 낸 사람이 바로 그분입니다.」

분위기가 어색해지려는데, 프레디의 제자들이 우리 타나토드룸을 구경시켜 달라고 했다. 그들은 시종 겸손한 태도를 보이면서 우리의 장비를 살펴보았다. 명상과 쓴 뿌리를 달여 만든 약물을 이용하는 데 그치고 있는 그들로서는 우리의 현대적인 장비가 대단하게 보였던 모양이다. 우리는 그들에게 감마선 파동 수신기를 이용해 이륙의 정확한 순간을 알아내는 방법과 안전장치 노릇을 하는 타임스위치를 이용해서 귀환 시간을 맞추고 이륙하는 방법을 보여 주었다.

그들은 열띤 관심을 보였다.

「이런 장비가 있으면, 우리의 성과를 한층 더 발전시킬 수 있겠는걸.」

프레디가 기뻐하며 소리쳤다.

공동 작업의 기틀이 새롭게 마련되었다. 두 팀의 능력이 합쳐지면, 둘을 단순히 더해 놓은 것보다 더 많은 힘을 발휘하게 될 것이었다. 서로 다른 두 가지 사고방식, 두 가지 선율이 결합해서 새로운 음악을 창조하려 하고 있었다.

163. 경찰 기록

기초 신원 조회

성명: 프레디 메예르

모발: 흰색

안구: 파란색

신장: 1m 60cm

신체상의 특징: 유대교 랍비로서 언제나 빵모자를 쓰고 있음.

특기 사항: 영계 탐사 운동의 개척자. 영혼의 줄을 엮는 새로운 기술을 개발하여 모흐 3을 넘음.

약점: 맹인

164. 실명과 예지

우리는 스트라스부르 유대교 학교의 여섯 랍비에게 2층

에 있는 아파트를 내주었다. 1층에는 안무실을 따로 마련하여, 그들이 영혼의 줄을 더욱 견고하게 엮는 새로운 안무를 개발하여 다음 비행에 대비할 수 있도록 배려하였다.

처음에 그들은 우리 타나토드롬에서 사용하는 방법에 익숙해지기 위해 이륙용 의자에서 이륙하는 연습을 따로따로 하였다. 그러다가 그들이 어느 정도 익숙해졌을 때, 새로이 의자를 더 마련해서 그들이 다시 집단 비행을 할 수 있도록 해주었다.

스테파니아는 종종 그들과 함께 떠났다. 이따금 그녀는 피라미드 모양으로 나아가는 그 집단 비행의 선두에 서기도 했다. 그들 모두가 그렇게 함께 이륙했다가 귀환하는 일을 무척 즐기는 듯했다. 프레디는 언제나 웃는 얼굴로 깨어나곤 했다. 마치 방금 전에 아주 즐거운 일을 겪고 난 사람 같았다.

그의 쾌활함은 나를 어리둥절하게 만들곤 했다. 프레디는 랍비일 뿐만 아니라 장님이고 노인이었다. 그 세 가지 이유만으로도 그는 더 점잖은 모습을 보이는 게 마땅했다. 게다가 영계 탐사를 하면서 우스갯소리를 한다는 게 나로서는 이해가 되지 않았다. 어쨌든 죽음은 무서운 것이었다.

나는 죽음과 사랑을 여전히 진지하게 받아들이고 있었다. 그 두 가지는 언제나 심각함을 요구한다. 사랑의 쾌감이 절정에 달해 실신 상태에 빠진 여인들은 언제나 고통에 찬 표정을 짓지 않던가!

한번은 비행에서 돌아온 프레디가 외설에 가까운 농담을 했다.

「두 노인이 어떤 호텔에서 저녁을 먹고 아주 기이한 쇼를 보게 되었다네. 어떤 배우가 자기 남근을 꺼내더니 그것을 나무망치처럼 사용해서 호두 세 알을 단번에 깨뜨리는 거야. 세월이 조금 흐른 뒤에 두 노인은 그 호텔을 기억해 내고 다시 거기에 갔지. 쇼는 여전히 계속되고 있었고, 배우도 더 늙긴 했지만 옛날의 그 사람이었어. 그런데, 이번에는 그 배우가 늘 하던 대로 호두 세 알을 깨뜨리는 게 아니라 놀랍게도 커다란 코코넛 세 개를 단번에 깨뜨리는 거야. 쇼가 끝나고 나서 두 노인이 그 배우의 방을 찾아가서 물었지. 왜 호두에서 코코넛으로 바꾸었는가 하고 말이야. 그러자 늙은 배우가 대답하기를, 〈아 그거요! 두 분도 잘 아시겠지만, 나이가 드니까 시력이 떨어져서 호두가 잘 안 보여요. 그래서 큰 걸로 바꾼 거지요〉.」

다른 사람들은 웃었지만, 나는 조금 충격을 받았다.

그 누구보다도 진지해야 할 랍비가 죽음을 대수롭지 않게 여긴다는 점이 마음에 걸렸다. 내 생각을 솔직하게 털어놓자, 프레디는 이렇게 대꾸했다.

「사람들은 하느님을 오해하고 있다네. 그 오해는 애초에 누군가가 하느님의 말씀을 잘못 해석한 데서 비롯한 것이지. 가는귀를 먹은 예언자 하나가 〈하느님은 위무르(익살)이시다〉라는 말을 〈하나님은 아무르(사랑)이시다〉라는 말로 잘못 알아들은 걸세. 모든 것 속에 웃음이 있다네. 죽음도 예외는 아니지. 나는 내가 소경이 된 것을 하느님의 익살로 받아들인다네. 어떻게 그것을 달리 받아들일 수 있겠나? 세상에 우습지 않은 것이 없네. 모든 것을 거리낌 없이 웃음거리로 삼을 수 있어야 하네.」

나는 스테파니아에게 프레디에 대한 내 의견을 말했다.

「그 양반 좀 이상해요.」

그러나 그녀의 생각은 달랐다. 티베트 불교의 명상법으로 수련을 쌓은 스테파니아는 스트라스부르의 현자를 나보다 잘 이해하고 있었다.

「프레디는 윤회의 마지막 단계에 와 있는 분이에요. 현생이 그분에겐 마지막 삶이죠. 현생이 끝나면 그분은 순수한 정신이 되어 모든 고통으로부터 해방될 거예요. 그러니 더 이상 이루어야 할 일이 없지요. 그분은 지금 평온해요. 영혼이 수많은 전생을 옮겨 다니는 동안에 이미 사랑이며 예술, 과학, 연민 등을 다 경험했고, 이젠 거의 절대지(絶對知)의 상태에 도달했어요. 영혼이 한없이 고요하기에 착하고 어진 분위기가 저절로 우러나오는 거지요. 그분의 농담에서 당신이 충격을 받는다면, 그건 당신의 마음이 금기로 가득 차 있기 때문이에요.」

랍비의 주위에 상서로운 파동으로 이루어진 영기(靈氣)가 서려 있는 것은 사실이었다. 스테파니아의 말대로라면 나는 그를 시샘하고 있는 거였다. 나도 그처럼 윤회를 끝내고 싶어 하고, 현상 너머에서 본질을 깨닫고 영혼이 평온해지기를 바라지만, 유감스럽게도 내 영혼은 아직 어리다는 얘기였다.

「미카엘, 당신은 아마 백 번째에서 2백 번째 사이의 환생을 살고 있을 거예요. 당신의 카르마는 아직 지식과 성취에 목말라 있어요.」

다행히 프레디는 자기 지식을 우리에게 전수하는 일을 마다하지 않았다. 우리는 밤마다 펜트하우스에서 그를 둘러싸고 앉았다. 그는 카발라에 관한 이야기를 들려주고 카발라 문헌에 따라 말과 숫자의 신비로운 의미를 가르쳐 주었다. 그럴 때의 그는 아주 진지한 모습이었다.

「카발라의 가르침에 따르면, 우리는 영원히 죽지 않는다네. 죽음은 단지 내적인 발전 단계의 하나일 뿐이네. 그 단계를 거쳐 우리 삶의 다음 지평이 열리는 것이지. 말하자면 죽음은 하나의 문턱인 셈이네. 그 문턱을 넘어서면 또 다른 삶이 우리를 기다리고 있지. 우리는 되도록 냉철하고 평온하게 죽음을 맞아야 하네. 죽는다는 걸 두려워하고, 그 때문에 마음이 혼란에 빠지고, 죽음을 받아들이려 하지 않는 것은 가장 나쁜 태도일세. 평정을 잃지 않아야 순조롭게 다른 세계로 넘어갈 수 있는 거지. 『조하르』에 이르기를, 〈청정한 의식을 지닌 채 죽는 사람은 행복하다. 죽음은 한 집에서 다른 집으로 옮겨 가는 것일 뿐이다. 슬기로운 사람들이라면 마땅히 다음에 살 집을 더욱 아름다운 곳으로 만들기 위해 애쓸 것이다〉라고 했네. 또, 언제나 쾌활했던 랍비, 엘리멜렉 드 리젠스크는 이렇게 말했지. 〈곧 이 세상을 떠나 더 높은 영원의 세계로 들어가리라는 것을 알고 있는데, 내 어찌 즐겁지 않겠는가?〉라고 말일세.」

아망딘은 영계에 가장 깊숙이 들어갔다 온 그 타나토노트에게서 한순간도 눈을 떼지 않았다. 환생에 대한 믿음이 유대교의 일부를 이룬다는 사실에 무척 놀라고 있는 눈치였다. 그녀의 마음을 헤아리기라도 하듯 머리가 벗어진 자그마한 노인이 빵모자를 들었다 놓으며 설명을 덧붙였다.

「내 얘기는 유대교 신비주의의 가르침이라네. 나와 같은 생각을 가진 랍비는 그리 많지 않지. 나는 개혁파에 속하고 자유주의자라네. 달리 말하면, 나는 유대교의 밭에 혼란의 씨앗을 뿌리고 있는 셈이지.」

「유대교에도 죽음을 맞이하는 방법에 대한 가르침이 있나요?」

「물론이지. 임종을 앞둔 사람들은 의식의 문을 닫고 육체의 중심인 심장에 정신을 집중하고 호흡을 가다듬는다네. 그러면 『조하르』에 나와 있는 대로, 영혼이 모든 길 가운데 가장 높은 길로 나아가게 되지.」

모든 길 가운데 가장 높은 길……. 우리는 그것이 무엇일까를 생각하면서 입을 다물었다. 스테파니아가 침묵을 깨며 물었다.

「이륙하실 때 명상을 이용하시지요? 어떤 방법을 사용하세요? 손수 개발하신 거예요, 아니면 유대교의 가르침에서 나온 거예요?」

「우리가 사용하는 방법은 아주 오랜 옛날에 비롯된 거라네. 우리는 그것을 〈침춤〉이라고 부른다네. 예언자 에제키엘은 기원전 7세기에 벌써 그 방법을 이용했네. 훗날 랍비 아론 로트가 『영혼의 동요에 관한 논고』를 통해 그 방법을 체계화했고, 마이모니드와 이자악 드 루리아가 그것을 계승했지. 침춤은 〈물러남〉을 뜻하네. 침춤을 하기 위해서는, 다시 말해 명상을 하기 위해서는 자기 몸에 대해 잠시 이방인이 되어야 하네. 멀리 떨어져서 자기 몸을 바라보고 자기 몸에 일어나는 모든 일을 관찰하는 것이지.」

「어떻게 하면 그런 상태에 도달할 수 있나요?」

「호흡, 더 정확히 말하면 우리 피에 대한 공기의 작용과 우리 기관에 대한 피의 작용에 생각을 집중하는 걸세.」

「제가 사용하는 방법과 그리 다르지 않군요.」

티베트 불교 신자 스테파니아가 토를 달았다.

프레디가 웃음을 터뜨렸다. 꾸밈없는 웃음이었다.

「그렇겠지. 방법이 어디 한두 가지겠나. 새로운 것을 찾기로 맘먹으면 방법은 얼마든지 있지. 술을 억병으로 마시고 취한다든가, 방사를 한바탕 흐드러지게 벌이는 것도 어느 것 못지않지.」

나는 갑자기 찬바람을 맞은 기분이 되었다.

「프레디, 농담이시죠? 그렇잖아도 왜 우스갯소리를 안 하시나 했어요.」

아망딘이 반쯤은 나무라듯이 말했다. 그러나 프레디의 대답은 사뭇 진지했다.

「농담 아닐세. 우리 인생의 모든 행위가 다 성스러운 거라네. 먹고, 마시고, 숨쉬고, 성교하는 게 다 하느님을 공경하는 방법이고, 하느님이 우리에게 맡기신 삶을 영광스럽게 만드는 방법일세.」

두툼한 검은 안경 너머에 있는 그의 텅 빈 눈에 어떤 표정이 어려 있는지 알 수 있다면, 그의 말에 담긴 뜻을 더 잘 이해할 수 있으리라는 생각이 들었다.

「이건 나의 영적인 스승인 랍비 나슈만 드 브라츨라프께서 가르쳐 주신 경구일세. 들어 보게.」

프레디의 주름진 얼굴에 천진한 미소가 환하게 번졌다.

「온 힘을 기울여 슬픔과 괴로움을 멀리하고 항상 기쁨 속에 사는 것은 우리의 크나큰 의무이다. 사람에게 생기는 모든 병은 기쁨이 훼손되는 데서 비롯된다. 기쁨이 훼손되는 것은 신명(니군)과 열 가지 생체 리듬(데피큠)이 비틀리기 때문이다. 기쁨과 신명을 잃으면 사람에게 질병이 닥친다. 기쁨은 모든 처방 가운데 으뜸이다. 그러므로 우리는 우리 안에서 오로지 긍정적인 요소만을 찾고 그것에 애착을 가져야 하느니라.」

암송을 끝내고 그는 아망딘에게 자기가 즐겨 마시는 음료인 블러디 메리를 청했다. 아망딘이 부탁한 것을 가져오자 그는 그것을 단숨에 들이켜고 자기와 제자들이 자러 가야 할 시간이라고 말했다.

165. 탈육(脫肉)

어느 날 밤, 로즈와 나는 프레디가 가르쳐 준 방법으로 육체를 벗어나기로 했다. 저녁을 일부러 가볍게 먹고 우리는 합성 섬유 카펫이 깔린 바닥 위에 몸을 쭉 뻗고 누웠다. 우리는 호흡과 우리 기관에 흐르는 피에 대해 생각을 집중했다.

우리는 프레디가 가르쳐 준 대로 그렇게 꼼짝 않고 있었다. 갑자기 경련이 생기면 고통을 참으면서 그것을 잊으려고 노력했고, 정신이 흐트러지면 숨을 조절하는 데에 몰두함으로써 잡념을 몰아내곤 했다.

30분을 그러고 있었더니 등이 근질근질해서 견딜 수가

없었다. 결국 우리는 동시에 미친 듯이 웃음을 터뜨리고 말았다. 유대교의 명상법이 우리에겐 맞지 않는 모양이었다.

로즈가 장난스럽게 내 귀를 잘근거렸다.

「프레디가 말한 육체에서 벗어나는 방법 가운데는 더 기분 좋은 것도 있어요.」

나는 아내의 기다란 검은 머리를 쓰다듬으며 분위기를 돋웠다.

「나는 술에 취하는 건 별로 좋아하지 않아요. 알코올은 나에게 기쁨을 주기는커녕 토악질과 두통만 일으키거든요.」

「다른 방법이 하나 남아 있어요.」

아내가 한껏 달아오른 몸을 요염하게 쭉 뻗으면서 그렇게 말하고는 내 품에 안겨 왔다.

우리는 재빨리 서로의 옷을 벗겨 주었다.

「명상을 잘하려면 우리를 무겁게 만드는 모든 것에서 벗어나야 한다고 했어요.」

아내가 프레디의 말을 상기시켰다.

「명상을 잘하려면 관자놀이에 맥이 뛰는 것을 느껴야 한다고 했어요. 난 그걸 느끼고 있어요.」

과학자 티를 내며 내가 화답했다.

「명상을 잘하려면 침대에 편안히 누워야 한다고 했어요.」

아내가 나를 우리의 폭신한 잠자리로 이끌며 말했다.

두 몸이 하나가 되자 우리의 정신도 기쁨을 향해 서서히 하나가 되어 갔다. 우리의 타오르는 몸뚱이 밖으로 두 넋이 주춤거리며 빠져나가더니, 황홀경을 맞은 몇 초 동안 우리의 머리 위에서 하나로 융합하였다.

166. 오로빌[2] 철학

인간이 점점 더 성스러워지거나 점점 더 영리해지거나 점점 더 행복해진다고 해서 그걸 진보라고 말할 수는 없다. 진보의 요체는 깨달음이 점점 더 깊어지는 데에 있다. 현생 이전에 살았던 삶에 대한 진실을 감당할 수 있기까지는 많은 시간이 필요하다. 이 삶에서 저 삶으로 옮겨가면서 우리의 영혼은 점점 성장해 가고, 전생에 대한 기억은 점점 또렷해진다.

찡그린 데스마스크를 보면 우리에겐 전생도 내생도 없다는 느낌이 들 터이지만 죽음은 그와 같은 고통스러운 종말이 아니다. 오히려 죽음은 하나의 경험 양식에서 다른 경험 양식으로 조용히 옮아가는 과정이다.

그 이행을 되풀이하는 동안, 우리 영혼이 자라 깨달음이 충만해지면, 마침내 우리 정신은 불멸의 것이 될 것이다.

사프트렘, 『스리 오로빈도 또는 의식의 모험』
프랑시스 라조르박의 논문, 「죽음에 관한 한 연구」에서 발췌

167. 변고

라울은 은하계를 그리면서 그 가운데에 나팔 모양으로 된 구멍을 그려 넣었다. 그게 바로 영계였다. 영계가 우리

---

[2] 1968년 인도의 퐁디셰리 근처에 세워진 실험적 공동체. 벵골 철학자 스리 오로빈도와 프랑스 철학자 미라 알파사가 벵골 철학자 오로빈도 고시의 가르침을 따르는 사람들을 모아 이상 도시를 만들려고 했으나, 내부의 분열로 실패하고 말았다.

은하 한가운데 있다는 것은 참으로 공교로운 일이다. 인간은 언제나 세계의 중심을 알고자 하는 욕구를 가져 왔는데, 그 욕구와 잘 맞아떨어지기 때문이다. 사람들은 한 도시, 한 나라를 세계의 전부로 생각하다가, 지구, 나아가서 태양계로 생각을 넓혀 왔다. 우리는 이제 태양계도 거대한 은하의 변두리에 있는 작은 가지일 뿐이며, 그 중심에는 영혼을 포함한 모든 것을 빨아들이는 구멍이 있다는 것을 알게 되었다.

〈신은 그 구멍 속에 머물고 있는 것일까? 우리 은하의 중심에 신이 숨어 있다면, 우주를 구성하는 수백만 개 은하의 중심마다 신이 숨어 있지 않을까?〉

그런 생각을 할 때마다 현기증이 일고 머리가 아팠다.

뤼생데르 대통령이 우리 타나토드롬의 새 설비를 보러 왔다. 그즈음에 우리는 이륙용 의자를 여섯 개 사용하고 있었다. 하나는 스테파니아를 위한 것이었고, 나머지는 메예르와 그의 제자들을 위한 것이었다.

대통령은 우리의 성과를 바탕으로 국회의원들을 설득하는 데 성공함으로써, 영계 탐사 지원 비용을 군사 예산에 포함시킬 수 있었다. 대통령의 비자금이나 재향 군인회 예산으로 근근이 꾸려 가던 시대가 가고 진짜 예산을 쓸 수 있는 시대가 온 것이었다. 우리는 마침내 대형 천문 안테나를 갖추고, 우리 동료들의 심령체뿐만 아니라 저승으로 떠나는 많은 영혼들을 관측할 수 있게 되었다.

호기심 많은 뤼생데르가 집단 비행하는 모습을 참관하고 싶어 했다. 프레디는 그의 팀이 어떤 대형을 지어 비행하는

지 그림을 그려서 설명했다. 대통령은 그 그림이 스카이다이버들이 서로 다리를 붙들고 있는 것과 비슷하다고 자기 인상을 말했다. 프레디는 그 말에 수긍하면서, 그렇지만 생명줄을 안전하게 엮고 있으려면 스카이다이버들이 서로 다리를 붙들고 있는 것보다 훨씬 더 많은 주의가 필요하다고 덧붙였다.

「각하, 괜찮으시다면 저희와 함께 올라가 보시지요.」

「말은 고맙지만 사양하겠네. 나도 예전에 한 번 갔다 온 적이 있네만, 나는 심령체가 되기보다는 국가 원수로 남아 있는 편이 영계 탐사에 더 도움이 될 거라고 생각하네.」

프레디가 이끄는 타나토노트 팀이 방음용 투명 돔 안으로 들어갔다. 똑같이 하얀 옷을 입고 가부좌를 틀고 앉은 모습이 자못 인상적이었다.

「여섯…… 다섯…… 넷…… 셋…… 둘…… 하나. 발진!」

파동 수신기에서 지지직거리는 소리가 여덟 차례 잇달아 들려 왔다. 가장 먼저 출발한 사람은 스테파니아였다. 당연히 그녀가 비행 대형의 선두에 설 것이었다.

나는 크로노미터를 작동시키고, 구조용 타임스위치를 〈코마 플러스 50분〉에 맞추었다. 대형 파라볼라 안테나를 이용해서 우리는 영혼 특공대의 행로를 추적했다. 그들이 돌아올 때까지는 한 시간 가까이 기다려야 했다. 쾌활한 기질을 지닌 뤼생데르는 기다리기가 지루했던지 카드놀이를 하자고 제안했다. 우리는 자그마한 외발 탁자에 둘러앉아 이따금 모니터 쪽을 곁눈질하면서 러미 게임을 했다.

가장 먼저 의자를 박차고 뛰어나간 사람은 라울이었다.

「랍비 한 사람이 죽었어요!」

그의 외침에 뤼생데르가 질겁을 했다.

「뭐라고! 무슨 소리야?」

프레디의 제자 가운데 한 사람의 심전도와 뇌파가 평탄해져 있었다. 갑자기 아뜩한 느낌이 들었다.

「틀림없이 무슨 변고가 있었을 겁니다.」

「네 번째 장벽을 넘어 지옥 같은 세계로 추락한 것이 아닐까?」

나는 머리를 흔들었다.

「그럴 리가 없습니다. 이제 겨우 〈코마 플러스 23분〉입니다. 그들은 제2천계인 암흑계에 있습니다.」

나는 서둘러 다른 타나토노트의 몸에 연결된 모니터들을 조사해 보았다. 모두가 홍분 상태에 있었다.

〈이들이 어떤 끔찍한 일을 겪고 있는 것일까?〉

아망딘은 살아 있는 일곱 사람의 맥박을 재다가 신음 소리를 냈다. 랍비 하나가 또 우리 곁을 떠났다. 그녀가 손을 꼬면서 말했다.

「뭐가 뭔지 모르겠어요. 이분들은 아무 문제 없이 제2천계를 여러 차례 통과했었어요. 게다가 틀림없이 생명줄을 엮고 있었을 텐데 말이에요……」

우리는 모두 심한 불안감에 사로잡혔다. 라울은 스테파니아의 맥박을 확인하느라 여념이 없었다. 나는 파동 수신기에 정신을 집중했다. 이상한 일이었다. 수신기에 잡히는 신호는 많은데, 그것들은 모두 우리 타나토노트들의 신호가 아니었다. 수신을 방해하는 기생 영혼이나 테러 영혼들이 나타난 것일까? 어떤 고위 당국에서 〈저승으로 가는 길〉을 차단하기로 결심한 것은 아닐까?

그런 가정을 한가하게 따지고 있을 계제가 아니었다. 우선은 우리 친구들이 모두 저승객이 되기 전에 되도록 빨리 돌아오게 해서 인명 피해를 줄이는 일이 시급했다.

우리는 타임스위치를 일제히 작동시켰다. 여섯 타나토노트가 차례로 눈을 떴다. 그들은 분노에 떨고 있었다. 스테파니아는 아직도 싸움하는 시늉을 하고 있었다.

「무슨 일이에요? 대체 무슨 일이 있었던 거예요?」

스테파니아가 힘겹게 한마디 말을 뱉어 냈다.

「하샤신이에요.」

168. 하샤신 전설

옛날에 지상 낙원을 찾아냈다고 믿은 사람들이 있었다. 〈해시시를 피우는 자들〉을 뜻하는 아랍어 〈하샤신〉으로 불리던 사람들이 그들이다.

〈하샤신〉은 시아파 이슬람교 이스마일파에서 갈라져 나온 교단으로서, 하산 이븐 알 사바[3]의 개혁을 추종했던 니자르파 신도를 가리킨다. 그들이 그런 이름으로 불리게 된 사정은 이러했다. 그들은 반대파의 요인을 암살하는 전술을 많이 사용했다. 그런데, 그 암살 임무

---

3 Hasan ibn Al Sabbah(?~1124). 하샤신의 창시자. 처음에는 이스마일파의 선교사였으나 1094년 이스마일파의 본거지인 이집트에서 내분이 일어나 칼리프의 적자인 니자르가 살해된 사건을 계기로 이집트와 단절하고 독자적인 선교 활동을 전개하였다.

는 자살 행위나 다름없는 것이었다. 그래서 그들은 임무를 수행하기에 앞서 해시시를 많이 피웠다.

그 이름이 십자군에 의해 유럽에 전해졌고, 그들의 암살 행위가 유럽인들에게 강한 인상을 심어 줌에 따라, 하샤신은 〈암살자〉라는 뜻을 담게 되었고 assassin이라는 말로 프랑스어를 비롯한 유럽인들의 언어에 들어왔다.

그 암살자 교단의 신도들은 예언자 무하마드의 생질을 지지한다고 천명했는데, 그 무하마드의 생질은 다른 이슬람교도들로부터는 정통성을 인정받지 못하는 사람이었다.

베네치아의 여행가 마르코 폴로와 페르시아의 여러 역사학자들이 증언한 바에 따르면, 하샤신 교도들은 카스피 해 남쪽 마잔다람에 있는 해발 1천8백 미터의 알라무트 요새에 살았다. 엘부르즈 산맥 속에 갇혀 있어서 재래적인 전쟁을 기도할 마땅한 방도를 찾을 수 없게 되자, 그들은 6인조 암살단(피다위)을 파견하는 방법을 생각해 냈다. 그들의 임무는 반대파 수장들을 단도로 찌르는 것이었는데, 그들은 주로 암살 대상자들이 회교 사원에서 예배에 몰두해 있는 틈을 이용했다.

그 암살자 교단의 우두머리는 〈산중 장로〉라는 그럴 싸한 이름으로 불렸다. 최초의 〈산중 장로〉는 물론 교단의 창시자인 하산 이븐 알 사바였다.

암살자들을 길들이는 방식은 이러하다. 먼저 암살 지령을 받은 자들의 음식에 해시시를 넣는다. 장미향이

나는 잼에 버무려 넣기 때문에 그들은 전혀 눈치를 채지 못한 채 그 음식을 먹고 몽혼에 빠져든다. 해시시라는 마약은 흥분제가 아니라 최면제이기 때문에, 〈산중 장로〉가 긴 설교를 하는 동안 그들은 잠이 든다. 그들이 비몽사몽간을 헤매고 있을 때, 이번에는 그들을 알라무트 요새 깊숙한 곳에 있는 비밀 낙원으로 옮긴다. 그들이 깨어나 보니 어린 계집종과 사내종들이 자기들을 둘러싸고 있다. 그 종들은 그들이 성욕을 마음껏 채울 수 있도록 정성을 다 바친다. 올 때는 누더기 차림이었는데, 이젠 금실로 수를 놓은 초록색 비단옷을 두른 차림이고 주위가 온통 천국의 풍광이다. 금을 입힌 은그릇엔 산해진미 그득하고, 맛좋고 빛깔 좋은 미주가 넘쳐 나며, 장미 향기 그윽하고 해시시가 지천이다. 마약, 성(性), 술, 사치와 향락! 암살 임무를 받은 그들은 자기들이 알라의 낙원에 와 있다고 믿게 된다. 그곳이 건조한 산악 지대에서는 찾아보기 어려운 오아시스이기 때문에 그들의 믿음은 더 강해질 수밖에 없다.

그들이 비밀 낙원에서 다시 해시시 때문에 마취 상태에 빠지면, 이번에는 그들을 처음 있던 곳으로 데려가 전에 입었던 헌옷을 다시 입혀 놓는다. 그런 다음, 〈산중 장로〉는 자기가 능력을 발휘해서 알라 낙원의 행복을 몰래 맛볼 수 있게 해준 것이라고 말한다.

이제 그들에게 남은 일은 알라의 전사(戰士)로 싸우다 죽음으로써, 종국적으로 그 낙원에 돌아가는 것이다. 자객들은 입가에 미소를 머금은 채 반대파의 군주와

고관들을 암살하러 떠난다. 결국 체포되어 처형장으로 끌려가면서도 그들의 얼굴은 황홀감에 젖어 있다.

그 거짓 낙원의 비밀을 아는 사람은 암살자 교단의 지도자들뿐이었다. 그 교단은 처음엔 하산 이븐 알 사바의 가르침을 확산하려는 자기들의 목적을 위해서만 암살자를 파견했다. 그러나 〈산중 장로〉가 새로운 사실을 깨닫게 되면서 상황은 달라졌다. 새로운 깨달음이란 광신적인 자객들이 교단에 많은 수입을 가져다 줄 수 있다는 것이었다. 결국 그들은 가장 비싼 값을 부르는 자들을 위해 자객 노릇을 하기에 이르렀다. 자객들은 그들의 우두머리가 〈너희 중에 누가 나를 위해 이러이러한 자를 제거해 주겠느냐?〉고 묻기가 무섭게 앞다투어 나섰다. 그들의 손에 많은 사람이 목숨을 잃었다. 마르완 왕조의 공주이자 시인인 아스마도 그중의 한 사람이다. 마르완 칼리프가 겁도 없이 메디나 동맹국들을 비방하고 나서자, 그 동맹국들은 즉시 하샤신 교단의 자객들에게 돈을 주고 도움을 청했던 것이다.

알라무트 요새는 1256년 몽골 제국 황제 몽케 칸[憲宗]이 보낸 훌라구에게 함락당했다. 하샤신 교단은 전에 그들이 도와준 적이 있는 술탄들에게 백방으로 지원을 요청했지만, 다들 몸을 도사리며 개입하려 하지 않았다. 오히려 술탄들은 그 위험한 말썽꾼들이 사라지게 된 것을 천만다행으로 여겼다.

하샤신 신도들이 학살되고 나서, 그들이 경험했다고

믿은 낙원은 한낱 거짓이었음이 드러났다. 알라의 비밀 낙원은 혹세무민하는 자들이 만들어 낸 거짓 천국이었던 것이다.

프랑시스 라조르박의 논문, 「죽음에 관한 한 연구」에서 발췌

169. 저승의 자객

스테파니아는 가슴이 심하게 오르내릴 만큼 여전히 가쁜 숨을 쉬면서 설명했다.

「우리는 테러리스트 심령체들로부터 공격을 받았어요. 그자들은 스무 명쯤 되었고 첫 번째 코마 장벽 뒤에 숨어 있었어요. 우리가 기습을 받고 허둥지둥하는 사이에 그자들이 뤼시앵과 알베르의 생명줄을 이빨로 끊어 버렸어요.」

프레디는 영계에서도 그런 일이 일어난다는 사실에 경악했다. 우리가 꿈속에서 싸움을 하고 피를 흘릴 수 있는 것처럼, 영계에서도 영혼들끼리 서로 싸우고 상대의 생명줄을 자를 수 있었다. 그것을 직접 목격하긴 했지만, 프레디 자신도 어떻게 그런 일이 가능한지 설명하지 못했다. 어쩌면 상대에게 증오심이나 공격적인 욕구를 표출하면 그대로 폭력의 형태로 나타나는 것일지도 몰랐다.

「그런데 어떻게 그 습격자들이 〈하샤신들〉이었다고 그리 쉽게 단정할 수 있었지요?」

「그들의 생각이 그대로 우리에게 전해진 것이지.」

메예르의 대답은 간단했다. 문제는 왜 그들이 그런 짓을 했느냐였다. 처음에 메예르는 아랍인들이 전쟁을 도발한 것이라고 생각했다. 아랍인이 유대인을 공격한다는 너무

단순하고 도식적인 논리이긴 했지만 가능성이 전혀 없는 것은 아니었다. 그들이 하샤신의 마지막 후예라면, 이른바 성전을 촉발하고 정복자 이슬람의 선봉이 되기 위한 방법으로 유대교 랍비들을 공격할 수도 있는 일이었다. 그렇다면, 그들은 그 소규모 접전을 이슬람 세계에 널리 알리려고 애쓸 것이었다.

스테파니아가 격분한 음성으로 말했다.

「그들은 우리에게 달려들어 우리를 꼼짝 못하게 만들고, 우리 생명줄을 끊으려고 했어요. 우리 줄을 홱 낚아채기도 하고 자기들 발목에 칭칭 감기도 했어요. 기습의 충격에서 벗어나 우리는 그들에게 저항했어요.」

「그뿐이 아닐세. 어떻게 그런 일이 일어났는지 모르지만, 우리도 그 자객들 중에 세 명을 저승객으로 만들어 버렸다네. 그들은 이제 우리가 맥없이 당하고만 있지는 않을 거라는 것을 알았을 게야.」

듣고 보니, 그 전투는 바다 속에서 잠수부들끼리 벌이는 싸움과 비슷한 양상으로 전개되었다. 다른 게 있다면, 흡기 튜브를 자르는 대신에 은빛 생명줄을 끊는다는 점이었다. 그들 주위로 그날 죽은 사람들의 영혼이 날고 있었다는데, 그 영혼들은 타나토노트들이 서로 죽이는 것을 보고 얼마나 놀랐을까!

뤼생데르 대통령은 사흘 전에 담배를 끊고서도, 그 얘기를 듣는 순간 라울의 가느다란 비디 담배를 집어 들었다. 그가 유카리 향이 나는 연기를 뱉어 내면서 말했다.

「장기적으로는 영계를 〈비무장 지대〉로 선포해야 할 거야. 누구든 싸울 뜻을 품고 그곳에 들어가는 자는 당장 쫓아낼 수 있도록 말일세.」

「누가 그런 자들을 쫓아내죠? 유엔 타나토노트 부대라도 만들 건가요?」

스테파니아의 말투가 자못 냉소적이었다.

「현재로서는 어떻게 해볼 도리가 없네. 영계에 올라갈 권리는 누구에게나 있는 거야. 하샤신도 마찬가지일세. 지상에서는 그들의 영계 탐사를 막을 방법이 없어. 결국 영계는 모두의 것인데, 그곳을 보호하겠다고 지상에서 전쟁을 벌일 수는 없지 않은가.」

나는 우리 탐사의 국제 정치적인 측면에 대해서는 한 번도 생각해 본 적이 없었다. 대개 새로운 땅을 가장 먼저 발견한 자들은 그곳에 제 나라 국기를 꽂곤 했다. 그것이 식민지를 건설하는 출발점이 된다. 먼저 탐험가들이 오고, 다음에 개척자들과 상인들이, 마지막으로 관리들이 온다. 정복자들은 영토 분할 전쟁을 벌여 자기들 마음대로 새로운 국경선을 그리곤 했다. 아프리카의 많은 나라들에 대해 그랬던 것처럼 어떤 경우에는 지도에 자를 대고 금을 그어서 국경선을 결정하기도 했다. 그러나 우리는 우리가 들어간 지역에 아무런 표시도 남겨 놓지 않았다. 그래서 영계는 목하 무주공처나 다름없었다. 그런 상황에서 폭력을 사용하는 자가 나타난다면 영계가 그자의 차지가 될 것은 불을 보듯 뻔했다. 미국의 서부 개척 시대에 그랬던 것처럼 총을 먼저 뽑는 자가 주인이 될 가능성이 많았다.

순진하게도 나는 줄곧 타나토노트들은 다 착한 사람들

이고 지식의 한계를 극복하겠다는 일념 하나로 행동하는 사람들이라고 생각해 왔다.

순수한 모험의 시대는 끝났다! 목숨을 건 모험가들, 신비주의적 몽상가들의 시대는 갔다! 어중이떠중이가 다 비행에 나서게 되니, 우리가 이승에서 그토록 많은 시간을 들여 해결하려고 애썼던 문제들이 저 위에서 재현되고 있었다. 저승에서는 어떤 종파, 어떤 광신자의 무리, 어떤 악당 패거리라도 하나의 국가만큼 강력할 수 있다는 사실이 드러났다. 하샤신 몇 명이, 한 줌밖에 안 되는 몰지각한 살인자 집단을 대표하는 주제에, 단지 폭력을 사용해서 천국을 차지하겠다는 생각을 가장 먼저 했다는 이유 하나로 그곳을 차지하려는 판국이었다.

그자들에게 맞설 방도가 정말 없는 것일까?

뤼생데르 대통령은 낙담한 기색을 보일 뿐이었다.

「자네들, 신중히 처신하게. 사우디아라비아는 말할 것도 없고 이란이나 레바논과 우리 나라 사이에 외교적인 말썽이 생기게 하면 안 되네.」

스테파니아가 분통을 터뜨렸다.

「하지만 사우디아라비아, 이란, 레바논, 어느 나라도 하샤신들을 지지하지 않습니다. 하샤신들은 온 아랍인들의 적입니다.」

「다른 시아파들조차 그들을 미워하고 경멸합니다.」

죽음 일보 직전에서 살아 돌아온 한 랍비가 거들었다. 그러자 뤼생데르는 답답하다는 듯 한숨을 쉬며 말했다.

「그건 모르는 일일세. 사우디아라비아 사람들은 메카에

서 멀지 않은 곳에 거대한 타나토드롬을 건설하기로 계획을 세웠네. 그들이 국제적인 경쟁에서 선두를 차지하기 위해 용병의 힘을 빌릴 수도 있지. 그 경우에 그들이 도움을 청할 수 있는 자들이 누구이겠나? 그뿐이 아닐세. 사우디아라비아는 우리의 주요한 원유 공급원일세. 영계 탐사에 약간의 문제가 생겼다고 해서 그들에게 마음 놓고 화를 낼 수 있는 형편도 아니라네.」

「그래도 타나토노트들에겐 생사가 걸린 문제인데요.」

로즈가 항의했다.

「미안하네. 하지만, 여보게들, 우리 지구에는 생명에 집착하는 사람들이 70억일세. 나는 그 70억을 먼저 생각해야 하네. 특히, 나는 우리 나라의 6천만 국민을 생각해야 하네. 그중의 반은 유권자일세. 그들은 석유를 연료로 사용하는 자동차를 타고 다니고, 석유에서 나온 섬유로 지은 옷을 입고 다니며, 석유로 난방을 하고……」

「그렇다면, 사우디아라비아의 토후들 중에서 우리와 동맹을 맺을 뜻이 있는 사람들을 찾아보는 게 어떨까요?」

불쑥 튀어나온 내 질문에, 대통령은 팔을 활짝 벌리며 대답했다.

「그런 거라면, 얼마든지 해볼 수 있네!」

170. 코란 신화

신은 어떤 사람들에게는 다른 사람들에게보다 더 높은 지위를 마련해 주셨다. 신은 누구에게나 훌륭한 보상을 약속하셨지만, 전사(戰士)에게는 집에 머물러 있는 자에게 보다 훨씬 더 많은 보상을 마련해 놓으셨다.

『코란』, 4:97

프랑시스 라조르박의 논문, 「죽음에 관한 한 연구」에서 발췌

171. 상황은 난마처럼 얽혀 들고

하샤신들의 출현은 우리가 예상하지 못했던 종교 전쟁의 서막일 뿐이었다. 물론 우리 실험의 초기에 성직자들이 남보다 먼저 영계에 도달하려고 열띤 경쟁을 벌이는 것을 보긴 했지만, 그 경쟁이 그토록 엄청난 분쟁으로까지 확대되리라고는 전혀 생각하지 못했다.

각 종교와 종파 간에 싸움이 벌어졌다. 힌두교도와 회교도가 맞섰고, 신교도와 구교도가 충돌했으며, 불교 신자와 일본의 신도 신자가 맞붙었고, 유대교 신도가 회교 신도와 싸웠다. 처음에는 주요 종교들끼리 영계에 올라가 다투더니, 나중에는 분리파와 자치파들이 싸움을 벌였다. 이란의 시아파가 시리아의 수니파와, 도미니크회가 예수회와, 도교의 전진교가 정일교와, 루터파가 칼뱅파와, 자유주의적인 유대교도가 극단적인 정통파 및 반(反)시온주의자들과, 모르몬교도가 아만파와, 여호와의 증인들이 제7일 재림파와, 통일교 신자들이 사이언톨로지 추종자들과 싸웠다.

나는 신학에 갈래와 결이 그렇게 많은지 미처 몰랐었다. 이승에서는 각자 다른 신앙을 가졌어도 하늘나라에 올라가서는 범종교 화해의 기치 아래 모두가 하나가 되리라는 게 예전의 내 생각이었지만, 종교들 사이에 어긋나는 점이 그렇게 많고 보면, 그런 화해를 기대한다는 게 쓸모없는 일

로 느껴졌다.

　타나토노트들이 자기들 신앙을 구실로 삼아 서로 매복하고 죽이고 하는 동안에, 나는 라울이 세계의 모든 종교와 신화에 대해 꼼꼼하게 정리해 놓은 노트를 다시 읽으면서, 따지고 보면 종교들 사이에 많은 공통점이 있다는 것을 확인했다. 내가 보기엔 모든 종교가 같은 이야기를 하고 있었고, 똑같은 지혜를 각기 다른 비유와 말로써 전달하려는 것 같았다.

　갈수록 하늘을 소란스럽게 만들던 싸움의 여파가 얼마 안 가서 지상에까지 미치게 되었다. 하샤신 테러리스트들이 자동차에 폭약을 가득 채워 우리 타나토드롬을 향해 돌진시켰다. 다만 폭탄을 다루던 자가 서툴렀던 덕분에 우리는 목숨을 건질 수 있었다. 그가 폭탄이 터지는 순간을 잘못 맞추는 바람에, 폭탄은 우리 건물에서 1백 미터쯤 떨어진 곳에서 터졌다. 그 폭탄에 희생된 것은 결국 그 사람 자신이었다.

　라울은 평소처럼 침착하게 우리를 펜트하우스에 모았다. 예전에는 우리 일이 중요한 고비를 맞을 때마다 페르 라셰즈 묘지에서 모임을 가졌지만, 이젠 인원이 많아져서 묘지에서 돌아다니기가 어려워졌다.

　라울은 영계 지도를 펼쳐 놓고 말문을 열었다.

　「종교인들이 영계를 정복하려고 하는 것은 당연한 일입니다. 정신적인 세계를 지배하는 종교가 물질적인 세계도 지배하게 될 테니까요. 파키스탄 회교도가 승리한다고 생각해 보세요. 그들은 인도 불교 신자들의 환생 사이클에 쐐기를 박으려 들지도 모릅니다.」

영계 전투의 전문가가 된 스테파니아는 자기의 은빛 생명줄을 지키기 위한 갖가지 방책을 고안해 냈다.

「협력 관계를 맺을 수 있는 세력이라면 누구하고라도 손을 잡아야 해요. 지난 비행에서 우리가 두 분의 랍비를 잃었지만, 베두인 회교도의 도움을 받아 미친 듯이 날뛰는 하샤신을 열 명이나 저승객으로 만들어 버릴 수 있었어요. 그러므로 우리는 아주 강력한 집단을 이루어 올라감으로써 적들을 패퇴시키고 우리의 탐사를 계속해야 해요. 결국 중요한 건 그거예요.」

「예닐곱이 아니라 열 명이나 스무 명씩 이륙하도록 합시다.」

라울이 요모조모 따져 보다가 말했다. 그러자 스테파니아가 힘이 넘치는 말로 거들었다.

「그래요. 싸움에선 언제나 수가 많은 쪽이 이겨요. 쉰 명이면 어떻고 백 명이면 어때요?」

프레디가 현실을 일깨웠다.

「좋은 얘길세. 하지만 그렇게 많은 랍비 타나토노트는 없네.」

「꼭 랍비에 국한해서 생각할 필요가 있나요? 지금이라도 우리와 힘을 합칠 수 있는 팀은 많이 있을 거예요. 예를 들어, 유대교 카발라와 중국의 『역경』은 전혀 다른 사고방식일 것 같지만, 그 둘 사이에 많은 공통점이 있다는 것을 전에 확인한 적이 있어요. 그런 식으로 생각하면 우리의 친구는 얼마든지 있어요.」

내 의견에 스테파니아가 갈채를 보냈다. 우리와 협력할

세력을 찾는 임무가 그녀에게 맡겨졌다. 그녀는 영계에 파견된 우리의 대사인 셈이었다.

일주일 후, 스무 명가량 되는 동양의 젊은 비구승들이 우리 타나토드롬의 문을 두드렸다. 언뜻 보기에는 누가 누군지 구분이 안 될 만큼 비슷비슷하게 생긴 사람들이었다. 그들은 소림사에 속해 있었다. 소림사에서는 오랜 옛날부터 권법을 수행법의 하나로 삼아 왔다. 소림사의 승려들이 쿵후의 달인으로 명성을 얻게 된 것도 그 덕분이다. 그들은 무술에 관한 이론과 실기를 두루 갖추고 있으며, 명상과 무예를 조화시킨 독특한 수행법을 계승해 왔다.

프레디는 그들의 권법 시범을 보고 새로운 타나토노트 체조로 삼을 만하다며 무척 기뻐했다. 그들이 합류함으로써 프레디가 이끄는 우리의 비행 팀은 소수의 특공대가 아니라, 날아다니는 요새라고 해도 손색이 없을 만큼 견고한 대형을 이룰 수 있는 비행 부대가 되었다.

프레디는 우리의 영계 탐사 부대에 연합군이라는 이름을 붙였다. 연합군은 선의를 가진 모든 종교들의 결합을 지향하는 부대였다.

172. 하시디즘[4] 설화

노인이 춤을 추고 있었다. 언제까지라도 춤을 출 것 같은 노인을 보고 아이가 물었다.

---

[4] 〈경건〉을 뜻하는 히브리어 하시드*hasid*에서 나온 말로, 동유럽으로 퍼져 나간 유대교의 한 운동. 전통적인 랍비들이 가르치는 경건한 생활과 카발라의 신비주의적 정열, 즉 열렬한 기도와 법열을 강조한다.

「할아버지, 왜 그렇게 춤을 추세요?」

「얘야, 그건 말이다, 사람은 팽이와 같은 것이기 때문이란다. 존엄성과 고귀함과 평형을 잃지 않으려면 끊임없이 움직여야만 하지. 사람은 스스로를 해체함으로써 자기를 만들어 가는 거란다. 그 점을 명심하거라.」

프랑시스 라조르박의 논문,「죽음에 관한 한 연구」에서 발췌

173. 전쟁

동맹군을 찾고 있는 것은 우리만이 아니었다. 우리에게 적대감을 보이고 있는 하샤신들 역시 별쭝맞은 제휴 세력을 찾아냈다. 그들은 자기들 부대에 〈동맹군〉이라는 이름을 붙이고, 알라무트의 옛 요새 한가운데에 있는 타나토롬에 그 부대를 모았다. 그들이 가장 먼저 손을 잡은 세력은 일본 야스쿠니 신사(神社)의 신관들이었다.

야스쿠니 신사는 도쿄에 있는 사당으로 메이지 유신 이후 일본 제국이 도발한 갖가지 전쟁에서 죽은 자 2,464,151위의 혼령을 모아 제사지내는 곳이다.

어쨌든, 자유주의적인 랍비들과 소림사 승려들을 주축으로 하는 연합군과 하샤신 지도자들과 야스쿠니 신관들이 하나가 된 동맹군이 맞붙게 되었다. 그 와중에서 영계 탐사는 전혀 진전을 보지 못하고 있었다. 치열한 전투가 몇 차례 벌어졌다. 5월 15일 전투에서는 연합군 병사 2백 명과 동맹군 추종자 6백 명이 맞부딪쳤다. 그런 상황에서 프레디는 침착하게 하나의 전술을 생각해 냈다. 그것은 영계 전투 사상 최초의 전술이라 할 만했다.

주력 부대가 첫 번째 코마 장벽 뒤에 숨어서 기억의 거품들을 다스리고 있는 동안, 프레디는 승려와 랍비 몇 사람을 뽑아 척후병으로 파견했다. 그들의 임무는 동맹군을 모호 1 너머의 암흑 구역으로 유인하는 것이었다. 깔때기의 변죽 부분에서 동맹군은 모호 1이 있다는 것을 잊은 채 맹렬하게 덤벼들었다. 연합군 척후병들이 암흑 구역 안으로 달아나자, 그들은 서로를 보호하기 위해 생명줄을 잡은 채 추격해 왔다. 그러나 그들이 예상치 못했던 힘겨운 접전이 그들을 기다리고 있었다. 정작 그들을 공격한 것은 연합군이 아니라, 기억의 거품들이었다.

우리 타나토노트들은 그들이 충격을 받고 어쩔 줄 몰라 하는 사이에 그들의 생명줄을 가차 없이 잘라 버렸다. 하샤신들을 주로 하는 동맹군 3백 명이 그날 저승객이 되었다.

연합군 쪽에도 피해는 적지 않았다. 수십 명의 타나토노트가 빛을 향해 날아갔다.

프레디는 많은 대가를 치르기는 했지만 어쨌든 그리 어렵지 않게 이긴 싸움이라고 평가했다.

「우리가 쉽게 이길 수 있었던 것은 랍비와 소림사 승려의 과거가 하샤신의 과거보다 한결 깨끗했기 때문이네. 우리 타나토노트들은 레바논의 학살 같은 것을 부추긴 적도 없고 테러 따위는 일체 저지르지 않았거든. 그래서 하샤신들처럼 옛날의 피해자들과 현재의 적들로부터 동시에 공격을 받는 일이 없었던 거라네.」

영계에서 벌어지는 그런 전쟁을 통해서 자기들 종교의 지위를 높이려는 무리들이 늘어 갔다. 전 세계의 종교들이 다시 저승 정복에 열을 올렸고, 광신적으로 영계 탐사에 매달리는 자들이 더욱 많아졌다. 그 기회를 이용해서 자기 종파를 세계적으로 인정받는 종교로 격상시키려는 자들마저 있었다. 그들이 보기에 그것은 어렵지 않은 일이었다. 특공대를 보내어 기성 종교의 타나토노트들을 궁지에 몰아넣기만 하면 될 듯했다. 그나마 다행스러운 일은, 그들이 기관총이나 소총은 물론이고 단도마저도 가져갈 수 없다는 점이었다. 그렇지 않았다면, 전투는 더욱 치열했을 것이고 무시무시한 대학살이 자행되고 말았을 것이다.

사진과 필름이 없었던 탓에, 처음에 신문과 텔레비전에서는 영계 전쟁에 대한 보도를 거의 하지 않았다. 그러나 영계 탐사 분야의 보도에서 언제나 첨단을 걷던 『프티 타나토노트 화보』는 특파원을 보내는 방안을 생각해 냈다. 그 잡지사에서 보낸 사람은 막심 빌랭이었다. 그는 트라피스트 교단의 수도사로서 오랫동안 묵상을 하며 지낸 경력을 가지고 있었다. 그는 한 번 본 것은 절대 잊지 않을 만큼 기억력이 탁월했다. 다른 사람들이 발신기라면 그는 수신기였다. 그는 자기가 보고 들은 것을 모아서 독자들에게 그대로 전해 주었다. 최초의 영계 특파원인 그의 기사를 통해 영계 전투의 참상이 대중에게 전해졌다. 일반 시민들은 안락의자에 편안히 앉아 그 눈에 보이지 않는 전쟁을 즐겼다. 결국 그 전쟁 때문에 그들이 피해를 보거나 위험에 빠질 일은 없었던 것이다.

전쟁의 규모는 갈수록 커지고 우리 연합군의 병력도 계속 늘어났다. 뷔트 쇼몽의 타나토드롬에 이륙용 의자를 더 많이 들여놓기 위해 우리는 개인적으로 사용하던 아파트를 포기해야 했다. 적을 이기기 위해서는 적어도 50명의 타나토노트를 동시에 이륙시켜야 하는 상황이 되었다.

우리 건물은 그야말로 바벨탑이 되어 버렸다. 타나토노트들이 사용하는 언어가 제각각이어서 서로 의사소통이 안 되는 경우가 흔했다. 그러나 영계를 정복하겠다는 같은 의지로 하나가 된 그들은 언어와 신앙의 차이를 넘어서서 놀랍도록 서로를 잘 이해하면서 명상이나 기도와 같은 비행 기술을 교환하였다.

연합군의 구성은 갈수록 다채로워졌다. 자유주의적인 랍비와 불교 선사와 도교 도사로 이루어진 초기의 구성에, 코트디부아르의 정령 신앙을 대표하는 은자들, 터키의 회교 승려들, 야스쿠니 신사의 신관들과 적대 관계에 있는 홋카이도의 신관들, 그리스의 고행 수도자들, 심지어는 에스키모 무당 세 사람, 오스트리아 토속 종교인 여섯 사람, 부시맨 주술사 여덟 사람, 필리핀의 심령 치료사 한 사람, 신앙의 성격을 이해하기 어려운 피그미 한 사람, 북미 인디언인 샤이엔족의 현자 한 사람까지 가세하였다. 그리하여 2백 명이 넘는 경건한 병사들이 우리 연합군을 이루게 되었다. 그들은 지상의 모든 신앙이 완벽하게 조화를 이룰 수 있다는 것을 보여 주는 살아 있는 증거였다.

모든 병사들이 펜트하우스에 모였다. 분위기는 아주 평온했다. 경건한 우리 병사들은 수도원이나 사원 따위의 근엄한 분위기에서 벗어나 재미있는 이야기들을 주고받고 있었다. 나는 그들과 친해질 생각으로 수수께끼를 하나 냈다.

「원과 원의 중심점을 펜을 떼지 않고 그릴 수 있는 방법을 아십니까?」

상식을 거스르는 그 수수께끼에 수도자들과 랍비들이 열띤 관심을 보였다.

이윽고 그들이 소리쳤다.

「불가능해요!」

「영계 탐사를 생각할 때와 마찬가지로 생각하시면 돼요.」

나는 그렇게 말하고 그들에게 해답을 가르쳐 주었다.

내 뒤에 있던 라울도 수수께끼를 하나 냈다. 수수께끼라면 누구에게도 뒤지지 않는 그였다. 그가 내놓은 것은 빅토르 위고의 낱말 수수께끼[5]였다.

「내 첫 음절은 수다스럽습니다. 내 둘째 음절은 새입니다. 내 셋째 음절은 카페에 있습니다. 내 음절을 모두 합치면 과자가 됩니다.」

너무 쉬운 문제라며 여기저기서 수군거림이 일었다. 프레디가 피아노로 거슈윈의 음악을 연주하고 아망딘이 노련한 솜씨로 칵테일을 만드는 동안에, 나는 그 해답을 찾아내느라고 머리를 쥐어짰다.

「첫 음절이 수다스럽다고? 〈까치처럼 수다스럽다〉라는 말이 있으니까 까치 *pie*를 말하는 것일까? 그런데 까치는

---

[5] 프랑스어로 샤라드 *charade*라고 하는 것으로, 한 단어를 구성하는 각각의 음절이 독립적으로 어떤 단어를 이룰 수 있을 때, 그것들을 힌트로 제시하여 문제의 낱말을 찾게 하는 놀이다. 간단한 예로, 〈내 첫 음절은 집에서 기르는 동물입니다. 내 둘째 음절은 액체의 하나입니다. 내 음절을 모두 합치면 영주가 거주하는 곳이 됩니다〉라는 수수께끼의 답은, 첫 음절 고양이 *chat*와 둘째 음절 물 *eau*을 합쳐 *château*, 즉 성(城)이 된다.

새이기도 하지 않은가? 카페에 있다는 건 또 뭘까? 술꾼, 종업원, 맥주?」

174. 이슬람교 신화

이슬람교 전승에 따르면 낙원은 광대하고 원기둥 위에 여덟 개의 동심원이 층층이 놓인 모습이다. 그곳은 네 줄기 강물이 흐르는 열락(悅樂)의 장소다. 초대부터 4대에 이르는 네 칼리프와, 예언자 무하마드의 가르침을 따라 처음으로 이슬람교로 개종한 열 명의 신도, 그리고 예언자의 딸 파티마가 유유하게 지내고 있다. 그들은 모두 황금과 보석으로 지은 별궁 50채를 가지고 있다. 각 별궁에는 침대 7백 채가 들어 있고, 침대 하나에 천녀(天女) 한 사람씩 7백 명의 천녀가 시중을 들고 있다. 천국에는 일곱 동물이 있으니, 엘리아의 낙타, 아브라함의 숫양, 요나의 고래, 암말 보라, 솔로몬의 개미와 오디새, 〈일곱 수면자들〉의 개가 그것이다. 예언자는 천국에 오는 모든 사람들에게 여러 가지 즐거움을 베풀어 주는데, 특히 관능적인 쾌락은 끝이 없다.

프랑시스 라조르박의 논문, 「죽음에 관한 한 연구」에서 발췌

175. 천국 전투

우리 타나토드롬에는 모든 종교가 화합하는 너그러운 분위기가 충만했지만, 현실은 냉엄했다. 영계에서 벌어지는 종교 간의 갈등은 더욱 치열해질 기미를 보이고 있었다.

연합군과 동맹군은 무자비한 살육전으로 점점 깊이 빠져

들었다. 우리 타나토노트들은 매일같이 땀에 흠뻑 젖은 채 사지를 부들부들 떨면서 귀환했다. 그때마다 그들은 동료들의 사망 소식을 새로이 알려 주곤 했다. 연합군의 사령관격인 프레디 메예르는 마침내 우리가 대대적인 반격을 가해야 할 때가 왔다고 판단했다. 그리하여 두 군대 사이에 대격돌이 벌어지게 되었으니, 그것이 2065년에 있었던 그 유명한 〈천국 전투〉이다. 라울과 아망딘과 로즈와 나는 파라볼라 안테나를 이용해서 그 전투의 양상을 지켜보려고 최선을 다했다. 그러나 우리는 영혼들이 엄청난 흥분에 사로잡혀 있다는 것만 확인할 수 있었다. 특파원으로 파견되어 그 전투를 낱낱이 보고 돌아온 막심 빌랭은 상세한 목격담을 자기 잡지에 실었다. 여기에 그의 글을 옮겨 보기로 한다.

천국 전투

흔히들 천국이라고 부르는 블랙홀의 입구 주위에는 죽어 가는 별들이 만들어 낸 뿌연 기체가 자욱하다. 랍비 프레디 메예르가 이끄는 군대가 앞으로 나아간다. 선량한 도교 도사들과 온화한 불교 승려들, 아주 인상적인 모습의 샤이엔 주술사들, 아프리카에서 온 쾌활한 박수들이 그 군대를 구성하고 있다. 그들은 어떤 적이 오더라도 물리칠 수 있는 견고한 밀집 대형을 유지하고 있다.

몇 분 후에 동맹군 부대가 모습을 드러낸다. 맨 앞줄에 일본 신도의 신관들이 자못 등등한 기세로 날고 있다. 당장이라도 폭격기처럼 달려들어 연합군의 생명줄을 무참히 끊어 버릴 태세다. 그들은 가라테를 할 때처럼 맨손을 휘두르고 있다. 손의 새끼손가락 쪽 옆날이 칼날처럼 서슬 푸르다. 그들 뒤에는 하샤신들과 도미니크회 수도사들이 양 날개로 포진해 있다. 하샤신들은 싸늘한 웃음을 연신 흘리고 있고 도미니크회 수도사들은 기도문을 중얼거리고 있다.

영계에 영혼들이 구름처럼 몰려든다. 두 진영에 세계 각처의 타나토드롬에서 온 응원군이 당도한다. 연합군 병력은 1천2백 명 가까이로 불어나고, 동맹군은 2천3백 명을 헤아린다.

연합군의 선두에 선 메예르가 자기 군대에 텔레파시로 명령을 내린다. 동맹군 진영에서는 일본의 전략가인 시쿠 장군이 마찬가지 방식으로 지시를 내리고 있다. 5월 15일의 패배 이후에 동맹군은 암흑계에서 기억의 공격을 받고 무너지는 일이 없도록 하기 위해 기억 다스리는 법을 배운 바 있다. 그렇기는 해도, 역시 암흑계에서 싸우는 것은 동맹군에게 불리하기 때문에, 그들은 되도록이면 영계로 진입하지 않고 상대의 생명줄이 지나가는 길목을 장악할 생각이었다. 그에 반해 연합군은 코마 장벽 가까이에서 빛을 등지고 포진했다. 빛을 마주 보고 싸우는 적들은 빛에 이끌리기 쉽고 앞을 제대로 못 보게 되리라고 기대했던 것이다.

시쿠와 하샤신의 〈산중 장로〉가 자기들의 생명줄을 꼭 쥐면서 공격 신호를 내린다. 하샤신들이 연합군의 한쪽 날개를 향해 돌진한다. 아프리카와 샤이엔의 주술사들이 주로 지키고 있는 쪽이다. 랍비들이 그들을 도우러 가는데 신도의 신관들이 달려들어 길을 막는다. 신관들은 손을 칼날처럼 사용해서 뜰의 풀을 베듯 랍비들의 생명줄을 잘라 버린다. 도교의 도사들과 도미니크회 수도사가 접전에 돌입한다.

접전이 치열해지자 병법을 따지는 게 부질없어 보인다. 타나토노트들끼리 한데 엉켜 물고 물리는 거대한 아수라장이 펼쳐진다. 싸움판 주위로 그날 죽은 사람들의 영혼이 꾸역꾸역 모여든다. 그들은 영혼들끼리 그렇게 악착같이 싸우는 이유에 그다지 관심을 보이지 않고 무덤덤하게 지나간다.

연합군은 병력이 적은 탓에 판세가 불리하게 돌아가고 있음을 깨닫고, 첫 번째 코마 장벽으로 돌진한다. 동맹군 사령관 시쿠는 연합군이 5월 15일의 전술을 다시 사용하지 않을까 우려하면서도 병력을 이끌고 추격에 나선다.

암흑계의 갈수록 가팔라지는 벼랑길에서 병사들은 가장 무서운 기억들과 맞닥뜨린다. 그곳에선 흙과 시체의 냄새가 나고, 영혼들은 겁에 질려 오들거린다. 많은 생명줄이 잘리고 줄 잘린 영혼들이 빛을 향해 날아간다.

하샤신 셋이 랍비 한 사람에게 덤벼든다. 랍비는 유대 안무의 스텝으로 그들의 급습을 피한다. 승려 한 사람이 쿵후를 사용해서 한 동작에 도미니크회 수도사 여섯의 생명줄을 잘라 낸다. 북미 원주민인 모히칸족 사람 하나가 역시 북미 원주민인 이로쿠아족 사람 한 무리와 대적하고 있다. 통일교 신자들은 벌떼처럼 모여서 사이언톨로지 신자들과 맞서고 있다. 분파들은 특히 경쟁 관계에 있는 다른 분파와 싸우고 싶어 하는 듯하다.

이상야릇한 제휴가 여기저기서 이루어진다. 로마 가톨릭의 구마사(驅魔師)가 인도네시아의 샤먼을 붙잡았는데, 같은 편인 줄 알았던 아프리카의 주술가가 그 샤먼을 구해 준다. 구마사는 어찌된 영문인지 몰라 잠시 당황한다.

선승 한 무리가 벼랑길에서 헤매고 있다. 팽이처럼 빙글빙글 도는 회교의 고행승들을 힌두교 구루들이 가부좌를 튼 자세로 한바탕 공격을 퍼붓고 있다. 고행승들은 둥그런 방어선을 만들어 탈진한 병사들을 도피시킨다. 예수회 수도사들이 회교의 시아파 지도자들을 궁지에 몰아넣자 하샤신들이 달려들어 수도사들을 공격한다. 그들의 목숨이 백척간두에 있을 때 시아파의 한 분파인 드루즈파 특공대와 알라우이트파 몇 사람이 그들을 구해 준다.

모히칸족 병사가 죽임을 당하자 샤이엔족 병사들이 앙갚음을 한다. 주술사들의 도움을 받아 회교의 고행승들이 반격을 시도한다. 인도네시아 샤먼들이 유대교 랍비들을 구조하러 가는데, 세모꼴로 재집결한 선승들이 길을 막아선다.

생명줄들이 고무줄처럼 끊어진다. 서로 물어뜯고 잡아당기고 딴죽을 건다. 터널 안쪽에서 비쳐 나오는 하얀 빛이 싸움터를 비추고 있다. 겁에 질리거나 성난 얼굴들이 네온 불빛을 받은 것처럼 파리하다. 멀리에 생명줄을 서로 묶고 복잡한 작전을 시도하는 무리들의 모습이 보인다. 작전은 대부분 실패로 돌아간다.

동정과 자비는 어느 구석에서도 찾아볼 수가 없다. 죽임을 당하지 않기 위해 죽여야 하는 비정한 싸움이 있을 뿐이다.

처음엔 연합군이 이길 듯하더니, 시간이 흐를수록 동맹군의 기세가 드세어지고 있다. 연합군 쪽에서 사망자가 더 많이 나왔다.

랍비 메예르는 텔레파시로 후퇴하라는 신호를 보내고 두 번째 코마 장벽 쪽으로 신속하게 움직인다. 동맹군은 여전히 시쿠 장군을 앞세우고 연합군을 추격한다. 그러나 모흐 2를 넘어서면 환희와 열락이 충만한 적색계가 있다. 암흑계에서 고통스러운 기억과 싸웠던 병사들은 이제 성적인 환영과 싸워야 한다. 이제껏 참고 참아 왔던 욕망이 살아나는 것을 억누르면서 서로 상대의 은빛 줄을 끊으려고 싸우는 것은 이루 말할 수 없이 힘겨운 투쟁이었다.

암흑계에서 느끼던 공포는 눈 녹듯 스러지고 난잡한 대향연이 펼쳐지고 있다. 도처에서 튀어나오는 색정적인 광경에 가장 놀란 사람들은 도미니크회 수도사들과 하샤신들이다. 그들의 욕구 불만이 랍비나 승려보다 심했던 모양이다. 결혼과 성생활을 허용하는 종교를 가진 연합군 성직자들은 별다른 어려움 없이 견뎌 내는 데 반해서, 그들 가운데는 색정적인 환영에 무릎을 꿇는 자들이 많았다.

시쿠 장군과 산중 장로는 자기들의 생명줄 밑으로 한사코 파고드는 게이샤와 싸우다가 더 이상 견디지 못하고 줄행랑을 놓는다. 그들의 뒤를 따라 살아남은 동맹군 병사들이 도망친다.

그 천국 전투의 승자는 누구인가? 그것은 말할 것도 없이 적색계의 색정적인 환영들이다!

막심 빌랭

176. 아즈텍 신화

아즈텍 사람들은 태양신에게 인신을 제물로 바쳤다. 그들은 사람의 피를 바쳐야만 우주의 질서가 정상적으로 유지된다고 믿었다. 사람의 피를 활력의 원천으로 삼아 태양과 행성이 제대로 운행하고 계절의 순환이 원만하게 이루어진다는 것이다. 아즈텍 사람들은 또 오석(烏石)으로 만든 사제들의 칼로 흉부를 갈라 내장을 노출시킨 사람을 제물로 바쳤다. 옛날에 신들이 세상을 구하기 위해 스스로를 제물로 바쳤으므로, 그러한 인신 공희를 통해 신들과 결합할 수 있다고 믿었다. 결국 아즈텍 사람들이 보기에 인간의 죽음은 우주를 움직이는 동력인 셈이었다. 전쟁은 단지 그 동력의 연료, 즉 희생물이 될 포로를 구하는 수단일 뿐이었다. 그렇긴 해도 일단 제물이 되기로 결정된 사람은 누구나 기꺼이 그 운명을 받아들였고, 아즈텍 전사들은 모두 그런 운명에 순종하도록 교육을 받았다.

프랑시스 라조르박의 논문, 「죽음에 관한 한 연구」에서 발췌

177. 범(汎)종교 협력주의

천국 전투는 영계를 정복하겠다고 나섰던 타나토노트들에게 낭패감과 함께 반성을 불러일으켰다. 수많은 성직자들이 헛되이 죽어 가는 것을 보고서야 정신을 차린 것이다. 모진 시련을 겪은 도미니크회 수도사들은 광신적인 하샤신들의 꾐에 빠져 그들과 손을 잡았던 일을 후회했다. 그들은 산중의 요새로 달아난 그 분파의 생존자들을 타매하고, 그

들 편에 서서 자기들이 저질렀던 잔혹한 짓을 돌이키며 한탄했다. 교황의 격노를 무릅쓰면서 저지른 일이 고작 지옥불에 들어가기에 딱 알맞은 짓이었다니!

그들의 대표단이 우리 타나토드롬을 찾아와 거듭거듭 용서를 빌고 기도문을 읊조렸다.

타나토노트들끼리 싸움을 벌이는 상황에서는 영계의 신비를 파헤치는 일이 제대로 이루어질 리가 없었다. 모든 종교의 성직자들이 그 사실을 깨달았다. 천국 전투가 세계 종교들 사이에 새로운 관계를 모색하는 전환점이 되었다. 격렬한 갈등의 시대가 가고 위대한 화해의 시대가 도래하고 있었다.

우리 타나토드롬의 펜트하우스에 갖가지 신앙을 대표해서 나온 타나토노트들이 모였다. 라울이 일어서서 그들을 마주하고 연설을 시작했다.

「모든 종교는 선합니다. 우리는 그 점을 분명히 깨달아야 합니다. 자기들만이 진정한 신앙의 담당자라고 주장하는 사람들의 생각이 나쁠 뿐입니다. 조로아스터교, 기독교, 정교회, 회교, 유대교, 불교, 도교, 신도, 샤머니즘 등 모든 신앙은 각기 나름대로 위대한 지혜, 어마어마한 진리, 죽음의 위대한 신비에 접한 경험을 토대로 이룩된 것입니다. 우리는 그런 깨달음을 온전히 되찾기 위해 다 같이 힘을 모아야 합니다. 죽음의 신비 속에 삶의 신비가 감추어져 있기 때문입니다. 우리가 이 땅에 존재하는 이유, 그리고 우리의 참된 도덕률을 발견하기 위해 우리 모두 힘을 합칩시다. 종교는 인생을 살아가는 가장 좋은 방법을 찾는 일일 뿐입니다.」

수도사, 주술사, 랍비들이 라울에게 뜨거운 박수갈채를 보냈다.

일본의 선승 하나가 일어서서 찬조 발언을 했다.

「고대에는 종교의 갈래가 여럿이 아니었고 오로지 하나가 있었습니다. 언어도 여러 갈래가 있지 않았고 오직 하나가 있었습니다. 철학도, 문화도, 지혜도 하나였습니다. 사람들은 그 사실을 잊고 있습니다. 이미 옛 사람들이 깨달은 똑같은 지혜를 설명하기 위해 사람들은 서로 알아듣지 못하는 언어들을 사용합니다. 대를 거듭하며 지혜에 대한 해석이 후대로 계승되는 과정에서 본래의 뜻은 어딘가로 사라지고 말았습니다. 그러다 보니 대립이 생겨날 수밖에 없습니다. 모든 분쟁은 오해에서 비롯됩니다.」

서로 얼싸안고 엄숙하게 악수를 나누는 가운데, 뷔트 쇼몽에서 종교 간의 협력을 약속하는 국제적인 협정이 체결되었고, 그에 따라 영계 탐사에 관한 두 가지 원칙이 천명되었다.

제1조 천국은 어떤 나라, 어떤 종교에도 특별히 귀속하지 않는다.

제2조 천국은 모든 사람에게 열려 있다. 천국에 대한 자유로운 접근을 방해할 권리는 누구에게도 없다.

이 두 가지 원칙이 성립하면서 무질서한 분쟁의 시기가 끝나고, 영계 탐사에 질서가 잡히기 시작했다. 영계에 통제가 없다는 점을 악용하여 무슨 짓이든 서슴지 않던 무리는 더 이상 나타나지 않을 거였다.

뷔트 쇼몽 협정이 체결된 뒤, 종교들 사이에 서로를 이해하려는 분위기가 새로이 일어났다.

시쿠 장군은 랍비 프레디 메예르에게 다도(茶道)를 가르쳐 주었다. 그는 메예르가 차에 레몬을 넣어 마시는 쪽을 고집해도 마뜩잖게 여기지 않았다.

우리 타나토드롬이 전 세계 종교인들의 회합 장소가 되었기에, 우리는 그들을 위해 지하층에 회의실을 만들었다. 유리로 덮여 있어 눈부시게 환한 펜트하우스와는 달리 그곳은 어두웠고, 갖가지 성물과 판화와 종교적 상징물로 가득 차 있었다. 수도사, 도사(導師), 주술사들은 어쩌다 파리를 지나는 길이면 어김없이 그곳에 들러 명상을 하거나 대화를 나누었다. 지상에서 벌이는 어떤 분쟁으로도 해결하지 못했던 일을 한 차례의 영계 전투가 이루어 냈다. 영계의 안쪽 끝까지 더 빨리, 더 깊이 나아가기 위해 모든 종교가 힘을 합치기 시작한 것이다!

178. 기독교 신화

내가 잘 아는 그리스도교인 하나가 14년 전에 셋째 하늘까지 붙들려 올라간 일이 있었습니다. 몸째 올라갔는지 몸을 떠나서 올라갔는지 나는 모릅니다. 그러나 하느님께서는 알고 계십니다.

「고린토인들에게 보낸 둘째 편지」 12:2
프랑시스 라조르박의 논문, 「죽음에 관한 한 연구」에서 발췌

179. 역사 교과서

기억해야 할 사건

2065년 5월 14일: 천국 전투
2065년 6월 18일: 뷔트 쇼몽 협정 체결
2065년 6월 20일: 영계 탐사에 관한 최초의 원칙 천명
『기초 강의용 영계 탐사의 역사』

180. 모호 4

우리는 뷔트 쇼몽 협정의 체결을 자축하는 자리를 마련하였다. 프레디는 술을 조금 마시고 알근해지자 말이 많아지면서 자기 살아온 얘기를 길게 늘어놓았다.

「나는 한때 발레 학교 학생이었다네. 뛰어난 무용수나 안무가가 되리라는 꿈을 꾸고 있었지. 나는 또 공중에서 하는 스포츠라면 뭐든지 좋아했네. 발레 동작 중에서도 한쪽 다리로 서서 다른 쪽 다리를 뒤쪽으로 곧게 펴고 한쪽 팔을 앞으로 뻗는 아라베스크나 공중회전 같은 것이 기막히게 좋더군. 하늘로 날아오르는 느낌을 주기 때문이었던 것 같아.

그러던 어느 날의 일이었네. 행글라이더를 타고 공중을 신나게 날고 있을 때였어. 느닷없이 복부의 벨트가 툭 끊어져 버리지 않겠나. 두 어깨에도 벨트가 있었지만 그것만으로는 계속 매달려 있을 수가 없었어. 낙하산이라도 있었으면 괜찮았겠지만, 그것도 없었네. 결국 추락했지. 떨어지면서 아래를 내려다보니 광활한 평원에 나무 한 그루가 있더군. 나무가 단 한 그루 있었어. 아주 짧은 시간이었지만 나는 추락하는 동안에 신에게 기도를 올렸어. 그 운명의 시련에서 죽지 않고 살아남는다면, 아무 종교나 하나를 골라 내 모든 것을 바치겠다고 맹세했지. 유대교든 뭐든 특정 종교

를 떠올릴 계제는 아니었지.

 기도가 효험이 있었는지 나무 위에 떨어지긴 떨어졌어. 그러나 목숨을 건진 대가로 나뭇가지에 두 눈을 찔렸지. 죽지는 않았지만 소경이 되고 만 거야. 소경이 되었다고 맹세를 저버릴 수는 없었어. 유대인은 아니지만 스트라스부르 유대교 학교에 입학했지. 거기에 들어간 건 행운이었어. 라메드 바브 한 분을 스승으로 모실 수 있었거든. 어느 날인가 스승님께 이렇게 맹세했지. 나도 라메드 바브가 되겠다고 말일세.」

「라메드 바브가 무슨 뜻인가요?」

「라메드 바브란 모든 것을 다 이루고 길굴림, 즉 지루한 환생의 순환에서 벗어났으면서도 오로지 이승 사람들을 향한 연민 때문에 환생한 사람을 가리키는 말이라네.

 라메드 바브는 유대교의 성자들일세. 선행과 자비심으로 세계를 선하게 만드는 데에 기여하는 사람들이지. 그들은 이전에 자기들이 살았던 삶들을 훤히 알고 있고, 개인적인 야심은 전혀 갖지 않은 채 사람들의 무지를 깨뜨리기 위해 싸운다네.」

 스테파니아가 나섰다.

「티베트 불교에도 그런 사람들이 있어요. 산스크리트어로 보디사트바, 흔히 보살이라고 부르는 사람들이 그들이에요. 그들 역시 윤회에서 벗어나 해탈을 이루었음에도 중생을 제도하기 위해 이승으로 돌아온 사람들이에요. 카르마[業]의 사슬에 묶여 있는 중생들을 향한 지순한 사랑 하나로 이승에 돌아온다는 것은 더할 나위 없이 위대한 자비행이지요.」

프레디가 말을 이었다.

「환생을 거듭하는 동안 고통스러운 삶을 숱하게 경험했음에도 이승으로 돌아오는 그런 성자들은 어느 종교에나 있을 테지. 우리 종교의 하시디즘적인 전통에서는 그런 이들을 라메드 바브라고 부르는 게야. 한 세대마다 그런 소수의 의인들이 모든 인류를 구원하려고 남모르게 자기를 바친다네. 그들은 오만함을 모르고 명성을 구하지 않지만, 사람들은 그들의 영적인 권능을 기리고 삶과 죽음에 대한 지혜를 찬양하지. 나는 가끔 예수 그리스도 역시 라메드 바브 가운데 하나였을지 모른다는 생각을 하곤 한다네.」

술잔을 비우기가 무섭게 다시 채워 주는 아망딘의 응원을 받아 가며 저녁마다 그렇게 마셔 대면 타나토노트의 일에 지장이 올 법도 한데, 프레디는 그런 것에 전혀 영향을 받지 않았다. 그는 천계에서 응용할 새로운 안무를 계속 고안해 냈다. 타나토노트들의 비행 대형을 에펠탑 모양으로 만들어 보겠다는 것도 그가 고안한 방법의 하나였다. 몇 개의 원무 대형을 연결하여 나선 모양을 만든 다음, 모든 은빛 줄을 한가운데로 모아 엮으면, 모두가 모두를 보호하는 형상이 될 터였다.

랍비는 화해의 표시로 선두 자리를 예전의 적이었던 하샤신의 산중 장로에게 내주었다. 그는 어느 날 밤에 느닷없이 우리 타나토드롬에 풀죽은 모습으로 나타난 바 있었다. 그의 신세가 처량하기 이를 데 없었다. 제자들은 다섯 손가락으로 꼽을 정도밖에 남아 있지 않았다. 그는 지난 잘못을 뉘우치며 용서를 빌었다. 한때 암살자 교단의 우두머리였던 그는 프레디의 제의를 감지덕지하며 받아들였다. 네 번째 코마 장벽을 가장 먼저 넘는 영광이 자기에게 돌아올 줄 어찌 알았으랴!

영혼의 발레단이라는 말이 어울릴 우리의 탐사대는 6월 21일에 이륙하였다. 그들은 별다른 어려움 없이 첫 번째, 두 번째, 세 번째 장벽을 차례로 넘고 여세를 몰아 네 번째 장벽까지 넘었다. 그들은 비행에서 무사히 돌아와 네 번째 장벽 너머에서 본 것을 우리에게 이야기했다. 라울은 그들이 돌아오자마자 영계 지도를 새로이 보완했다.

제5천계
자리 코마 플러스 42분.
빛깔 노랑.
느낌 열정, 힘, 어떤 일이든 못 할 것이 없다는 느낌. 예전에 이해할 수 없었던 모든 신비가 여기에서 밝혀진다. 회교도는 진정한 알라의 낙원을 보고, 기독교인은 태초의 낙원을 발견한다. 유대교도는 카발라의 신비를 풀고, 요가 수행자는 샤크라의 의미를 깨닫고 제3의 눈이 나타나는 것을 보게 된다. 도교 신자들은 참된 도를 찾게 된다.

이 황색계는 절대지(絶對知)의 세계다. 이제껏 터무니없게만 여겨지던 모든 것의 이치가 분명해진다. 삶의 의미가 무한대에서 무한소까지 총체적으로 드러난다.

끝나는 곳 모호 5.

몇몇 타나토노트들은 황색계에서 얻은 새로운 깨달음에 너무나 압도당하여 거기에 머물고 싶어 했다고 한다. 그러나 은빛 줄이 견고하게 엮여 있어서 그들이 동료들로부터 떨어져 나갈 수는 없었다.

그리하여 모두가 무사히 귀환했다. 우리는 샴페인을 터뜨리고 기자들을 불렀다. 종교와 종파를 초월한 협력의 결과 영계 탐사에 새로운 진전이 있었다는 것은 모두가 당장 알아야 할 일이었다.

181. 수피즘[6] 철학

나는 없어지고 내 육신을 이루던 조각들은
태초의 고향인 저 하늘에 던져졌다.
모든 조각들은 감옥과도 같은 바로 이 내가 두려워
술에 취하듯 보이지 않는 분께 도취하여 사랑에 빠져 있다.

시간이 이 파란 많은 삶을 끝내 주리라
소멸이 늑대처럼 다가와 이 양 떼를 풍비박산 내리라
사람의 마음에 저마다 오만이 가득하나

---

6 이슬람 신비주의. 교파나 분파라기보다는 신비주의적 실천 활동을 일컫는 말. 8세기 말에서 9세기에 걸쳐 이슬람 성법(샤리아)의 고전적인 형태가 확립되고 국가 권력이 성법의 준수를 강제하면서 신앙의 형식주의와 위선이 나타났다. 수피즘은 그에 대한 반발로 생겨난 것으로, 자아 의식을 완전히 소멸시키고 신과 자아의 이원적 대립을 초월하여 신의 의지대로 살아가는 것을 이상으로 삼아, 금욕적인 수행과 명상 등을 통해 신과 합일하는 실천을 강조했다.

죽음이 몰아쳐 오면 그 거만한 고개가 수그러지리라.

잘랄 알 딘 알 루미,[7] 『4행 시집』

프랑시스 라조르박의 논문, 「죽음에 관한 한 연구」에서 발췌

182. 모호 5

뷔트 쇼몽 타나토드롬에 전 세계의 종교를 대표하는 타나토노트들이 가장 많이 모여 있을 때는 120명이나 되는 사람들이 한꺼번에 이륙하기도 했다. 황색계의 탐사에 성공한 그들은 곧바로 모호 5에 도전했다.

「여섯…… 다섯…… 넷…… 셋…… 둘…… 하나. 발진!」

2층에서 비행대의 꼭대기 부분을 이루는 30명의 수사가 출발했다.

「여섯…… 다섯…… 넷…… 셋…… 둘…… 하나. 발진!」

그들을 받쳐 줄 타나토노트들이 3층과 4층에서 이륙했다.

「여섯…… 다섯…… 넷…… 셋…… 둘…… 하나. 발진!」

비행대의 바닥 부분을 이룰 타나토노트들이 이륙했다.

그들은 모두 영계 입구에 집결한 다음, 프레디가 고안한 대로 생명줄을 엮었다. 그들 가운데는 항해용 결삭법에 정통한 사람도 끼여 있었다. 그는 맺고 풀기가 쉬우면서도 견고한 결합이 이루어질 수 있도록 도움을 주었다. 또, 스카이다이빙 코치 노릇을 한 적이 있는 어떤 타나토노트는 자유 낙하 때의 비행법을 응용하여 모두가 되도록 오랫동안 결합해 있을 수 있는 방법을 알려 주었다.

---

[7] 페르시아의 시인(1210~1273). 수피즘의 교리를 비유로 설명한 그의 『마스나비』라는 작품은 신비주의 문학의 걸작으로 평가받고 있다.

하나로 결합되어 긴 행렬을 이룬 타나토노트들은 여러 장벽을 차례로 넘었다. 주황색계를 지날 때는 줄을 서서 기다리고 있던 죽은 이들이 그들을 알아보고 인사를 했다. 타나토노트들을 자주 만나다 보니, 그런 만남이 이젠 자기들의 무료함을 달래 주는 일로 여겨지던 모양이었다. 생명줄을 온전히 간직한 채 다른 사람들을 앞질러 가는 타나토노트들을 보고, 그곳에 새로 도착한 신참들이 어리둥절한 표정을 짓자, 겁낼 것 없다며 자초지종을 설명해 주는 축도 있었다.

120명으로 이뤄진 비행대가 마침내 모호 5를 넘어 제6천계에 다다랐다. 영계 탐사가 또 한 단계의 발전을 이룩한 순간이었다. 그러나 그곳에서 돌아온 타나토노트들은 신이 나 있기는커녕 시무룩한 표정들을 짓고 있었다. 다 같이 힘을 모아 그 위대한 진전을 이루었음에도 그들은 전혀 행복해 보이지 않았다. 오히려 그런 협력과 우정을 거추장스럽게 여기는 기색이었다.

그래도 타나토노트들은 우리의 질문에 순순히 응했다.

「황색계 다음엔 녹색계가 있어요. 풀빛이나 녹음처럼 푸르른 세계랍니다. 화려한 꽃들, 오색영롱한 별들을 달고 있는 기이한 풀과 나무들이 있어요. 한마디로 절대미(絕對美)의 세계예요.」

「그런데, 거기서 무슨 시련을 겪었나요?」

라울이 물었다.

「바로 그 너무 아름답다는 것이 시련이오. 녹색계는 너무나 아름다워서 견디기 어려운 세계요.」

어떤 랍비가 중얼거렸다.

「그래요. 정말 기가 막힌 곳이오.」

비구승 하나가 맞장구를 치긴 하는데, 영 신명을 내는 기미가 보이지 않았다.

나는 뭐가 뭔지 도무지 이해할 수가 없었다. 절대미가 어떻게 시련이 될 수 있단 말인가? 이윽고 프레디가 나서서 설명했다.

「그곳은 너무나 아름다운 곳이라서 추한 인간의 모습을 버리고 향기로운 한 떨기 꽃이 되고 싶은 생각만 든다네. 화려함에 질려서 스스로를 혐오하게 되고 추하게 느끼는 걸세. 기화요초와 자신을 혼동하면서 그런 어여쁜 모습이 아닌 다른 모습으로 살고 싶은 생각이 없어지지. 절대지와 마주치는 것도 고통스러운 일이지만, 가장 이상적인 아름다움과 갑자기 맞닥뜨리는 것은 더욱 견디기 어려운 시련일세.」

눈먼 랍비가 의기소침한 모습을 보인 것은 그때가 처음이었다. 랍비는 피아노 앞에 앉아 시름이 가득 담긴 손길로 쇼팽의 소나타를 연주했다.

그 모습을 보고 스테파니아가 침울한 어조로 말했다.

「선생님 말씀이 옳아요. 절대지의 세계를 경험하고 나서 지순한 아름다움을 맞이하게 되면 이 세상으로 다시 내려오고 싶은 생각이 싹 가셔요. 다시 내려오기가 얼마나 힘이 들었는지 몰라요. 그나마 줄을 단단하게 묶고 있었기에 망정이지, 그러지 않았으면 정말 어려웠을 거예요.」

아름다운 광경이 어째서 그렇게 견디기 힘든 시련이 되는지 여전히 이해하기가 어려웠다. 어쨌든 우리는 그들의 보고를 토대로 영계 지도를 보완하고 테라 인코그니타라는 말을 다시 뒤로 밀어냈다.

　제6천계
　자리 코마 플러스 49분.
　빛깔 녹색.
　느낌 더할 나위 없이 아름답다는 느낌. 자신에 대한 혐오감. 자아 부정. 미의 환영이 하나의 끔찍한 시련이 된다.
　끝나는 곳 모호 6.

　녹색계를 경험하고 난 타나토노트들은 종교 간의 협력에 대해 종전과는 다른 태도를 보였다. 그들은 여러 가지 핑계를 대면서 자기들 나라로 돌아갔다. 종교와 종파를 초월하여 힘을 합치는 것이 더 이상 자신들에게 도움이 될 게 없다고 판단한 모양이었다. 그들은 자기들 종파를 위해 아름다움을 독점하고 싶어 했다.
　영계 탐사가 새로운 국면에 접어들고 있었다. 하샤신들이 발호하던 때처럼 서로 싸움질을 하는 시기도 아니고 종교들끼리 협력하는 시기도 아니었다. 저마다 따로 자기를 위해 달리는 각개 약진의 시기였다.
　신의를 저버리지 않고 우리 곁에 남은 사람들은 프레디와 영계 전투에서 살아남은 그의 세 제자뿐이었다. 프레디가 우리 곁에 남은 것과 관련이 있는 것은 아니지만, 아망딘은 변함없는 애정을 가지고 그를 보살핀 끝에 마침내 눈먼 노인의 마음을 사로잡았다. 두 사람은 자기들의 사랑을 숨기지 않았다. 프레디의 제자들은 파리의 생활에 익숙해졌기도 했거니와, 스승을 두고는 떠날 수 없었기에 유대교 학교로 돌아가는 것을 서두르지 않았다.

각 타나토드롬에서 따로따로 다시 비행을 시작했다. 교파들은 저마다 아름다움의 관문을 넘어 〈신〉을 가장 먼저 만나기를 희망했다. 청색, 흑색, 적색, 주황색, 황색, 녹색 터널 다음에 나올 것은 〈신〉밖에 없다고 생각하는 사람들이 많았다. 아름다움이 천국에 이르는 마지막 길목, 마지막 경계일 거라고 그들은 생각했다.

두려움, 기쁨, 지루한 기다림, 절대지, 이상적인 아름다움, 그다음에 우리가 만날 것은 무엇일까? 우주를 설계하신 바로 그분이 아니겠는가?

수사, 승려, 도사, 신부, 랍비들이 각 타나토드롬에서 그분을 향해 손을 내밀고 있었다.

누가 그분을 가장 먼저 만나게 될 것인가?

183. 새로운 도덕 교과서

죽은 이들을 공경할 줄 알아야 한다

죽은 사람을 헐뜯는 일이 있어선 안 된다. 특히 죽은 지 얼마 안 되는 사람에 대해 험담을 하면 안 된다. 그 사람의 힘이 아직 이승에 미칠 수 있기 때문이다. 주황색계에서 길게 줄을 서서 기다리는 동안 사자들은 그 나름의 활동을 할 수 있다. 그들은 산 자들을 은밀하게 관찰한다. 이승에서 사랑하던 사람들과 교신하려는 경우도 종종 있다. 우리가 저승으로 간 소중한 사람을 생각하며 애정 어린 파동을 보내면, 그의 넋이 우리에게 와서 우리의 일을 도와줄 수 있다. 반대로, 우리가 그에 대해 원망을 품고 있으면, 그의 넋은 더 이상 우리를 도울 수 없다.

하늘나라 주황색계에서 기다림의 시련을 받고 있는 동안, 죽은 이는 자기가 사랑하던 모든 사람들, 그리고 자기를 사랑하던 모든 사람들과 교신하고 싶어 한다. 그것이 그의 일이다. 그 교신은 산 자가 죽은 이에 대해 변함없는 애정을 느끼고 있을 때라야 가능하다. 이따금 죽은 이는 자기가 사랑하던 사람에게 힘을 발휘해서 그를 시름시름 앓게 만들기도 한다. 우리는 그런 경우에 그가 〈크게 상심했다〉고 말한다. 그런 것이 꼭 나쁘다고만은 할 수 없다. 그렇게 해서 사랑하는 두 사람의 영혼이 주황색계의 긴 행렬 속에서 다시 만날 수도 있기 때문이다.

『이승과 저승을 함께 생각하는 도덕 교과서』

184. 무한 경주

〈각개 약진〉 국면에서 영계 탐사는 이렇다 할 진전이 없이 답보 상태를 계속했다. 타나토노트들이 거대한 피라미드 대형을 이루어 떠날 때에는 완전한 지혜나 이상적인 아름다움을 견뎌 낼 수 있었지만, 혼자 또는 작은 동아리를 지어 떠나다 보니 스스로 생명줄을 끊고 영계에 머물러 버리기가 일쑤였다.

지난날의 잘못 때문에 한결 냉철해진 도미니크회 수도사들이 가장 먼저 모호 6에 도달했다. 그들은 프레디가 가르쳐 준 방법을 사용하였다. 그러나 그들 역시 모호 6을 넘는 데는 실패했다.

우리 팀에서도 사정은 마찬가지였다.

영계 탐사에 대한 대중의 관심은 점차 시들해졌고 우리의 활동은 더 이상 뉴스거리가 되지 못했다.

누가 봐도 영계 탐사는 끝없는 경주일 뿐이었다. 모호 1, 모호 2, 모호 3, 모호 4, 모호 5, 모호 6…… 그런 식으로 나가다 보면 모호 124나 모호 2018이 나오지 말란 법이 없었고, 온갖 빛깔, 온갖 시련, 심지어는 올림픽 3종 경기 같은 것을 벌여야 하는 천계가 나타날지도 모르는 일이었다.

로마 교황청 기관지 『옵세르바토레 로마노』는 감히 하늘의 무한성에 의심을 품으면서 스스로를 개척자로 일컫는 타나토노트들을 비웃었다. 영국 신문 『타임스』는 〈영계 탐사는 인민의 마지막 아편이다〉라는 제목의 기사를 싣기도 했다.

영계 탐사는 풍자 만화가와 코미디언과 텔레비전 인형극의 우스갯거리로 전락했다. 본래의 신성한 의미는 완전히 사라지고 장사꾼들의 돈벌이 수단이 되었다.

우리 가족이 운영하는 가게에서는 판매가 부진하였다. 어머니와 형은 새로운 포스터, 영계의 색깔이 더욱 아름답게 들어간 티셔츠, 돋을새김 장식을 넣은 운동모, 날개 달린 샌들, 어둠 속에서만 보이는 형광 포스터, 〈타나토노트 특별식〉이라 이름 붙인 건강식품 따위를 내놓고 손님을 기다녔지만, 가게를 찾는 사람들은 갈수록 줄어들었다. 모호 6이 지나면 또 모호 7이 나올 판국이니 사람들이 관심을 가질 리가 없었다.

어느 날, 우리 모두가 모인 자리에서 라울이 말했다.

「영계 탐사가 똑같은 일의 반복이라는 느낌을 주기 시작해요. 하지만, 그건 우리 탓이 아니에요. 우리가 영계 지리를 바꿀 수도 없는 노릇인걸요. 누가 뭐라든 우리는 그저 영계를 새로이 발견하는 일에만 몰두하면 돼요. 그 일은 여전히 흥미진진한 일이기도 하고요.」

라울은 화를 내고 있었다. 사람들이 우리 사업을 조롱하면 예산이 줄어들 것이었다. 대통령의 비자금도 한계가 있었다.

뤼생데르는 그래도 우리를 외면하지 않았다. 대중이 볼거리를 원한다면 그들에게 그것을 제공해 주자는 것이 그의 생각이었다. 그는 텔레비전에서 일요일 아침마다 방송되는 에어로빅 강좌를 명상 강좌로 대체하자고 제안했다. 프레디와 스테파니아가 강사로 나가서 멋진 시범을 보이자는 것이었다. 대통령은 그 프로그램에 〈영적인 삶을 위해〉라는 이름을 붙이기까지 했다. 그는 자기의 아이디어를 대단히 흡족하게 여겼다.

그 이야기를 전해 들은 스테파니아가 화를 냈다.

「우리를 동물원 원숭이로 생각하는 거야, 뭐야?」

나는 그녀를 설득했다.

「대통령을 이해해야 돼요. 코마 장벽이 그렇게 계속 나타나는데 지치지 않을 사람이 있겠어요? 나도 가끔은 우리 일이 영원히 끝나지 않을 것 같은 느낌이 드는걸요.」

그러자 프레디가 큰소리로 말했다.

「그건 자네가 잘못 생각하는 게야. 모호 6이 마지막 경계일세.」

우리는 그의 설명을 더 듣고 싶었다. 우리가 다음 말을 재촉하자 그는 차분하게 말을 이었다.

「하늘에 일곱 천계가 있다는 것은 성서와 카발라 문헌, 그 밖의 다른 경전에도 나와 있는 얘기일세. 그러니까 죽음 너머에는 일곱 천계가 있는 것이지. 더할 나위 없는 행복을 맛본다는 뜻으로 〈제7천국에 가다〉라는 표현을 쓴다는 건 자네들도 잘 알 테지. 더도 덜도 아니고 일곱일세. 다른 종교의 성직자들하고 그 문제에 대해 토론해 본 적이 있었네. 많은 종교에서 영계를 설명할 때 7이라는 수를 제시한다는 것을 확인할 수 있었지. 틀림없이 모호 6이 마지막 장벽일걸세.」

「그럼 그 너머에는 무엇이 있을까요?」

나의 물음에 프레디는 자신 없다는 듯한 태도를 보이며 대답했다.

「글쎄 뭐가 있을까…… 블랙홀의 중심, 신, 개똥벌레, 복권, 막다른 골목…… 우리가 가보면 알겠지.」

나는 마음이 실쭉해져서 손질하고 있던 부스터 위로 몸을 기울였다.

185. 근동(近東)의 철학

그때 알미트라가 소리쳐 말했다.

「저희는 이제 죽음에 대하여 묻고 싶습니다.」

그러자 알무스타파가 대답했다.

「그대들은 죽음의 비밀을 알고 싶어 하는구나! 하지만 그대들 삶의 한가운데서 죽음을 찾지 않는다면, 어떻게 그것을 찾아낼 수 있을 것인가?

밤눈 밝은 올빼미는 낮엔 눈이 멀기에 결코 빛의 신비를 벗길 수 없을지니.

그대들 진실로 죽음의 참모습을 관조하고자 한다면 삶을 향하여 육신을 활짝 열라. 강과 바다가 하나이듯 삶과 죽음도 하나일 터이니.

그대들 희망과 욕망의 깊은 곳에 피안에 대한 무언의 깨달음이 잠자고 있구나. 그러니 꿈을 믿을진저. 꿈속에야말로 영혼으로 들어가는 문이 숨겨져 있을지니.」

칼릴 지브란,[8] 『예언자』

프랑시스 라조르박의 논문, 「죽음에 관한 한 연구」에서 발췌

186. 별들도 환생한다

로즈는 전파 망원경에 딸린 컴퓨터의 모니터를 주시하고 있었다. 그날은 도쿄 타나토노트 열여덟 명이 우리 장비를 이용하러 돌아온 날이었다. 그들이 이륙한 뒤 꽤 시간이 흐

---

[8] Kahlil Gibran(1883~1931). 레바논의 시인, 화가, 철학자. 1902년 조국을 떠난 뒤 그리스, 이탈리아, 스페인 등지를 여행하고 파리에서 미술 공부를 한 다음, 미국에 정착하여 세상을 떠날 때까지 뉴욕의 한 아파트에서 독신으로 살며 글을 썼다. 산문시인 『예언자』(1923)는 영어로 쓴 첫 작품으로 삶의 근본 문제에 대한 한 구도자의 심오한 대답을 아름답고 감동적인 언어로 표현하고 있어, 세계적으로 많은 이들의 사랑을 받았다.

르자, 로즈는 그들이 여섯 번째 장벽을 넘는 데 성공했다고 확신했다. 아내의 생각이 틀린 건 아니었다. 그러나 마음을 졸이며 한 시간 넘게 기다린 끝에 우리는 그들의 육신에 더 이상 생명의 징후가 보이지 않는다는 것을 확인했다. 그들의 영혼에 평화 있으라.

프레디는 모호 6을 넘으려면 예전처럼 120명이 함께 대열을 지어야 한다고 줄기차게 주장했다. 그러나 옛 친구들은 랍비의 권유를 받아들이지 않았다. 그들은 영광을 자기들 종교에게만 돌리기 위해 저마다 따로 행동하기를 고집했다.

아내는 신비주의적인 고정 관념에서 벗어나 천문학과 천체 물리학 쪽으로 우리의 연구 방향을 돌리자고 제안했다. 나는 아내의 생각에 동의하면서도, 영계가 우리 은하 한가운데에 있는 블랙홀이라는 것 말고 더 배울 게 무엇이 있을까 하는 의구심을 가졌다.

로즈가 자기 생각을 말했다.

「여러분은 블랙홀 깊숙한 곳에 무엇이 있는지를 알아내기 위해 애쓰고 있습니다. 그런데 천체 물리학자는 오래전부터 그것을 알고 있었는지도 몰라요.」

「그래요?」

라울의 말투에는 그럴 리가 없다는 뜻이 담겨 있었다.

「그럼 거기에 뭐가 있지요?」

내가 물었다.

「화이트홀요.」

화이트홀! 프레디는 이륙용 의자에 앉아 쉬고 있다가 벌떡 일어나 방 안을 거닐었다. 앞을 못 보는 이가 그렇게 돌아다니다가 무엇에 부딪치지 않을까 싶어 마음이 조마조마했다. 그러나 실험실 안에 장비가 그렇게 많은데도 부딪치지 않고 잘도 피해 다녔다.

로즈의 설명이 이어졌다.

「화이트홀은 블랙홀의 반대예요. 후자는 빛을 빨아들이지만 전자는 방출하지요. 블랙홀은 물질을 끌어당기고, 화이트홀은 밀어내요. 어떤 이들은 빅뱅이라는 것도 물질과 빛을 분출하는 화이트홀일 뿐이라고 믿고 있어요. 바로 그 화이트홀에서 새로운 우주가 생성되는 것인지도 모르지요.」

로즈는 천체 물리학 강의에 열을 올렸다.

「블랙홀은 별들을 삼켜서 압축하고 순수한 에너지로 변형시킵니다. 그런 점에서 보면 각각의 블랙홀은 하나의 은하가 죽었음을 나타내는 것일 수도 있어요. 우리 은하의 한가운데는 주위의 물질을 빨아들이는 소용돌이로 이루어져 있어요. 지금으로부터 몇백만 년 후에는 태양이 거기에 빨려 들어갈지도 모르는 일이지요. 물리학에서 아주 잘 설명하고 있듯이 만물은 생성하거나 소멸하지 않고 그저 변화할 뿐이에요. 별 하나가 죽으면 에너지가 생기고, 그 에너지를 나팔형 포구(砲口)처럼 생긴 화이트홀이 방출하는 거예요.」

결국 별들도 환생을 한다는 얘기였다. 블랙홀과 화이트홀은 평행 우주로 나아가기 위한 구름다리일 뿐이라는 것이었다.

로즈의 설명이 계속되었다.

「은하마다 저 나름의 형상이 있고 신이 있어요. 또 은하들은 저마다 빅뱅을 통해 생성하고 우주의 항문을 통해 소멸해요. 각 은하는 자기 나름의 4차원 공간을 가지고 있을 수도 있어요. 결국 우리는 자기 나름의 신과 시간과 죽음과 이치를 지닌 은하계 안에 살고 있는 거지요.」

우리는 각각의 블랙홀에 대응하는 화이트홀이 있고 은하가 블랙홀을 거쳐 다른 시공 세계에서 다시 태어난다는 로즈의 생각에 깊은 인상을 받았다. 방 안을 오락가락하던 프레디는 로즈의 이야기를 여겨들을 양으로 다시 자리에 앉았다. 그가 물었다.

「그럼 영혼은 화이트홀을 거치고 나면 무엇이 되는 거지?」

로즈는 자기 한계를 아는 사람이었다.

「그 문제에 대해서는 과학에서 답을 구할 게 아니라 종교로 돌아가는 게 좋겠군요. 영혼 역시 화이트홀에서 방출되고 나면 다른 세계에서 환생하지 않을까요?」

아망딘은 머리도 식히고 칵테일도 한잔할 겸 펜트하우스로 올라가자고 제안했다. 마침 피곤을 느끼기 시작하던 터라 우리는 그 제안을 기꺼이 받아들였다. 녹색 식물들 속에서 마음이 느긋해진 눈먼 노인과 매혹적인 금발 여인은 우리에게 둘이 결혼하겠다는 뜻을 밝혔다. 아망딘은 프레디가 자기 생을 바칠 만한 남자이며, 프레디가 원한다면 기꺼이 유대교로 개종하겠다고 말했다. 그러나 그녀의 약혼자가 그런 걸 강요할 사람은 아니었다. 그는 이교도와 혼인하는 것을 스스로에게 허락할 만큼 열린 사람이었다.

그렇게 두 사람은 하나가 되었고, 우리는 스트라스부르

유대교 학교의 제자들과 함께 잔치를 열었다. 아망딘은 그 어느 때보다 명랑한 모습을 보여 주었다. 그녀의 신랑이 피아노로 전래의 민속 음악을 연주하는 동안 우리는 둥그렇게 둘러서서 춤을 추었다. 프레디는 그녀보다 스무 살이나 많고 눈이 멀었지만, 그녀의 고통을 덜어 주고 그녀를 기쁘게 해 줄 수 있는 사람이었다. 부부 사이에 그보다 더 중요한 게 무엇이 있으랴!

187. 도교 신화

하극이 대답했다.

「발해(渤海) 동쪽으로 몇억만 리나 되는지 알지 못하지만 그곳에 거대한 구렁이 있습니다. 그 아래엔 바닥이 없으며 그곳을 흔히 〈귀허(歸虛)〉라고 부릅니다. 온 세상 팔방의 물과 은하수에 흐르는 물이 모두 그곳으로 흘러들지만, 물은 늘지도 않거니와 줄지도 않습니다.

그 가운데에 다섯 개의 산이 있는데, 첫째는 대여(岱輿), 둘째는 원교(員嶠), 셋째는 방호(方壺), 넷째는 영주(瀛州), 다섯째는 봉래(蓬萊)입니다. 그 산들은 높이와 둘레가 삼만 리이며, 그 꼭대기에는 지름이 구천 리인 넓은 평원이 있습니다. 산들 사이의 거리는 칠만 리입니다. 그곳에서는 모두가 이웃처럼 지내고 있습니다. 그 위의 누대와 궁궐들은 모두가 금과 구슬로 되어 있고, 그 위의 새와 짐승들은 모두가 순백색입니다. 주옥으로 된 나무들이 떨기로 자라고, 꽃과 열매는 모두 맛이 좋아서 그것을 먹으면 누구나 늙지도 않고 죽지도 않는다 합니다. 그곳에 사는 사람들은 모두가 신선과 성인의 무리입니다. 하루 낮이나 하루 저녁에 날아서 서로 왕래하는 사람들이 이루 헤아릴 수 없을 정도입니다.」

『열자(列子)』[9]

프랑시스 라조르박의 논문, 「죽음에 관한 한 연구」에서 발췌

188. 아내를 살리기 위하여

여섯 번째 장벽은 여전히 난공불락의 요새처럼 버티고 있었다. 우리는 그 장벽을 넘어 우리 모험의 끝을 보고 싶었다. 그러나 우리 탐사의 마지막 장을 쓰기 위해서는 넘어야 할 극적인 고비가 아직 남아 있었다.

그해 7월에 우리는 뜻하지 않은 장애를 만났다. 교조주의자들이 재차 공격을 걸어왔던 것이다. 우리 타나토드롬의 정문에 〈하느님을 노하게 하지 말라〉는 낙서가 다시 나붙었다. 낙서를 남긴 자들은 스스로를 〈신비를 지키는 사람들〉이라고 불렀다. 그들은 그것으로는 성이 차지 않았는지 우리의 목숨을 위협하는 전화를 걸고 우편물을 보냈다. 교황청에서는 영계 탐사를 파문의 벌로 다스리겠다는 예전의 결정을 상기시키면서 새삼스럽게 포문을 열었고, 거룩하신 하느님의 부름을 받기 전에 여섯 번째 장벽 너머에 있는 것을 보려고 하는 자를 이단으로 규정하는 이른바 〈에트 미스테리움 미스테리움쿠에〉[10] 교서를 내렸다.

실험실 전화의 자동 응답기를 상대로 누군가가 성난 음

---

9 『열자』第五 湯問篇.
10 *Et mysterium mysteriumque*. 신비 그리고 신비.

성으로 〈호기심이 너무 많은 자들에겐 개죽음이 있을 뿐이다〉라고 악담을 했다. 라울은 여느 때처럼 무심히 걷다가 길 한복판에서 뭇매를 맞았다. 가톨릭 사제들과 회교 지도자들이 우리 건물 앞으로 신자들을 몰고 와서 시위를 벌였다. 건물 주위에는 쓰레기가 산더미처럼 쌓였다. 어머니와 형이 운영하는 가게는 진열창이 깨지고 도둑을 맞았다. 가게 문을 닫은 뒤에 그런 일을 당한 것이 그나마 다행이었다. 거리를 지나가던 사람들은 가게를 부수는 자들의 성난 태도에 겁을 집어먹은 채, 일이 어떻게 돌아가는지를 궁금해하면서 약탈 광경을 지켜보았다.

우리가 다시 논쟁의 소용돌이에 휘말리자 영계 탐사에 관한 사람들의 관심이 되살아났다. 우리를 지지하는 것은 주로 젊은이들이었다. 그들은 우리를 천 년에 한 번 있을까 말까 한 대모험의 영웅들로 치켜세웠다. 그들은 유명한 타나토노트인 프레디 메예르와 스테파니아 키켈리의 사인을 받기 위하여 줄을 섰고, 선구자 펠릭스 케르보스를 추도하는 의식을 올렸다. 자원 봉사자들 수십 명이 나서서 부서진 우리 가게를 신속하게 복구하였고, 가게에는 다시 손님들이 북적거렸다. 협박 편지들이 줄어들고 격려의 메시지가 쇄도하였다. 사람들은 몽매주의와 중세적인 공포에 무릎을 꿇지 말라고 우리에게 신신당부하였다.

격렬한 집회가 열리고, 그 자리에서 영계 탐사를 지지하는 자들과 비방하는 자들 사이에 난투극이 벌어졌다.

반대자들은 갈수록 폭력적인 모습을 보였다. 어느 날, 로즈가 어머니를 대신하여 혼자서 가게를 지키고 있는데, 건물 앞에 소형 트럭 한 대가 멈췄다. 복면을 하고 검은 잠바를 입은 세 남자가 내렸다. 손에는 곡괭이 자루 같은 몽둥이를 하나씩 들고 있었다. 그들은 다짜고짜 가게를 부수기 시작했다. 로즈는 도망가지 않으면 목숨을 보전하기가 어려우리라 판단하고 달아났다. 그러나 그자들이 로즈를 뒤쫓아왔다.

로즈는 오금아 날 살려라 하고 한길 쪽으로 달아나서, 끊어질 듯한 숨을 겨우 가누며 정문 뒤에 숨었다. 그들이 금세 다가왔다. 로즈는 다시 달음박질을 시작했다. 행인들은 언제나 그랬듯이 나 몰라라 하며 쫓고 쫓기는 사람들을 바라보았다. 왼쪽으로 돌았다가, 오른쪽으로, 다시 왼쪽으로 돌아갔더니 막다른 골목이었다. 연약한 여자의 몸으로 흉기를 든 세 사내를 당할 수는 없는 노릇이었다. 로즈는 도저히 어떻게 해볼 도리가 없었다. 몸에 피멍이 들고 머리가 깨진 그녀를 버려두고 사내들은 달아났다.

땅바닥에 여인이 쓰러져 있는데도 사람들은 태연하게 지나갔다. 그들은 나중에 가서, 자기들은 웬 술주정뱅이 여자가 술이 깰 때를 기다리며 널브러져 있는 줄 알았다고 주장할 사람들이었다. 두 시간이 지나서야 근처에 사는 사람 하나가 그 여인에게 관심을 가져 주었다.

사람들이 그녀를 급히 생루이 병원으로 옮겼다. 의사들은 내게 유감의 뜻을 표했다.

「부인께서 병원에 오셨을 땐 이미 늦어 있었어요. 피를 너무 흘려서 더 이상 손을 쓸 수가 없었지요. 그나마 인정 많은 사람을 만나 이렇게 병원에서 숨을 거두시는 게 다행입니다. 밤마다 길거리에서 최후를 맞는 사람들이 하나둘이 아닌데, 아무도 경찰에 신고할 생각조차 안 하는 게 요즘 세상이거든요.」

로즈는 소생실에서 꼼짝 않고 누워 있었다. 기계들만이 근근이 그녀를 이승에 붙들어 두고 있었다.

아내를 소생시킬 방도가 없는 걸까? 나는 친구들에게로 달려갔다. 라울은 프레디와 상의해 보자고 했다. 그런 끔찍한 상황에서 우리가 어떻게 해야 하는지를 알 사람은 경험 많은 그 랍비뿐이라는 거였다.

스트라스부르의 현자는 나를 끌어안으며 보이지 않는 눈으로 나를 바라보았다.

「자네 뭐든지 할 준비가 되어 있나? 아내를 살리기 위해서 정말 뭐든지 할 준비가 되어 있는가 말일세.」

「네.」

내 대답은 단호했다. 로즈는 내 아내이고 나는 그녀를 사랑하고 있었다.

「자네 목숨을 바쳐서라도 로즈의 목숨을 구할 준비가 되어 있단 말이지?」

「네. 모든 걸 다 바치겠습니다.」

랍비는 영혼의 눈으로 나를 바라보았다. 나는 느낌으로 그것을 알 수 있었다. 그는 영혼을 통해서 내 말이 진실인지 거짓인지를 헤아리고 있었다. 나는 가슴을 두근거리며 그가 날 믿어 주기를 기다렸다.

「그렇다면 해결책이 있네. 로즈에게 연결되어 있는 기계들을 떼어 낼 정확한 시간을 의사들하고 정하게. 로즈가 이승을 떠날 시간을 정하란 말일세. 로즈가 떠나는 시간에 맞추어 우리도 함께 이륙하는 걸세. 그녀의 생명줄을 찾아 그것이 끊어지기 전에 붙들면 로즈를 다시 이승으로 데려올 수 있을 게야. 자네도 나와 함께 가야 하네. 로즈를 구할 사람은 자네니까 말일세.」

189. 경찰 기록

관계 당국에 보내는 보고
뷔트 쇼몽 타나토드롬 쪽에 폭력이 가해지고 있습니다. 개입해야 할까요?

관계 당국의 회신
아직 그럴 필요가 없음.

190. 대비행

가능한 일이었다. 나는 해낼 수 있다고 확신했다. 저승사자는 나의 로즈를 데려가지 못할 거였다. 나는 병원으로 달려갔다.

내가 아내의 사망 시각을 17시 정각에 맞추고 싶다고 했을 때, 소생과 책임자는 내가 굳이 특정한 시각을 고집하는 까닭을 제대로 이해한 것 같지는 않았다. 그래도 그는 확신에 찬 어조로 내가 훌륭한 선택을 했다고 말했다.

「식물과 같은 상태로 인간의 목숨을 유지시키는 것보다는 안락사 쪽을 택하는 것이 바람직하죠.」

그는 내 요구를 선선히 받아들였다. 내 요구보다 더 이상

한 요구를 환자 가족들로부터 숱하게 들어 본 그였다.

「16시 55분 0초부터 제 시계를 보고 있다가 약속한 시간에 기계들을 떼겠습니다.」

그날 밤 나는 잠을 이루지 못했다. 내일이면 스스로 죽음의 문턱을 넘어서게 되리라는 생각을 곱씹느라고 그런 것도 아니고, 좋은 꿈을 꾸느라고 그런 것도 아니었다. 뜬눈으로 악몽을 꾸고 있었다는 표현이 맞을 터였다. 나는 암흑계에서 어떤 기억 방울들이 나를 공격해 올 것인가, 그리고 적색계에서 어떤 사악함이 내 안에 숨어 있다가 튀어나올 것인지를 상상해 보려고 애썼다.

나는 입맛이 당기지는 않았지만 억지로 아침을 먹었다. 점심에도 밥맛이 없기는 마찬가지였다. 오후에는 로즈를 구하기 위해 우리가 사용할 비행 대형을 프레디와 함께 검토하였다. 이번에는 피라미드 대형이 아니라 평면 구조였다. 일종의 그물을 만들어서 아내를 받아 내자는 것이 우리의 바람이었다.

나는 팔로 두 랍비를 붙들고 다리로 소림사의 두 승려 — 그들은 어떤 정치적인 이유로 우리 타나토드롬에 돌아와 있었다 — 와 연결된 채 그물의 한가운데에 있을 예정이었다. 프레디가 어떻게 사람들을 설득했는지는 모르지만, 비행실에는 우리가 함께 떠나려는 타나토노트들이 많이 와 있었다. 프레디 말고도 랍비가 열여덟 명이 더 있었고, 라마승 열세 명의 얼굴도 보였다. 스테파니아가 함께 있었음은 말할 것도 없다.

나는 자신의 명상 능력을 그다지 신뢰하지 않았기 때문

에 화학적인 보조 추진 장치를 세심하게 점검하였다.

우리는 모두 하얀 비행복을 입고, 각자 심장 박동과 뇌파가 그려지는 모니터를 살폈다.

동료들은 정해진 시각에 이륙 스위치를 누를 준비를 하면서 벌써 눈을 감고 있었다. 벽시계가 16시 56분을 가리키고 있었다. 16시 57분…….

바야흐로 나는 두 번째의 죽음을 맞이하고 있었다. 늘 다른 타나토노트들이 이륙하는 모습을 지켜보기만 하던 내가 직접 영계로 떠나는 순간이 다가오고 있었다. 귀환에 실패해서 진짜 저승객이 될지도 모를 일이었다. 그러나 나에겐 달리 선택할 길이 없었다. 로즈를 구하겠다는 단 하나의 생각만이 나를 지배하고 있었다.

16시 57분 10초. 스위치를 잡고 있는 내 손이 축축하다.

16시 57분 43초. 내 양옆에 있는 프레디와 스테파니아의 모습은 더할 나위 없이 평온하다. 필요하다면 아주 멀리까지라도 갈 수 있는 이상적인 비행 대형을 만들기 위하여 우리는 수영장에서 반복적인 연습을 한 바 있다. 우리는 비행 대형에서 자기가 있을 자리가 어디인지를 충분히 익힌 것이다. 그 대형을 고안한 프레디는 우리가 다섯 번째 코마 장벽까지는 무난히 갈 수 있으리라고 생각하고 있다. 모호 5에 이르기 전에 로즈를 붙잡을 생각이지만 우주 공간을 날아 본 경험이 전혀 없어서 실제로 어떤 일이 벌어질지 가늠하기가 어렵다.

16시 58분 3초. 비행실 안에 깃든 무거운 정적이 우리 마음을 차분히 가라앉힌다. 그레고리안 성가가 조용히 울려 퍼진다. 그 음악이 이륙을 앞둔 타나토노트들에게 어떤 효과를 주는지 이제야 알 것 같다.

16시 58분 34초. 갑자기 문이 열린다. 거뭇한 형체가 나타나 그림자를 드리운다. 나는 그 그림자의 주인을 안다. 라울이다. 그는 내 죽음의 세례를 필름에 담으려는 것일까? 아니다. 그는 나에게 한쪽 눈을 찡긋해 보이고는 주저 없이 비행복을 입고 다른 이륙용 의자를 향해 걸어간다. 그도 우리처럼 가부좌를 틀고 추진 보조 장치의 스위치를 손에 쥔다.

16시 58분 56초. 다시 문이 열린다. 이번에는 가냘픈 형체가 나타난다. 밖에서 들어오는 빛이 한 순간 금빛 머리에 담뿍 쏟아진다. 그 형체도 비어 있는 의자 쪽으로 걸어간다. 라울과 내가 그렇듯이 아망딘은 비행을 해본 적이 없다. 그런 그녀가 이제 비행을 하려 한다. 로즈를 구하기 위해, 그리고 나를 위해.

아망딘은 비행복을 입는다. 결혼식 때를 빼고, 하얀 옷 입은 그녀를 보기는 이번이 처음이다. 아망딘은 여러 가지 기계들을 몸에 연결하고 팔에 주삿바늘을 꽂는다. 잠시 후면 그 바늘을 통해 죽음의 액체가 그녀의 몸속으로 들어갈 것이다.

16시 59분 20초. 내 얼굴에 웃음이 번진다. 나에겐 정말이지 세상에서 가장 훌륭한 친구들이 있다. 어려울 때 함께하는 친구가 진정한 친구가 아니던가. 그들이 내 곁에 있음에 나는 힘을 얻는다. 그런 친구들을 가졌으니 나는 얼마나 행복한가. 나에겐 정말이지 세상에서 가장 훌륭한 친구들이 있다.

17시 0분 2초. 바흐의 토카타 중 첫 부분 아르페지오가 울려 퍼진다. 하늘의 문을 여는 종소리 같다. 열려라 참깨, 열려라 토카타. 토카타여, 저 하늘에서 우리가 넘을 수 없는 장벽에 부딪치는 일이 없게 해다오.

17시 0분 25초.

「다들 준비됐나?」

프레디가 모두에게 묻는다. 우리는 일제히 대답한다.

「네. 준비됐습니다.」

그 소리를 숱하게 들었지만 나 자신과 직접 연관된 소리로 듣기는 이번이 처음이다.

랍비가 초읽기를 시작한다.

「여섯…… 다섯…… 넷…… 셋……」

〈그런데 내가 지금 뭘 하는 거지〉라고 묻지 말자. 이를 앙다물고 아랫배에 힘을 주자.

「둘…… 하나…… 발진!」

나는 축축한 손으로 추진 보조 장치의 스위치를 누른다. 얼음처럼 차가운 액체가 내 정맥 속으로 흘러 들어옴을 느낀다. 그리하여…… 나는 죽어 가고 있다!

191. 근동의 철학

죽음에 대한 그대들의 두려움이란, 친히 손길을 내려 영광을 베풀려는 왕 앞에서 양치기가 느끼는 전율에 지나지 않을 터. 떨고 있으면서도 양치기는 임금이 하사하실 휘장을 달게 되리라 생각하며 기뻐하지 않겠는가? 그럼에도 떨림을 느끼는 건 어쩔 수 없지 않은가?

죽는다는 것은 무엇인가? 그건 그저 바람 속에 벌거숭이인 채로 있는 것, 햇빛 속에서 녹아 버리는 것이 아니겠는가?
숨이 멎는다는 것은 무엇인가? 그건 그저 숨결을 높이 들어 올려 자유로이 신을 찾을 수 있도록, 끊임없이 밀고 써는 조수(潮水)에서 해방시키는 것이 아니겠는가?

그대들은 오직 침묵의 강에 다다라 그 물을 마실 때라야 진실로 노래하게 되리라. 또 그대들은 산마루에 이르러서야 비로소 오르기 시작하리라.
그리하여 대지가 그대들의 사지(四肢)를 요구하는 날, 그날이 오면 그대들 진실로 춤추게 될지라.

칼릴 지브란, 『예언자』
프랑시스 라조르박의 논문, 「죽음에 관한 한 연구」에서 발췌

192. 하늘에 오르다

스테파니아 말대로 죽어 보지 않고는 죽음이 무엇인지 알 수 없다. 그 느낌을 말로 설명하는 것은 불가능하다. 그럼에도 나는 내가 느꼈던 것을 독자들과 함께 나누고자 한다. 그러나 죽어 본 경험이 없는 이들은 내 이야기가 실제의 느낌을 그저 피상적으로 전달할 뿐이라는 점을 명심하기 바란다.

말로는 도저히 설명할 수 없는 느낌들이 있다. 나는 바로 그날, 내가 탐구에 탐구를 거듭하던 영계로 내 아내가 아주 떠나 버리기 전에 구해 보려고 떠났던 날에, 그런 느낌들을

경험했다.

이륙 스위치를 누르고 나니 당장에는 아무런 변화가 없다. 정말 아무렇지도 않다는 느낌이 든다. 실험을 망친 것만 같다. 얼른 일어나서 다시 해야 한다는 사실을 주위 사람들에게 알려 주고 싶을 정도다. 그러나 선뜻 일어날 수가 없다. 웃음거리가 될지도 모른다. 조금 더 있으면 무슨 일인가가 벌어지려니 생각하면서 5분만 더 기다리기로 한다. 나는 초심자이고 다른 사람들은 경험이 많다. 그들이 가만히 있는 걸 보면 모든 일이 정상적으로 이루어지고 있는 것이다.

하품이 나온다. 마취제가 효과를 나타내는지 조금 취한 듯한 느낌이 밀려온다. 머리가 어지럽다. 등을 꼿꼿이 세워야 한다고 스테파니아가 입버릇처럼 하던 말이 떠오른다. 나는 그녀가 가르쳐 준 자세를 유지하려고 애쓴다.

의식이 가물거린다. 로즈에 대한 생각이 마지막으로 떠오른다. 아내를 구해야 한다고 되뇌면서 마음을 다잡는다. 이제 죽어 가고 있다는 느낌이 온다. 옛일에 대한 기억 하나가 떠오른다. 아주 어렸을 때의 일이다. 놀이동산에서 처음으로 모노레일 열차를 탔다. 처음에는 열차가 서서히 비탈을 올라가므로 별로 두려운 줄 모른다. 그러다가 열차가 레일의 마루에 올라서면 더 늦기 전에 당장 내려가야겠다는 생각만 든다. 하지만 열차는 이미 급경사를 내려가기 시작한다. 여자아이들이 비명인지 환호성인지 모를 소리를 내지른다. 나는 눈을 감고 되도록 빨리 이 고문이 끝나게 해 달라고 빈다. 그러나 고문은 금방 끝나지 않는다. 열차는 오른쪽으로 갔다가 어느새 왼쪽으로 돈다. 머리가 아래로 쏠린다. 공중으로 떨어져 나갈 것만 같다. 그런 두려움을 맛보자고 돈을 쓰다니! 정말 어처구니가 없다.

잠이 온다. 몸이 가벼워지는 느낌이다. 아주 가볍다. 마음만 먹으면 깃털처럼 떠다닐 수 있을 것 같다. 아닌 게 아니라 깃털처럼 떠오르고 있다. 내 몸의 전부는 아닐지라도 어느 한 부분이 떠오르려고 애쓰는 중이다. 다른 부분은 본능적으로 떠나는 것을 거부하고 있는 듯하다. 아무리 아내를 사랑한다 해도 죽음이 주는 두려움은 어쩔 수가 없는 모양이다. 내 벗들, 특히 나와 가장 친한 벗이 나를 따라서 이 무시무시한 모험에 함께 참여하고 있음에도, 내 아파트, 우리 동네, 내가 자주 다니는 카페, 가족 친지들을 버려두고 이렇게 떠나기는 싫다.

라울도 나와 같은 것을 느끼고 있을까? 그도 나처럼 이렇게 두려워하고 있을까? 그럴 거라는 생각이 든다.

갑자기 이상한 느낌이 든다. 뭔가 심상치 않은 일이 벌어지고 있다. 내 정수리에서 혹이 튀어 나온다. 두피가 늘어날 수 있는 데까지 늘어난다. 내 모습이 그렇게 흉측해지는 것을 막을 도리가 없다. 심장 고동이 너무 느려서 더 이상 움직일 수가 없다. 내 정수리에서 이제껏 알지 못하던 또 다른 자아가 생겨나는 모습을 무기력하게 지켜볼 뿐이다. 내 의식이 머뭇거린다. 앉아 있는 나와 함께 이승에 머물 것인가, 아니면 정수리에서 빠져나온 나와 함께 떠날 것인가?

나는 바깥쪽으로 힘껏 스스로를 밀어낸다.

현기증이 인다. 몽롱하다. 시간 개념이 사라진다. 이승에서는 1초도 안 걸릴 아주 미세한 동작 하나에 1세기가 걸리는 듯하다. 명정(酩酊)한 기분이다. 머리에서 뿔이 나온다. 아니, 뿔에서 머리가 나온다고 말하는 게 낫겠다. 내 머리, 나의 〈또 다른〉 머리가 나온다. 내가 둘로 나뉘고 있는 듯하다. 새로운 나는 틀을 갖추어 갈수록 투명해져 간다. 내 육신에서 빠져나온 것이 점점 크고 아름답고 하얗고 투명해지는 동안 나는 죽음의 문턱을 넘어가고 있다.

이제 뿔에서 두 팔이 나와 내 머리통을 벗어나려고 정수리 주위를 압박하고 있다. 뿔 꼭대기에 조용한 신음과 함께 입이 열린다. 내 두 번째 머리가 몸을 벗어나면서 울음을 터뜨린다. 고고(呱呱)의 소리다. 육체가 영혼을 낳고 있다. 황홀하기도 하고 아릿하기도 하다. 즐거움과 아픔이 함께 느껴진다. 나는 육체의 눈과 영혼의 눈을 번갈아 사용하며 세계를 본다. 영혼의 눈은 주로 등 뒤에서 일어나는 일을 관찰한다.

한 몸 안에 내가 둘이다. 두렵다. 또 다른 내가 빠져나간다. 이젠 뿔이 아니라 보일 듯 말 듯 한 풍선이 길게 늘어난 모습이다. 내가 풍선을 바라보고 풍선이 나를 바라본다.

놀라운 일이다. 탈육이 실제로 이루어지고 있다!

나의 〈자아〉가 육체 속에 머물 것인지 풍선과 함께 떠날 것인지를 놓고 망설인다. 풍선에선 이제 다리가 나온다. 돌아오라고 육체가 영혼에게 명령하는데, 떠나라고 부추기는 또 다른 소리가 있다. 나는 다시 로즈를 생각한다. 죽을 위험을 무릅쓰고 나를 도우러 나선 주위의 모든 벗들에게도 생각이 미친다. 나는 정수리에서 튀어나온 투명한 존재 안에 내 의식을 힘껏 박아 넣는다. 나는 다른 나, 투명한 몸 안에 든 또 다른 나이다.

나는 심령체가 되었다. 정수리에서 나온 얇은 막이 내 머리 모양을 아주 충실하게 복제해 낸다. 이어 투명한 목, 어깨, 가슴, 팔, 골반, 다리, 발이 생겨난다. 거푸집에서 꺼낸 것처럼 똑같은 모습의 내가 만들어진다. 둘둘 말린 긴 창자처럼 생긴 투명한 줄이 배꼽에 달려 있다. 그 줄은 저 아래 가부좌를 틀고 의자에 앉아 있는 한 남자와 나를 연결해 주고 있다. 참으로 이상한 일은, 아래에 있는 그 남자가 바로 나라는 사실이다!

나는 영혼이 되었다. 주위에 있는 다른 사람들의 머리와 이마에서도 영혼이 솟아 나오는 것이 보인다. 우리는 타나토드롬의 천장 바로 밑에 떠 있다. 더 높이 올라가고 싶은 욕구가 강하게 인다.

타나토노트들을 이끌고 숱하게 우주 공간을 날아 본 프레디는 아주 편안해 보인다. 그가 우리에게 올라가자고 신호를 보낸다. 그를 따라가려는데 천장이 가로막는다. 그는 벌써 천장을 지나갔고, 다른 사람들도 그의 뒤를 따라갔다. 이제 나만 홀로 남아, 아래에 동상처럼 앉아 있는 시신들을 내려다보고 있다. 어떻게 해야 다른 사람들처럼 천장을 뚫고 나갈 수 있지? 자신이 없다. 그러나 이렇게 꾸물거리다간 다른 사람들에게 너무 뒤처질 염려가 있다. 마음을 다잡고 투명한 눈을 감는다. 그러자 순식간에 여러 층을 지나 옥상에 다다른다.

다른 사람들이 거기서 나를 기다리고 있다. 우리는 함께 올라간다. 저 아래 파리 시가지가 펼쳐진다. 멋지다! 노트르담 성당을 보고 있는데, 초음속 비행기 한 대가 우리에게 돌진한다. 미처 피할 새가 없다. 그러나 전혀 문제될 게 없다. 비행기는 무사히 우리의 투명한 몸을 빠져나간다. 비행기가 내 옆을 지나간다. 조종실의 손잡이들과 조종사의 내장이 보인다. 굉장하다! 비행기 속이 훤히 들여다보인다.

경이감에 젖어 있는 나에게 프레디가 우리의 의무를 일깨운다.

〈로즈를 놓치지 않으려면 서둘러야 하네.〉

그의 말이 옳다. 우리는 생루이 병원 상공에 너무 늦게 다다랐다. 로즈는 이미 이곳을 지나 영계로 나아가고 있다.

우리가 로즈를 놓친 것은 내 탓이다. 천장을 앞에 두고 머뭇거리는 바람에 우리 팀 전체를 지체시켰다. 프레디는 생각의 힘을 최대로 발휘하여 전속력으로 비행하라고 명령한다. 우리는 빛보다 몇 배나 빠른 속도로 나아간다. 브스스스…… 목성, 토성, 천왕성, 해왕성, 명왕성을 지난다. 브스스스…… 붙박이별들 사이에 있는 빈 공간이다.

심령체가 산소의 부족이나 중력 법칙에 영향을 받지 않고, 배고픔이나 목마름을 느끼지 않는 게 다행스럽다. 우리가 날고 있는 공간의 온도가 낮다는 것은 알고 있지만, 추위나 더위 따위가 느껴지지는 않는다. 인류가 미래에 개발할 운송 수단은 심령체 같은 것이면 좋겠다는 생각이 든다. 심령체에는 장애라는 게 있을 수 없고 무엇보다 빠르며 사고의 염려도 없다(예전처럼 종교들끼리 전쟁을 벌이는 아주 드문 경우를 제외하면 말이다).

우리 은하 한가운데에 있는 블랙홀을 발견하겠다고 작은 우주선을 훔쳐 타고 떠났던 러시아 우주 비행사들을 우리가 앞질렀다. 우리가 그들을 알아보고 신호를 보냈지만 그들은 전혀 눈치채지 못하는 것 같았다.

내 앞에 있는 랍비들이 빨리 가자고 재촉한다.

〈알았어요. 그런데 속력을 더 내려면 어떻게 하죠?〉

〈그건 간단한 일일세. 그러겠다고 생각하기만 하면 되네.〉

모든 것이 새롭고 기이하고 내 빈약한 상상력을 초월한다. 스테파니아가 나를 보고 환하게 웃는다. 그녀 역시 투명할 터이지만, 다른 사람들을 알아보듯 그녀를 분명히 알아볼 수 있다. 우리는 별들 사이를 나란히 날아간다. 오른쪽에 라울과 아망딘과 프레디가 보인다.

영계를 힘차게 날아가는 우리 타나토노트 비행대 앞에 드디어 로즈의 모습이 나타난다. 그녀가 저만치 앞에서 죽음을 향해, 여러 가지 빛깔이 어우러진 블랙홀 입구를 향해 날아가고 있다. 사실 이름은 블랙홀이지만 그 입구는 오히려 빛이 가득하다. 블랙홀에 빨려 들어온 떠돌이별과 붙박이별이 서로 부딪치면서 불꽃놀이를 벌인다. 아직 삼켜지지 않은 별들은 블랙홀 안쪽에서 엄청나게 빠른 속도로 그것들을 끌어당기기 때문에 하양, 분홍, 빨강, 보라로 색깔이 변하다가 마침내 장미꽃 모양을 이루며 폭발하고 이슬방울처럼 흩어진다. 빛이 그렇게 빨라도 그곳을 무사히 통과할 수는 없다. 빛은 휘어지고 구부러진 채 춤을 추다가 자석에 끌리듯 빨려 들어간다.

황홀한 장관이다. 그러나 그것을 즐길 겨를이 없다.

우리 주위에 있던, 갓 죽어 올라온 영혼들이 서둘러 생명줄을 끊고 빛이 이끄는 대로 돌진한다. 로즈의 생명줄도 끊어졌다. 한순간 모든 게 끝났다는 생각이 스쳐 간다. 그러나 프레디의 생각은 다르다.

〈그녀의 생명줄을 되찾을 수 있네. 그러자면 우리의 생명줄이 끊어지지 않도록 주의해야 하네.〉

우리는 한데 모여서 프레디가 가르쳐 준 대로 줄을 엮는다. 그러고 나니 조금 마음이 놓인다. 우리는 험준한 암벽을 기어오르려는 사람들처럼 안전 밧줄을 단단히 매고 있다.

우리는 일제히 쩍 벌어진 블랙홀 입구로 미끄러져 들어간다. 입구의 직경은 어마어마하게 크다. 몇백만 킬로미터는 족히 될 듯하다. 안으로 들어갈수록 빛이 강렬해진다. 빛의 동그라미 안에 또 다른 동그라미들이 있어서 과녁처럼 보인다. 펠릭스 말대로 영계는 깔때기 모양이다. 내벽이 갈수록 오므라든다.

나는 멀리 로즈가 있는 쪽을 향해 팔을 내민다.

바닷가에 와 있는 느낌이 든다. 파란 바닷물에 설핏해진 석양빛이 반짝이고 있다. 나는 엄청나게 빠른 속도로 물결을 스치며 나아간다. 물결을 스칠 때마다 부드러운 전기가 일어 힘과 위안을 준다. 이곳이 참 마음에 든다. 이런 기분은 어디에서도 맛본 적이 없다.

불현듯 무서운 생각이 스치고 지나간다.

〈로즈가 자꾸 앞으로 나아가는 건 당연해. 그녀를 이승으로 데려가려는 우리가 잘못 생각하고 있는 거야.〉

그 생각을 떨쳐 버리려고 도리질을 친다. 아내가 보이지 않는다. 우리는 생각의 힘으로 더 속력을 낸다. 우리 가운데 어느 하나가 어떤 생각을 하면 모두가 그 생각을 알게 된다.

한결 더 속도가 붙는다. 할 수만 있다면, 며칠 아니 몇 달 동안 이 멋진 천계를 두루 돌아다니고 싶다는 생각이 슬그머니 고개를 쳐든다. 이렇게 짜릿한 기분은 한 번도 경험한 적이 없다. 스포츠카나 오토바이, 아무리 높은 다이빙대라도 이런 승리감과 속도감을 안겨 주지는 못하리라.

안쪽 한가운데서 빛이 나를 끌어당긴다. 나는 그 빛을 향해 흐르듯, 미끄러지듯 전속력으로 나아간다. 어마어마한 힘이 내 투명한 몸을 휘감는다. 바닷물에 석양빛이 반짝이듯 내 몸이 빛난다. 맑은 손톱 위에서 섬광이 번득인다.

갓 죽어 올라온 사람들이 북적거린다. 군중 속에서 로즈를 찾아내기가 쉽지 않다.

예전에 다른 타나토노트들이 말했던 것처럼 소용돌이가 일고 있다. 모든 것이 돌면서 우리를 사정없이 빨아들인다. 프레디는 로즈가 첫 번째 장벽을 넘어가기 전에 붙잡으려고 서둘러 나아간다. 그러나 로즈는 너무 빠르다. 프레디의 제자들이 그의 생명줄을 붙들고 있기에 망정이지, 그러지 않았다면 그의 생명줄이 끊어졌을지도 모른다.

로즈가 보이지 않는다.

모호 1이 나타난다. 내가 겁에 질려 있음을 알고 라울이 내 손을 꼭 잡는다. 다 함께 모호 1을 넘는다.

갑자기 거대한 괴물이 나타난다. 하얀 새틴 옷을 입은 여인이 해골 가면을 쓴 채 비행선처럼 암흑 공간에 떠 있다.

공포 영화의 한 장면 같다. 그녀의 새된 웃음소리에 귀가 멍멍하다. 그녀가 나보다 열 배, 백 배, 천 배로 점점 커진다. 그녀에 비하면 나는 날파리 한 마리에 지나지 않는다.

여인의 몸매가 빼어나다. 그녀가 드레스를 들어 올리자 완벽한 각선미를 갖춘 다리가 드러난다. 여인이 다리를 요염하게 뻗는다. 그녀의 작은 가슴이 부풀어 오른다. 깊이 팬 옷깃 사이로 젖무덤이 살짝 드러난다.

여인은 여전히 웃음을 흘리면서 가까이 오라고 나를 부른다. 나는 하얀 새틴 옷의 주름 속에서 갈팡질팡한다. 내 몸의 크기에 자기를 맞추려는 듯 그녀가 작아진다. 그러는 동안 해골 가면은 내 반응을 살피는 듯 나를 뚫어져라 바라보고 있다.

그녀가 보통 사람의 크기로 작아진다. 그 틈을 놓치지 않고 가면을 벗기고 싶다. 나는 잽싸게 해골 가면 가장자리를 움켜쥔다. 가장자리에 날이 서 있다. 내 손가락에서 투명하고 끈적끈적한 피가 뚝뚝 듣는다. 혐오감이 일었지만, 움켜쥔 손을 놓지 않고 있는 힘을 다해 그것을 잡아당긴다. 그러나 가면은 쉽게 벗겨지지 않는다. 어떤 일이 있어도 가면 뒤에 감추어진 얼굴을 보아야 한다.

누구의 얼굴이 숨어 있는 걸까?

아망딘? 로즈? 어머니? 라울? 아니면, 내가 삶의 완전한 의미를 찾기 위해 연구해 온 죽음의 얼굴일까?

여인이 천천히 손을 들어 올린다. 그 손이 아주 천천히 가면을 벗긴다…….

가면 뒤에 감추어진 것이 거의 다 드러났다. 보인다…….

믿기지 않는다. 가면 뒤에는 정말 뜻밖의 것이 있다. 너무 뻔해서 오히려 생각이 못 미쳤던 그런 것이 있다.

193. 불교 철학

비구들이여, 괴로움의 소멸에 관한 거룩한 진리[滅聖諦]가 여기에 있나니, 욕망을 끊어 버리고 욕망에서 벗어나 거기에 물들지 않음으로써 집착을 완전히 없애 버리면 괴로움이 소멸되는 것이니라.

비구들이여, 괴로움의 소멸에 이르는 길에 관한 거룩한 진리[道聖諦]가 여기에 있나니, 여덟 가지 성스러운 길[八正道], 즉 바르게 보고[正見], 바르게 생각하고[正思], 바르게 말하고[正語], 바르게 행동하며[正業], 바르게 생활하고[正命], 바르게 노력하고[正精進], 바르게 정신을 모으고[正念], 바르게 마음을 안정시키는 것[正定]이 그것이니라.

부처의 『초전법륜(初轉法輪)』 중에서
프랑시스 라조르박의 논문, 「죽음에 관한 한 연구」에서 발췌

194. 죽음의 얼굴을 보다

나는 뒤로 물러섰다. 스스로가 한없이 작아지는 느낌이 든다.

놀라움이 너무나 커서 내 영혼이 굳어 버린 것 같다. 손가락에서는 여전히 피가 솟고 있다.

해골 가면 뒤에는 그저 해골이 있을 뿐이다. 또 다른 죽음의 얼굴이다. 하얀 새틴 옷을 여인이 가면을 하나씩 벗을

때마다 그 속에는 또 다른 가면이 들어 있다. 여인은 그런 식으로 백여 개의 가면을 벗어 던진다. 한결같이 죽음을 상징하는 얼굴들이다.

죽음은 그 이상도 그 이하도 아니다. 죽음은 죽음이고 죽음이고 죽음이고 죽음이고 죽음일 뿐이다.

여인이 다시 거대한 괴물로 변한다. 다리가 문어발처럼 변하더니 나를 휘감는다. 나는 있는 힘을 다해 저항한다. 이제야 브레송이 겪었던 공포를 이해할 것 같다.

「넌 여기에 온 것을 후회하게 될 게다.」

해골이 다시 기분 나쁜 웃음을 흘리며 소리쳤다.

해골이 다시 가면 쓴 여인의 모습으로 돌아간다. 그러자 그녀의 불그스름하던 손가락이 썩어 가고 살이 문드러진다. 여인이 내 눈을 후비려는 듯 두 손가락을 내 투명한 얼굴에 찔러 넣는다.

여인이 문득 하얀 새틴을 뒤집어 쓴 거미로 변한다.

나는 그 괴물을 떨쳐 버리기 위해 주문을 왼다. 〈사탄아 물러가라!*Vade retro Satanas!*〉 소용이 없다. 문득 언젠가 본 적이 있는, 공포를 쫓는 기도문이 떠오른다.

〈저는 두려움을 느끼지 않을 것입니다. 두려움은 죽음과 같아서 우리를 완전한 소멸로 이끕니다. 저는 두려움에 맞설 것입니다. 그것이 저를 밟고 지나가도록 내버려두겠습니다. 그런 다음 두려움이 지나간 뒤에, 내면의 눈을 돌려 그것의 자취를 보겠습니다. 두려움이 모든 것을 휩쓸어 가도, 저는 남아 있을 것입니다.〉

눈을 감고 문장 하나하나를 되뇐다.

갑자기 웃음소리가 멎고, 하얀 옷을 입은 여인이 빛 덩이로 산산이 흩어진다.

잠시 후 다른 빛은 다 스러지고 한 줄기 빛만 남는다. 터널 안쪽 한가운데서 우리를 이끄는 빛이다. 그 빛을 등진 동료들의 실루엣이 어른거린다. 그림자 연극을 보고 있는 듯하다. 나는 그들에게 다가간다. 저마다 자기 괴물과 한바탕 싸움을 벌인 뒤끝이다.

프레디가 텔레파시로 말한다.

「모호 1을 넘긴 했지만, 로즈는 아직도 저만치 앞에 있네.」

첫 번째 코마 장벽을 넘으니 터널의 빛깔이 변한다. 파란색이 보라색으로 바뀌더니 다시 밤색이 된다. 깜깜하다. 지옥의 빛깔이 이러하지 않을까?

엉뚱한 돌풍이 몰고 온 우박처럼 기억의 알갱이들이 우리에게 덤벼든다. 도저히 빨리 나아갈 수가 없다.

터널이 비틀리고 비비 꼬이는 듯하다. 나는 기억들의 공격에 마음을 빼앗기지 않으려고 애쓰면서 계속 빛을 향해 나아간다.

새삼스레 엄청난 힘이 느껴진다. 내 영혼이 육신을 떠난 지 20분이 좀 넘었을 뿐인데, 나는 이미 지구를 떠나 우리 은하의 중심에 와 있다.

이승에서 뒤집어쓰고 있던 녹슨 갑옷을 막 벗어 버린 느낌이다. 내 영혼의 모습이 있는 그대로 드러난다. 나는 이승에서 그 갑옷이 내 영혼을 보호해 주고 있다고 믿었다. 그러나 알고 보니 갑옷 속에서 영혼은 짓눌리고 있었을 뿐이다.

이승에서 나는 그 갑옷을 입은 채 갖가지 공격을 받아 넘겼다. 그런 공격들은 갑옷에 흠집을 낼 뿐이라고 확신했다. 그러나 큰 오산이었다. 모든 것이 내 예민한 영혼의 뿌리에 상처를 입혀 놓았다. 내가 겪은 충격적인 일들이 하나하나 되살아났다. 이상하게도 내가 당한 일은 흔적이 그다지 뚜렷하지 않은데, 내가 남에게 해를 입힌 일은 아주 선연하게 떠오른다. 내 영혼은 한마디로 말과 행위의 칼 때문에 생채기투성이가 된 나무나 다름없다.

내가 겪은 모든 일들이 주마등처럼 지나간다. 내가 태어나는 광경이 보인다. 나에게 억지로 밥을 먹이시는 어머니. 내가 마다하는데도 그저 당신이 재미있어서 나에게 비행기 놀이를 강요하고 내가 어지러워 비틀거리는 것을 보고 좋아라 하는 아버지. 자동차 사고. 처음 여드름이 나던 때의 부끄러움. 플뢰리 메로지 교도소의 대참사. 궁지에 몰려 억지 춘향으로 타나토노트가 된 펠릭스. 국회 의사당에서 나를 모욕하던 사람들. 욕설로 가득 찬 편지. 협박 편지. 영원히 씻을 수 없는 나의 죄악. 〈살인자! 살인마!〉 이제는 이름도 생각나지 않는 사람들이 내 면전에 대고 소리친다. 〈살인자, 살인자, 살인자, 살인자.〉 내면의 소리가 자꾸 나를 괴롭힌다. 〈넌 백 명이 넘는 무고한 사람들을 죽였어.〉 아망딘의 모습도 보인다. 〈미안해요, 미카엘. 하지만 당신은 전혀 내 취향에 맞는 남자가 아니에요.〉 나쁜 기억들이 오랫동안 나를 괴롭혀 온 악몽과 뒤섞인다.

과거의 기억과 정면으로 맞서는 것보다는 하얀 새틴 옷을 입은 여인을 만나는 게 백 번 낫다. 자기 과거의 적나라한 모습과 정직하게 마주하는 것보다 고통스러운 일이 또 있을까?

로즈 역시 기억의 알갱이들과 싸우느라고 앞으로 나아가지 못하고 있다. 이 틈을 이용하여 아내를 붙잡을 수 있을지도 모른다. 폭풍처럼 밀어닥치는 과거의 기억과 싸우면서 나는 힘겹게 아내 쪽으로 다가간다. 더디지만 거리가 점점 가까워진다. 됐다, 조금만 더 가면 된다. 나는 영혼들의 표현 수단인 텔레파시로 로즈에게 신호를 보낸다.

「우리는 당신을 데리러 왔어. 당신이 다시 내려갈 수 있도록 우리가 도와줄 거야.」

로즈는 들은 척도 하지 않는다. 그녀도 자기의 옛사랑을 만나고 있다. 아내의 옛사랑은 미국의 천문학자다. 그가 로즈를 버리고 떠났을 때, 로즈는 그와 똑같은 연구를 계속함으로써 그의 사랑을 되찾고 싶어 했다. 로즈는 그런 사실을 내게 말한 적이 없었다. 나는 이제 그녀의 내면에 감추어진 감정들을 훤히 들여다 볼 수 있다.

로즈는 옛 애인의 기억과 싸우고 있다. 옛 애인은 그녀에게 싫증을 느꼈기 때문에 그녀 곁을 떠났던 거라고 말한다. 연인 사이에 가장 중요한 것은 서로 싫증을 느끼지 않는 거 아니냐고 그가 덧붙인다. 다정하고 착한 로즈가 그 사람에게는 전혀 특별한 것을 안겨 주지 못했던 모양이다.

로즈가 눈물을 흘리며 달아난다. 나는 당신에게 전혀 싫증을 느끼지 않는다고 말해 주고 싶었는데, 그럴 겨를도 없이 로즈는 두 번째 코마 장벽을 넘어가 버렸다.

아내의 뒤를 따라 모호 2를 넘으려는데, 더 이상 나아갈 수가 없다. 프레디가 내 생명줄을 놓아 주지 않는다. 그는 나를 타이른다.

「이 비행의 목표는 모두 살아서 지상에 돌아가는 걸세. 자네가 너무 서두르면 생명줄이 끊어져서 로즈를 구할 수 없을 뿐만 아니라 자네도 이승으로 돌아갈 수 없네.」

프레디와 스테파니아, 라울, 아망딘이 내 손을 잡아 주어서 우리는 함께 모호 2를 넘었다.

모호 2 너머 적색계에 향락이 가득하다는 얘기는 이미 스테파니아에게서 여러 번 들은 바 있다. 하지만 거기에서 그토록 많은 몽환과 성도착이 구현되리라고는 전혀 상상도 못 했다.

또 다른 아망딘이 나타난다. 내가 그토록 오랫동안 열망했던 아망딘이다. 잘록한 허리를 돋보이게 하는 속옷과 그물 스타킹 차림이다. 그녀가 나를 껴안으려 한다. 나는 그 환영을 피하기 위해 진짜 아망딘을 찾는다. 그러나 진짜 아망딘은 근육이 많이 붙고 얼굴이 잘생긴 흑인 청년의 품으로 달려들고 있다.

젊은 사내들이 라울을 어루만지고 있다. 라울의 내면에 동성애적 경향이 감추어져 있으리라고는 전혀 생각하지 못했다. 적색계에 익숙한 스테파니아는 여자 몸의 가장 내밀한 성감대를 아는 한 무리의 처녀들과 한동안 어울린다. 로즈는 롤스로이스의 뒷좌석에서 동화 속 왕자와 사랑을 나누고 있다.

거기에서 로즈를 끌어내고 싶다. 그러나 내 몽환 속에 있던 아망딘이 다시 나타난다. 길게 늘어뜨린 금발이 검은 가

죽 옷과 강렬한 대비를 이루고 있다. 아망딘이 내 얼굴을 잡더니 마녀처럼 웃으면서 자기의 따뜻한 젖가슴 사이에 내 얼굴을 묻어 준다.

프레디는 배꼽에 다이아몬드를 박은 아라비아 여인들에게 둘러싸여 있다. 그는 데이지 꽃잎을 따듯, 여인들의 비단 너울을 하나하나 벗긴다.

본래의 우리는 어디로 갔을까? 어느 것이 우리의 참모습일까?

아망딘의 환영이 눈꺼풀을 아주 빠르게 움직이면서 속눈썹 끝으로 내 목을 간질이고 있다. 나비의 보드라운 날개가 스치고 지나가는 것처럼 자리자리하다. 나는 이런 것을 내 마음 깊은 곳에 감추어 두었던 것일까?

감미롭다. 아망딘이 더할 나위 없이 요염하게 눈웃음을 친다. 그러더니 입으로 나의······.

195. 경찰 기록

관계 부서에 올리는 보고

경험이 많은 타나토노트들 한 무리가 오늘 아침 이륙했습니다. 그들은 아직 제2천계에서 헤매고 있습니다. 우리가 나설 때가 되지 않았나요?

관계 부서의 회신

아직 때가 되지 않았음.

196. 불교 철학

공덕을 쌓는데도 우리의 삶이 불행하다면, 그것은 과거에 우리가 나쁜 업을 쌓았기 때문이다.
악행을 하는데도 우리의 삶이 행복하다면, 그것 역시 과거의 업 때문이다.
현재 우리가 하는 행동도 때가 되면 그 과보를 받게 될 것이다.

나라다 테라, 『윤회론』
프랑시스 라조르박의 논문, 「죽음에 관한 한 연구」에서 발췌

197. 몽환 같은 천계

아망딘이 내 귀를 잘근거린다. 우리는 한 번도 그런 애무를 주고받은 적이 없었다. 그럼에도 아망딘은 내가 무얼 원하는지 알고 있다. 나는 그런 애무를 무척 좋아한다. 특히 귓바퀴 위쪽에 애무해 주는 것을 좋아한다. 귓불이나 목덜미도 나쁘지 않지만 목 쪽은 그다지 좋아하지 않는다. 어깻죽지 부분은 아주 민감하다. 아망딘은 그것을 알고 있다. 나의 성적인 욕구를 훤히 알고 있다. 아망딘은 자기가 알고 있는 것을 십분 활용한다. 오히려 지나치다 싶을 정도다. 이윽고 내가 꿈꾸어 오던 아망딘이 한결 더 대담해지면서 나를…….

그러나 아랍 미인들 품에서 빠져나온 프레디가 집합 신호를 보내면서 성적인 충동을 이겨 내라고 명령하고 있다. 우리는 한데 모여서 서로 생명줄을 엮었다. 내 옆에 있는 도교 도사가 갑자기 불안한 기색을 보인다. 그는 우리가 앞으

로 가야 할 천계들이 장려하지만 위험하다는 것을 알고 있는 것이다.

우리는 로즈를 따라잡으려고 무던히 애를 썼지만, 헛일이었다. 로즈는 벌써 모호 3을 넘어 줄을 지어 기다리고 있는 영혼들 사이로 들어갔다.

그녀를 따라서 우리도 주황색계에 들어갔다. 죽은 이들의 행렬이 끝 간 데 없이 펼쳐져 있다. 아직도 생명줄을 달고 있는 걸 보고 놀라는 영혼들이 있다.

「아니, 저 사람들은 뭐지? 이승에서 저승을 구경하러 온 관광객들인가?」

그러나 영혼들 대부분은 덤덤하게 우리를 대하고 있다.

군중 속에서 로즈를 찾아보았지만 보이지 않는다.

죽은 이들의 행렬은 끝이 없다. 모든 인종, 모든 나라의 사자들이 모여 있다. 죽음의 사연도 제각각이다. 전쟁에서 떼죽음을 당한 병사, 급성 전염병 희생자, 자동차 사고로 죽은 사람, 나병 환자, 전기의자에서 처형된 죄인, 불에 타 죽은 사람, 정치적인 이유로 고문을 받다가 죽은 사람, 만성적이 변비로 고생하다 죽은 사람, 경솔하게 영계 탐사를 시도하다 죽은 수행자, 큐라리를 바른 화살에 중독된 탐험가, 상어 밥이 된 잠수부, 사살된 해병, 알코올 중독자, 10층 창문으로 달아난 상상의 적을 잡으려다 추락한 편집증 환자, 번지 점프를 하다가 고무 밧줄이 너무 늘어나는 바람에 죽은 사람, 너무 호기심이 많았던 화산학자, 근시라서 트럭이 다가오는 것을 못 본 사람, 원시라서 협곡이 있는 것을 못 본 사람, 난시라서 독거미를 알아보지 못한 사람, 학교에서 제대로 배우지 못해 살무사와 율모기의 차이를 몰랐던 소년.

우리는 군중을 헤치며 나아갔다.

〈로즈, 로즈〉 하고 나는 텔레파시 언어로 신호를 보냈다.

로즈라는 이름을 가진 여자들 여러 명이 몸을 돌린다. 이름은 같은데 사람은 제각각이다. 다른 영혼들처럼 그들도 자기들 이야기를 들려준다. 의처증 있는 남편 손에 죽은 가련한 로즈, 앙심을 품은 이웃 영감이 건초 더미 속에서 튀어나오는 바람에 놀라서 죽은 여자 농군 로즈, 한재산 모으려고 아등바등 살다가 손자들만 좋은 일 시켜 주고 올라온 구두쇠 할머니 로즈…….

나는 다른 영혼들을 헤치며 나아갔다. 사자들의 행렬은 끝이 없다. 마약을 너무 쓰다 죽은 사람, 매를 너무 맞아 죽은 여인네, 바나나 껍질에 미끄러진 사람, 악성 독감 희생자, 허파에 구멍이 난 용고뚜리, 우승하고 죽은 마라톤 선수, 커브 길에서 공중제비를 한 자동차 경주 선수, 착륙 활주로를 벗어난 조종사, 뉴욕의 할렘 가는 밤이 한층 더 아름답다고 생각한 관광객, 코르시카 식으로 부모의 원수를 갚으려다 먼저 총 맞은 사람, 신종 바이러스를 발견하고 그것에 감염된 사람, 제3세계의 빈국을 여행하다 오염된 물을 잘못 마신 사람, 오발탄에 목숨을 잃은 사람, 제2차 세계 대전 때 묻은 지뢰를 수거하던 사람, 휴가 중인 경관을 잘못 건드린 노상강도, 폭탄을 장치한 자동차를 훔친 도둑.

언덕배기에서 트럭을 추월하려다가 공중으로 날아간 오토바이광과 그 오토바이를 피하려다 급히 핸들을 꺾은 트럭 운전사, 그리고 무료 편승을 하려고 언덕배기에 서 있다가 봉변을 당한 사람들이 함께 모여 있다.

장기를 이식받고 이승에 머무는 시간을 연장하다가 결국 올라올 수밖에 없었던 사람들이 모여 토론을 벌이고 있다. 부모들과 숨바꼭질을 하다가 단지 냉장고 안에 숨었다는 이유로 저승에 올라온 아이들은 자기네 부모가 아직도 자기들을 찾아내지 못했다고 투덜거렸다.

사자들 사이에 긴장이나 갈등을 찾아볼 수가 없다. 여기는 온통 평화가 지배하는 곳이다. 보스니아인과 세르비아인이 함께 어울리고, 코르시카의 원수진 가문끼리 화해를 한다. 해상 조난자와 우주 조난자가 격의 없이 정담을 나눈다.

프레디가 우리에게 꾸물거릴 겨를이 없다고 신호를 보낸다. 우리는 실험실에서 연습한 비행 대형을 지을 채비를 하고 그의 주위에 모였다. 서로서로 생명줄을 지켜 줄 수 있는 피라미드 대형이다. 꼭대기에는 내가 자리를 잡고 프레디와 라울과 아망딘이 어깨로 나를 받쳐 준다.

나는 로즈에게 신호를 보냈다.

「우리는 당신을 이승으로 데려가려고 여기에 왔소.」

「그게 무슨 소용이 있어요?」

로즈의 대답이 날아왔다.

로즈는 때가 되어 자기가 죽은 거라고 생각하고 있다. 자기 삶은 끝났으며 자기는 그것에 만족한다는 것이다.

「나는 내 몫의 삶을 다 살고 죽은 거예요. 행복할 때, 그리고 내 일이 어느 정도 마무리되었을 때 떠나온 거예요. 더 이상 뭘 바라겠어요?」

나는 아내의 생각을 받아들일 수 없다.

「그렇지 않아요. 당신은 아이를 낳기 전에 죽었어요. 난 당신이 아이를 낳아 주기를 바라요.」

로즈는 예전에 스테파니아가 했던 말을 상기시키며 되받는다.

「사람들은 자기가 세상에 없어서는 안 되는 사람이라고 생각하면서 천명을 거스르려는 경우가 많지요. 그건 참으로 오만한 생각이에요! 그리고 세상에는 인구가 충분하다 못해 넘칠 정도로 많아요. 나는 후손을 남기지 않은 것을 아쉬워하지 않아요.」

로즈는 더 이상 내 설득에 귀를 기울이지 않고 전속력으로 군중을 앞지르며 나아갔다.

아내가 네 번째 장벽을 넘자, 우리도 그 장벽을 넘어 절대지의 천계에 이르렀다.

알려고 애쓰지도 않았는데, $E=mc^2$이라는 공식이 어떻게 나왔는지 저절로 이해된다. 참으로 멋진 일이다. 인류가 왜 끊임없이 편을 갈라 전쟁을 벌이는지도 알았고, 내가 찾다 찾다 못 찾아서 포기해 버린 자동차 열쇠가 어디에 숨어 있는지도 알아냈다.

무심코 지나쳐 버린 많은 문제들에 대한 해답이 절로 주어진다. 예를 들어, 마개를 연 샴페인 병 속에 거품이 계속 남아 있게 하려면 어떻게 해야 하는가? 해답은 간단하다. 병목에 은수저를 집어넣으면 된다(그건 내가 줄곧 궁금하게 여겨 왔던 문제이다).

나는 사람들을 평가하려 하지 말고 있는 그대로 불평 없이 받아들여야 한다는 것을 알았다. 인간이 가져야 할 야심은 오로지 자신을 개선하려고 노력하는 것뿐이라는 것도 깨달았다. 나의 지식이 갑자기 늘어나서 뇌가 폭발할 지경이다.

나는 삶과 사람과 사물에 대한 모든 것을 깨달았다. 모든 것을 안다는 것은 얼마나 기분 좋은 일인가! 아담은 지혜의 열매를 깨물면서 행복했을 것이고 뉴턴 역시 떨어지는 사과에 머리를 맞으면서 기쁨을 느꼈을 것이다.

정말이지 절대지와의 만남은 영계에서 만나는 모든 시련 중에서 가장 저항하기 어려운 시련일 것 같다.

나는 절대지의 천계 속을 나아갔다. 가장 큰 지혜와 가장 작은 지혜가 나란히 있고, 절대적인 지식과 상대적인 지식이 공존한다. 나는 문득 어떤 깨달음을 얻고 발길을 멈추었다. 나는 이제껏 아무도 사랑해 본 적이 없다는 깨달음이다. 물론 동정과 연민을 가져 본 적은 있었다. 또, 나에겐 함께 이야기하고 함께 즐거움을 나눌 수 있는 벗과 친지들이 있고 나는 그들 덕분에 따사로움을 느끼며 살아왔다. 그러나 내가 진정으로 그들을 사랑한 적이 있는가? 나는 사람들을 사랑할 줄이나 아는가? 나는 나 아닌 어떤 사람을 사랑할 수 있는 사람일까? 대답은 아니다였다. 나만 그럴 거라는 생각은 들지 않는다. 세상엔 나 같은 사람이 참 많을 것이다. 진정으로 남을 사랑해 본 적이 없는 사람들이 말이다. 그러나 그게 이유가 될 수는 없다. 다른 사람도 그러니까 나도 그럴 수 있다는 것은 변명도 위안도 되지 못한다. 영계의 경험을 통해 나는 적어도 한 가지 깨달음은 분명히 얻었다. 예전 같으면 그런 생각은 어리석은 감상벽의 소치라고 거들떠보지도 않았을 것이다. 그 깨달음이란 바로 행복하기 위해서는 남을 사랑해야 한다는 것이다.

남을 사랑하는 것은 자기를 가장 이롭게 하는 행위이고, 자기 자신에게 줄 수 있는 가장 아름다운 선물이다. 이제껏 나는 그런 위대한 행위를 한 적이 없다.

그럼 로즈도 사랑하지 않았단 말인가? 물론 나는 그녀를 사랑한다고 믿었다. 그러니까 그녀를 구하기 위해 이 비행에 뛰어든 것이다. 하지만 나는 로즈를 충분히 사랑하지는 않았다.

〈로즈, 내가 그대를 이곳에서 데려간다면, 아니 우리가 그대를 이승으로 데려간다면, 나는 내 사랑으로 그대를 숨 막히게 하리라. 거대한 사랑, 아무 대가도 바라지 않는 사랑으로 말이오.〉

돌연한 내 변화에 로즈는 틀림없이 깜짝 놀랄 것이다. 늘 자기 감정을 절제하느라고 애쓰던 사람이 어느 날 갑자기 열렬한 사랑을 바치는 사람으로 돌변하는 것만큼 놀라운 일은 없을 테니까. 그것은 한편으론 두렵고 한편으론 기분 좋은 일일 것이다. 나는 진정한 사랑이 무엇인지 알게 된 내 모습을 한시라도 빨리 로즈에게 보여 주고 싶었다.

내가 비행 속도를 높이자 다른 사람들도 나를 따라 한다. 로즈는 절대지의 천계 끝에 가 있다. 그녀도 우리처럼 자기 영혼을 지혜로 가득 채웠으리라.

로즈가 다섯 번째 코마 장벽을 넘어 이상적인 아름다움의 천계로 들어간다.

놀라운 광경이 펼쳐진다.

두려움과 욕망과 시간과 지혜의 시련을 거쳐 이제 경이로운 풀빛 천계에 이르렀다. 꽃, 풀, 나무가 오색영롱한 나비 날개처럼 화려하다. 이루 형언할 수 없는 것을 형언하려는 이 옹색함이라니! 여인의 완벽한 얼굴이 보인다. 내가 여인의 몸 위로 날아가자 여인의 몸이 꽃으로 변한다. 대성당 스테인드글라스의 꽃잎 같다. 맑은 호수에서 긴 수정 지느러미를 가진 물고기들이 우리를 보며 환하게 웃는다. 사슴들이 오로라 같은 빛이 서린 지평선 위를 뛰어다닌다.

이건 환각이 아니다. 절대미의 천계에서는 아름다움에 대한 우리의 모든 기억이 되살아나고 그것이 가장 완벽한 아름다움으로 승화된다. 내 동료들도 저마다 자기의 풍광을 즐기고 있다. 라울의 주위에는 검은빛의 반짝이는 날개를 가진 나비들이 파닥이고 있다. 스테파니아 주위에는 은빛 돌고래가 놀고 있다. 프레디는 초록과 흰색의 새끼 사슴들에 둘러싸여 있다. 어디선가 클로드 드뷔시의 「목신의 오후 전주곡」이 울려 퍼진다. 아름다움은 음악의 형태로도 나타나는 것이다. 아름다움은 또한 향기이기도 하다. 도처에 순한 향기가 배어 있다. 박하 향도 느껴진다.

저만치 앞에서 로즈가 잠시 비행 속도를 늦추는 듯하더니 다시 빛을 향해 날아간다. 아까보다 더 빠르다.

아내가 마침내 여섯 번째 장벽에 다다랐다. 모호 6이다. 세상의 어떤 타나토노트도 아직 넘어 본 적이 없는 장벽이다.

로즈가 알려지지 않은 새로운 천계로 들어가려고 서두른다. 생명줄에 매여 있지 않아서 더 빨리 나는 것 같다.

아내가 장벽을 넘어갔다! 테라 인코그니타에 들어간 것이다.

프레디가 지시를 내린다.

「이제 우리 대형을 바꾸어야겠네. 바닥을 넓게 하고 끝을 가늘게 만드세. 나하고 미카엘만이 모호 6을 넘어갈 걸세.」

그는 우리 가운데 경험이 가장 많기 때문이고, 나는 아내가 돌아올 수 있도록 설득할 수 있는 유일한 사람이기 때문에 우리 둘만이 모호 6을 넘겠다는 것이다.

라울이 나의 용기를 북돋운다.

「자! 알려지지 않은 곳을 향해 곧장, 아주 곧장 나아가게!」

198. 수피즘 철학

나는 모든 영혼의 모태인 그 영혼에서 나왔다.
또 나는 도시가 없는 자들의 도시인 그곳에서 왔다.
그 도시로 가는 길은 끝이 없으니, 너 가진 것
모두 버리고 가라. 그것이 너의 전부일지니.

신심(信心)의 바다에 나는 소금처럼 녹아 있다.
불경(不敬)도 신앙도 의심도 확신도 이젠 남아 있지 않다.
내 마음속에 별 하나가 빛나고
그 별 속에는 일곱 하늘이 감추어져 있다.

잘랄 알 딘 알 루미, 『4행 시집』
프랑시스 라조르박의 논문, 「죽음에 관한 한 연구」에서 발췌

199. 마침내 그곳에 다다르다

프레디가 주저 없이 앞장을 선다. 놀랍다. 이제껏 아무도 넘어 본 적이 없는 경계선을 향해 그가 성큼성큼 나아간다. 생명줄이 터무니없이 늘어나 위태로운데도, 그는 과감하게 나아간다. 머뭇거린 것은 오히려 내 쪽이다. 나는 마음을 가다듬었다. 여러 천계를 거쳐 오는 동안 놀라운 일을 많이 겪었지만, 모호 6 너머에는 죽음의 마지막 비밀, 영계의 마지막 신비가 숨겨져 있다.

나는 마침내 신비 중의 신비, 비밀 중의 비밀을 알게 될 것이다. 여기, 이 장벽 너머에서 인간의 모든 공포 소설과 연애 소설이 완성된다. 여기, 이 장벽 너머에서 공상 과학이 환상 문학과 하나가 되고 세계의 모든 신화가 과학과 융합한다.

망설임을 떨치고 나는 힘차게 나아갔다.

마침내 영계의 마지막 천계가 모습을 드러낸다.

그곳이 보인다.

나는 잠시 로즈를 잊었다. 일찍이 사람들에게 드러난 적이 없는, 신비 중의 신비, 비밀 중의 비밀을 나는 볼 것이다. 나는 그것을 보고, 느끼고, 들을 것이다.

여기가 끝이다. 여기가 만물의 무덤이다. 빛이란 빛, 소리란 소리, 영혼이란 영혼, 관념이란 관념이 다 여기에서 죽음을 맞는다.

드디어 내가 천국에 온 것이다.

머릿속에 수백만 가지 천생 음악이 울려 퍼진다. 별의 파편들이 나에게 상냥한 작별 인사를 건넨다. 별이나 사람이

나 죽으면 같은 길을 걷는다. 별도 사람도 다 천국에서 일생을 마감한다.

나는 구름 같은 발로 천상의 옥토를 밟아 가며 안개 속을 걷는다. 나는 누구에게랄 것도 없이 팔을 들어 인사를 하고 무릎을 꿇어 예배를 드렸다.

실수로, 아니 사랑 때문에 나는 천국에 왔다. 아름답다, 정말 아름답다! 제6천계의 완벽한 아름다움보다 한결 더 아름답다. 이곳에 비하면 그곳의 아름다움은 복제품이나 모방작에 지나지 않는다. 천국의 참다운 아름다움은 그 무엇과도 비길 수 없다.

천국이야말로 하나밖에 없는 내 나라, 내 조국이고, 내 애국심의 유일한 대상이다. 천국은 나의 고향이다. 오래전부터 이곳을 알고 있었다는 느낌, 내가 태어난 곳도 여기이고 내가 돌아가야 할 곳도 여기라는 느낌이 든다. 저 아래, 지상은 내가 잠시 스쳐 가는 곳일 뿐이다. 나는 영혼이고 미카엘 팽송은 나의 참모습이 아니었다. 나는 순수한 영혼일 뿐, 그 불쌍하고 어리석은 미카엘 팽송은 내가 아니었다.

진정한 나는 가볍고 아주 아름답다. 가벼움, 그것이야말로 미덕의 요체. 내 바람은 생각하는 기체로 남는 것이다. 내가 지상에서 내 육신에 얽매여 있었던 것은 철없던 시절의 잘못이었다.

로즈가 보인다. 지상에서보다 그녀가 더욱 사랑스럽다. 우리가 무엇 때문에 옹색한 살가죽과 고통에 찬 육신과 어처구니없는 근심으로 가득 찬 뇌로 되돌아가야 한단 말인가? 우리는 둘 다 이곳을 마음에 들어 하고 있다. 우리는 이제 시간을 두려워하지 않는다. 우리에겐 이제 아무런 두려움이 없다.

천국 문 앞에서 나를 기다리고 있는 타나토노트들은 무시하자. 거기에 머물러 있는 그들은 어리석기 짝이 없다. 난 나의 조국, 나의 세계를 찾아냈다. 계시 중의 계시를 발견한 것이다. 나는 고향에 돌아와 있다. 진정한 태양을 보았다. 내가 본 태양에 비해 지구인들이 보는 태양은 노란빛이 많이 들어 있다. 참다운 태양, 흰 태양, 순백의 태양은 천국에만 있다.

나는 천국에 있다. 애초엔 로즈를 이곳에서 데리고 나가려 왔었다. 얼마나 가소로운 생각인가!

안개가 흩어진다. 아래에 강물처럼 흘러가는 사자들의 긴 행렬이 보인다. 한 줄기인 것처럼 보이던 강물이 저 멀리에서 몇 줄기로 나뉜다. 나는 왜 그렇게 보이는지 알아보려고 내려갔다. 아닌 게 아니라 영혼의 강물은 네 줄기로 갈라지고 있다. 다른 천계에서는 사람의 영혼만 보이더니, 여기에는 사람의 영혼 사이에 동물과 식물의 영혼도 섞여 있다. 아마도 천국에 또 다른 문이 있는 모양이다. 그 문을 통해서 동물과 식물들이 들어온 것이리라. 말미잘과 해초, 곰과 장미가 보인다. 식물에게도 영혼이 있다. 나는 이제야 그 사실을 알았다.

절대적인 융합, 웅대한 화엄의 세계. 우리 모두는 하나로 연결되어 있고 지상에서 우리는 다 같이 고통을 겪었다. 우리는 모두 하나이므로 서로에게 어떤 폭력도 저지르지 말고 살아야 한다. 남에게 어떤 폭력도 행사하지 말아야 하며 나에 대한 남의 폭력을 허용해서도 아니 된다. 삶의 원칙에 대한 그러한 깨달음이 내 영혼 깊숙이 절절하게 파고든다. 하마터면 나는 무지한 인간으로 살다가 천국에 올라와서야 자기의 무지를 깨닫는 사람이 될 뻔했다.

인간과 동물과 식물의 영혼을 실은 강물이 네 갈래로 나뉜다. 라울의 서재에 쌓여 있던 어떤 책들 속에서 천국에 네 줄기 강이 흐른다고 이야기하는 대목을 읽은 기억이 난다. 힌두교들이 그렇게 말했고, 유대인들도 그랬다. 라울이 들려준 한 대목이 뇌리를 스친다.

「히브리 신화에 이런 얘기가 있지. 천국은 일곱 번째 천계에 있다. 거기에 들어가는 문은 두 개다. 천국에 초대받은 사람들은 거기에서 춤추며 행복을 누린다. 거기에는 네 줄기 강물이 있는데, 첫째가 공기의 강이요, 둘째는 꿀의 강, 셋째는 포도주의 강, 넷째는 향의 강이다…….」

또 코란에도 〈천국엔 네 줄기 강물이 흐른다〉고 되어 있다.

동서양을 막론하고 고대인들은 천국에 대해 알고 있었고, 똑같은 풍광을 묘사하기 위해 여러 가지 비유를 사용했다.

강물이 네 줄기라는 것은 영혼이 넷으로 분류되는 것을 비유로 말한 것인지도 모른다. 어쨌든 영혼은 네 부류로 나뉜다. 단지 착한 영혼, 나쁜 영혼이 아니라, 오히려 저음, 중음, 고음, 초고음과 같이 영혼의 음조를 구별하는 것인지도 모른다.

프레디와 나는 로즈를 따라서 네 줄기 강물을 거슬러 올라간다.

그때 문득 나는 천사들을 보았다.

200. 기독교 철학

하느님의 축복을 받은 사람들은, 현세를 살면서 신비가 참되다는 것을 이성으로 확신하고 믿음으로 순종했으므로, 그 신비가 벗겨지는 것을 분명히 보게 될 것입니다. 즉 삼위일체. 그리스도의 강생. 속죄의 신비가 풀리는 것을 보게 될 것이고, 영혼의 정부와 세속의 정부에 감춰진 하느님의 섭리를 깨닫게 될 것이며, 우리가 너무나 자주 그 내력을 의심하고 부당하게 느껴 오던 세속 정부의 백성에 대한 지배에 어떤 섭리가 숨어 있었는지도 알게 될 것입니다. 뽑힌 사람들을 거룩하게 하고 신성(神性)의 본질을 무한히 경이롭게 하기 위하여 하느님께서 어떻게 섭리를 운영하시는지 그들은 알게 될 것입니다.

엘리 메릭 대주교
프랑시스 라조르박의 논문, 「죽음에 관한 한 연구」에서 발췌

201. 영계의 끝

멀리서는 반딧불이 반짝이는 것처럼 보였는데, 그것은 천사였다.

나는 대번에 그들이 천사임을 알아보았다.

천국에서 천사를 보았으니, 그것만으로도 우리의 비행은 충분한 의미가 있다는 생각이 들었다.

그때, 프레디가 내 어깨를 잡고 나무를 흔들듯이 흔들며 소리친다.

「정신 차리게. 우리는 로즈를 이승으로 데려가기 위해 여

기에 온 거야. 그녀와 함께 여기에 머물려고 온 게 아니란 말일세. 우리의 임무를 잊지 말게.」

그는 내가 무슨 생각을 하면 즉시 그것을 알아챈다. 영혼들끼리는 의사소통이 그렇게 빨리 이루어진다.

랍비의 말을 듣고 나니 퍼뜩 정신이 돌아온다. 나는 비로소 망상에서 벗어났다. 〈죽음, 나는 하얀 새틴 옷을 입은 모습으로 나타난 너를 정복했다. 천국의 모습으로도 너는 나를 유혹하지 못하리라.〉

프레디가 기뻐한다. 그는 내가 냉정을 되찾았음을 알고 있다. 천국조차도 내 의지를 꺾지는 못할 것이다. 나는 내가 누구인지 안다. 나는 순수한 영혼이자 살과 피를 가진 육신이다. 내 영혼과 육신은 아주 분리되어 있지 않다. 나는 정신이자 물질이며, 정신과 물질 사이에서 균형을 잃지 말아야 한다.

나는 내가 누구인지, 우리가 누구인지 안다. 프레디와 나는 뭇 영혼들 사이에 끼인 두 영혼이 아니라 특별한 임무를 띤 타나토노트다. 우리는 죽은 사람들이 아니라 영계를 탐사하고 이승으로 돌아갈 수 있는 산 사람들이다. 그리고 우리는 로즈를 구하기 위해 여기에 왔다.

우리는 영혼들이 실려 가는 강물 중에서 〈꿀〉의 줄기를 따라간다. 우리가 영혼들 사이에 섞이자, 그들은 우리가 아직도 생명줄을 달고 있음을 보고 깜짝 놀란다. 나 자신도 어떻게 그것이 아직 끊어지지 않았는지를 모른다. 어쨌든 내 생명줄은 아직 건재하다.

강줄기는 아주 길다. 공항의 카운터 앞에 장사진을 치고 있는 피서객들을 보는 느낌이다.

나는 목이 터져라고 〈로즈! 로즈!〉 하고 외쳤다. 그러자 굶주린 자기 고양이들에게 물려 죽은 노인이 내 소리를 알아듣고, 로즈가 저 앞에 있다고 알려 준다. 로즈는 벌써 검문검색을 통과하고 영혼의 무게를 다는 곳에 가 있는 모양이다.

노인이 내 생각을 알아채고 텔레파시로 말한다.

「맞아. 이따금 특별대우를 받는 영혼들이 있어. 그 영혼들은 수세기 전부터 녹색계에서 기다리고 다른 영혼들을 제치고 올라오지.」

「로즈가 영혼의 무게를 다는 곳에 가 있다는 얘긴가요?」

「그렇다니까. 천사들이 그녀가 이승에서 착한 일과 나쁜 일을 얼마나 했는지 조사할 게야. 그런 다음, 다음 환생을 결정해 줄 테지.」

「영혼의 무게를 다는 곳이 어디죠?」

「앞으로 곧장 가게. 쉽게 찾을 수 있을 게야. 곧장 가기만 하면 되니까.」

202. 도교 철학

성인은 이승의 삶이 지속되는 동안에는 그 삶을 사랑하다가 다른 삶을 위해서는 그것을 잊는다. 보편적인 영혼과 함께 있는 자는 어디를 가든 자아를 간직한다. 육체가 땔나무라면 영혼은 불과 같다. 불이 다른 땔나무에 옮겨 붙듯이 영혼은 새로운 육체로 옮겨 간다. 불이 번져 나가는 데에 다함이 있을 수 없듯이 생명은 끝없이 계속된다.

『장자(莊子)』[11]

프랑시스 라조르박의 논문, 「죽음에 관한 한 연구」에서 발췌

203. 경찰 기록

관계 부서에 올리는 보고

귀 부서에서는 그들을 체포하기 위해 우리가 개입하는 것을 허락하지 않았습니다. 이제 그들은 거기에 있습니다. 너무 늦은 게 아니기를 바랍니다. 이제 귀 부서에서 알아서 처리해야 합니다.

관계 부서의 회신

우리가 알아서 처리하겠음.

204. 영혼의 무게

프레디와 나는 사람의 영혼과 동식물의 영혼을 헤치며 희부연 안개 속을 허위허위 나아간다. 우리는 강물 네 줄기가 합류하는 계곡을 향해 가고 있다. 사자들은 거기에서 나오는 빛을 향해 계속 전진하고 있다. 천사들이 더 가까이에서 그들을 호위하고 있다.

언뜻 보기에 천사들도 우리와 같은 영혼이다. 그들에게 생명줄은 달려 있지 않다. 그들은 푸르스름한 후광을 이고 있고, 오색영롱한 빛을 발하고 있다. 그들이 우리를 바라본다. 그들의 후광이 아까와는 다른 환상적인 광채를 발한다.

---

[11] 『장자』, 內篇 第三 養生主.

아마도 그들은 후광의 빛깔을 바꾸어 가면서 자기들의 생각을 주고받는 모양이다.

그들은 어머니 뱃속에 있는 태아처럼 상하 좌우로 빙빙 돌더니, 우리에게 은빛 생명줄이 온전히 붙어 있는 사람들이 어떻게 여기를 왔느냐고 묻는다.

「우리는 한 여인을 찾고 있습니다.」

천사 하나가 나선다.

「내가 바로 사람들이 잃어버린 것을 찾아 주는 천사요.」

그 천사에게 로즈의 모습을 설명했더니, 로즈가 영혼 계량소 가까이에 있다고 일러 준다. 그가 가리키는 곳을 바라보니, 네 줄기 강물이 합류하는 계곡 위에 김이 가득 서린 빛의 산이 있다. 영계에 들어설 때부터 우리를 이끌던 빛은 바로 그 산꼭대기에서 쏟아져 나온 것이다.

우리는 사자들과 함께 그 빛으로 이어지는 오솔길을 올라간다. 세 천사가 산꼭대기 위에 떠 있다. 아까 본 천사들보다 빛이 더욱 환하다.

프레디가 조용한 소리로 알려 준다.

「저들은 여느 천사들과는 다르다네. 바로 대천사들일세.」

영혼의 무리가 힘겹게 조금씩 조금씩 다가가는 동안 그들은 계속 반짝이고 있다.

로즈가 저기 있다며 랍비가 우리 위쪽을 가리킨다. 로즈는 산에서 나오는 빛과 천사들이 발하는 빛 속에 잠겨 있다. 거기에 도드라진 평지가 있고 출두 명령을 받은 사자들이 모여 있다.

「다음 영혼 나오시오.」

대천사가 신호를 보낸다. 다음 영혼이 바로 로즈이다.

「가게. 로즈를 내려보내 달라고 저들을 설득해 보게.」

랍비가 내 등을 떠민다.

그는 더 이상 나를 따라올 수가 없다. 내 생명줄을 단단하게 만들어 주느라고 그의 줄이 너무 늘어나 있어서 끊어지기 일보 직전이 되었기 때문이다. 우리는 정말로 아슬아슬한 게임을 하고 있다. 그가 둘의 생명줄을 지키는 동안 나 혼자 가야 한다.

나는 대천사들에게 날아가 거의 외치다시피 말했다.

「잠깐만요! 이 여인을 심판하기 전에 여러분께 말씀드릴게 있습니다. 우리는 이 사람이 여러분 앞에 출두하는 것을 원치 않습니다.」

대천사가 나를 바라본다. 놀라는 기색이 전혀 없다. 그의 텔레파시가 다정해서 마음이 놓인다. 그는 어떤 주장에도 귀를 기울이는 천사인 듯하다. 영계의 사법관인 그에게는 무시무시한 구석이 전혀 보이지 않는다. 주위에 모여든 사자들처럼 그는 나에게 용기를 북돋워 주려고까지 한다.

「무슨 사연인지 얘기 좀 들어 봅시다.」

「로즈는 죽었습니다. 테러를 당했지요. 하지만 로즈는 아직은 여기에 올 사람이 아닙니다.」

다른 두 대천사 역시 깊은 관심을 보인다. 빛을 발하고 있는 그들이 어쩐지 스티븐 스필버그의 영화 「인카운터」에 나오는 외계인들과 비슷하다는 생각이 든다.

「당신에겐 여기 일에 참견할 권리가 없어요.」

그렇게 말하면서 그들은 내 뒤에 있는 랍비와 아직 끊어지지 않은 우리의 생명줄을 살핀다.

「이 여자를 이승으로 데려가고 싶다는 거요?」

「그렇습니다. 우리는 이 사람을 구하기 위해서 감히 여기까지 올라왔습니다.」

세 대천사가 모여 숙의를 벌인다. 그중 하나가 매듭이 잔뜩 달린 투명한 실을 꺼내더니 그것을 들여다본다. 거기에서 우리 일과 관련된 많은 정보들을 읽고 있는 모양이다.

그는 나와 로즈를 번갈아 바라보고, 다시 다른 대천사들과 의견을 나눈다. 이윽고 그가 말문을 연다.

「그렇게 많은 사람들이 목숨을 걸고 올라온 걸 보면 이 여자가 당신네 이승에 아직 필요한 사람임에 틀림없소. 그래서 우리는 당신이 이 여자를 데리고 내려가는 것을 허락하기로 했소. 그러나 이 사람이 원하고 요구할 때만 우리는 이 사람의 생명줄을 돌려줄 거요.」

로즈가 망설인다. 이제부터 그녀의 운명은 자기 선택에 달려 있다. 로즈는 이승의 삶을 끝내고 싶어 하는 기색을 보인다. 조금 전에 내가 그랬듯이 로즈는 이곳을 자기의 진정한 나라, 유일한 고향이라고 생각하고 있다. 그러나 그녀의 마음 한 구석에 뭔가 다른 것이 있다. 그것은 아마 나에 대한 사랑일지도 모른다. 그녀 내부에서 두 마음이 싸우고 있다.

우리를 둘러싼 사자들과 천사들이 열띤 관심을 보이며 저울이 어느 쪽으로 기울지 결과가 나오기를 기다리고 있다.

「저렇게까지 한 인간에게 사랑을 받는다는 건 정말 대단한 행운이야!」

일본의 할복 자살자가 탄식을 섞어 중얼거린다.

어린 순교자가 그의 말에 고개를 주억거린다.

어떤 천사는 이런 소동은 처음 있는 일이라며 텔레파시를 발한다.

또 다른 천사는 우리가 올라오도록 내버려 둔 것은 잘한 일이었다고 흡족해한다.

상황은 우리에게 유리한 쪽으로 돌아가고 있다. 로즈가 대천사들의 의견을 듣고 싶다는 듯 그들을 바라본다. 그러나 그들은 그녀의 결정에 개입하기를 거부한다. 그녀가 심판 받기를 원하면, 천사들이 영혼의 계량을 실시할 것이다. 그렇지 않으면, 로즈는 자유로이 이승으로 되돌아가서, 고귀한 일, 비천한 일, 좋은 일, 나쁜 일이 뒤섞인 인생의 드라마를 다시 시작할 것이다. 오로지 그녀만이 스스로의 운명을 결정할 수 있다.

뒤쪽에서 프레디가 우리를 바라보고 있다. 멀리서 보면 우리는 마치 환상적인 분위기를 지닌 하얀 대성당에서 혼배 미사를 올리고 있는 것 같았을 것이다. 로즈와 내가 한 쌍의 부부로 마주 서 있고, 뒤에는 하객들의 긴 행렬이, 앞에는 빛의 산이 있다.

로즈가 대천사들 쪽으로 한 걸음 다가선다. 긴장된 순간이다. 모든 게 끝나는가 했는데, 로즈가 갑자기 몸을 돌려 내 품에 달려든다.

아내가 천사들을 돌아보며 말한다.

「죄송해요. 하지만 이승에서 이루어야 할 일이 아직 많이 남아 있어요.」

천사들이 놀란다. 그들의 광채가 연노랑에서 푸르스름한 색으로 변한다. 대천사들이 우리에게 환한 웃음을 짓는다. 그 미소에 감동의 빛이 뚜렷하다. 작은 게루빔 천사들이 잠자리처럼 분주히 날아다닌다. 생명줄 하나가 아내의 배에서 튀어나와 블랙홀 입구 쪽을 향해 뻗어 간다. 로즈의 영혼이 다시 지상에 남아 있는 육체와 연결되는 순간이다.

　로즈와 나는 프레디가 있는 곳으로 간다. 그는 우리가 성공했음을 눈치채고 있다. 사자(死者)들이 우리에게 인사를 건넨다.

「이승으로 돌아가는 길이 편안하기를 빕니다!」
「저 사람들은 이승으로 돌아갈 필요가 있을 거야. 하지만, 나는 죽어도 거기에 돌아가긴 싫어. 내가 보기에 인생은 그야말로 눈물 계곡이야.」

　전기의자에서 처형된, 미국의 살인광이 한숨짓는다.

　우리는 그의 말을 귀담아듣지 않았다.

　돌아가는 길은 오던 길보다 한결 더 편안하다. 생명줄이 끊어질까 더 이상 걱정할 필요가 없기 때문이다. 우리는 빛의 산을 내려와 영혼들의 강을 따라간다. 모천(母川)으로 회귀하는 연어처럼 우리는 이승에 내려가 성장한 다음 다시 이곳에 돌아올 것이다.

　우리 친구들이 모두 여섯 번째 장벽 뒤에서 우리를 기다리고 있다. 우리가 돌아오자 그들이 텔레파시로 박수갈채를 보낸다. 그들은 우리의 생명줄이 극도로 팽팽해지는 것을 보고 우리가 돌아오지 못할까 마음을 졸이고 있던 터다.

　라울과 스테파니아, 아망딘, 중국 승려, 랍비들이 모두 힘을 합친 덕에 우리는 삶과 죽음의 본질을 알게 되었다. 그들이 나비처럼 즐겁게 우리 주위를 날고 있다.

우리는 천계와 모호를 되건너기 시작한다. 아름다움, 슬기, 인내, 즐거움, 두려움의 시련을 차례차례 거친다.

블랙홀 입구가 저만치 보인다. 조금 있으면 영계를 벗어날 것이다. 밖에 별들이 보인다. 그 빛은 제7천계에 있는 큰 빛에 비해 너무 보잘것없다.

우리는 행복감을 느끼며 비행을 계속한다. 바로 그때 험상궂은 심령체 패거리가 나타났다.

205. 힌두교 철학

사람은 하나의 베갯잇에 비유할 수 있다. 베갯잇의 빛깔은 빨간색, 검은색 등 여러 가지가 있을 수 있지만 천으로 되어 있다는 점에는 차이가 없다. 사람도 마찬가지다. 잘난 사람, 못난 사람, 착한 사람, 악한 사람 등 여러 종류가 있지만 모든 사람의 내부에는 똑같은 신이 머물고 있다.

라마크리슈나[12]

프랑시스 라조르박의 논문, 「죽음에 관한 한 연구」에서 발췌

---

12 Ramakrishna Paramahansa(1834~1886). 힌두교 신비주의자, 종교 사상가. 신과의 합일 체험과 여러 종교에 대한 연구를 바탕으로, 모든 종교에서 신에 도달하는 길이 같다고 가르쳤다. 그의 제자인 비베카난타는 그의 가르침을 세계적으로 전파하는 한편, 종교 간의 화해를 목적으로 하는 라마크리슈나 교단을 설립하였다.

206. 뜻밖의 장애

 우리는 하샤신의 산중 장로와 완전히 화해가 이루어진 것으로 생각하고 있었다. 하샤신 타나토노트는 이제 다 목숨을 잃었고, 그와 동맹을 맺었던 세력들도 이성을 되찾았기 때문이다. 그러나 화해는 우리의 일방적인 생각이었다. 우리 타나토드롬에 찾아와 얼마간 정중한 모습을 보여 준 뒤로, 산중 장로는 언제 그랬냐는 듯이 다시 옛날로 돌아가 있었던 것이다. 하샤신 타나토노트도 없고, 종교들 간에 대협정이 맺어져 있는 상황인지라, 그는 돈을 주고 타나토노트들을 고용해서 작은 비행대를 만들었다.

 그가 우리에게 텔레파시를 발했다.

 「범종교 협력주의는 다른 종교들을 잠재우고 그 틈에 유대인들이 천국을 독차지하려는 속임수일 뿐이다.」

 프레디가 반박한다.

 「영계는 누구의 것도 아니오. 따라서 영계에서 일체의 폭력을 몰아내자는 데 합의한 것은 당연한 일이오.」

 마지막 하샤신이 성을 낸다.

 「랍비들이 말장난에 능하다는 걸 잘 알아. 한 번 속지 두 번 속겠나.」

 그의 비행대에 우리 어린 시절의 적이었던 뚱보 마르티네스가 끼어 있다. 기이한 악연이다. 그는 영계 탐사 초기, 타나토노트들이 무수히 죽어 가던 시절에 타나토노트 후보로 지원했다가 탈락한 바 있다. 그때 그는 우리를 알아보지 못했다. 그는 이제 우리를 미워하고 있다. 우리는 죽을 게 뻔한 상황에서 그를 구해 주었던 셈인데, 바로 그것 때문에 그는 우리를 더 미워하고 있는 것이다. 참 이상한 일이다. 우리에게 해를 입혔던 사람들은 자기들의 잘못은 생각하지 않고 우리 탓만 한다. 우리가 그들에게 도움을 주면 줄수록 그들의 증오심은 더 깊어 간다.

자객들의 수가 우리보다 많다. 두렵다. 대모험이 이렇게 파국을 맞는다는 것은 있을 수 없는 일이다.

그러나 프레디는 산중 장로가 오로지 자기에게만 원한이 있음을 알고 있다. 산중 장로가 프레디를 미워하는 이유는 마르티네스가 우리를 미워하는 이유와 다를 게 없다. 자기가 죽이려고 했던 사람이 자기를 이해하려고 애쓰고 자기를 친구로 삼으려 하는 것을 그는 견딜 수 없는 것이다.

우리가 미처 말릴 겨를도 없이, 프레디는 우리를 보호하기 위해 우리와 묶고 있던 자기 생명줄을 풀고 떨어져 나간다. 그는 일종의 교란 작전을 시도하고 있는 것이다. 그가 우리에게 명령한다.

「빨리 달아나게. 함께 있으면 우리 중 아무도 돌아가지 못할 거야.」

우리는 그를 내버려두고 떠날 수가 없어 머뭇거린다. 그러나 그의 텔레파시가 엄한 명령조여서 고분고분 따를 수밖에 없다. 아망딘은 남편 곁에서 끝까지 싸우겠다고 버틴다. 우리는 억지로 그녀를 데려간다.

「프레디!」

아망딘이 소리친다.

「어서 가게. 나는 라메드 바브가 될 거야.」

자객들이 프레디에게 덤벼든다. 프레디는 은빛 생명줄을

올가미처럼 만들어 빙빙 돌린다.

「프레디!」

늙은 랍비가 우리에게 마음 편하게 떠나라는 신호를 보낸다.

그의 마지막 말이 유언처럼 우리 귓가에 울린다.

「어서 가게! 나는 가능한 한 빨리 환생할 걸세. 이름의 머리글자가 나하고 똑같은 아이가 나타나거든 잘 살펴보게. 그 아이는 내가 쓰던 물건들을 알아볼 걸세. 자, 다들 어서 달아나게. 그리고 내 이름의 머리글자 F. M.을 기억하게!」

자객들이 공격하고 그가 반격한다. 우리의 늙은 현자는 영계 전투의 경험을 살려 공격자들 몇몇의 생명줄을 재빨리 잘라 낸다. 그러나 중과부적이다. 그들이 프레디를 포위한다.

더 이상 참지 못하고 스테파니아가 그 무리 속에서 달려들려고 한다. 우리도 그녀에 뜻에 따른다. 그러나 이미 너무 늦었다. 산중 장로가 프레디의 생명줄을 잘라 버린 마당이다.

랍비는 마지막으로 체념 어린 동작을 지어 보이고 빛을 향해 빨려 들어간다.

자객들이 이번에는 우리를 향해 덤벼든다.

「너와 내가 저 바보들을 혼내 주자!」

라울이 내게 말한다. 예전에도 몇 번 들었던 말이다.

치열한 육박전이 벌어진다. 아망딘이 용감하게도 마르티네스와 싸운다. 로즈는 전의에 불타는 두 영혼과 대결하고 있다. 라울은 몇몇 청부 살인자를 맡는다. 나의 상대는 운

수 사납게도 산중 장로 바로 그자이다.

 그자가 먼저 공격해 온다. 적의가 충만해 있다. 나는 몇 차례의 공격을 재주껏 피했다. 그러나 나는 그에게 너무 보잘것없는 상대다. 그는 나를 질식시키려는 듯, 내 생명줄을 목에 칭칭 감는다. 그가 목을 죄어 온다. 내 영혼이 고통을 느낀다. 그가 내 은빛 줄을 비튼다. 금방이라도 끊어질 것 같다. 나는 대천사들에게 돌아가게 해줄 그 순간을 기다린다. 그때, 갑자기 목을 죄고 있던 줄이 느슨해진다. 마르티네스를 쉽게 해치운 아망딘이 뒤에서 산중 장로의 생명줄을 잘라 버린 것이다. 그자는 한 여자의 일격에 자기 삶이 끝나게 된 것을 알고 어처구니없다는 표정을 짓는다.

 가짜 낙원을 만들어 놓고 혹세무민하던 그는 진짜 낙원은 그만 못할 거라고 생각하는지, 끊어진 생명줄을 이어 보려고 발버둥 친다. 그러나 이미 엎질러진 물이다. 카드놀이에는 조커가 있지만, 삶이나 죽음에는 조커가 없다. 고양이는 목숨이 아홉 개라는 말이 있지만, 사람은 그렇지 못하다.

 산중 장로가 빛에 빨려 들어간다. 배수관 트랩으로 빵 부스러기가 빨려 들어가는 것 같다. 살아남은 자객들이 줄행랑을 놓는다.

 우리는 비로소 안도의 숨을 쉰다. 아망딘이 간청한다.

「로즈를 구했던 것처럼 프레디를 구하러 가요.」

 그러나 우리는 이미 너무 늦어서 아무것도 할 수 없음을 알고 있다.

 착잡한 마음으로 우리는 블랙홀의 소용돌이를 벗어나 넓게 벌어진 가장자리로 나온다. 죽어 가는 별들의 마지막

빛이 작열한다. 블랙홀에 빨려 들어가기 전에 내지르는 단말마의 비명이다.

우리는 지구를 향해 내려간다. 다시 태양계가 나온다. 행성 사이를 누비는 슬랄롬 경기[13]다. 블랙홀을 찾아가는 러시아 우주 비행사들을 다시 만났다. 그들은 우리가 처음 지나갈 때 있던 그 자리를 거의 벗어나지 못하고 있다.

우리의 귀환 비행이 계속된다. 소행성대를 통과하고 달 근처에서 제동을 건다. 벌써 청록색 공 같은 지구의 모습이 아래에 펼쳐진다. 유럽이 나오고 프랑스가 나오고 파리가 나온다. 생명줄이 출발점에서 우리를 계속 이끌어 주기 때문에 길을 잃을 염려가 없다.

파리 상공에 이르러 우리는 서로 묶고 있던 생명줄을 풀고 로즈의 영혼을 생루이 병원으로 데리고 갔다. 로즈는 늪으로 들어가듯 지붕을 뚫고 들어갔다. 우리의 비행시간이 너무 길었다. 그동안에 로즈의 육체에 돌이킬 수 없는 손상이 생겼다면 큰일이다. 제발 그런 일이 없어야 할 텐데.

우리는 타나토드롬으로 돌아왔다. 또 다른 내가 보인다. 내가 우주에서 곡예를 벌이는 동안 또 다른 나는 가부좌를 튼 채 아주 조용히 앉아 있었다. 정말 믿기지 않는 일이다!

우리의 영혼이 고통에 찬 육신으로 다시 들어가려 한다.

영혼과 육체가 마주한다. 무색투명한 것과 색깔 있는 것, 가벼운 것과 무거운 것, 형체 없는 것과 형체 있는 것이 하나가 되려 한다. 나는 속을 많이 넣은 두툼한 스키복을 입듯이 내 육신 안으로 들어간다. 한번 벗어난 육체에 다시

---

13 스키에서, 사형(蛇形)을 그리면서 좌우로 돌며 활강하는 경기.

들어가려면 어떻게 해야 하는지 아무도 나에게 가르쳐 준 적이 없다. 그래도 나는 대뜸 정수리를 거쳐 가야 한다고 생각했다. 나갈 때 그리 나갔으니 들어올 때도 그러리라고 생각한 것이다.

피가 흐르는 살덩어리와 다시 만나는 것은 그리 기분 좋은 일이 아니다. 류머티즘, 아감창, 가려움증, 카리에스 등 끊임없이 우리를 괴롭히는 갖가지 구질구질한 고통이 되살아난다.

마침내 나는 또 다른 나와 하나가 되었다. 내 영혼과 내 육신, 우리는 더 이상 둘이 아니다. 발가락이 따끔거린다.

나는 천천히 눈을 뜬다. 〈정상적인〉 세계가 다시 나타난다. 그 〈정상적인〉 세계에서 내가 가장 먼저 본 것은 심전도 화면과 거기에 나타난 작은 파형이다. 심장 고동이 점차 빨라지고 있다.

다른 동료들이 모두 몸을 추스르자, 나는 서둘러 병원에 전화를 걸었다. 병원 쪽에서도 막 나에게 전화를 걸려던 참이었다고 한다. 의사들이 대단히 흥분해 있다.

「기적이에요! 기적이 일어났어요! 부인이 갑자기 깨어났어요. 의식이 완전히 돌아왔어요. 상태가 아주 좋아요.」

다른 사람들은 슬픈 얼굴을 하고 프레디의 의자 주위에 모여 있다. 프레디가 입을 벌린 채 쓰러져 있다. 그는 자기 이름과 똑같은 머리글자를 사용하는 아이로 환생할 거라고 했다. 그가 입을 벌리고 그 머리글자를 다시 발음하려는 것 같다.

〈F. M.〉

맹인은 정기 없는 눈을 크게 뜨고 있다. 나는 다가가서 살며시 눈을 감겨 주었다. 현생에서 다시는 그를 만나지 못하리라 생각하면서.

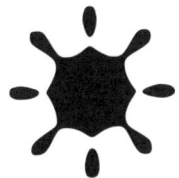

제3기
깨달은 이들의 시기

207. 타로[14] 카드의 가르침

타로 카드의 열세 번째 것은 죽음을 나타낸다. 그 카드에는 이름이 붙어 있지 않다. 그도 그럴 것이 카드에 죽 그림이 나오다가 열세 번째 와서는 빠져 있다. 처음 열두 장의 카드는 하루 중 오전의 열두 시간과 같다. 그것은 열두 가지의 〈작은 신비〉이다.

열두 번째 시간, 즉 정오가 지나면 홀연 죽음이 나타나고, 하루 중의 다른 열두 시간이 시작된다. 〈위대한 신비〉라는 다른 차원이 열리는 것이다.

어떤 비교(秘敎)에서는 죽음을 상징하는 비밀 의식을 열세 번째로 행한다. 그 죽음이란 비신자가 신자로 거듭나는 죽음이다. 그렇듯 타로의 열세 번째 카드는 불길한 것이 아니다.

사람이 죽음의 단계를 넘어서지 못하면, 더 이상 진보

---

14 78매를 한 벌로 하는 놀이 카드. 보통의 카드와 다른 상징적인 그림들이 들어 있으며, 카드 점을 칠 때 많이 사용된다.

할 수가 없다.

『마르세유 타로 카드의 의미』
프랑시스 라조르박의 논문, 「죽음에 관한 한 연구」에서 발췌

208. 역사 교과서

우리 조상들의 신앙

우리 조상들은 사후 세계에 대해 어떤 믿음을 가지고 있었을까? 1981년 유럽에서 사람들의 신앙 내용이 종교에 따라 어떻게 다른지를 조사한 적이 있다. 사후 세계와 관련된 여러 개념들을 제시하고 그것의 존재를 얼마나 믿는지 알아보려는 조사였다. 항목별로 그것이 존재한다고 믿는 사람의 수를 백분율로 나타내면 다음과 같다.

신앙 내용	가톨릭	신교	비신자
사후 세계	52	38	13
천국	45	43	8
지옥	30	16	3
환생	23	21	12
영혼의 분리	66	56	24
신	87	75	23

자료 출처: 장 스토에첼, 『현대의 가치관』, PUF, 1983

『기초 강의용 영계 탐사의 역사』

209. 천사의 존재를 믿지 않는 사람들

「천사가 존재한다는 것을 믿으라고? 갈수록 태산이군.」 콘라드 형에게 그것은 하나의 루비콘 강[15]이었다. 그는 그 강을 넘지 않겠다고 고집을 부렸다. 영계 탐사에 빌붙어 장사를 하는 동안, 그는 자기 가치관에 비추어 받아들이기 어려운 것을 숱하게 참아 왔다. 그러나 천사 이야기가 나오자 그는 영계 탐사라는 이름의 현대적인 광기에 동조하기를 거부했다.

물론 천사 이야기를 받아들이기가 쉽지는 않을 터였다. 내가 직접 천사를 보기 전에, 누군가가 나에게 죽고 나면 천사들이 우리를 맞아 준다고 얘기했다면, 나 역시 코웃음을 치고 말았을 것이다. 직접 경험하지 않았더라면 나 역시 그 모든 것을 전혀 믿으려 하지 않았을 것이다.

그만큼 우리의 발견은 놀라운 것이었다.

그러나 그동안 우리 일이 발전해 온 과정을 생각해 보면 천사 이야기를 받아들인다는 게 꼭 어려운 것만은 아니다. 우리에게 가장 어려웠던 단계는 사후 세계가 하나의 대륙처럼 존재한다는 것을 받아들이는 일이었다. 하지만, 우리는 그 단계를 넘었다. 다음에 우리는 영혼이 육체를 벗어나 비행할 수 있다는 것을 받아들

---

15 이탈리아 북부 리미니 부근에서 아드리아 해로 흐르는 강. 고대 로마에서는 이 강을 건너 로마로 들어갈 때 무장을 해제해야 했다. 그 금기를 깨고 강을 건넌 카이사르의 고사(故事)에서 〈루비콘 강을 건너다〉라는 말이 나왔다. 이 말은 중대한 결단을 내려 사태에 대처함을 뜻한다.

였다. 또, 영혼이 비물질적이며 은빛 생명줄이 그것을 육체와 연결해 준다는 것도 인정했다. 그렇다면, 천사 이야기를 받아들이지 못할 이유가 어디에 있는가? 따지고 보면, 모든 종교가 이미 이러저러한 방식으로 천사의 존재를 암시하고 있지 않은가?

뤼생데르 대통령은 우리가 새로이 발견한 내용을 극비에 부쳐 달라고 신신당부했다. 당분간은 천국에 대해 우리가 알고 있는 것을 숨겨야 한다는 거였다.

「천사라니! 다른 건 몰라도 그 얘기는 안 되네. 이왕이면 신을 만날 것이지, 왜 하필 천사누? 자네들은 폭탄을 하나 가지고 있는 셈이야. 그것의 폭발 시간을 되도록 늦춰야 하네.」

대통령은 하샤신의 산중 장로 때문에 메예르가 죽었다는 것을 알고 벌컥 성을 냈다.

「명색이 종교 지도자라는 자가 폭력과 배타주의밖에 모르니 도대체 어떻게 된 거야? 영계에서 이교도하고 전쟁을 하자는 거야? 천국에서 폭력이 자행되는 것을 묵과해서는 안 돼.」

「그자는 이미 죽었습니다. 끔찍한 결투가 있었지만 미카엘과 아망딘이 그자를 이기고 완전히 저승으로 보내 버렸습니다.」

라울이 그렇게 말했으나, 마호가니 책상 뒤에 있던 대통령은 화를 누그러뜨리지 않고 소리쳤다.

「그건 중요한 게 아닐세. 이제 종교 전쟁이라면 진저리가 나네. 지금은 중세가 아니라 21세기란 말일세. 종교적

불관용을 언제까지고 관용할 수는 없어. 내게 맡기게.」

210. 힌두교 신화

인간은 해탈에 이르고 싶어 한다.
〈하레 크리슈나〉 찬가를 3천5백만 번 되풀이해서 읽으면 다음과 같은 큰 죄를 면할 수 있다.
— 높은 카스트인 브라만에 속한 사람들을 죽이는 것.
— 남의 재물을 빼앗는 것.
— 황금을 독점하는 것.
— 낮은 카스트인 카리아에 속한 여자와 자는 것.
다르마의 법마저도 다 버린 후에라야 순수함과 해탈을 얻을 수 있으리라.

칼리,『삼타라나 우파니샤드』
프랑시스 라조르박의 논문,「죽음에 관한 한 연구」에서 발췌

211. 국제연합

그다음 주에 프랑스 공화국의 장 뤼생데르 대통령은 유엔 총회에서 연설을 했다. 그는 영계 탐사가 우리 시대의 풍속으로 자리를 잡은 만큼 영계의 평화를 지키는 일이 필요하다고 역설했다. 암중모색하던 시기, 의학적인 시기, 공포의 시기, 쾌락을 찾던 시기, 천문학적인 시기, 폭력의 시기를 거쳐, 이제는 법적인 시기가 도래했다는 거였다.

「입법자들이 나설 때가 되었습니다. 영계 탐사에 관한 헌장을 만들어서 규범을 어기는 자들을 제재할 수 있어야 합니다. 그렇게 하지 않으면, 영계는 영원히 서부 영화의 활극

장으로 남을 수밖에 없습니다.」

적도 기니의 대표가 시큰둥하게 말했다.

「우리는 이미 영계 탐사와 관련하여 두 개 조항의 원칙을 채택한 바 있습니다. 그것만으로는 충분하지 않습니까?」

「충분치 않습니다. 새로운 조항을 추가해야 합니다.」

뤼생데르는 그다지 귀담아듣고 있지 않는 청중에게 두 가지 조항을 힘 있게 제안했다. 영계 탐사에 관한 제3, 제4의 원칙이었다.

제3조 다른 타나토노트의 생명줄을 자르는 행위를 금한다.

제4조 타나토노트가 영계에서 저지른 범죄 행위에 대해서는 지상에 있는 그의 육신이 책임을 진다.

그 제안에 이어, 타나토노트가 저지른 범죄에 대해 어떠한 형벌을 내릴 것인가에 관한 논란이 있었다.

프랑스 공화국의 대통령은 단호하게 말을 이었다.

「영계는 남극 대륙처럼 중립 지대로 남아 있어야 합니다. 아무도 그곳에서 전쟁을 벌여서는 안 되고, 그곳을 점유하려고 원정대를 보내서도 안 됩니다.」

유엔 사무총장이 뤼생데르를 거들고 나섰다.

「천국은 모두의 것입니다. 필요하다면 우리는 그곳에 평화 유지군을 보낼 것입니다. 평화 유지군의 임무는 영계의 평화를 유지하고 영혼들과 타나토노트들의 자유로운 왕래를 보장하는 것입니다.」

방청석이 술렁거렸다. 피지 섬의 대표가 신문을 보다가 고개를 들고 수리남의 대표는 선잠을 자다가 퍼뜩 깨어났다.

사무총장의 발언이 이어졌다.

「그렇습니다. 우리가 평화 유지군을 보내지 못할 이유가 없습니다. 하샤신의 산중 장로가 영계를 독차지하려고 사적으로 군대를 일으킨 적이 있었습니다. 그런 자들이 또 생기지 말란 법이 없습니다. 그런 경우에 우리는 우리의 군대를 파견할 수 있어야 합니다. 타나토노트 평화 유지군, 영계의 경찰이 필요합니다.」

뤼생데르가 제안한 세 번째, 네 번째 원칙은 절대 다수의 찬성으로 채택되었다. 약 스무 나라의 대표가 반대하거나 기권했다. 그들은 사우디아라비아의 눈치를 본 거였다. 사우디아라비아가 하샤신의 산중 장로를 은근히 부추기고 그의 활동을 재정적으로 지원했다는 것은 모두가 다 아는 일이었다.

타나토노트 평화 유지군을 창설하자는 제안은 부결되었다. 당장 군대를 창설해야 할 만큼 영계에서 어떤 폭력이 행해지고 있는 것도 아닌 데다, 너무 많은 비용이 들지도 모른다는 것이 사람들의 일반적인 생각이었다. 게다가 지상에서 평화 유지군을 파견했을 때 흔히 나타나는 문제를 생각하면, 그것은 괜한 골칫거리가 되기가 십상이었다. 예를 들어, 평화 유지군의 활동을 구체적으로 규정하려고 들면, 필요할 때는 타나토노트를 죽일 수 있도록 할 것인지, 단지 타나토노트의 범죄 행위를 막는 것만 허용할 것인지 하는 문제가 생긴다. 어려운 문제다. 그래서 결국 유엔 대표들은 평화 유지군을 포기하는 쪽으로 표를 던진 것이다.

뤼생데르가 영계 분쟁의 문제를 법률의 영역으로 끌어들

인 것은 잘한 일이었다. 영계에서 분쟁을 야기하는 행위가 전 인류의 이름으로 금지되었기 때문이다. 게다가 영계 탐사에 관한 원칙은 우리의 활동이 국제적으로 공인받았음을 의미하는 것이기도 했다. 많은 사람들이 우리가 모호 6을 넘었다는 사실에 의심을 품고 있었다. 하지만 우리는 모든 질문에 침묵으로 일관했다.

어머니는 1층 가게에서 완전한 영계 지도를 상품화하여 팔기 시작하셨다. 여섯 군데의 장벽과 일곱 천계로 이루어진 영계의 모습은 입구가 넓게 벌어지고 끝이 뾰족해서 전체적으로 보면 트럼펫과 비슷했다. 파랑, 검정, 빨강, 주황, 노랑, 초록, 하양의 순서로 색깔도 들어가 있었다. 지도가 예쁘장하게 생겨서 과학자 지망생이나 몽상가의 벽을 장식하기에 안성맞춤이었다.

콩라드 형은 전설이 되어 버린 〈테라 인코그니타〉라는 말을 지우는 표시로 줄을 그어 놓았다. 그는 우리가 영계에 관해 모든 것을 발견한 것으로 생각하고 있는 듯했다. 그러나 아직 영계의 전모가 드러난 상황은 아니었다.

우리는 백색계를 발견했다는 것은 발표했지만, 천사나 빛의 산에 대해서는 말하지 않았다. 그러기에는 아직 너무 일렀다.

뷔트 쇼몽 타나토드롬의 펜트하우스에서 우리 비행 팀은 여러 차례에 걸쳐 모임을 가졌다. 프레디가 세상을 떠났기 때문에 백색계를 본 사람은 우리 부부뿐이었다. 동료들은 〈영혼의 계량〉과 그 뒤에 이어지는 환생에 대해서 많은 질문을 퍼부었다.

나는 우리가 어떻게 백색계에 도달했는지에 대해, 그리고 네 줄기로 갈라지는 영혼의 강과 거대한 백색 평원, 영혼의 무게를 재는 장소가 있는 산, 세 명의 대천사에 대해서 같은 얘기를 되풀이했다.

「나는 보았어요. 하지만 본 것만 가지고는 안 돼요. 보다 깊은 이해가 필요해요.」

사실 나는 아내를 구하는 데 정신이 팔려서 정보를 모은다든가 천사들에게 질문하는 것을 미처 생각하지 못했다. 내가 아는 거라고는 그저 거기에 다다르면 선행과 악행을 무게를 달고 그 결과에 따라 환생이 결정된다는 것뿐이었다.

「자네는 그런 주장을 사람들이 믿어 주리라고 생각하나?」

뤼생데르 대통령이 퉁명스럽게 반문했다.

라울이 늘 지니고 다니는 자기 아버지 사진을 꺼냈다. 살쩍이 희끗희끗하고 눈이 움숭깊은 중년 남자의 모습이었다. 라울이 그 사진을 흔들며 물었다.

「자네, 혹시 이렇게 생긴 분 못 봤나?」

나는 뾰루퉁한 표정을 지으며 대답했다.

「그곳에는 영혼이 아주 빽빽하게 모여 있네. 거기에서 어떻게 자네 아버님을 찾을 수 있겠나? 자네 아버님 아니라 우리 아버님을 찾으래도 도저히 못 찾을 걸세. 주황색계부터 영혼의 행렬이 더 조밀해진다는 건 자네도 확인한 것 아닌가! 영혼은 빽빽이 늘어서서 천천히 이동하고 있네. 수백만 영혼이 이동하는 속에서 누구를 찾아낸다는 건 불가능하지.」

아망딘도 궁금한 게 많은 모양이었다. 늘 입고 다니는 검은 옷이 이젠 상복이 되어 있었다. 그녀가 물었다.

「그곳이 정말 끝이라고 생각해요? 그 뒤에 뭐가 더 있지 않을까요?」

나는 한숨을 쉬었다. 낸들 그걸 어찌 알겠는가?

「백색계 안쪽에 빛의 산이 있어요. 영혼의 무게를 재는 곳이 있는 산이지요. 거기에서 나오는 빛이 영계 입구부터 영혼을 이끌지요. 이승의 업에 대한 심판을 받고 나서 어떤 일이 벌어지는지는 나도 몰라요. 그 산에서 나오는 빛이 너무 강렬해서 그 너머에 무엇이 있는지 가늠할 수가 없었어요.」

「그 산 너머에 아직 뭔가가 더 있을지도 몰라요.」

아내가 말했다. 아내 역시 이승으로 돌아올 것인가 말 것인가라는 문제에 골몰하느라고 그곳을 찬찬하게 조사할 겨를이 없었다.

라울은 더욱 깊이 있는 탐사를 하기 위해 집단 비행을 다시 하자고 제안했다. 그는 무엇보다도 자기 아버지를 다시 찾겠다는 열망에 사로잡혀 있었다. 나는 영계로 다시 떠나는 것에 그다지 열의를 느끼지 않았다. 그러나 다른 사람들은 천사들을 만나고, 삶의 의미를 깨달을 수 있다는 생각에 무척 들떠 있었다.

아망딘과 스테파니아와 로즈는 대뜸 찬성의 뜻을 표시했다. 로즈는 병원에서 나온 지 얼마 안 되는 몸이면서도 완전히 회복되어 아주 건강하다고 주장했다. 블랙홀 너머에 화이트홀이 있다는 자기의 가설을 입증하기 위해서 영계로 다시 떠날 생각을 하고 있는 거였다. 아망딘의 경우는, 비록 프레디를 잃는 슬픔을 맛보기는 했지만 자기의 첫 비행이 무척 매력적이었던지 새로운 모험에 기꺼이 동참하고 싶어 했다.

좋든 싫든, 나는 동료들의 안내자 역할을 맡을 수밖에 없었다.

우리는 13일의 금요일에 함께 이륙했다. 공교롭게도 13일의 금요일이었기 때문에 나는 그날을 아주 잘 기억하고 있다. 바람이 무척 심하게 불던 날이었다. 강풍에 나무들이 휘어지고 구름이 잔뜩 끼어 있었다. 나는 바람을 별로 좋아하지 않았지만 동료들과 함께 가지 않을 수 없었다.

우리는 컴퓨터에 연결된 비행복을 입고, 다섯 개의 이륙용 의자에 나란히 앉았다. 비디오카메라가 작동하기 시작했다.

「여섯······ 다섯······ 넷······ 셋······ 둘······ 하나. 발진!」

나는 스위치를 눌렀다. 우리는 다 같이 천사들의 나라를 향해 떠났다.

212. 유대교 신화

영혼은 세 등급으로 나뉘는데, 그 세 영혼은 다음과 같이 뇌의 세 부분에 해당한다.

시상 하부(視床下部) 네페슈[生靈]. 먹고 마시고 잠자고 구합하는 생존의 욕구와 같은 수준의 영혼.

주변 조직 루아크[情靈]. 두려움, 욕망, 시샘 따위의 감정과 같은 수준의 영혼.

대뇌 피질 네카마[理靈]. 논리, 전략, 철학, 미학 및 다른 뇌들을 통제하는 능력과 관련된 영혼.

카발라에 따르면 육체적인 죽음과 때를 같이해서 정신적이고 생리적인 몇 가지 변화가 일어난다고 한다. 『조하르』에 나온 설명을 보면, 시체가 썩기 시작하면서 우리의 생체 에너지인 네페슈가 떨어져 나간다고 한다. 루아크는 생체 에너지의 흐름과 관련을 맺고 있지만 조금 더 머물다가 육신을 떠난다. 영혼의 초월적인 부분인 네카마가 마지막으로 육체를 떠난다. 그러면 이승에 사는 동안 그를 사랑했던 사람들의 영혼이 그 네카마를 맞아 준다. 아버지와 이미 고인이 된 가족의 다른 구성원들이 그 네카마 주위에 모여들면 네카마도 이승에서 만났을 때처럼 그들을 알아본다. 그 영혼들이 새로운 영혼을 머물 곳으로 데려간다.

사람은 죽음의 순간에 저승의 자기 부모와 친구들을 만날 수 있다. 죽은 이가 고결한 사람이면 그 영혼들이 그를 기쁘게 맞아 준다. 그러나 죽은 이가 악행을 많이 한 사람이면 게히놈(연옥)에 떨어진 사람들만이 그를 맞아 준다. 게히놈에서 그 영혼은 자기의 때를 씻어 내야 한다.

게히놈은 육신이 죽은 다음에야 나타난다. 게히놈의 필요성은, 힘든 운동 경기 끝에 하는 한바탕의 샤워나 바닷속에 들어갔던 잠수부가 수면으로 올라오기 전에 감압실을 거치는 것에 비유할 수 있을 것이다.

프랑시스 라조르박의 논문, 「죽음에 관한 한 연구」에서 발췌

213. 천사들의 나라에서

두 번째 비행은 첫 비행만큼 수월하지 않았다. 첫 비행 때는 오로지 로즈를 구하겠다는 생각만 했다. 그렇게 다른 사람들 생각을 하노라면 자기 고뇌 따위는 잊어버리는 법이다.

그런데 두 번째 비행에서는 이것저것 생각이 많았다. 또 다른 하샤신의 용병들이나 악마를 섬기는 무리들이 갑자기 덤벼들어 우리의 생명줄을 잘라 버리지나 않을까?

나는 두려움을 느끼고 있었다. 그러나 그것을 드러내지는 않았다.

우리는 밀집 대형을 지어 빛의 속도로 우주 공간을 날아갔다. 지구의 공전 때문에 이번에는 태양이 은하 중심으로 통하는 길과 일직선상에 놓여 있어서 우리는 태양을 통과할 수 있었다.

잊을 만하면 찾아들던 그 질문 — 〈내가 도대체 여기서 뭘 하고 있지?〉 — 이 다시 고개를 쳐들려 해서 나는 잡념을 떨치려고 애썼다.

러시아의 우주 비행사들을 다시 만났는데, 이번에는 우습다는 생각조차 들지 않았다. 소행성들 사이를 빠져나갈 때는 소름이 돋았고, 행성들이 다가들 때마다 내가 금방이라도 박살이 날 것 같은 기분이 들곤 했다.

은하계가 참으로 크다는 것을 새삼스럽게 실감했다. 무슨 별들이 그렇게나 많은지! 우리는 무수히 많은 별들이 흩어져 있는 은하수를 헤쳐 나갔다. 은하수! 고대 그리스 사람들은 은하수를 〈젖길〉이라고 불렀다. 제우스의 아내 헤라가 젖을 뿌려 놓은 것 같다 해서 그렇게 불렀던 것이다.

우리는 어머니의 젖에 미역을 감으면서 영계를 향해 계속 나아갔다.

두려움을 잊기 위해 나는 끊임없이 바뀌어 가는 우주의 풍광을 즐기기로 했다. 나는 날아가면서 주위의 모든 것을 빼놓지 않고 보았다.

오리온성운은 금방이라도 부서질 듯한 가리비와 비슷한 모습이다. 역시 오리온자리에 있는 말머리성운도 보인다. 이름 그대로 말 머리를 닮았다. 왼쪽 더 멀리에는 백조자리의 두드러진 선과 마젤란운(雲)의 여러 가지 별들이 보인다. 베가 초신성이 나타난다. 그 모든 이름들이 저절로 내 머리에 떠오르는 것 같지만, 사실은 멀리서 로즈가 텔레파시로 가르쳐 주는 것이다. 로즈는 내가 별들을 보며 기뻐하는 것을 알고 자기 지식을 내게 전해 주는 것이다. 오, 훌륭한 아내여.

방향을 튼다. 전방 멀리 오른쪽에 안드로메다은하가 보인다. 그 은하는 생김새도 우리 은하와 비슷하고, 거리도 겨우 2백만 광년밖에 떨어져 있지 않다. 중심핵 주위에 있는 별들은 우리 은하의 별들보다 한결 노랗다. 아마 우리 은하보다 더 어린 천체이기 때문일 것이다. 우리의 아름다운 은하는 자매인 안드로메다보다 더 나이가 많은 것이다.

우주 한복판에서 벌이는 천문학 강의. 굉장하다! 아프리카에서 행하는 어떤 수렵 여행도 이보다 더 흥미진진하지 못하리라.

그런데, 우주에도 야수가 있는 모양이다. 맹견 두 마리가 곰에게 맞서는 자세를 하고 있다 해서 사냥개자리라는 이름이 붙은 별자리에 두 은하가 맞닿을 만큼 가까이 붙어 있다. 소용돌이 모양의 큰 은하가 성게 모양의 작은 은하를 끌어당긴 것이다.

로즈가 텔레파시를 통해 천문학 강의를 계속한다.

「큰 쪽이 M51 은하예요. 다른 은하를 잡아먹는 은하지요. M51은 대단히 크기 때문에 자기 힘이 미치는 곳으로 지나가는 다른 은하를 모두 빨아들여요. 지금도 NGC51이라는 은하를 삼키고 있는 중이에요. 두 은하가 충분히 가까워지면, M51의 나선팔 하나가 뻗어 나와서 NGC51을 낚아챌 거예요.」

「그런 다음, 그걸 잡아먹는 거요?」

「아니에요. 두 은하가 결합해서 훨씬 더 거대한 새로운 은하를 만드는 거예요. 그럼으로써 더 힘이 세고 더 탐욕적인 은하가 되는 거지요.」

먹고 먹히는 관계는 어디에나 있다. 움직이지 않는 것처럼 보이는 물질에게도 자기의 파란만장한 드라마가 있다.

우리는 계속 우리의 목표를 향해 날아간다. 신기로움을 더해 주는 유성군, 붉은색과 흰색이 어우러진 소천체군, 어떤 행성에 떨어져 폭발한 운명을 지닌 파편들을 통과한다. 별들이 모여 있는 곳을 지나니 텅 빈 공간이 길게 이어진다. 어둠과 추위 말고는 아무것도 느낄 수 없다.

이윽고 블랙홀의 입구가 나타난다. 소용돌이치는 거대한 터널 입구에서 별들이 서로 부딪힌다.

우리는 마지막 천계로 떠나간 프레디가 우리에게 가르쳐 준 방법 가운데 하나를 활용해서 다섯 가닥의 은빛 생명줄을 단단하게 엮는다.

제1천계에 들어선다. 소용돌이가 우리를 빨아들인다. 죽어 가는 별들과 갖가지 파동과 알갱이들이 믹서 안에 한데 뒤섞여 〈빛의 즙〉을 만들어 내고 있다. 이곳이 바로 영계의 기슭이다. 첫 번째 장벽을 이루는 막(膜)은 무엇이 거기에 부딪치거나 그것을 통과하면 고막처럼 바르르 떨린다. 그러고 보면, 영계는 인간의 귀와도 닮은 구석이 있다. 나는 그 물렁물렁한 막을 통과한다.

제2천계에 들어선다. 과거에 겪은 무서운 일이 다시 떠오른다. 지칠 줄 모르는 괴물들과 싸움을 벌인다. 암흑계를 지나갈 때마다 그 괴물들이 두고두고 나를 괴롭힐 것이다.

제3천계에 들어선다. 내가 꿈꾸던 쾌락이 더 색정적이고 더 사악한 형태로 실현된다. 나는 기꺼이 그것을 즐긴다. 쾌락이 없는 삶은 얼마나 끔찍한가! 그러나 욕망이나 쾌락의 진창에 빠지지는 않는다.

제4천계에 들어선다. 기다림의 시련을 겪는 곳이다. 죽은 이들의 행렬이 강물처럼 천천히 주황색 평원을 흘러간다. 나는 전보다 더 주의 깊게 행렬 속에 있는 영혼들을 살피면서 그들 위를 날아간다. 놀랍게도 내가 만나고 싶어 했던 사람들이 많이 보인다. 마릴린 먼로, 필립 딕, 쥘 베른, 라블레, 레오나르도 다빈치의 모습이 눈에 들어온다. 역사책에 나오는 신화적인 인물들도 모여 있다. 샤를마뉴 대제, 베르생제토릭스, 조지 워싱턴, 윈스턴 처칠, 레온 트로츠키 등이 보인다.

군중 속에는 갖가지 사람들이 두루 섞여 있다. 제임스 딘이 보이는가 하면, 아직도 탭 댄스 스텝을 밟고 있는 프레드 아스테어도 눈에 띈다. 몰리에르, 게리 쿠퍼, 마르고 여왕, 릴리언 기시, 루이즈 브룩스, 졸라, 후디니, 마오쩌둥, 에바 가드너 등도 있고, 르네상스 시대에 두 명의 교황을 배출한 보르지아 가문 사람들도 뤼크레스를 중심으로 한자리에 모여 있다.

유난히 성미가 급한 영혼들은 조금이라도 더 빨리 빛에 다다르기 위해 행렬의 한가운데에서 벗어나지 않으려고 안간힘을 쓴다. 줄 서는 일에 익숙지 않은 영혼들은 행렬을 벗어나 늑장을 부린다. 그렇게 쉬고 있다가 뜻하지 않은 영혼을 만나는 일도 흔하다.

러시아의 마지막 차르와 그의 가족들이 모여 말다툼을 벌인다. 러시아 혁명을 예견하지 못한 것에 대해 서로 비난하고 있다. 루이 16세가 자기 역시 프랑스 혁명이 터질 것을 내다보지 못했다며 그들을 화해시키려고 애쓴다. 루이 16세는 대화 상대를 바꾸어 이번에는 마르코 폴로와 지도 제작에 관해 토론을 벌인다. 지도 제작이 바로 루이 16세가 진짜 좋아하던 일이었다. 거의 알려져 있지는 않지만, 루이 16세는 감옥에서 쓸 자물쇠를 만드는 일에도 관심이 많았지만, 캐나다의 강들을 그리고 〈테라 인코그니타〉라는 말을 밀어내는 일을 가장 좋아했던 것이다.

영계는 그야말로 사람들끼리 마음껏 이야기를 나누는 마지막 살롱, 멋진 사랑방이다! 턱수염을 길게 기른 빅토르 위고가 내려다본다. 그는 사냥의 여신 다이아나 같은 여자를 꾀느라고 여념이 없다. 그의 모습을 보니 문득 라울이 내놓았던 낱말 수수께끼가 떠오른다. 라울은 착한 사람이기는 하지만, 수수께끼를 내놓고 답을 가르쳐 주지 않는 고약한 취미도 가지고 있다. 떡 본 김에 제사 지낸다는 격으로 나는 라울이 빅토르 위고의 낱말 수수께끼라고 소개한 바 있는 그 문제의 해답을 알아내기 위해 그 대문호 옆으로 내려갔다. 빅토르 위고는 처음엔 자기 연애 사업을 방해한다고 성을 내더니, 내가 자초지종을 설명하자 파안대소하면서 답을 가르쳐 준다.

「내 첫 음절은 수다스럽다고 했으니, 말 그대로 수다쟁이(바바르*bavard*)라네. 내 두 번째 음절은 새라고 했으니, 말 그대로 새(우아조*oiseau*)일세. 세 번째 음절은 카페에 있다고 했는데, 그것은 커피(카페*café*)일세. 세 음절을 합치면 해답은 과자 이름인 바바루아조 카페Bavaroise au café 즉 커피를 넣은 바바루아즈가 되지.」

알고 보니 너무나 쉬운 문제였다. 내가 그 답을 생각해 내지 못한 것은 간단하게 생각할 줄 몰랐기 때문이었다.

어떤 문제를 가장 잘 아는 사람에게 질문을 할 수 있다는 정말 행복한 일이다. 시간이 더 있다면, 스트라디바리를 찾아내서 훌륭한 바이올린을 만드는 비결을 알고 싶다. 또 생텍쥐페리가 어디로 사라졌는지, 칠레와 페루는 무슨 이유로 그렇게 길쭉해졌는지도 알고 싶다.

갑자기 아는 얼굴이 눈에 띈다. 나의 증조모인 아글라에 할머니다. 나는 할머니 쪽으로 서둘러 나아간다. 할머니는 나를 금방 알아보시고 내가 그렇게 빨리 다가오는 이유를 알아차리신다.

「그래, 안다. 난 내가 죽었을 때 네가 어떻게 행동하는지를 다 보았다. 하지만 네가 울지 않았다고 해서 너를 탓하지는 않았다. 난 너의 진짜 마음이 어떤 것인지를 알고 있었거든. 눈물을 흘리던 사람들이 많았지만, 그들은 남의 이목을 끌 생각이나 하는 위선자들이었지.」

기쁘다. 눈물을 흘리지 않는다고 나를 학대했던 아버지를 찾아서 할머니 말씀을 전해 주고 싶다. 그러나 아글라에 할머니는 그럴 필요가 없다고 하신다.

「내가 벌써 네 아비에게 그 사실을 알려 줬다. 게다가 지금 그 사람은 훨씬 앞쪽에 가 있단다.」

나는 한결 가벼워진 마음으로 비행을 다시 시작한다.

아래에서는 라울이 헛되이 자기 아버지를 찾고 있다. 아망딘은 펠릭스와 마주쳤지만, 세계 최초의 타나토노트가 절망에 찬 텔레파시로 불러 대는데도 아는 척을 하지 않는다. 스테파니아는 군중 위를 조용히 날면서 빛을 향해 계속 나아가고 있다. 천문학자인 아내는 블랙홀의 바닥이 화이트홀로 통한다는 것을 확인하고 싶은 마음에 맨 앞에서 날고 있다.

제5천계로 들어선다. 절대지의 세계. 버터와 밀가루와 설탕과 계란을 똑같이 4분의 1씩 섞어 만드는 카트르카르 케이크 요리법이 저절로 터득된다. 그것 역시 지식의 일부임에는 틀림없다. 잘 기억해 두었다가 지상에 돌아가 활용해야겠다.

제6천계로 들어선다. 아름다움의 세계다. 보랏빛 장식을 두른 화단이 이어진다. 형형색색의 갖가지 아름다운 이미

지들이 끝없이 펼쳐진다. 오색영롱한 나비들은 장밋빛 제비의 부리를 두려워하지 않고, 파란색과 검은색과 흰색 개구리들이 잠자리의 날개를 어루만져 준다. 신화에 나오는 황금빛 일각수(一角獸)가 뒷다리로 일어서서 춤을 춘다. 두려움이 그렇듯이 아름다움이 실현되는 방식은 아주 다양하다.

마침내 우리는 여전히 생명줄을 한데 엮은 채, 모호 6 앞에 다다랐다.

이미 한 번 가본 길이라고 해서 안일하게 생각해서는 안 된다. 우주 왕복선 챌린저호는 탐사가 거듭되면서 사람들이 이젠 우주 비행이 조금도 위험하지 않다고 믿게 되었을 무렵에 폭발해 버리지 않았던가? 안전하다고 생각할 때가 가장 위험한 것이다. 어떤 경우에도 신중함을 잃어서는 안 된다. 영계 탐사는 그동안 눈부신 발전을 이루어 왔다. 기술이 발전하면 그 발전된 기술 때문에 작은 사고가 어마어마한 참사로 이어질 가능성이 더 커지는 법이다.

이제부터 우리가 발견하게 될 것은 인공위성에 장착된 아무리 좋은 망원경으로도 관측할 수 없는 것이다. 우리는 은하계 한가운데 블랙홀 속에 있고 이곳을 빠져나갈 수 있다. 어떤 천문학자도 이보다 더 큰 야망을 품지는 못하리라!

영계의 5총사인 우리는 이제 탐사의 마지막 단계에 들어서 있다. 영계의 마지막 모습을 감춘 커다란 장막이 우리를 가로막고 있다.

나는 앞으로 나아갔다. 다른 사람들은 선뜻 따라오지 않고 머뭇거린다. 그들은 영혼들이 강물처럼 행렬을 지어 모호 6을 넘어가는 모습을 지켜보고 있다. 그들의 표정에 겁먹은 기색이 역력하다. 이미 제7천계를 들어가 본 적이 있는 나는 겁먹을 게 없다는 뜻으로 어깨를 으쓱해 보였다. 나는 무시무시한 것을 감추고 있는 커튼 자락을 들어 올리듯이 모호 6의 한 귀퉁이를 열고 동료들에게 따라오라는 신호를 보냈다.

강렬한 빛이 우리를 엄습한다. 아주 공격적이고 자기를 띤 빛이다. 다른 사람들은 어떨지 몰라도 나는 거대한 백색 평원과 너울 같은 안개를 다시 보게 된 것이 여간 기쁘지 않다. 저 아래에서 영혼의 강물이 네 줄기로 갈라지고 있다.

천사들이 후광을 빛내며 나타났다. 희끄무레한 영혼에 비해 그 빛은 아주 찬란하다. 누가 나에게 인간이 품을 수 있는 야망 가운데 가장 아름다운 것이 뭐냐고 묻는다면, 나는 이제 자기 영혼을 천사의 영혼처럼 아름답게 만드는 것이라고 대답할 것이다. 그러나 그렇게 큰 꿈을 어찌 이룰 수 있으리오!

동작이 날렵한 천사 하나가 날아와서 우리에게 묻는다.

「생명줄을 그대로 간직한 사람들이 여기에 뭐 하러 왔나요? 호기심 때문이오, 아니면 과학을 발전시키려는 욕망 때문이오?」

우리는 대답할 말을 찾지 못하고 망설인다. 입심 좋은 스테파니아조차 말문을 열지 않는다. 결국 질문한 천사 자신이 우리를 대신하여 대답한다.

「당신들은 깨달은 이들이군요, 그렇죠?」

「뭐라고 하셨나요?」

라울이 깜짝 놀라며 되물었다.

「깨달은 이들이라고 했어요.」

천사가 참을성 있게 같은 말을 되풀이한다.

그는 우리의 틈입을 그다지 놀라워하지 않는 듯하다. 천사들은 살아 있는 채로 이곳에 들어온 사람들을 가리키는 용어를 가지고 있다. 그것이 바로 〈깨달은 이〉라는 말이다. 그렇다면, 우리 말고 다른 사람들이 벌써 이곳을 다녀간 적이 있다는 얘기다. 그들은 이곳의 비밀을 알았으면서도 그것을 발설하지 않았던 것이리라. 우리보다 여기를 먼저 다녀간 사람들이 누굴까? 다른 타나토노트들일까? 승려들, 샤먼들, 랍비들, 현자들이 아주 오랜 옛날부터 아무도 몰래 현대적인 장비의 도움을 빌리지 않고 이런 종류의 탐사를 해왔던 것은 아닐까?

천사가 환하게 웃는다. 처음 천국에 들어왔을 때 천사들이 내게 별로 질문을 하지 않았던 이유를 나는 비로소 깨달았다. 옛날부터 〈깨달은 이〉들이 이곳에 왔을 것이다. 그런 일이 빈번하지는 않았더라도 천사들은 그들을 맞이하는 일에 익숙해져 있음에 틀림없다.

214. 시베리아 신화

시베리아 무속 신앙에서는 죽고 나면 모든 것이 거꾸로 된다고 본다. 사람이 죽어서 가는 세상은 높은 것이 아래로 가고 밝은 것이 어두워지는 나라이다.

이따금 산 사람이 죽은 이들의 나라에 들어가는 일이 있다. 무당이 굿을 할 때, 또는 심한 병을 앓거나 약물에 중독되거나 꿈을 꾸고 있을 때 그런 일이 일어날 수 있다. 그러나 어떤 때는 자신이 저승에 들어가 있으면서도 그것을 깨닫지 못하는 경우가 있다.

그런 어리석음을 범하지 않으려면 저승의 몇 가지 특징을 알아 두어야 한다.

죽은 이들의 나라에서는 나무가 뿌리를 높이 세운 채 거꾸로 자라고 강물은 산 쪽으로 흐른다. 희미한 햇빛이 비치는 낮은 어둑어둑한데, 검은 달빛이 비치는 밤은 환하다.

별것 아닌 정보이지만 그런 거나마 알고 있으면, 자신이 더 이상 산 사람들의 나라에 있지 않게 될 때 그 사실을 확실히 알 수 있을 것이다.

프랑시스 라조르박의 논문, 「죽음에 관한 한 연구」에서 발췌

215. 아살리아

우리를 맞아들인 천사의 이름은 프랑스어로 생 제롬, 히브리어로는 아살리아로서 〈진리를 알려 주는 자〉라는 뜻이 담겨 있다. 다른 많은 언어에도 그를 부르는 이름이 있다. 고대 이집트인들은 그를 프타라고 불렀고, 수메르인들은 엔키, 로마인들은 아폴론, 갈리아인들은 마파노스, 아일랜드의 켈트인들은 디안세트, 게르만인들은 프레이르, 슬라브인들은 스바로크, 인도인들은 사비트르, 아즈텍인들은 크소시필리, 잉카인들은 일라파 등으로 불렀다.

백색 천계에서 그가 맡은 일은 진리를 드러내고 영혼들이 영적으로 드높아지도록 도와주는 것이다.

라울이 천국의 구성에 대해 질문을 하자, 그는 아주 기꺼

이 대답해 주었다.

「주요 천사가 일흔둘이 있고, 보조 천사가 70만이 있지요. 위계 제도는 간단해요. 상급에는 치품천사, 지품천사, 좌품천사가 있고, 중급에는 권품천사, 능품천사, 역품천사가 있으며, 하급에는 주품천사, 대천사, 천사가 있어요. 대천사 가운데 대표적인 셋을 들자면, 예고자이며 선도자인 가브리엘과 괴물의 처단자인 미카엘, 그리고 의사와 여행자의 수호자인 라파엘이 있어요.」

그들을 부르는 이름은 우리가 선택하기 나름이다. 다시 말하면 우리는 천사를 성인이나 라메드 바브로 생각할 수도 있고, 보살이나 부처, 선민(選民)이나 차딕[16]으로 볼 수도 있다. 종교에 따라서 그들은 여러 가지로 불릴 수 있다. 그들은 이승의 삶을 훌륭하게 산 덕분에 윤회에서 벗어난 해탈자들이다. 그럼에도 그들은 떠도는 영혼을 계도하는 일에 헌신하는 쪽을 택한 것이다. 우리는 우리에게 익숙한 대로 그들을 〈천사〉라는 호칭으로 부르기로 했다.

생 제롬이면서 동시에 프타, 크소시필리인 그 천사는 라울의 질문에 대답하고 나서, 아래에 군중이 붐비고 있어서 할 일이 많다며 사과의 말을 남기고 자리를 떴다. 결국 우리끼리만 탐방을 계속하는 수밖에 없었다.

저 군중을 굽어보는 신, 또는 신들이 있는 걸까? 하느님은 하나라고 유대인들은 강조해서 말한다. 하지만 프레디가 가르쳐 준 바로는 히브리 말로 하느님은 〈엘로힘〉이라 하는

---

16 〈탁월한 덕성과 경건함을 지닌 사람〉을 뜻하는 히브리어. 주로 유대교 하시디즘의 지도자를 일컫는다.

데 그 이름은 단수가 아니라 복수[17]라고 한다. 그렇다면?

주요 천사가 일흔둘이라는데, 그 수를 들으니 뭔가 떠오르는 게 있었다. 그때 라울이 텔레파시로 내게 이렇게 일깨웠다.

「그 수는 야곱의 사다리[18]에 있는 가로장의 수일세.」

216. 주요 천사들

주요 천사들의 이름을 열거해 보면 다음과 같다. 이 명칭들의 출처는 성서[19]이지만, 그리스어나 중국어나 힌디어 등에도 대응하는 명칭이 있을 수 있다.

제1천사 베후이아. 묵상과 영적인 계시를 주관하는 천사.

제2천사 젤리엘. 부당한 반란을 진압하는 천사.

제3천사 시타엘. 재난을 막아 주는 천사.

제4천사 엘레미아. 배신자들을 폭로해 주는 천사.

제5천사 마하아시아. 주위 사람들과 평화롭게 살도록 도와주는 천사.

제6천사 렐라헬. 병을 고쳐 주는 천사.

제7천사 아카이아. 자연의 비밀을 알게 해주고 새로운 기술을 개발하도록 도와주는 천사

제8천사 카헤텔. 악령을 쫓아 주는 천사.

제9천사 하지엘. 거물들의 총애를 받게 하고 약속을 잘 지키도록 도와주는 천사.

---

17 Elohim은 Eloh의 복수.
18 구약 성서 「창세기」 28:12.
19 여기에서 말하는 성서는 「에녹서」 등과 같은 경외 성서를 말한다.

제10천사 알라디알. 자기의 비밀을 발견하는 것에 두려움을 갖는 사람들을 지켜 주는 천사.

그 밖에 우리에게 많은 도움을 주는 천사들을 나열하면 다음과 같다.

제12천사 하하이아. 꿈의 세계를 다스리고 거룩한 신비를 이따금 꿈의 형태로 드러내 보이는 천사.
제13천사 이에잘렐. 우정과 화해와 부부간의 정절을 다스리는 천사.
제14천사 메바헬. 재산을 강탈하는 자들로부터 사람들을 지켜 주는 천사.
제16천사 하카미아. 배신자들을 악의로부터 사람들을 지켜 주는 천사.
제17천사 라우비즈. 어둠에 대한 두려움과 슬픔을 몰아내 주는 천사.
제18천사 칼리엘. 뜻하지 않은 재난이 닥칠 때 신속하게 구원의 손길을 내밀어 주는 천사.
제20천사 파할리알. 성직자와 마법사를 보호해 주는 천사.
제23천사 멜라헬. 사고 없이 여행할 수 있게 해주는 천사.
제26천사 하아이아. 송사(訟事)에서 이기게 해주는 천사.
제38천사 하하미아. 보물을 찾도록 도와주는 천사.
제42천사 미가엘. 정치인과 통치자들을 보호해 주는 천사.

제50천사 다니엘. 선택 가능한 몇 가지를 앞에 두고 망설이는 사람들에게 영감을 주는 천사.
제53천사 나나엘. 과학자들을 도와주는 천사.
제59천사 하라엘. 자녀들이 부모들을 더욱 공경하도록 타이르는 천사.
제69천사 로켈. 잃어버린 물건이나 물건을 훔쳐간 사람들을 찾도록 도와주는 천사.
제72천사 무미아. 사업이 성공하고 사람들이 더 오래 살도록 도와주는 천사.

주 속담에 〈자기가 기리는 성인들에게 부탁하기보다는 하느님께 부탁하는 편이 낫다〉라는 말이 있지만, 구체적인 문제에 봉착했을 때는 총괄적인 성격을 지닌 신에게 도움을 청하기보다 그 문제를 전문 분야로 삼고 있는 천사에게 도움을 청하는 것이 바람직하다.
프랑시스 라조르박의 논문,「죽음에 관한 한 연구」에서 발췌

217. 천사들과 함께

스테파니아가 평소의 활기찬 모습을 되찾고 어떤 천사에게 다가가 말을 건다. 남자 같기도 하고 여자 같기도 한 천사다. 그 천사는 좀 특이한 데가 있다. 다른 천사들이 그에게 말을 걸지 않을 뿐만 아니라 그 역시 동료들과 어울리기를 원치 않는 것 같다.

「천사님은 이름이 뭐예요?」

다른 천사들이 그랬듯이 그도 우리를 보고 그다지 놀라

지 않는다. 그가 기꺼이 대답한다.

「사마엘이라고 해요. 하지만, 여러분 세계에서는 흔히 사탄, 타락한 천사, 하이데스, 헤르마프로디토스 따위로 부를 거예요. 또 수메리아 사람들은 네르갈, 이집트 사람들은 세트라고 불러요. 그것 말고도 다른 이름이 많이 있는데, 유감스럽게도 다 기억할 수가 없네요.」

그는 이상한 빛을 발하고 있다. 검은 빛이라고나 할까……. 전등을 까만 통에 넣었을 때 나오는, 흰 옷에 강렬한 색조를 주는 빛, 그런 것과 비슷하다.

스테파니아는 사탄이라는 말에 놀라서 하마터면 뒷걸음질을 칠 뻔했다.

「당신이 여기 천국에 있어도 되는 건가요?」

그가 큰 소리를 내며 웃는다.

「물론이지요. 천국과 지옥은 같은 거예요. 저 아래, 여러분의 세계에서 나를 받아 주듯이 이곳에서도 나를 받아 주지요. 그뿐이 아니에요. 나는 그 어떤 천사보다도 중요한 임무를 맡고 있어요. 나는 무지한 사람들을 유혹해서 그들의 나쁜 성향을 부추겨요. 그럼으로써 그들로 하여금 자기들의 무지를 깨닫게 해주지요. 물론 이승 사람들이 나에 대해 나쁜 이미지를 가지고 있다는 걸 알아요. 하지만 무지한 사람들을 개선시키려면 자기들이 무지하다는 것을 입증해 보이는 방법밖에 없어요. 내 덕분에 온갖 잘못을 범하는 사람들이 정신을 차리고 새롭게 시작할 수 있는 거예요. 여러분 속담에 바닥에 닿은 다음에야 다시 올라갈 수 있다는 말이 있잖아요? 말하자면 나는 사람들이 바닥에 닿았다가 다시 올라갈 수 있도록 도와주는 거지요.」

그의 표정에 〈사탄 같은〉 구석은 전혀 보이지 않는다.

「사실 나는 선을 위해 일하는 것이지만 그 방식이 너무 독특해서 여러분이 이해하기 어려울지도 몰라요.」

스테파니아는 깊은 생각에 잠겼다. 나는 그 천사의 말을 금방 이해할 수 있었다. 선과 악은 별개의 것이 아니다. 큰 전쟁일수록 명분은 언제나 더 그럴싸하지 않던가? 선의 이름을 내걸고 악을 행하는 일이 얼마나 많은가! 거꾸로 악에서 선이 나올 수도 있다. 사마엘 천사가 인용한 속담이 바로 그 점을 일깨우고 있는 것이 아니겠는가.

사마엘 천사가 우리 곁을 떠날 즈음에 다른 천사가 나타난다. 그는 성 베드로이자 헤르메스이자 아니엘이자 메르쿠리우스라고 자기를 소개한다. 그는 우리의 이해를 도우러 온 것 같다.

「악마는 천사의 그림자일 뿐이지요.」

「천사님이 성 베드로세요? 천국의 열쇠를 관리하신다는 바로 그 성 베드로이신가요?」

스테파니아가 어린 시절 이탈리아에서 배운 교리 문답을 기억해 내고 소리친다.

「그래요. 예전에 여기에 왔던 깨달은 이들이 나를 그렇게 불렀어요. 이곳에 새로 들어온 사람들에게 이곳에 관해 알려 주는 일을 나 혼자 맡는 경우가 흔하기 때문이지요.」

「우리는 벌써 생 제롬 천사로부터 몇 가지 설명을 들었어요.」

「그래요? 여러분은 참 운이 좋았군요.」

「그런데, 〈천국의 열쇠〉가 무엇을 뜻하는 건가요?」

성 베드로이자 헤르메스가 상냥하게 고개를 끄덕인다.

「물질적인 의미로 말하면 열쇠 같은 것은 없어요. 그건 하나의 비유예요. 말하자면 내가 사람들에게 천국을 이해할 수 있는 열쇠를 준다는 것이지요.」

그 얘기를 끝내고 그는 화제를 일흔두 명의 주요 천사들에 관한 것으로 돌린다.

「천사들이 모두 그렇듯이, 주요 천사들도 저마다 자기의 어두운 이면을 지니고 있어요. 따라서 일흔둘의 주요 악마가 있는 셈이지요. 그들은 모두 자기의 궁전을 가지고 있어요. 여기에서는 그것을 영역이라고 불러요. 그러니까 통틀어 144개의 영역이 있는 것이지요.」

성 베드로이자 헤르메스는 사람들에게 뭔가를 가르쳐 주기를 좋아하는 천사인 모양이다. 그가 다른 자물쇠를 열어 우리에게 보여 준다.

「대천사 가브리엘은 바로 마왕의 그림자이고, 마왕 역시 대천사 가브리엘의 그림자예요. 또 악마 베엘제불, 샤이탄, 요그 소토트에 해당하는 대천사들도 있어요. 저기 있는 저 천사 보세요. 인상적이지 않아요?」

그가 가리키는 곳을 보니 온몸에 가는 줄이 그어진 검은 천사가 하나 있다. 그가 강물처럼 흘러가는 영혼의 행렬 속으로 재빨리 스며든다. 그가 다가가자 영혼들은 찬바람을 맞은 것처럼 오들거린다.

「이곳에 올라오지 않고도 천사들을 만날 수 있나요?」

내가 물었다.

「물론이지요. 모든 사람에게 저마다 수호천사와 악마가 딸려 있다는 말을 들어 보았을 거예요. 그 말은 사실이에요.」

수호천사와 악마에 대한 민간의 신앙이 그저 순진한 상상의 산물인 줄만 알았더니, 실제로 그런 것이 있다지 않는가!

깨달은 이들이 일찍이 자기들의 지식을 아주 이해하기 쉬운 형태로 전달하였음에도, 사람들은 대뜸 그것을 단순한 미신으로 치부하면서 진지하게 받아들이지 않았던 것이다. 그러나 오래전부터 많은 사람들이 그것을 알고 있었다. 아주 오랜 옛날부터.

「사람이 태어나는 날, 각자의 수호천사와 악마가 결정돼요. 나중에 영혼이 이곳에 올라와 대천사들로부터 심판을 받을 때, 수호천사와 악마가 그 영혼 편에 서서 중재를 하지요. 천사들에게 도움을 청하는 방법은 아주 간단해요. 기도를 하거나 어떤 천사의 활동 영역과 관련된 감정을 발하면 되는 거예요. 그러면 어떤 파동이 천사에게 전달되고 천사는 자기가 개입할 여지가 있는지를 판단하러 내려가지요. 우리 천사들은 각자 정해진 영역 안에서만 활동해요. 우리가 맡고 있는 감정의 영역도 각자 다르지요. 분노를 맡은 천사도 있고, 평화나 조화를 맡은 천사도 있어요. 자기 영역을 임의대로 바꿀 수는 없어요. 예를 들어 나는 알고 싶어 하는 사람들만을 도와줄 수 있어요. 나는 성 베드로이자 헤르메스로서 이해의 열쇠를 주고 의혹을 풀어 주는 천사이니까요.」

요컨대, 천사의 도움을 받는 것은 간단한 일이고, 천사들의 역할 분담은 아주 체계적으로 이루어져 있다는 것이다.

기도하고 생각하는 것만으로도 천사가 개입할 수 있다는 얘기다. 나는 비로소 기도의 위력과 유용성을 깨달았다. 기도란 아주 구체적으로 천사의 개입을 요청하는 것이다.

「물론 그 대가는 치러야 돼요.」

천사의 설명이 이어진다.

나는 뜻밖의 말에 영혼의 눈썹을 찌푸리며 물었다.

「아니, 천사들의 도움이 공짜가 아니란 말인가요? 그럼 천사들에게 어떻게 대가를 지불하지요?」

「카르마, 즉 업(業)으로 보상하지요. 일종의 거래예요. 드문 일이긴 하지만, 아무런 대가를 치르지 않고도 천사의 도움을 받을 수 있어요. 그러려면 내면의 순수성을 지니고 있어야 해요. 그렇지 않다면 어떤 소원이 이루어진 대가로 자기 능력의 일부를 포기해야 돼요.」

천사의 도움을 받는 것이 일종의 거래란다. 괴테의 『파우스트』에 나오는 이야기와 비슷한 구석이 있다. 힘을 얻기 위해서는 자기 영혼을 팔아야 한다. 나는 성 베드로이자 헤르메스가 알려 준 것을 내 영혼 속에 다음과 같이 기록해 두었다.

1. 언제나 천사들을 존중하고 조금이라도 그들에 대해 부정적인 생각을 갖지 말 것.

2. 천사의 도움을 청할 때는 언제나 계통을 밟아 할 것. 총괄적인 역할을 맡은 천사에게 도움을 청해서 그가 전문적인 역할을 맡은 하급 천사에게 일을 위임할 수 있게 할 것.

3. 성인처럼 행동하지 않는 이상, 각각의 소원은 힘의 상실, 업의 훼손, 인격의 손상이라는 대가를 치러야 한다.

4. 천사뿐만 아니라 악마에게도 소원을 빌 수 있다. 그 효과는 동일하나, 치러야 할 대가는 다르다. 따라서 누구에게 앙갚음을 하려는 경우라면, 분노의 악마보다는 정의의 천사에게 도움을 청하는 것이 바람직하다.

5. 한 천사에게는 한 번에 한 가지 일만 부탁할 수 있다. 한 천사는 주어진 기간에 한 가지 임무만 감당할 수 있다.

6. 소원이 성취되면, 〈나는 이제 당신을 필요로 하지 않습니다〉라고 생각함으로써 천사를 보내 주어야 한다. 천사는 지상에 너무 오래 머물지 말고 될 수 있는 대로 빨리 자기 궁전으로 되돌아가야 한다. 지상의 질서를 깨뜨릴 염려가 있을 뿐만 아니라, 자기 궁전을 너무 오래 비워 두면 비슷한 영역을 가진 하급 천사들이 그를 대신하여 부정적인 힘을 행사할 염려가 있기 때문이다. 미움은 하급 천사들을 움직이고, 사랑은 상급 천사들을 움직인다. 하얀 천사들은 선을 위하여 활동하고 검은 천사들은 악을 위해 활동한다. 어쨌든 천사들은 모든 소원을 들어준다.

듣고 보니, 삶이라는 게 별게 아니다 싶다. 삶 속에서 우리는 스스로가 원하는 것을 언제나 얻을 수 있다. 원하는 것을 얻지 못한다면, 그것은 우리가 그것을 진정으로 원하지 않기 때문이다. 천사들은 절실한 욕망과 치기 어린 변덕을 구별할 줄 안다. 천사들은 절실한 소원만을 들어주는 것이다.

자기가 원하는 것은 뭐든지 얻을 수 있다는 사실을 온 세상 사람들이 다 알게 된다면 어떻게 될까? 그렇다고 세상의 문제가 다 해결될 것 같지는 않다. 어느 시대에나 깨달은 이들이 있었지만, 그들은 언제나 자기들의 깨달음을 신비의 너울로 감추었다. 거기에는 그럴 만한 이유가 있었을 것이다.

성 베드로이자 헤르메스가 퍼뜩 놀라는 시늉을 한다. 지상에서 누군가가 자기를 도와 달라고 기도를 하고 있는 모양이다. 그는 작별 인사를 하고 우리 곁을 떠나갔다.

우리는 생명줄이 허용하는 한도 내에서 그곳을 계속 둘러보기로 했다.

육익(六翼) 천사들이 날갯짓을 하고 있다. 사람의 형상을 한 작은 벌새 같다. 여섯 날개가 잠자리 날개처럼 얇고 곱다. 내가 그중 하나에게 말을 걸었다.

「천사님은 왜 날개가 여섯인가요?」

작은 천사가 경멸하듯 나를 아래위로 훑어본다.

「성서도 안 보았나 보죠? 두 날개는 얼굴을 덮는 데 쓰고, 다른 두 날개는 성기를 가리는 데 쓰며, 나머지 두 날개는 나는 데 사용하지요.」

그 작은 천사가 나의 무지를 조롱하고 있는데도, 나는 내친김에 다른 질문을 하나 더 하고 싶어졌다. 아까 성 베드로이자 헤르메스와 이야기하는 동안, 물어보고 싶어서 입술이 간질간질했으면서도, 천국의 열쇠를 관리하는 그는 오로지 자기가 알려 주고 싶은 것만 알려 준다는 것을 눈치채고 감히 엄두를 못 냈던 질문이다.

「그런데, 천사님, 우리는 이곳에 들어와서 영혼들도 보고, 천사와 대천사와 악마도 만났어요. 그런데 하느님은 어디 계신 건가요? 천사들 위에 하느님이 계시지 않나요?」

그는 빛의 산 쪽을 바라보면서 말했다.

「그걸 내가 어떻게 알겠어요? 여기에서는 하느님을 본 적이 없어요. 하지만 어떤 천사들은 하느님이 존재한다고 믿고 있어요. 나는 불가지론자예요. 당신도 만나게 되겠지만 나는 성 토마스와 비슷해요. 나는 내가 본 것만을 믿지요.」

작은 천사가 생긋 웃는다. 천사 같은 웃음이라는 게 저런 것이지 싶다.

나는 그처럼 빛의 산 쪽을 바라보면서 질문을 계속했다.

「그럼 저 뒤로도 천국의 터널이 계속되고 있나요?」

그의 대답에 장난기가 섞여 있다.

「글쎄요? 그럴지도 모르고 안 그럴지도 몰라요. 저 뒤에 하느님이 계실지도 모르지요. 확실한 건, 내 자리는 여기고 당신 자리는 저 아래 세상이라는 거지요.」

그는 날개를 저으면서 가버렸다.

로즈는 빛의 산 뒤에 가서 블랙홀을 보완하는 화이트홀이 존재하는지를 알아보자고 우리를 떼민다. 그러나 우리 생명줄은 늘어날 대로 늘어나서 더 이상 나아가는 것은 무리다. 게다가 스테파니아는 우리 육체로 되도록 빨리 돌아가고 싶다고 한다. 육체를 떠나온 뒤로 시간이 꽤 흘렀기 때문에 서두르지 않으면 우리 육신 곳곳에 괴저가 일어날지도 모른다는 것이다.

아쉬움을 남긴 채, 우리는 뷔트 쇼몽 타나토드롬을 향해 서둘러 출발했다.

218. 아라비아 신화

무덤에 들어가면 죽은 이는 이내 문카르와 나키르 두 천사에게 심판을 받는다. 두 천사가 어떻게 결정하느냐에 따라, 무덤은 예비 지옥이 되기도 하고 예비 연옥이나 예비 천당이 되기도 한다. 심판이 끝난 뒤에 천사들은 영벌을 받은 죄인들을 구제하기 위해 신을 상대로 중재에 나서기도 한다. 지옥에 떨어진 사람들은 그들 덕분에 지옥에서 나와 〈초롬(작은 오이)〉과 비슷해진다. 그런 다음 세 개의 강에서 잇달아 목욕을 함으로써 순결함을 되찾는다.

프랑시스 라조르박의 논문, 「죽음에 관한 한 연구」에서 발췌

219. 첫 번째 후유증

지상으로 돌아오자마자, 라울은 의자에서 벌떡 일어났다. 그는 몹시 흥분해 있었다. 그늘진 눈에 빛이 번득이고 손은 두 마리 독거미처럼 몸통 주위에서 부들거렸다.

「무슨 일이야? 자네 아버님을 뵌 거야?」

「아니. 선친을 뵌 게 아니라 어떤 천사에게서 그분 얘기를 들었어.」

「성 베드로 헤르메스 말인가?」

「아니. 그는 내 소원을 들어주지 않았어. 하지만, 사탄은 기꺼이 내 기도를 들어주었네.」

라울은 아주 오래전부터 아버지의 진실을 알고 싶어 했다. 그 욕구가 아주 강렬했기 때문에 틀림없이 그의 기도는 강한 파동으로 천사들에게 전달되었을 것이다. 그럼에도

검은 천사만이 그에게 비밀을 알려줄 수 있었던 것은 무슨 까닭인가? 아버지의 진실이 그토록 끔찍한 것이었을까? 라울이 이야기를 시작하기도 전에 오싹 소름이 돋았다.

검은 천사의 이야기는 이러했다.

라울의 부모인 라조르박 부부는 말년에 별로 사이가 좋지 않았다. 프랑시스 라조르박은 아내를 완전히 버리고 오로지 「죽음에 관한 한 연구」라는 논문을 작성하는 데만 몰두했다. 그의 연구가 진척되면 될수록 그의 아내는 그에게서 멀어져 갔다. 급기야 라조르박 부인은 필립이라는 이름을 가진 샛서방을 두게까지 되었다.

사태는 파국으로 치달았다. 라울의 아버지는 어느 날 두 남녀가 뜨겁게 사랑을 나누는 장면을 목격했다. 격분한 라조르박 씨는 아내를 나무라면서 이혼하겠다고 으름장을 놓았다. 라조르박 부인은 그 으름장에 눈도 끔쩍하지 않고 도리어 이혼을 할 테면 하자고 맞섰다. 남편과 헤어지게 되면 그의 수입으로 먹고 살 수는 없겠지만, 별거 수당이 나오기 때문에 큰 문제가 없을 것이고 라울도 자기가 키울 수 있을 거라고 생각한 거였다.

바로 그날 저녁에 프랑시스 라조르박은 목을 매달고 죽었다.

라울이 보기에 그것은 자살이 아니라 타살이었다. 어머니가 간통 행위를 저질러서 심성이 여린 아버지를 극단적인 상황에 빠뜨린 것이다. 그러고서도 어머니는 태연하게 아버지 재산을 상속받고 마음껏 샛서방과 놀아났던 것이다.

아무도 그 기만행위를 눈치채지 못했다. 죽음에 관한 연구에 몰두해 있던 철학 선생이 피안의 세계를 더욱 자세히 알기 위해 스스로 목숨을 끊었다는 것은 논리적으로 그럴 듯했다. 라울도 그렇게 믿고 있었다. 사탄의 도움이 없었다면, 그는 끝내 진실을 몰랐을 것이다.

진실은 그 어떤 무기보다 무섭다. 검은 천사는 사건의 세세한 실황과 동기를 거리낌 없이 폭로했다. 어떻게 보면 그것은 천국에서 이루어진 최초의 사건 수사였다. 영계 탐사는 여러 분야에 걸쳐 많은 가능성을 열어 주고 있었다.

펜트하우스에서 우리는 아망딘이 만들어 준 칵테일을 마시면서 라울을 진정시키려고 애썼다. 우리가 아무리 간곡하게 타일러도 그는 도리어 역정만 냈다. 우리는 다 지나간 일이니 너그럽게 이해하자고 거듭 말했고, 고인의 안식을 방해하지 말고 산 사람들은 또 그들대로 살게 내버려두자며 그를 달랬다. 그러나 그러면 그럴수록 라울의 분노는 더욱 격렬해지는 듯했다.

「그 여자가 그분을 죽였어. 그 여자가 내 아버지를 죽인 거란 말일세.」

라울이 머리를 쥐어뜯으면서 소리쳤다.

「아니야. 그분은 자살하신 거야. 그분이 어떤 생각으로 세상을 떠나셨는지는 아무도 모르는 거야. 자네도 그건 알 수 없어.」

「나는 몰라도 사탄은 알아. 아버지는 어머니를 사랑하셨어. 그 여자가 아버지를 배신한 거야. 그게 다야.」

「사탄의 몫은 오로지 무지한 자들을 무지한 행동 속으로 몰아넣는 데 있어.」

나는 설득해 보려고 애썼다. 그러나 라울은 예전의 그가 아니었다. 그는 분별력을 잃고 있었다. 어머니에 대한 미칠 듯한 분노 때문에 그를 둘러싼 모든 것이 뒤틀리고 있었다.

그는 결국 분노를 견디지 못하고 벌떡 일어나 의자와 술잔을 뒤집어엎고 타나토드롬을 뛰쳐나갔다.

나는 라울이 무슨 짓을 하려는지를 짐작하고, 황급히 그의 어머니 전화번호를 찾았다. 그녀를 보호하기 위해서였다. 나는 그녀에게 전화를 걸었다.

「라울은 이제 어머니 때문에 아버지가 죽었다고 믿고 있어요. 그가 지금 아버지 대신 앙갚음을 하겠다고 그쪽으로 가고 있어요.」

라울의 어머니가 대답했다.

「그 애가 어쩌다가 그런 생각을 하게 되었는지 모르겠네. 하지만, 내가 결백하다는 것을 금방 알게 될 게야.」

그렇게 말하면서도 여인은 서둘러 전화를 끊었다.

옷가지와 몇 가지 소지품을 재빨리 가방에 챙겨 넣고, 라울의 어머니는 부랴부랴 집을 나섰다. 라울이 증오심으로 얼굴을 일그러뜨린 채 어머니 집의 문을 박차고 들어갔을 때, 어머니는 이미 그곳에 없었다.

라울은 형편없는 몰골로 돌아왔다. 어머니를 찾지 못하자 그는 당시의 어머니 샛서방이던 그 필립이라는 작자의 집으로 달려갔던 모양이다. 그는 다짜고짜 그에게 덤벼들었다. 그러나 그 사람은 필립이 아니라 그보다 덩치가 훨씬 더 좋은 다른 사람이었다. 졸지에 공격을 받은 그 애먼 사람은 홧김에 라울을 카페 바닥에 눕혀 버렸다. 라울은 어처구니없는 웃음거리가 되고 말았다. 유명한 타나토노트가 성난 십대처럼 발길질을 하고 모든 걸 때려 부수려고 날뛰었으니!

진실은 때로 모르는 편이 낫다는 것을 나는 비로소 깨달았다. 라울의 아버지에 관한 진실은 아는 것보다 모르는 편이 나았다. 성 베드로이자 헤르메스가 침묵을 지킨 이유를 알 만했다. 프레디도 〈이미 진리를 찾아낸 사람은 바보이고, 진리를 찾고 있는 사람은 현자다〉라고 말한 적이 있지 않은가?

우리에게로 돌아오자 라울은 분노에 찬 목소리로 말했다.

「어머니를 욕하는 불상놈이라고 해도 좋네. 하지만 그 여잔 이 세상에 제일 나쁜 여자야. 난 용서할 수가 없어.」

라울의 아내 스테파니아가 라울의 피멍 든 곳에 젖은 수건을 갖다 대면서 화를 냈다.

「도대체 당신이 무슨 자격으로 어머니를 심판하려 드는 거예요? 따지고 보면 당신 아버님에게도 잘못이 있어요. 아내를 저버리고 오로지 책하고만 씨름하셨잖아요. 당신도 그분의 보살핌을 제대로 받지 못했다고 나한테 고백한 적이 있어요. 당신을 키워 주신 것은 아버님이 아니라 어머님이셨어요.」

그러나 라울의 심리 상태는 그렇게 냉정하게 사리를 따질 형편이 못 되었다.

「아버지는 철학자이셨어. 오로지 학문에 헌신하신 거지. 그분은 죽음에 관한 연구의 길을 여셨어. 그런데 어머니가 그분을 죽인 거야!」

라울이 같은 얘기를 되풀이했다.

로즈는 라울의 뜨거운 이마에 손을 대보고 나서, 다정한 목소리로 가만가만 말했다.

「세상 일이 그리 간단하진 않아요. 어떻게 보면, 라울은 어머니께 감사해야 할지도 몰라요. 아버지를 자살하게 만듦으로써 어머니는 라울에게 알고자 하는 욕구와 그것을 채우려는 강한 의지를 갖게 해주셨어요. 어머니 덕분에 라울은 생물학 공부를 하게 되었고, 마르모트의 동면을 연구하게 되었어요. 그럼으로써 영계 탐사의 개척자가 되었고 마침내 영계를 발견했어요.」

「그래도 진실은 진실이에요.」

라울이 나직하게 중얼거렸다.

「이런 얘기가 위안이 될지 모르겠지만, 나중에 영계에서 어머니가 심판을 받게 되신다는 점을 생각하세요. 다른 영혼들처럼 어머니도 심판을 받을 거예요. 천사들은 아버지의 증언을 비롯해서 그 사건의 모든 요소들을 고려할 거예요. 그때 비로소 정의가 실현되는 거지요. 이승에서 정의를 실현하겠다는 것은 인간의 오만한 생각이에요. 이승의 정의는 환상일 뿐이지요.」

「그래, 라울. 천사들과 운명을 믿게. 어머니가 벌을 받아야 한다면 영계에서 당신 죄에 상응하는 벌을 받게 될 거야.」

나는 아내를 거들었다.

「천사들은 어쩌면 라울의 어머니를 두꺼비로 다시 태어나게 만들지도 몰라요.」

아망딘은 라울을 위로하려고 엉뚱한 생각을 해냈다.

라울은 아망딘이 갖다 준 코냑 한 잔을 단숨에 털어 넣고 한 잔을 더 달라고 했다.

「두꺼비 중에는 행복한 놈들도 있을 거요. 나는 그 여자가 차라리 발뒤꿈치로 으깨어 버릴 수 있는 바퀴로 환생하기를 바라요.」

라울은 이성을 잃고 있었다. 나도 아망딘에게 술 한 잔을 더 달라고 부탁했다.

「여보게, 라울. 자네, 정신 분석을 한번 받아 보는 게 좋을 것 같네. 자넨 준비가 덜 된 채로 사탄의 이야기를 들었어.」

나는 한숨을 쉬며 말했다.

「사탄은 어디까지나 악의 천사라는 사실을 잊으면 안 돼요.」

아망딘이 새삼스럽게 라울을 일깨웠다.

나는 라울의 어깨를 잡으며 덧붙였다.

「자네 생각나나? 우리 둘이서 사탄 숭배자들을 물리쳤던 일 말일세. 지금 자네는 사소한 개인적인 문제를 해결하기 위해서 사탄의 힘을 빌리고 있는 거야. 자넨 파우스트의 축소판일 뿐이야.」

분노에서 헤어나지 못하고 있는 그의 모습이 갑자기 한심하다는 생각이 들었다. 나는 파락호처럼 술에 취해 있는 그 가련한 사내를 호되게 꾸짖어 주고 싶어서, 버럭 소리를 질렀다.

「이봐! 정신 차려! 자네가 이러면 우리 타나토드롬은 일이 안 돼. 자네 어머닌 그냥 그대로 사시게 내버려두게. 계속 이렇게 시간을 허비하고 있을 거야?」

라울이 갑자기 기분 나쁜 웃음을 터뜨렸다.

「뭐든지 다 아는 것처럼 떠드는 자넨 뭐야? 자네가 뭔데 나한테 설교를 하는 거야? 이봐, 미카엘. 자네 사정은 뭐 나보다 나은 줄 알아? 천만의 말씀. 난 자네에 대해서도 많은 걸 알아냈지.」

나는 그의 말이 대수롭지 않다는 듯 어깨를 으쓱했다.

「말도 안 돼. 사탄이 자네 아버지에 관한 이야기를 털어놓은 것은 자네가 그것을 진심으로 원했기 때문이야. 그런데 사탄이 무엇하러 나에 관한 얘기를 자네에게 들려주겠나?」

「이봐, 이 불쌍한 친구야…… 내가 파동을 아주 강하게 내보냈더니 사탄이 나에게 자네에 관한 두 가지 진실을 가르쳐 주더군.」

나는 그가 말하는 진실이라는 것들이 나에게 고통을 주리라는 것을 직감했다. 가장 친한 친구가 내 약점을 가장 잘 아는 법이다. 나는 〈오냐, 살무사야, 네 독을 마음껏 뱉어 보아라!〉 하고 외치고 싶었다. 그러나 두려움이 그 마음을 억눌렀다. 그가 지껄이는 동안에 나는 귀를 막고 듣지 않았다. 세 여인의 안색을 보고 나는 라울의 입에서 심각한 소리가 흘러나왔음을 알았다. 로즈가 특히 큰 충격을 받은 듯했다.

내가 귀에서 손을 떼기가 무섭게 라울이 밉살스럽게 빈정거렸다.

「제대로 못 들었지? 다시 말해 줄까?」

「나는 아무것도 알고 싶지 않아!」

나는 버럭 소리를 질렀다.

하지만 내가 미처 다시 귀를 막을 겨를도 없이 라울이 부르짖었다.

「자네 부모는 애를 못 낳는 분들이었어. 자네와 콩라드는 양자야! 이게 첫 번째 진실이야.」

나는 트럭에 받힌 느낌이 들었다. 아까부터 나를 추격해 오던 트럭이 드디어 나를 치어 버린 것이다. 트럭이 나를 짓이겨 놓고 지나갔다. 나와 관계된 모든 것이 한순간에 와르르 무너져 내렸다. 내 과거는 더 이상 내 과거가 아니었다. 내 가족은 결코 내 가족이 아니었다. 아버지, 어머니는 내 아버지 내 어머니가 아니었고, 형도 내 형이 아니었다. 게다가 아글라에 할머니까지도……

라울은 득의에 찬 얼굴로 나를 노려보았다. 〈어디 맛 좀 봐라. 이번엔 네가 고통을 받을 차례다!〉 하는 잔혹한 표정이 그의 얼굴을 스치고 지나갔다. 그가 두 번째 미사일을 발사하려 하고 있었다.

「두 번째 진실!」

트럭 한 대가 나를 뭉개고 지나간 것만도 끔찍한데, 밖으로 터져 나와 피투성이가 된 내장 위로 또 다른 트럭이 지나가게 내버려둔다는 것은 안 될 말이었다. 나는 있는 힘을 다해서 내 고막을 눌렀다. 알지 말자. 어떠한 일이 있어도 알지 말자. 더 이상은 안 돼. 제발, 첫 번째 진실이나 제대로 참아 낼 수 있게 해줘. 그러나 라울은 기어이 두 번째 진실을 입에 올린 모양이었다. 아망딘과 스테파니아의 눈빛에 당황한 기색이 뚜렷했다. 아내의 낭패감이 특히 심해 보였다. 나는 화를 참지 못하고 나의 가장 친한 친구였던 자의 턱에 주먹을 날렸다.

라울은 얼굴을 살짝 찡그리면서 밉살스럽게도 몹시 기뻐하는 표정을 드러냈다.

「고맙네. 그렇잖아도 실컷 두들겨 맞고 싶던 참이었네. 특히 내 가장 친한 친구한테서 말일세.」

그를 꼼짝 못 하게 할 만한 어떤 말로 대꾸를 해야겠다는 생각이 들었다. 그러나 재치 있는 말로 응수할 겨를이 없었다. 나는 판결문을 읽기라도 하는 것처럼 아무 의미가 없는 말을 뱉어 냈다.

「사돈 남 말 하시네.」

220. 유대교 신화

지금은 볼 수 없는 세계를 그들은 보게 될 것이고, 지금은 그들에게 감추어진 시간을 보게 될 것이다. 시간이 흘러도 그들은 늙지 않을 것이다. 그 세계의 꼭대기에 삶으로써 천사와 같아지고 별들과 비슷해질 것이며, 자기들이 원하는 온갖 모습으로 바뀌어 아름답고 우아하고 영광의 광채로 빛날 것이다. 그들 앞에 천국의 공간이 펼쳐지는 것이다. 그들은 또 옥좌 아래의 선택받은 사람들과 모든 천사들의 빼어나게 아름다운 모습을 보게 될 것이다. 선택받은 사람들과 천사들이 지금 모습을 드러내지 않는 것은 내 명령에 따라 그들이 출연할 날을 기다리면서 각자의 자리를 지키고 있기 때문이다.

『바룩』, 51:8~11

프랑시스 라조르박의 논문, 「죽음에 관한 한 연구」에서 발췌

221. 경찰 기록

관계 부서에 올리는 보고

경솔한 천사들이 인간들에게 몇 가지 비밀을 누설했음. 유감스러운 결과가 우려됨. 이 위험한 모험을 끝장내기 위해 개입이 불가피함.

관계 부서의 회신

하찮은 일에 화를 낼 필요가 없음. 우리는 상황을 완벽하게 통제하고 있음. 모든 일이 여전히 아주 잘 진행되고 있음. 이번 일도 예전과 다르게 대처할 이유가 전혀 없음.

222. 역사 교과서

진실과 맞닥뜨리기 위해서는 아주 강해야 한다. 진실을 알고 나서도 냉정을 유지할 수 있는 사람이 우리 가운데 얼마나 될까? 영계 탐사의 역효과가 알려지자, 교육부는 재빨리 진실 대처법이라는 과목을 개설했다. 처음엔 상급 학년에서만 그 과목을 가르쳤으나 곧 전 학년으로 확대되었다. 진실 대처법은 최근에 대학 입학시험 과목에 포함되었다.

『기초 강의용 영계 탐사의 역사』

223. 고아

우리 침실로 돌아오기가 무섭게 로즈와 나는 살을 섞었다. 아내 쪽에서 먼저 나에게 달려들었다. 아내는 하루 빨리 아이를 갖고 싶다고 속삭였다. 듣던 중 반가운 소리였다. 나 역시 오래전부터 아내가 아이를 낳아 주기를 바라고 있었다.

그때까지 우리 부부가 키워 온 것은 동물과 식물뿐이었다. 우리는 식물 재배와 동물 사육을 차츰차츰 높은 수준으로 발전시켜 왔다. 처음에 단조로운 녹색 식물을 키우다가, 먹을 수 없는 열매나마 맺을 수 있는 오렌지 나무를 들여놓았고, 다음엔 금붕어를 키웠다. 그 금붕어의 이름은 거창하게도 구약 성서 「욥기」에 나오는 바다 괴물 레비아단이었는데, 어느 날 그놈은 뚜렷한 이유도 없이 배를 위로 드러낸 채 죽어 있었다. 그러고 나서 우리는 바다거북 주주를 키웠다. 그 녀석은 걸신들린 것처럼 끊임없이 구더기를 먹는 일에 몰두했다. 그다음엔 기니피그였다. 우리는 그 녀석에게 부이부이라는 이름을 붙여 주었는데, 그것은 그 녀석이 배고프다는 것을 알릴 때 늘 〈부이, 부이, 부이〉 하는 소리를 냈기 때문이다. 그러고 나서 고양이 한 마리를 들여놓았는데, 그 고양이가 기니피그를 잡아먹어 버렸다. 마지막으로 우리는 개를 키우기 시작했다. 그 개는 자나 깨나 고양이를 괴롭힘으로써 기니피그의 원수를 갚았다.

우리에게 아이가 생긴다는 것은 아주 반가운 일이었다. 고양이도 좋아라 할 게 틀림없었다. 자기 대신 아이가 개의 귀와 꼬리와 다리를 잡아당기고 눈덩이와 주둥이를 때려 줄 테니까 말이다. 아이들은 본래 평등한 관계를 회복시켜 주는 능력을 가지고 있다.

로즈는 과학자답게 달력을 보며 말했다.

「날짜가 꼭 들어맞을 것 같은데요.」

「운이 좋으면 프레디의 환생이 될 아이를 잉태할 수도 있겠는걸.」

프레디는 1년 안에 환생하기 위해 주황색계를 빠르게 통과할 거라고 말했었다. 따져 보니 그로부터 벌써 석 달이 흘러갔다……. 좀 어렵기는 하겠지만, 운이 좋으면 프레디의 환생이 우리 아이로 태어날 가능성이 없지는 않았다.

어쨌든 내 얘기를 듣고 로즈는 무척 기뻐했다. 프레디의 영혼이 깃든 아이의 부모가 된다는 것은 멋진 일이 아닐 수 없었다.

그렇게 되면 우리는 또 한 분야에서 선구자가 되는 셈이었다. 아이에게 깃들 영혼을 미리 선택한다는 생각을 누가 감히 할 수 있었겠는가! 비유하자면, 꽃을 먼저 준비해 놓고 그것을 꽂을 꽃병을 만드는 일과 비슷했다.

「시작합시다.」

나는 힘이 솟는 것을 느끼며 말했다.

우리는 기분 좋게 포옹을 했다. 그런데 아내의 머리를 침대의 긴 베개 위에 내려놓다가 나는 문득 아내의 얼굴에 수심이 가득한 것을 보고 깜짝 놀랐다.

나는 아내에게 물었다.

「왜 그래, 갑자기. 무슨 일이 있는 거요?」

아내는 한숨을 쉬며 대답했다.

「라울이 두 번째 진실을 들먹이며 당신을 또 괴롭히려 하면, 계속 귀를 막고 듣지 마요. 알았죠?」

「그 친구 다시는 안 그럴 거야. 어머니 때문에 아버지가 돌아가셨다는 것을 알고 제정신이 아니었어. 나한테 한 행동 때문에 지금쯤 무척 마음 아파하고 있을 거야. 나는 그 친구를 이해해.」

아내가 라울에 대한 불만을 토로했다.

「하지만 아무 상관도 없는 당신에게 화풀이를 한 건 너무 심했어요. 나는 도대체 그 사람이 무슨 심보로 사탄이 가르쳐 준 비밀을 누설하려고 그렇게 기를 쓰는지 모르겠어요. 그건 그렇고, 당신 주먹 한 번 세던데요. 난 내 남편이 그렇게 강한 주먹을 가진 사람인 줄 미처 몰랐어요.」

그렇게 말하면서 아내는 다시 내 품으로 파고들었다.

「내가 누군가에게 고통을 주겠다는 강한 의지를 가지고 사람을 때려 보기는 이번이 처음이오. 그래서 결국 가장 친한 친구를 잃게 되었지만……」

나는 시무룩해지자 아내가 확신에 찬 어조로 말했다.

「아니에요. 라울은 당신에게 전혀 나쁜 감정이 없어요. 우리 기욤 삼촌이 늘 하시던 말씀이 있어요. 들어 볼래요? 〈어떤 사람이 당신에게 화를 낼 때, 그는 사실은 당신에게 화를 내고 있는 것이 아니라, 자기 자신에게 화가 나 있는 것이다.〉」

우리는 한 차례 더 사랑을 나누었다. 엉뚱하게 머릿속에 떠오르곤 하던, 〈그런데, 내가 지금 뭘 하고 있지?〉 하는 생각이 슬며시 고개를 쳐들려고 했다. 나는 재빨리 잡생각을 털어 버리고 더욱 유쾌한 기분을 느끼려고 애썼다.

로즈는 잠옷을 입은 매력적인 모습으로 발코니에 기대어 별이 총총한 밤하늘을 바라보고 있었다. 별들이 저마다 자기를 보아 달라고 교태를 짓고 있었다.

로즈가 시름에 젖은 목소리로 말했다.

「선무당이 사람 잡는다는데, 우리가 바로 선무당 노릇을 하고 있는 건 아닌지 모르겠어요. 가끔 그런 생각이 들어요. 영계의 마지막 천계를 발견하고 난 뒤에 우리 사이에 갈등이 생겼다는 점을 생각해 봐요.」

「그렇다고 설마 우리 탐사를 금지하고 싶어 하는 몽매주의자들을 지지하려는 건 아니겠지요?」

「물론, 그런 건 아니에요. 다만 사악한 폐단을 막기 위해 어떤 대책이 필요하다는 얘기를 하는 거예요. 라울 사건을 하나의 경고로 받아들여야 해요. 생각해 봐요. 아무나 천국에 가서 천사를 만나고 아직 몰라도 될 진실들을 알아 버린다면 세상이 어떻게 되겠어요?」

「다들 진실을 냉정하게 받아들일 수만 있으면 아무 문제가 없을 거요. 라울이 내가 고아였다는 사실을 알려 주었지만, 그렇다고 뭐 달라진 게 없잖소? 오히려 나는 이제 나를 양자로 맞아서 키워 주신 양부모님께 더욱 감사하는 마음을 갖게 되었소.」

나는 나 자신이 진실을 담담하게 받아들일 수 있는 사람임을 확인하고 싶어서, 라울이 말한 두 번째 진실이 무어냐고 아내에게 물었다. 아내는 대답하기를 거절했다.

「영원히 그것을 알려고 하지 않겠다고 약속해요. 약속하죠?」

아내는 두 번째 진실이 첫 번째 것보다 훨씬 더 큰 타격을 주리라고 믿고 있는 모양이었다. 아내의 눈빛에서 그것을 읽을 수 있었다.

하지만, 단 한순간도 내 부모임을 의심한 적이 없는 이들이 내 진짜 부모가 아니라는 사실을 아는 것보다 더 끔찍한 일이 세상에 또 있으랴 싶었다.

우리는 서로의 팔을 벤 채 잠이 들었다.

이튿날 아침, 라울의 모습이 보이지 않았다. 그는 아무도 모르는 곳으로 자취를 감추고 말았다. 세 여인, 로즈, 아망딘, 스테파니아와 함께 있는데도, 타나토드롬이 텅 빈 것만 같았다.

아내는 펜트하우스 벽에 걸려 있는 커다란 포스터를 물끄러미 바라보고 있었다. 우리 은하를 그린 포스터인데, 은하 한가운데에는 바닥없는 우물 같은 천국이 그려져 있었다. 나는 그 그림을 볼 때마다 새로운 감회를 느끼곤 했다. 그동안 우리가 바친 모든 노력의 결말이 그 우물이었다. 모든 에너지, 모든 빛, 모든 사상, 모든 영혼이 거기에서 나와 거기로 돌아간다. 그곳은 쓰레기통이자 자궁이다. 우리 삶의 참뜻이 거기에 있다.

천국.

프레디가 거기에 있다. 프레디뿐만 아니라 초창기의 우리 타나토노트들이 모두 거기에 있다. 마르셀랭, 위그, 펠릭스, 플뢰리 메로지의 수감자들.

땅거미가 질 무렵, 나는 가끔 우리 타나토드롬 꼭대기에 설치된 대형 안테나의 수신기 앞에 앉아서, 모니터 화면을 통해 비둘기 떼처럼 날아오르는 영혼들을 바라보곤 했다. 친애하는 동시대인들이여, 잘들 가시게.

죽은 이의 영혼 하나하나가 푸른 점으로 나타났다. 다른 영혼들보다 유난히 빨리 날아가는 영혼들이 보였다. 이승을 떠나고 싶은 욕구가 남보다 더 강한 모양이었다. 아주 드문 일이지만, 지상으로 되돌아오는 영혼을 보게 될 때도 있었다. 의술의 힘으로 소생한 사람이거나, 혼자 떠났다가 돌아오는 타나토노트, 사랑하는 사람을 두고 차마 떠날 수 없었던 연인, 유령의 모습으로 앙갚음을 하러 오는 피살자, 명상 중인 수도자, 아니면 자기의 도움을 청한 사람을 몰래 찾아가는 천사였을 것이다.

라울은 여전히 모습을 드러내지 않고 있었다. 우리는 그가 어머니를 찾아 지상의 어딘가를 헤매고 있을 거라고 생각했다. 그러나 알고 보니, 그는 그리 먼 곳에 있지 않았다. 어머니를 찾는 데 지치고, 우리와 싸운 것 때문에 마음이 아파서, 그는 이 술집 저 술집을 전전하고 있었다. 그는 술을 마시는 것이 경우에 따라서는 자기의 비행 기술을 개선하는 데 도움이 될 수도 있다고 너스레를 떨며 다녔다.

그러던 어느 날, 술이 깨고 나서 라울은 어머니에 대한 자기의 생각이 달라지고 있음을 문득 깨달았다. 그는 타나토드롬으로 돌아와 우리 아파트를 찾아왔다.

「미안하네. 내가 자네에게 정말 못 할 짓을 했네. 용서해 주게. 다시는 진실 따위를 들먹이면서 자네를 괴롭히지 않겠네.」

그것은 요행히 내가 듣지 않은 두 번째 진실을 영원히 묻어 두겠다는 약속이었다.

나는 그에게 고맙다고 말했다. 그러나 그의 약속을 고맙게 여겨야 하는지, 아쉬워해야 하는지 확신이 서지 않았다. 자기 삶을 송두리째 뒤집어엎을 수 있는 어떤 진실이 존재한다는 것을 알면서도, 애써 그것을 외면하고 산다는 것이 그다지 마음에 들지 않았다.

그날 저녁에 나의 양어머니와 의형이 찾아왔다. 엄밀히 말해서 그들은 남이었다. 하지만 내 인생에서 그들은 친어머니, 친형보다 더 중요했다. 내 양부모는 아무런 내색도 하지 않고 언제나 나를 친자식처럼 대해 주셨다. 그분들은 나를 사랑해 주셨고 비밀을 지켜 주셨다. 때로는 나를 꾸짖고 내게 욕설을 퍼부으셨지만, 그런 것은 오히려 친부모의 당연한 권리로 보였고, 그래서 나는 친자식임을 조금도 의심치 않고 그분들에게 대들 수 있었다. 결점이 많은 분이기는 했지만 그런 양아버지가 계셨기에 나는 오이디푸스 콤플렉스에서 벗어날 수 있었고, 성마른 분일지언정 양어머니가 계셨기에 이성에 대한 무의식적인 사랑을 느낄 수 있었으며, 한심한 사람이지만 형이 있었기에 경쟁심을 느끼며 나를 발전시킬 수 있었다. 그 모든 것이 한없이 고맙게만 느껴졌다.

나에게 선행을 베풀어 준 이들에게 감사할 줄 알고, 나에게 해를 입힌 자들의 손을 핥지 않는 것, 그것이 바로 참다운 정의가 아니겠는가. 언뜻 보기엔 쉬운 일 같지만, 우리는 종종 자신이 왜 그러는지조차 모르면서 어처구니없게도 거꾸로 행동하고 있는 자신을 발견하곤 한다.

나는 어머니와 형을 힘껏 껴안았다. 식구들을 그렇게 다정하게 껴안아 보기는 그게 처음인 것 같았다. 그러면서 나는 생각했다. 나를 헌신짝처럼 버린 내 친부모를 저승에서 만나더라도 그들을 내 부모로 받아들이지 않겠노라고. 나는 그들이 나를 버린 이유 — 물론 아주 그럴듯한 이유겠지만 — 를 알고 싶지 않았고, 그들의 얼굴조차 보고 싶지 않았다. 그들이 나를 버렸으니 나도 그들을 버릴 작정이었다. 나를 자식으로 받아들여 주신 이들을 언제까지고 내 어버이로 섬길 생각이었다.

끝없는 잔소리로 나를 달달 볶으시는 어머니, 멍청하기 짝이 없는 콩라드 형, 그이들만이 진짜 내 가족이었다. 라울은 그들이 내 진짜 가족이 아니라고 가르쳐 주었지만, 나는 그 사실을 알고 나서 오히려 그들만이 진정한 내 가족임을 분명히 깨닫게 되었다.

친구를 선택할 수 있듯이, 우리는 가족도 선택할 수 있는 것이다!

224. 기독교 신화

그리스도께서 죽은 자들 가운데서 다시 살아나셨다는 것을 우리가 전파하고 있는데 여러분 가운데 어떤 사람은 죽은 자의 부활이 없다고 하니 어떻게 된 일입니까? 만일 죽은 자가 부활하는 일이 없다면 그리스도께서도 다시 살아나셨을 리가 없고 그리스도께서 다시 살아나지 않으셨다면 우리가 전한 것도 헛된 것이요 여러분의 믿음도 헛된 것일 수밖에 없을 것입니다……. 만일 그리스도를 믿는 우리가 이 세상에만 희망을 걸고 있다면 우리는 누구보다도 가장 가련한 사람일 것입니다……. 만일 죽은 자가 다시 살아나는 일이 없다면 〈내일이면 죽을 테니 먹고 마시자〉해도 그만일 것입니다.

「고린토인들에게 보낸 첫째 편지」 15:12~14, 19, 32
프랜시스 라조르박의 논문, 「죽음에 관한 한 연구」에서 발췌

225. 순회강연

천사를 만난 사실을 비밀에 부친 가운데, 우리는 가능하다면 천국의 가장 깊은 곳까지 철저하게 탐사하기 위하여 몇 차례의 비행을 더 했다.

천사들은 다섯 타나토노트로 이루어진 우리 탐사대의 방문에 익숙해져서, 우리를 〈잠깐씩 다녀가는 깨달은 이들〉이라고 불렀다. 우리가 질문을 하면, 그들은 좋든 싫든 우리와의 대화를 자기들이 해야 할 일의 하나로 여기고 대답에 응해 주었다.

천사들을 조금 사귀어 보고 나서, 우리는 그들이 아주 친절하고 대단히 지혜롭다는 것을 알았다. 과연 그들은 보살 중의 보살, 라메드 바브 중의 라메드 바브, 성자 중의 성자였다.

삶과 죽음의 비밀에 관한 우리의 지식이 차츰차츰 쌓여 갔지만, 당분간은 그것을 우리만 알고 있어야 했다.

그러던 어느 날 뤼생데르 대통령이 마침내 결단을 내렸다. 우리가 알고 있는 것을 대중에게 알릴 때가 되었다고 판단한 것이었다. 대통령 선거가 다가오고 있었고, 뤼생데르는 3선을 노리고 있었다. 그의 임기를 결산해 보니, 정치,

경제, 외교 등 모든 분야가 한심하기 짝이 없었다. 선거전에서 그가 던질 수 있는 승부수는 오직 하나, 영계 탐사뿐이었다. 그러나 천사와 천국에 대한 이야기는 조심스럽게 해야 했다. 마이너스 성장률이나, 악화 일로를 치닫는 실업률, 국민들의 사기를 완전히 꺾어 버리는 무역 적자 따위를 들먹일 때보다 더 신중을 기해야 했다.

뤼생데르는 우리 힘을 빌려서 다시 정복자의 이미지를 얻고 싶어 했다. 따지고 보면, 그러는 것도 무리는 아니었다. 어쨌든 그는 영계 탐사라는, 대담하기 이를 데 없는 사업을 발족시킨 사람이니까 말이다.

사람들은 물론 죽은 다음에 벌어질 일에 대해 더 많은 것을 알고 싶어 할 것이었다. 뤼생데르는 대중의 그런 마음을 선거전에 이용하려 하고 있었다.

〈세상에 공짜란 없는 거요. 죽음에 대해 더 알고 싶으면 내게 표를 던지시오.〉 뤼생데르의 선거 전략은 바로 그런 것이었다.

나로서는 뤼생데르의 생각에 동의할 수 없었다. 모호 6 너머에 천사들이 사는 백색 천계가 있고, 죽은 이들은 거기에서 이승을 거쳐 가는 동안에 행한 모든 선행과 악행을 보고하게 된다는 것을 사람들에게 밝히기에는 아직 때가 이르다는 게 내 생각이었다. 나는 굳이 몰라도 되는 것을 알았을 때 그 폐해가 얼마나 심각한지를 누구보다도 잘 알고 있었다.

천사들에게 궁금한 것을 물어볼 수 있다는 사실이 알려지면, 사람들은 감추어진 모든 진실을 알아내려고 기를 쓸 것 같았다. 케네디 대통령의 암살을 지시하고, 마릴린 먼로의 살해를 획책한 자는 누구인가? 라바약[20]의 손에 무기를 쥐여 준 자는 누구인가? 철가면[21]은 누구인가? 해적 〈검은 수염〉의 보물은 어디에 감추어져 있는가? 알고자 하는 아주 강렬한 욕구를 천사들에게 전달하기만 하면, 사람들은 그 모든 질문에 대한 답을 들을 수 있을 것이었다. 하지만, 그게 정말 바람직한 일일까?

문제는 그뿐이 아니었다. 천사들에게 간절하게 도움을 청하기만 하면 모든 소원을 이룰 수 있다는 사실이 모두에게 알려질 때, 어떤 소동이 벌어질지는 짐작이 가고도 남았다. 사람들의 욕망은 가지각색이고, 욕망들끼리 상충하는 경우도 흔하다. 권력을 탐하는 사람들이 있는가 하면, 유산을 노리는 사람들이 있고, 그저 평화만을 꿈꾸는 축이 있는가 하면, 오로지 살육만을 벼르고 있는 축도 있다. 지구인들의 그 많은 욕구를 어떻게 동시에 충족시킬 수 있단 말인가?

천사에게 소원을 비는 것만으로 모든 욕망이 실현되는 세상, 그런 세상이야말로 지옥이 아닐까? 〈우리는 욕망을 경계해야 한다. 그것이 실현되면 권태에 빠질 염려가 있기 때문이다.〉 프레디가 언젠가 그런 얘기를 했다. 내 기억을 더듬어 보면 나 자신도 사악한 소원을 품었던 적이 여러 번 있다. 나는 걸핏하면 화를 내던 지리 선생이 죽었으면 좋겠

---

20 프랑수아 라바약(1578~1610). 1610년 프랑스 국왕 앙리 4세를 죽인 가톨릭 광신자. 그는 나라와 종교를 구하기 위해 단독으로 범행했다고 주장했으나, 왕비의 측근들로부터 암암리에 영향을 받았을 가능성이 있다고 한다.
21 1703년 프랑스의 바스티유 감옥에서 죽은 한 국사범에게 붙여진 별명.

다고 생각한 적이 있고, 한 무리의 여자들을 노예처럼 부릴 수 있기를 바란 적이 있으며, 산다는 게 고달픈 생각이 들어 죽기를 바랐던 적도 있다. 다행히 천사들은 내 소원을 들어주지 않았다. 세계를 지배하는 자가 되기를 바랐던 많은 군주들의 소망을 들어주지 않았던 것처럼 말이다.

나는 용기를 내어 대통령에게 내 생각을 말했다.

「저는 생각이 다릅니다. 천사들이 존재한다는 것을 사람들에게 누설해서는 안 됩니다. 그런 것을 알려 주기에는 아직 이릅니다. 사람들은 아직 준비가 되어 있지 않습니다.」

대통령은 너그럽게 웃음을 지으며 말했다.

「그래, 그래. 자네 마음은 알겠네. 양자라는 사실을 알게 돼서 충격을 받은 게로군. 자네 그것 때문에 일을 너무 어렵게 생각하고 있는 것 아닌가?」

물론 그런 건 아니었다. 하지만 내가 모르고 있는 두 번째 진실이 유령처럼 나를 따라다니고 있는 것은 사실이었다. 대통령에게 나의 그런 강박 관념까지 털어놓을 수는 없는 노릇이어서, 나는 그저 라울의 예로 내 얘기를 뒷받침하려 했다.

「그럴지도 모릅니다. 그러나 라울과 그의 어머니를 생각해 보십시오.」

대통령은 그 문제를 아주 쉽게 일축해 버렸다.

「라울에겐 휴식이 필요하네. 그 친구 술을 너무 많이 마셔. 나는 그에게 알코올 중독 치료를 받으라고 권했네. 몸이 괜찮아지는 대로 선거 운동을 도와주러 우리에게 올 걸세.」

「그는 그렇다 치고, 그의 어머니는 평생을 숨어 살아야 하는 겁니까?」

「라울은 어머니를 용서했네.」

그 소식은 나를 어리둥절하게 만들었다.

「어떻게 그가 어머니를 용서하도록 설득하셨습니까?」

대통령은 아주 흡족한 표정으로 손을 비비며 말했다.

「천사들은 정말 능력이 있더군. 라울을 설득한 건 내가 아니라 스테파니아의 부탁을 받은 천사일세. 그 모든 문제를 일으킨 것은 검은 천사 사탄인데, 스테파니아는 그 검은 천사의 분신인 가브리엘 대천사에게 문제를 수습해 달라고 부탁했던 거지. 알겠나, 미카엘? 천사들을 믿어도 될 거야. 그들은 자기들이 일으킨 악을 선으로 탈바꿈시키는 능력을 가지고 있네.」

그런 상황에서 더 이상 무슨 말을 하겠는가? 게다가 무슨 자격으로 내가 국가 원수의 뜻을 거스를 수 있겠는가? 라울이라면 틀림없이 반대의 뜻을 표명할 수 있었을 것이다. 그러나 그는 그 자리에 없었다. 스테파니아와 로즈와 아망딘은 최후의 비밀을 모든 사람들에게 털어놓는 일에 굳이 반대할 이유가 없다고 생각하는 듯했다. 어쩔 수 없이 나는 전체의 의사를 따랐다.

그리하여 우리의 영계 탐사는 바야흐로 〈홍행업〉의 국면으로 접어들어 있었다.

우리는 순회강연을 시작했다. 전 세계를 돌아다니며 우리는 천사, 대천사, 육익 천사, 검은 천사 등과 나눈 이야기를 전파하였다. 처음에는 스테파니아, 아망딘, 로즈, 나, 이렇게 넷이서 함께 다녔다. 그런데, 시간이 흐르면서 오로지 아망딘만이 그런 일을 훌륭히 해낼 수 있는 사실이 드러났다.

처음엔 거의 말이 없었고, 그 뒤에도 늘 말을 아끼는 편이던 매력적인 간호사 아망딘이 돌연 탁월한 웅변가의 자질을 발휘하기 시작했다. 가장 말이 없던 사람들이 기회가 주어지면 가장 훌륭한 웅변가로 변신하는 경우는 흔히 있다.

아망딘은 영계 탐사에 관한 자기의 열정을 전달할 줄 알았다. 프레디를 찾기 위해 — 결국 못 찾기는 했지만 — 그리고 천사와 이야기를 나누기 위해 천국에 올라가는 일이 더욱 빈번해졌고, 아망딘은 거기에서 자기가 보고 들은 것을 감동적으로 전달했다. 게다가 그녀가 남편을 잃은 지 얼마 안 된 과부라는 사실도 그녀의 이야기를 더욱 믿을 만한 것으로 보이게 했다. 남편의 죽음 때문에 죽음이라는 문제를 더욱 절실하게 받아들이고 있는 여인이 거짓말을 하리라고 생각할 사람은 아무도 없었다. 더구나 그녀의 남편은 영계 비행술의 최고 권위자가 아니었던가!

아망딘의 강연은 그야말로 하나의 볼거리가 되었다. 합창단이 〈카르미나 부라나〉[22] 서곡을 부르는 가운데, 그녀가 하얀 조명을 받으며 온통 검은 옷을 입은 차림으로 등장하곤 했다. 까마귀 몸을 가진 금발의 천사라고나 할까. 그녀의 모습은 내가 영계의 적색계를 지날 때마다 마주치는 그녀의 환영과 점점 닮아 갔다.

---

22 Carmina Burana. 11세기에서 13세기 사이에 작곡된 성악곡. 주로 라틴어로 되어 있으나 예외적으로 고지 독일어나 프랑스어로 된 것도 있다. 사랑 노래, 권주가 등 세속적인 내용이 주류를 이루며 교회를 비판한 노래들도 다수 포함되어 있다.

어느 날 밤, 그녀가 강연을 끝냈을 때, 한 기자가 손을 들었다.

「〈영혼의 계량〉에 대해 말씀하셨는데, 그 부분이 잘 이해가 되지 않습니다. 천국에서 그들이 우리의 선행과 악행에 대해 점수를 매긴다는 말인가요?」

아망딘은 잠시 뜸을 들이다가 대답했다.

「그렇습니다. 삶이란 어떻게 보면 일종의 자격시험을 치르는 것과 같습니다. 일정한 점수에 도달할 때까지 재수, 삼수를 계속해야 합니다.」

방청석이 술렁거렸다.

그 기자가 계속 물고 늘어졌다.

「그러면, 영혼이 윤회를 끝내기 위해서는 선악 평점을 몇 점이나 받아야 하나요.」

성 베드로가 설마 그런 것까지 가르쳐 주었으랴 싶었는데, 아망딘은 정확한 수치를 제시했다.

「6백 점요. 삶이라는 시험을 다시 치르지 않으려면 심판을 맡은 세 대천사의 채점 기준에 따라 6백 점을 받아야 합니다.」

장내가 웅성거렸다. 인생이 한낱 시험을 준비하는 교실에 지나지 않는단 말인가? 조금이라도 더 좋은 점수를 받기 위해 아등바등해야 하는 게 인생이란 말인가?

삶을 하나의 시험으로 여기는 그런 인생관은 대단히 실망스러운 것이었다. 하지만 다른 건 몰라도 단순 명쾌하다는 장점은 있었다.

「한 차례의 선행으로 단번에 6백 점을 얻을 수도 있습니다.」

아망딘의 설명이 이어졌다.

방청석에 누군가가 안도의 한숨을 내쉬며 중얼거렸다. 〈그러니까 살아가면서 딱 한 번만 착한 일을 해도 구원을 받을 수 있겠구나!〉 하지만 좋아하기엔 아직 일렀다. 아망딘이 설명을 덧붙였다.

「그러나 마찬가지 방식으로 단 한 차례의 악행이 평생 쌓은 공덕을 일거에 무너뜨릴 수도 있습니다. 어떤 천사가 저에게 귀띔해 준 바로는, 당장에는 별일 아닌 것처럼 보이는 행동 때문에 합격을 할 수도 있고 낙제를 할 수도 있다고 합니다. 영혼의 무게를 다는 일은 아주 미묘한 작업이라서 심판을 맡은 대천사들은 아주 오랫동안 계산에 매달립니다. 사실 6백 점을 얻기는 쉬운 일이 아닙니다. 죽은 이들 만 명 중에 한 명이 있을까 말까입니다. 그렇게 6백 점을 얻은 영혼은 환생에서 벗어나 순수한 정신이 되지만, 대부분의 영혼은 점수에 미달해서 환생을 하게 됩니다.」

다른 질문들이 쏟아져 나왔다.

「천국에는 동물들도 있습니까?」

「네, 있습니다. 동물들이 현생을 훌륭하게 마치면 인간으로 환생합니다. 인간은 환생 사다리의 맨 꼭대기에 있습니다. 인간이 자유 의지를 가진 유일한 존재이기 때문입니다.」

「그 얘기는, 우리가 인간이 되기 전에는 모두 동물이었다는 것을 뜻하는 것입니까?」

「물론입니다. 진화의 방향은 광물에서 식물, 식물에서 동물, 동물에서 사람, 사람에서 순수한 정신으로입니다. 생명은 그런 방향으로 나아갑니다.」

아망딘은 세계의 모든 비밀을 털어놓은 셈이었다. 그럼에도 질문은 계속 빗발쳤다.

「환생이 거꾸로 이어지는 경우도 있습니까?」

「그럼요. 우리가 살아가는 동안 너무 나쁜 짓을 많이 하면, 이전의 삶의 형태로 전락합니다. 인간에서 동물이 되는 거지요. 그러나 그런 경우는 아주 드뭅니다.」

「그러면, 악행을 많이 하기는 했지만 동물의 단계로 되돌아갈 정도로 나쁘지는 않았던 사람들은 어떻게 되나요?」

「그런 사람들은 사람으로 환생하기는 하지만, 그들이 새로 받는 삶은 아주 힘겨울 것입니다. 그 삶을 사는 동안 그들은 어떻게든 자기들의 가장 좋은 점을 보여 주어야 합니다. 어떻게 보면 지옥은 바로 여기 지상에 있습니다. 나쁜 짓을 많이 한 사람들은 전쟁의 참화에 휩싸인 나라나 만성적인 기아에 허덕이는 나라에 다시 태어날 것입니다. 그들은 가난과 질병과 장애로 고통을 받을 것입니다. 하지만 삶의 조건이 그렇게 비참할 때, 전생의 죄를 씻어 버릴 수 있는 기회는 훨씬 더 많습니다. 그들은 다른 사람들을 위해 더욱 장렬하게 자기를 바칠 수 있을 것입니다. 참담한 상황일수록 인간의 선의는 더 빛을 발하는 법이니까요.」

아망딘의 말이 끝나기가 무섭게 예의 그 기자가 다시 손을 들었다.

「서방 세계의 부유한 가정에서 태어난 사람들은 전생에서 선행을 많이 했다는 얘깁니까?」

아망딘이 한숨을 내쉬었다.

「그건 너무 도식적인 것 같군요. 서방의 부유한 가정에 태어난 사람이라도 지독하게 불행할 수 있습니다. 또, 제3세계의 빈민굴에 사는 사람일지라도 따뜻한 인정과 연대 속에서 아주 행복하게 살 수 있습니다. 따지고 보면, 자살률이 가장 높은 나라들은 소위 선진국이라는 우리 서방의 나라들이 아닌가요?」

청중이 하나둘 자리에서 일어나 머쓱해진 얼굴로 출구를 향해 걸어갔다.

226. 기독교 신화

죽은 자들의 부활도 이와 같습니다. 썩을 몸으로 묻히지만 썩지 않는 몸으로 다시 살아납니다. 천한 것으로 묻히지만 영광스러운 것으로 다시 살아납니다. 약한 자로 묻히지만 강한 자로 다시 살아납니다. 육체적인 몸으로 묻히지만 영적인 몸으로 다시 살아납니다.

고린토인들에게 보낸 첫째 편지 15:42~44
프랑시스 라조르박의 논문, 「죽음에 관한 한 연구」에서 발췌

227. 배꼽

라울은 어머니를 찾아서 다시 떠났다. 그의 어머니는 라울이 마음을 바꾸었다는 사실을 모른 채 여전히 어딘가를 헤매고 있었다. 그는 말수가 적어지고 분노를 드러내는 일도 없었지만, 여전히 그의 마음 한구석에는 분노가 남아 있는 듯했다. 술을 마시지 않겠다고 약속을 한 터라 그의 하루하루는 더 힘겹게만 보였다. 자기 아버지를 만나려고 그렇게 애를 쓰던 그가 이젠 어머니를 찾으려고 부심하고 있

었다. 아버지를 만나고 싶어 하고 어머니를 찾는 것은 별로 특별한 것이 없는 정신분석학적 탐색일 수도 있었다. 그러나 라울의 경우에는 오이디푸스 콤플렉스가 거꾸로 발동하고 있다는 점이 달랐다. 그는 아버지를 사랑했고 그래서 어머니를 죽이려 했던 것이다.

스테파니아는 어떻게든 그에게 위안을 주려고 애썼다. 두 사람은 오랫동안 대화를 가졌다. 나하고 있을 때 라울은 내내 침묵을 지켰다. 자기의 지난 잘못을 부끄러워하고 있는 듯했다.

아망딘은 이제 나무랄 데 없는 스타가 되었다. 그녀가 우리 타나토드롬을 대표하는 최고의 타나토노트였다. 아망딘은 뷔트 쇼몽과 천국 사이를 부지런히 왕래하였다. 아망딘과 성 베드로 사이의 관계도 아주 돈독해져서, 아망딘의 주장대로라면, 성 베드로가 그녀를 〈나의 깨달은 이〉라고 부를 정도가 되었다.

선거를 앞둔 여론 조사에서 뤼생데르의 인기는 급상승하고 있었다.

그러는 동안, 로즈와 나는 오로지 영계의 완벽한 지도를 만드는 일에 매달렸다. 영혼의 심판소 뒤에는 무엇이 있을까? 빛의 산 뒤에 무엇이 있는지를 알아보려고 우리는 여러 차례 그 산에 접근했다. 그러나 우리의 은빛 생명줄이 더 늘어나지 않아서 그 산 너머에 무엇이 있는지를 볼 수 없었다. 생명줄이 끊어지는 것을 무릅쓸 수 있는 형편도 아니었다. 로즈가 임신을 했기 때문이다.

천문학자인 나의 아내는 블랙홀 끝에 그것과 반대의 성

격을 가진 천체, 즉 포문이 벌어진 대포처럼 영혼을 쏘아 보내는 화이트홀이 있을 거라는 생각을 한시도 버리지 않았다. 죽은 이들의 영혼은 한쪽으로 빨려 들어갔다가 다른 쪽에서 분출하여 환생을 하게 된다는 것이 아내의 생각이었다. 그것을 확인하러 갈 날을 기다리는 동안 아내는 엑스선이나 자외선보다 더욱 강력한 감마선에 관한 연구에 전념했다. 그 연구를 토대로 아내는 새로운 감마선 탐지기를 만들었다. 그것을 사용해서 우리는 지구로부터 우리 은하의 중심을 한층 더 효과적으로 관측할 수 있게 되었다.

어느 날, 나는 목욕을 끝낸 다음, 목욕물이 배수구로 빠져나가는 광경을 한참 동안 지켜보았다. 천문학의 모든 비밀이 바로 그 소용돌이에 있다는 생각이 들었다. 폐수가 빠져나가는 그 구멍이 바로 블랙홀이었다. 원과 에너지가 가득 찬 원의 중심, 문득 라울의 수수께끼가 떠올랐다. 〈원과 원의 중심을 펜을 떼지 않고 그릴 수 있는 방법은 무엇인가?〉

배수구로 빨려 들어간 물은 하수도로 들어간다. 그런데, 우리의 영혼은 어디로 빠져나가는 것일까? 어떤 사물을 제대로 이해하려면 머리만 찾으려 하지 말고 그 중심에 대해 생각을 집중해야 한다. 스테파니아가 주장하는 바에 따르면, 진정한 자아는 어머니와 나를 연결해 주던 통로에 있다고 한다. 바로 배꼽이다. 그곳을 통해 우리는 자양과 피와 힘을 받았지만, 출생과 더불어 문이 닫혀 버렸다. 그럼에도 배꼽은 여전히 중요한 곳으로 남아 있다고 스테파니아는 말했다. 배꼽은 중력의 중심, 즉 우리의 진정한 중심이라는 것이다.

배꼽은 예전에 신체의 모든 부문에 영양을 공급하던 통로였기 때문에 병이 났을 때 배꼽을 덥혀 주면, 활력이 온몸으로 퍼져 나간다.

우리 배에 있는 배꼽을 통해서 우리 삶이 시작되고, 우리 은하의 배꼽에서 우리는 죽음을 맞는다.

나는 넋을 잃고 텅 빈 욕조를 바라보다가 축축한 살갗 위에 가운을 걸쳤다.

228. 이집트 신화

고대 이집트에서는 파라오와 왕족의 주검을 아주 분명하고 엄격한 법식에 따라 미라로 만들었다. 특히 신왕국 시대의 제18왕조 동안에 그러하였다.

주검을 썩지 않게 하는 의식은 먼저 주검을 등이 바닥에 닿도록 눕히는 것으로 시작된다. 의식을 집전하는 사람은 대개 오시리스 신을 모시는 사제로서 호루스[23]처럼 옷을 입으며, 보조자들은 시체의 털을 없애고 배의 왼쪽 부위를 가로막 어름에서 절개한다. 그러면 오시리스의 사제는 절개된 곳으로 손을 집어넣어 부패하기 쉬운 주요 기관들, 즉 간, 지라, 허파, 창자, 위 따위

---

23 이집트의 신. 매의 형상이거나 매의 머리를 가진 사람의 형상을 하고 있다. 처음에는 천신 중의 하나로 두 눈이 해와 달을 상징하는 것으로 되어 있었는데, 곧 왕조의 수호신으로 받들어지다가 아예 파라오 자체와 동일시되었다. 제5왕조에 이르러 오시리스 숭배가 온 이집트에 확산되면서 호루스는 오시리스 신화군(群)에 포함되었다. 그리하여 죽은 파라오는 오시리스와 동일시되고, 살아있는 파라오는 호루스의 화신으로 믿어졌고, 호루스는 오시리스와 이시스의 아들로서 자기를 권좌에서 내쫓으려는 삼촌 세트와 끊임없이 싸운다는 신화가 생겨났다.

를 들어낸다. 그것들을 세척하고 나면, 식물에서 채취한 보존 용액에 담가 방부 처리를 하고 다시 집어넣는다. 보조자들은 살이 떨어져 나가지 않도록 시체의 흉곽에 역청을 바른다. 그 일이 끝나면 몸통에 기름, 천, 몰약 따위를 채워 넣어 배의 부풋한 모습을 되살린다. 머리 부분도 마찬가지 방식으로 처리한다. 우선, 보조자들이 망자의 콧구멍에 단단한 막대기를 꿰어 두 비강을 관통시킨다. 그러면 사제는 비강 안에 구부러진 도구를 집어넣어 머릿골을 잘게 자른 다음 반대쪽 콧구멍으로 바람을 불어 넣어 밖으로 빼낸다. 머릿골이 다 빠지면, 의식을 집전하는 사제는 망자의 머릿속에 역청을 넣는다. 그때는 역청이 두개(頭蓋) 안쪽 면에 골고루 퍼지도록 머리를 모든 방향으로 살살 돌려 가면서 작업을 해야 한다. 마지막으로 시체를 노란 아마포 붕대로 감는데, 나무로 만든 의안(義眼)을 박아 넣고 천에 감긴 얼굴 위에 죽은 이의 모습을 그려 놓은 판지 데스마스크를 올려놓는다. 거기에 그려 놓은 얼굴은 젊고 평화로운 얼굴이어야 한다.

『블라크 파피루스』 제3장에 의거한 것임
프랑시스 라조르박의 논문, 「죽음에 관한 한 연구」에서 발췌

229. 동물 이야기

아망딘의 강연은 날로 인기를 더해 갔다. 어머니의 가게에서 그녀의 포스터는 날개 돋친 듯이 팔려 나갔다. 포스터에 실린 그녀의 모습은 속살을 전혀 드러내지 않았으면서

도 섹시하기 그지없었다. 포스터가 대대적인 성공을 거둠으로써 어머니의 수입이 상당히 늘어났다. 그러나 아망딘의 눈부신 활약이 가져온 가장 중요한 결과는 그것이 아니었다.

처음에 아망딘의 강연에 관심을 가졌던 사람들은 주로 새로운 지식을 갈망하는 지식인들과 신비주의에 심취한 호사가들이었다. 그러더니 입에서 입으로 소문이 퍼지면서 과학자들이 몰려들었다. 상황이 그렇게 되자 한 텔레비전 방송이 아망딘이 출연하는 쇼를 기획하기에 이르렀다. 방송에 출연한 뒤로 아망딘의 아파트로 문의 전화가 쇄도했다. 갑자기 사람들이 자기들의 카르마에 관심을 갖게 되었다. 그들은 모든 것을 알고 싶어 했다. 전생에 나는 무엇이었는가? 내생에 나는 무엇이 될까? 세상이 열린 뒤로 사람들의 뇌리를 떠나지 않았던 영원한 질문 — 나는 어디에서 왔는가? 나는 누구인가? 나는 어디로 가는가? — 이 갑자기 모든 사람들의 화두가 된 것이다.

어느 날 저녁, 강연이 끝난 뒤에 우리는 타나토드롬 앞의 타이 식당에 모였다. 우리는 동물의 환생이라는 주제를 놓고 이야기를 나누고 있었다. 식탁에 둘러앉은 모든 사람들이 옛날 어느 땐가는 민달팽이나 개구리나 뾰족뒤쥐였을지도 모른다고 생각하니 기분이 묘했다.

식당 주인 랑베르 씨는 우리에게 장미향이 나는 아페리티프와 새우 크로켓을 날라다 주면서, 우리의 방담에 끼어들었다.

「나는 가끔 한 다리로 서서 휴식을 취하곤 해요. 안 믿으

실지 모르지만, 그 자세가 이상하게도 편안한 느낌을 주거든요. 그래서 해본 생각인데, 난 아무래도 옛날에 왜가리였나 봐요.」

그러면서 그는 실제로 한 다리로 서서 완벽하게 평형을 유지하는 모습을 보여 주었다.

아망딘은 자기의 〈추측〉을 말했다.

「난 아마도 전생에 토끼였던 것 같아요. 보실래요?」

그녀도 대수롭지는 않지만 자기 나름의 증거를 보여 주었다. 아망딘은 확연히 드러날 정도로 귀를 움직일 수 있었다. 그녀가 귀를 앞뒤로 쫑긋거리자 뺨 한쪽에 근육의 움직임이 분명히 드러났다. 하긴 그녀의 코도 이따금 토끼의 주둥이처럼 발름거릴 때가 있었다.

「게다가 나는 당근을 무척 좋아해요.」

그녀가 생글생글 웃으며 덧붙였다.

나는 전생에 무엇일까 하고 곰곰이 생각해 보니, 내게는 여우에 대한 기억이 있는 듯했다. 일시적으로 일어난 엉뚱한 생각일까? 아니면 착각일까? 나는 자아의 심층에서 수풀을 헤치며 네발로 달리던 때의 기분을 느꼈다. 굵고 긴 꼬리로 절묘하게 균형을 잡아가면서, 한 발짝 뗄 때마다 척주를 접었다 폈다 하는 동작을 경험한 듯했다. 생각을 더욱 집중하니, 따뜻한 땅굴 속에서 암여우, 새끼 여우들과 함께 웅크리고 지낸 기나긴 겨울들이 생각났다. 세상에 그보다 더 좋은 휴식이 있으랴.

봄에는 숲속을 오랫동안 달리면서 즐거움을 만끽했다. 힘껏 달리노라면 이끼 냄새와 꿀풀의 향기가 날아와 나를 취하게 했다.

 어찌된 일인지는 모르지만, 나는 네발로 달리는 기분을 알 것 같았고, 겨울 동안 따뜻한 땅굴 속에 웅크리고 있을 때의 기분을 느낄 수 있었다.

 생각하면 할수록 내가 여우였던 때의 기억이 분명해졌다. 나는 달리기에 능한 편이 아니어서 사냥을 잘하지는 못했다. 고슴도치를 건드렸다가 고통을 겪은 적도 있었다. 숲의 냄새. 바람이 불어오는 쪽으로 코를 들이대고 있으면, 주위의 지리적인 상황을 완벽하게 알 수 있었다. 어떻게 그럴 수 있었는지 모르지만 나는 분명히 그런 일들을 기억하고 있었다.

 다른 사람들도 저마다 다른 삶에 대한 기억을 떠올리려고 애쓰고 있는 것처럼 보였다.

 식당 안에 있던 사람들이 모두 우리 화제에 관심을 보였다. 우리끼리 나누던 방담이 어느새 모두가 참여하는 이야기판이 되었다. 뚱뚱하고 코가 길쭉하게 생긴 어떤 남자는 코끼리에 대한 기억을 가지고 있다고 주장했고, 몸집이 아담하고 수줍음이 많아 보이는 어떤 부인은 자기가 과거에 메추라기였던 듯하다고 말했다. 얌전하게 생긴 한 꼬마는 자기는 백악기의 육식 공룡인 티라노사우루스였던 것 같다면서 유난히 뾰족한 이빨을 드러내 보였다.

 사람들의 화제가 동물 이야기에서 사람 이야기로 옮아갔다.

 먼저 현생의 질병을 전생의 업으로 설명하는 이야기들이 있었다. 저마다 한마디씩 한 이야기를 모으니 다음과 같은 업보 목록이 만들어졌다. 목에 탈이 자주 나는 사람은 프랑스 대혁명 때 기요틴으로 처형된 사람의 환생일 가능성이 많고, 천식을 앓는 사람은 물에 빠져 죽은 사람의 환생, 음경 강직증에 걸린 사람은 교살된 사람의 환생이다. 밀실 공포증 환자는 전생에 지하 감옥에 갇힌 적이 있고, 치질 환자는 꼬챙이에 찔려 죽은 사람의 환생이다. 간이 나쁜 사람은 독살된 사람의 환생이고, 위궤양을 앓는 사람은 전생에서 할복자살을 한 사람이다. 마른버짐이 피는 사람은 불에 타 죽은 사람의 환생, 두통에 시달리는 사람은 머리에 권총을 쏘고 죽은 사람의 환생이다. 근시인 사람은 전생에 두더지였다.

식당 손님들은 저마다 별난 전생을 살았다고 주장했다. 그들 말대로라면 식당 안에는 중세의 기사였던 사람, 이집트의 파라오였던 사람, 전직 신부, 전직 창녀도 있었다.

어떤 사람들이 전생에 대한 기억이라며 한참 얘기를 하기에, 가만히 들어보니 영화나 텔레비전에서 본 적이 있는 장면이었다. 자기가 옛날에 평민이었을 것으로 생각하는 사람들의 이야기는 그럭저럭 믿어 주고 싶었지만, 스스로를 인디아나 존스, 바르바렐라, 또는 만화 주인공인 탱탱이나 아스테릭스, 심지어 추리 소설의 명탐정인 에르퀼 푸아로라고 생각하고 있는 사람들에겐 그런 인물들이 실제로 존재하지 않았다는 사실을 지적해 주지 않을 수 없었다.

진담과 농담이 어우러진 자리였지만, 어쨌든 우리는 즐거운 한때를 보냈다.

뤼생데르가 식당으로 와서 우리와 자리를 같이했다. 그

역시 기분이 좋아 보였다. 그는 꿀풀 향이 나는 국수를 맛있게 먹고 나서, 우리에게 정치 얘기를 꺼냈다.

여론 조사 결과가 더 이상 달라지지 않고 있었다. 순회강연을 시작한 뒤로 급상승했던 지지율이 답보 상태에 머물러 있었다. 뤼생데르는 변하기 쉬운 여론에 결정적인 쐐기를 박을 수 있는 사건을 만들 때가 되었음을 느끼고 있었다.

「아망딘 양이 철학적이고 도덕적인 개념으로 사람들에게 충격을 주는 데 그치지 말고, 영혼이 심판을 받는 광경을 아주 구체적으로 이야기해 주면, 상황이 훨씬 좋아질 것 같네. 환생의 서막이 되는 그 마지막 대화 때 모든 것이 결정되는 거니까 말일세. 선업 점수와 악업 점수를 매기는 방식에 대해서 더욱 자세히 알아야 해. 그래서 생각한 건데, 심판을 맡은 대천사들과 영혼이 나누는 대화를 생생하게 중계했으면 하네.」

우리도 잠깐 엿보았을 뿐인 그 장면을 찍겠다고 심령적인 카메라를 보낼 수는 없는 노릇이었다. 물론 그 장면을 세세히 관찰하고 그들이 나누는 이야기를 그대로 전달하는 방법은 있었다. 그러나 심판 대천사들과 영혼이 텔레파시로 나누는 대화를 녹음했다가 그대로 재생시킬 수 있을 만큼 탁월한 기억력을 가진 사람은 우리 가운데 아무도 없었다.

그때 로즈가 한 가지 생각을 떠올리고 큰 소리로 말했다.

「막심 빌랭이 있어요!『프티 타나토노트 화보』의 기자 말이에요. 그는 엄청난 기억력을 가진 사람이에요. 이 일에는 그가 적임자예요.」

대통령이 맞장구를 쳤다.

「맞아! 그 친구라면 그 장면을 그림으로 그려 낼 수도 있을 걸세. 그렇게 되면 우리 유권자들은 의자에 편히 앉아서 천국을 볼 수 있게 될 거야.」

대통령은 벌써부터 막심 빌랭의 증언 덕분에 자기가 더 얻게 될 표가 얼마나 될지를 계산하고 있었다.

나는 막심 빌랭을 여러 차례 만난 적이 있다. 그는 언제나 알이 두꺼운 안경을 쓰고 다녔다. 영혼은 눈이 없어도 완벽하게 볼 수 있다. 나 자신이 직접적인 경험을 통해 그 사실을 확인했다. 프레디는 장님이면서도 가장 뛰어난 타나토노트였지 않은가? 그럼에도 나는 막심 빌랭을 만날 때마다, 안경을 안 쓰고도 그가 영계에서 용케 활동한다는 것이 신기하게만 느껴졌다.

막심 빌랭은 19세기의 화가 툴루즈 로트렉의 모습을 연상시켰다. 땅딸막한 체구, 두꺼운 안경, 짤막한 턱수염, 남을 비웃는 듯한 표정이 그랬다.

이튿날 우리는 그를 타나토드롬으로 초대했다.

그가 우리 제안을 받아들이자 아망딘이 선웃음을 치며 그를 치켜세웠다.

「기억력이 그토록 뛰어나다는 것은 대단한 행운이에요. 나는 즉시 적어 놓지 않으면 금방 잊어버려요.」

막심 빌랭은 두툼한 입술을 입가로 당기면서 서글픈 웃음을 지었다.

「행운이라고요? 기억력이 너무 좋다는 게 내겐 큰 골칫거리예요. 좀 잊어버리면서 살았으면 좋겠다는 생각을 이따금 하지요.」

아망딘이 놀라는 표정을 짓자 그가 설명을 덧붙였다.

「일단 내 머릿속으로 들어온 정보는 밖으로 나가지를 않아요. 내 머릿속은 쓰레기 잡탕 지식으로 가득 차 있어요. 아는 게 너무 많으면 오히려 짐이 돼요. 책을 한 권 써보려고 숱하게 시도했어요. 그런데, 몇 쪽 쓰다 보면 내가 알고 있는 무수한 문학 작품들이 떠오르면서 내가 표절을 하고 있다는 느낌이 드는 거예요. 그러고 나면 더 이상 작업을 할 수가 없었지요. 독창적인 작품을 만들려면 다른 사람들의 작품을 모두 잊어버려야 하는데, 나는 그게 안 돼요.」

나는 백과사전을 통째로 머릿속에 넣고 다니는 듯한 그의 기억력을 늘 부러워했다. 그러나 그런 기억력이 그에게는 장애가 되는 모양이었다. 하긴, 잊는다는 것이 때로는 아주 다행스러운 일이기도 하다. 나를 끈질기게 괴롭히는 그 두 번째 진실, 그것이 있다는 사실조차 아주 영원히 잊어버릴 수 있으면 좋으련만!

뤼생데르 대통령이 장난기 섞인 목소리로 끼어들었다.

「망각의 능력은 아무나 가질 수 있는 게 아니지. 그건 아주 특별한 자질이라네.」

그는 망각의 능력이 대단한 사람이었다. 그 덕분에 그는 야당 시절에 자기가 비난했던 선임자들의 정책을 거리낌 없이 답습할 수 있었고, 자기를 공격했던 사람들을 기꺼이 용서할 수 있었다. 그럼으로써 그는 관대하다는 평판을 얻었고, 대중의 인기도 얻었다.

그에 비하면 막심은 가엾은 사람이었다. 그는 잊을 줄 몰랐다. 그래서 그는 작가가 되겠다는 꿈을 이루지 못하고 언제까지고 기자로 남아 있어야 했다.

그래도 우리에겐 그의 능력이 필요했다. 우리는 그가 임무를 원만하게 수행하는 데 필요한 계획을 짰다. 우리의 계획은 이런 것이었다. 스테파니아와 아망딘, 그리고 로즈와 내가 천사들과 이야기를 나누면서 교란 작전을 편다. 그 틈에 막심은 빛의 산으로 되도록 높이 올라가서 심판하는 내용을 듣는다.

더 이상 시간을 끌 필요가 없었다. 사흘 후에 우리는 영계 특파원을 데리고 이륙했다. 막심 빌랭에게 엄청난 명성을 안겨 준 영계 전투 이야기보다 훨씬 더 충격적인 탐방 기사를 쓰기 위해서였다.

막심 빌랭은 심판 대천사들과 영혼의 대화를 한마디도 빼놓지 않고 머릿속에 담아 왔다. 그 내용이 삽화와 함께 『프티 타나토노트 화보』에 실렸다. 나중에 그것은 아망딘 발뤼스의 두 번째 저서인 『어떤 영혼과의 대화』에 전재되었다. 역사적인 문헌이 된 그 원고는 현재 워싱턴의 스미스소니언 협회 박물관에 진열되어 있다.

230. 역사 교과서

타나토노트들은 천사들에게 언제나 최대의 존경을 표시했다. 누구든 천사를 보기만 하면 존경하는 마음을 저절로 갖게 되었다. 인간이 천사의 모습을 닮으려면 아마 서기 10만 년은 되어야 할 것이다. 천사들은 우리보다 백만 배나 진화했고, 우리보다 백만 배나 치밀하다. 그들이 시간을 지각하는 방법은 우리와 다르다. 인간은 과거와 미래의 틈바구니에 갇힌 채, 과거를 어쩔 수 없었던 일로 받아들여야 하고 미래를 두려워한다. 그러나 천사들은 현재와 과거와 미래를 투시한다. 그들은 우리에게 〈현재-미래〉라는 완전히 새로운 개념을 제공한다. 천사는 언제나 자기의 행동 하나하나에 대해서 단기적이고 중기적이고 장기적인 결과를 헤아리며 〈현재-미래〉 속에서 행동을 결정한다. 그것은 마치 우리가 뷔페식당에서 어떤 음식을 골라 먹는 것과 비슷하다. 우리는 그 음식을 먹어 보기 전에, 그것이 우리 입 안에서 어떤 맛을 낼 것인지를 알고 있다. 마찬가지로 천사는 어떤 행동을 할 때마다 이미 그 결과를 알고 있다.

『기초 강의용 영계 탐사의 역사』

231. 막심 빌랭 약전(略傳)

어린 시절, 막심 빌랭은 한 가지 점을 제외하고는 그다지 특별할 것이 없는 평범한 아이였다. 한 가지 다른 점이란, 그가 무엇인가를 얘기하고 싶어 하는데 그 얘기를 들어주는 사람이 아무도 없었다는 것이다. 그가 무슨 말을 시작하기만 하면, 공교롭게도 곧바로 누군가가 나서서 그의 말을 가로막곤 했다. 우연치고는 참으로 기이한 우연이었다. 식구들하고 밥을 먹을 때는 누군가가 〈소금 좀 건네줄래〉 하면서 그의 말을 잘랐고, 초등학교에서는 선생님이 〈자, 오늘은 그만하고 다음 시간에 계속하기로 하자〉고 말함으로써 할 말을 준비하고 있던 막심을 맥 빠지게 하기 일쑤였다. 그가 말문을 열기만 하면 무언가가 튀어나와서 다른 사람들의 관심을 빼앗아 가거나 누군가가 코를 풀곤 했다.

막심 쪽에서는 누구의 말이건 귀담아들었고, 사람들이 전해 주는 모든 정보를 머릿속에 갈무리하면서 몇 시간이고 침묵을 지키고 있을 수 있었다. 그런 그였기에, 그가 받은 마음의 상처는 더 컸다.

어쨌거나 그 덕분에 친구는 많이 생겼다. 친구들은 막심이 자기들 얘기에 귀를 기울여 주는 것에 우쭐해져서 자기들이 흥미를 갖고 있는 분야에 대한 지식을 차례차례 늘어놓았다. 그들이 관심을 가지고 있던 분야는, 최면술, 구급법, 빅토리아 시대의 문학, 컴퓨터, 그레코로만형 레슬링, 천체 물리학, 나폴레옹 전쟁의 전략, 수학, 12음 음악 등 아주 잡다했다. 그는 그 모든 지식을 닥치는 대로 머릿속에 저장하였다.

하지만, 말을 주고받지 못하고 마냥 듣기만 하는 것은 견딜 수 없는 노릇이었다. 처음에 그는 사람들에게 청취를 강요하려고 무진 애를 썼지만, 결국은 제발 좀 들어 달라고 애원하는 꼴이 되고 말았다. 그가 말머리를 꺼내기가 무섭게 그의 부모는 하품을 하거나 자기들끼리 이야기를 나누었고, 선생님들은 〈아주 흥미롭기는 하다만 다음에 얘기하기로 하자〉고 건성으로 말하곤 했다. 그의 친구들도 어른들과 별로 다를 게 없었다.

그는 〈내 목소리가 나직하고 힘이 없어서 사람들이 지루함을 느끼는 것은 아닐까?〉 하고 생각했다. 저음은 가슴과

심장에 작용하기 때문에 사람을 졸리게 한다. 반대로 고음은 뇌에 직접 호소하기 때문에 사람을 흥분시키고 긴장시킨다. 막심은 별것 아닌 것도 높은 소리로 얘기하면, 재미있는 것을 낮은 소리로 얘기하는 것보다 사람들의 관심을 더 끌 수 있을 거라고 생각했다.

그래서 그는 자기 목소리를 바꾸려고 노력했다. 그러나 성과는 별로 없었다. 그는 홧김에 트라피스트 교단의 수사가 되었다. 트라피스트 교단의 수사들은 침묵의 서원(誓願)을 한 사람들이어서 서로 대화를 나눌 필요가 없었다. 그들 속에서 막심은 비로소 자기가 인정받고 존중받는다는 느낌을 갖게 되었다.

수도 생활을 하는 동안 그는 자기의 운명에 대해 깊이 생각할 수 있는 시간을 가졌다. 그러고 나니 비로소 스스로의 처지를 있는 그대로 받아들일 수 있었다. 그는 자기가 수신기 노릇을 하기 위해 태어났음을 깨닫고 발신기 구실에 미련을 두지 않기로 했다. 그는 마음의 평정을 얻고 수도원을 떠나, 남의 이야기를 들으며 지식을 축적하는 일을 계속했다. 물론 그에게 관심을 가져 주는 사람이 여전히 없었기 때문에, 그는 자기가 축적한 지식을 조금도 방출하지 않았다. 그리하여 그는 거의 무한에 가까운 방대한 지식을 축적한 인간 정보은행이 되었다. 다른 사람들이 보기에는 전혀 쓸모가 없을 것 같은 지식까지도 차곡차곡 쌓아 두었기 때문에, 일반교양 문제를 주로 하는 텔레비전 퀴즈 게임에 나가면 그를 당할 사람이 없었다.

막심 빌랭은 지칠 줄 모르고 모든 분야에 대해 알고 싶어 했다. 그는 저널리즘이 자기의 욕구를 마음껏 채워 줄 수 있으리라고 생각하고 언론계에 뛰어들었다. 그는 사회, 과학, 가십, 정치, 문화 등 모든 부문을 거쳐 가면서 기사를 썼다. 기사를 쓸 때는 자기 이야기에 귀 기울이는 사람이 없는 것을 걱정하지 않아도 되었다. 신문 구독자 가운데 적어도 한 사람은 자기 글을 진지하게 읽어 줄 것이기 때문이었다.

자기를 더 잘 이해시키고 자기가 상정한 그 독자의 관심을 붙들어 두기 위하여, 그는 그림을 곁들이기로 마음먹었다. 〈말이란 언제나 불완전하다. 그 부족함을 메우기 위해서는 이미지가 필요하다〉라는 게 그의 생각이었다. 그때부터 그는 모든 기사에 그림을 곁들였다. 그리하여 그는 『프티 타나토노트 화보』의 가장 인기 있는 기자가 되었다.

처음에는 글쓰기를 자기 구원의 매개물 정도로만 여겼다. 그러나 그는 곧 하나의 이야기를 만들기 위해서는 엄격한 구조가 필요하다는 것을 깨달았다. 글쓰기가 정확성을 요구하는 하나의 과학이라고 생각하게 되면서, 그는 그것에 정열적으로 매달렸다. 막심 빌랭은 아주 강력한 흡인력을 지닌 글을 쓰고 싶어 했다. 누가 읽더라도, 첫 단어부터 최면에 걸린 듯 빨려 들어가서 끝까지 다 읽지 않고는 못 배기는 그런 글을 쓰고 싶었다.

그런 글을 쓸 수 있다면, 예전에 그의 얘기를 들어 주지 않았던 사람들에게서 받은 설움을 깨끗이 잊을 수 있을 것 같았다.

막심은 〈나의 가치 체계에서 문학은 아주 높은 자리를 차지하고 있다. 내가 생각하는 문학의 궁극적인 목적은 아름다운 문장을 짓는 것도 아니고 멋진 인물을 만들어 내는 것도, 정교한 플롯을 짜는 것도 아니다. 문학의 궁극적인 목적은 사람들을 더욱 멀리 꿈꾸도록 만드는 것이다〉라고 말하곤 했다.

사람들을 더욱 멀리 꿈꾸도록 만드는 것!

그러나 그런 야심에 찬 계획을 가지고 있으면서도 막심은 아직 책 한 권 변변히 쓰지 못한 채 기자로 남아 있었다. 어쩌면 그는 목표를 너무 높은 곳에 설정하고 있었는지도 모른다.

232. 유대교 신화

사람이 죽을 때 무시무시한 광경이 벌어진다. 동서남북 네 방위가 그의 죄를 논하고 사방에서 동시에 벌이 내린다. 물, 흙, 불, 공기 네 원소가 그 사람의 시체를 자기 쪽으로 끌어당기면서 서로 차지하려고 다툰다. 그때 한 사자(使者)가 나타나 큰소리로 그를 부른다. 그 소리는 70세계에 울려 퍼진다. 만일 그 사람이 그 부름에 합당한 자격을 지닌 사람이면 모든 세계에서 기꺼이 맞아 주고 그의 죽음은 모든 세계가 기뻐하는 경사가 된다. 그러나 반대로 그 사람이 사자의 부름에 응할 만한 자격이 없으면, 그에게는 저주가 내릴 것이다.

『조하르』

프랑시스 라조르박의 논문, 「죽음에 관한 한 연구」에서 발췌

233. 경찰 기록

기초 신원 조회

성명: 막심 빌랭

모발: 갈색

신장: 1m 62cm

신체상의 특징: 없음

특기 사항: 영계 탐사의 개척자

약점: 언변이 좋지 않음

234. 어떤 영혼과의 대화

 막심 빌랭은 삽화를 곁들여 가며 「어떤 영혼과의 대화」라는 기사를 작성했다. 그 원문은 다음과 같다.

 장면은 천국의 끝, 빛의 산기슭에서 전개된다. 우리의 운명을 심판하는 대천사들이 자리를 잡고 있는 곳이다.

 등장인물은 세 대천사와 죽은 지 얼마 안 되는 샤를 도나위의 영혼. 샤를 도나위의 수호천사는 부득이한 사정으로 동석할 수 없었다. 그렇다고 해서, 대천사들이 내릴 심판의 의미와 가치가 달라지는 것은 아니다.

 심판 대천사 가브리엘 안녕하시오, 도나위 씨.

 영혼 여기가 어딥니까?

 죽은 이가 주위를 둘러보며 죽기 직전에 잘려 나간 왼쪽 팔 부위를 주무른다. 그러다가 머리를 들고 마지막 심판이 벌어지는 언덕과 세 대천사들을 바라본다. 대천사들은 매듭이 잔뜩 달린 투명한 끈들을 만지작거리고 있다.

심판 대천사 미가엘 여기는 영혼의 운명을 결정하는 곳이오. 우리는 곧 당신의 지난 삶을 계량할 것이오.

영혼 계량한다고요?

심판 대천사 라파엘 심판한다는 말이오. 이제부터 당신의 삶을 시험대에 올려놓고 선행과 악행을 심판해서 당신이 환생을 끝내도 좋은지 어떤지를 결정할 거요.

영혼 전 아주 착하게 살았습니다.

심판 대천사 가브리엘 (기록을 검토하며) 그건 당신 생각이오.

영혼 줄 서서 기다리는 동안에 들었는데, 내 수호천사로부터 변호를 받을 권리가 있다던데요. 수호천사는 여기에 없습니까?

심판 대천사 미가엘 사실 당신에겐 수호천사뿐만 아니라 당신의 악마까지도 입회시킬 권리가 있소. 그런데 그들 둘 다 현재 이승에서 한창 일을 하고 있는 중이오. 아는지 모르겠지만, 당신이 태어나던 날 수호천사가 당신에게 배정되었소. 그런데, 당신과 같은 날에 출생한 어떤 사람에게 그 수호천사와 악마를 긴급히 보낼 일이 생겼소. 부당 해고라는 골치 아픈 문제요. 수호천사가 입회하지 않는 것은 예외적인 상황이오. 하지만 그것에 대해서는 더 이상 얘기하지 맙시다. 걱정할 건 없어요. 당신은 아주 공정하게 심판을 받을 테니까요. 당신의 수호천사와 악마의 생각이 이 산 위에 떠돌고 있어요. 따라서 그들이 무슨 생각을 하면 우리가 동시에 그것을 알 수 있어요.

심판 대천사 가브리엘 당신은 더할 나위 없이 객관적으로 시험을 받을 거요. 여기는 누구에게나 공평한 곳이오. 우리는 이미 당신에 관한 것을 다 알고 있소. 당신의 모든 행동에 대해, 어떤 의도에서 그런 행동을 하게 되었는가까지 알고 있어요.

영혼 (열을 내며) 나는 비난받을 만한 일을 한 적이 없어요. 난 아주 착하게 살았어요. 결혼을 했고 자식이 셋입니다. 죽기 전에 아내에게 상당한 재산을 남겨 줬어요. 내 생각엔 지금쯤 내 가족은 내가 두고 온 뜻밖의 선물에 기뻐하고 있을 겁니다.

심판 대천사 라파엘 (가브리엘이 매듭이 잔뜩 달린 끈을 흔들고 있는 동안에) 〈올바르게 행동한다는 것〉은 그런 게 아니오. 이 매듭들이 보이지요? 이것들 하나하나가 당신 생애의 행동 하나하나에 대응하지요.

첫 번째 코마 장벽 너머에서 죽은 이들을 맞아들이던 기억의 거품들과 아주 비슷한 것들이 하나하나 피어오른다.

심판 대천사 라파엘 당신 아내 얘기를 했지요? 여길 보면 당신이 아내를 자주 울렸다는 것을 알 수 있어요. 아내를 속이고 바람을 피웠지요? 그것도 바보 같은 여자하고 말이오.

영혼 (체념한 듯) 어디 저만 그럽니까? 우리 시대 풍속이 그런걸요…….

심판 대천사 가브리엘 (아주 매정하게) 기혼자와 미혼자 사이의 간통은 말루스,[24] 즉 악업(惡業) 점수 60점이오. (다른 기억 거품들을 검토하고 나서) 당신은 아까 아이들 얘기도 했소. 그런데 당신은 아이들을 제대로 돌보았다고 생각

---

24 *malus*. 〈악, 악행〉을 뜻하는 라틴어.

하시오? 여기 보니까 당신은 혼자만 편하려고 잔꾀를 꽤나 부렸군요. 아이들이 태어났을 때는 언제나 출장 간다고 핑계 대고 휴가 여행을 떠났지요? 당신 부인이 그 어느 때보다도 당신의 도움을 필요로 할 때에, 당신은 밤에 아이가 보채는 걸 피하기 위해 부인을 혼자 남겨둔 채 달아났어요.

영혼 나는 일에 지쳐서 늘 정신없이 살았어요. 가족의 행복을 위해 등이 휠 정도로 일을 했습니다. 게다가 집에 돌아올 때마다 아이들에게 장난감을 한 아름씩 안겨 주곤 했지요.

심판 대천사 미가엘 당신은 장난감이 아버지의 존재를 대신할 수 있다고 생각하시오? 유감스럽군요. 악업 점수 1백 점.

영혼 악업 점수라는 게 뭡니까?

심판 대천사 라파엘 윤회를 끝내고 성인이 되려면 이승에 사는 동안 보누스,[25] 즉 선업(善業) 점수 6백 점을 얻어야 해요. 현재 당신은 악업 점수 160점을 얻고 있어요. 계속합시다. (끈을 풀어서 하얀 매듭이 나올 때마다 유심히 살핀다.) 당신은 늙은 부모를 싸구려 양로원에 보내 놓고, 겨우 1년에 한 번 얼굴만 비죽 내밀었군요.

영혼 두 분이 노망이 드셔서 모시기가 어려웠습니다. 게다가 저는 일에 치여서 정말 정신없이 살았고요.

심판 대천사 가브리엘 그분들이 노망이 드셨다고요? 그분들이 당신을 키울 때, 당신은 〈노망든 것〉보다 더했어요. 똥오줌도 못 가렸고, 울보, 침흘리개에다 어지르기 잘하고 칠칠치 못하고 걸음마도 제대로 못 했어요. 그래도 당신 부

---

25 *bonus*. 〈선, 선행〉을 뜻하는 라틴어.

모는 인내심을 갖고 당신의 응석을 받아 주었어요.

심판 대천사 미가엘 당신은 늘 일을 핑계 대면서 부모님 찾아뵙는 일을 소홀히 했어요. 그 내막은 당신 비서가 잘 알 테니 그 얘기를 해볼까요?

영혼 (깜짝 놀라며) 아니, 그런 것까지 알고 계십니까?

심판 대천사 라파엘 여기에서 우리는 모든 걸 보고, 모든 것을 알고 모든 것을 헤아립니다. 당신 부모는 당신을 더 이상 볼 수 없게 되자 절망에 빠졌지요. 그분들은 정말로 당신을 그리워했어요. 게다가 양로원에서는 방문객이 많은 노인일수록 돌보는 사람들에게 대우를 잘 받아요. 찾아 주는 사람이 없는 노인들은 홀대받기가 십상이지요.

영혼 그래도 저는 부모님께 선물을 많이 보내 드렸어요.

심판 대천사 미가엘 아직도 말귀를 못 알아듣는군요. 그분들이 원한 건 선물이 아니에요. 그분들은 당신이 옆에 있는 걸 바랐어요. 당신 아내와 당신 자녀들이 그랬던 것처럼 말이오.

영혼 조금 과장해서 말씀하시는 것 같은데요? 그분들은 양로원에서 그다지 불행하지 않으셨어요. 부모님을 뵈러 갔을 때마다 그분들은 아주 잘 지낸다고 말씀하셨는데…….

심판 대천사 가브리엘 그만큼 그분들은 당신을 사랑했고 그래서 당신에게 죄책감을 지우고 싶지 않았던 겁니다. 다시 악업 점수 1백 점! 점수가 별로 좋은 편은 아니오. 벌써 마이너스 260점이나 돼요.

영혼 잠깐만요. 제 삶을 너무 쉽게 판단한다는 느낌이 들어요. 너는 무슨 죄를 지었으니 무슨 벌을 받아라 이런 식이 아닙니까? 천사님들은 어떤 선입견을 갖고 나쁜 측면만을 고려하고 있는 것 같습니다. 저는 이승에서 좋은 일도 꽤 했습니다.

심판 대천사 미가엘 생각나는 거 있으면 얘기해 봐요.

영혼 저는 병 공장을 세웠습니다. 실업자들에게 일거리를 주었고, 여러 가족을 먹여 살렸습니다. 그리고 사람들의 살림살이를 도와주는 물건들을 생산했어요. 또…….

심판 대천사 가브리엘 그럼 당신 공장 얘기를 해봅시다. 그 공장은 주변 지역을 전부 오염시켰어요.

심판 대천사 미가엘 또 공장의 근로 조건은 한심했어요! 당신은 관리자들과 노동자들 사이에 끊임없이 알력을 만들었어요. 관리자들과 노동자들이 서로 싸우게 만들어서 그들 모두의 힘을 약화시켜 버렸어요.

영혼 효과적으로 지배하려면 먼저 분열을 시켜라, 이것은 현대적인 경영 원리예요. 경영학을 공부한 것도 죄가 되나요?

심판 대천사 가브리엘 공장과 관련해서 악업 점수 60점. 합하면 벌써 마이너스 320점이오. 별로 좋은 점수가 아니오. 자, 그럼 이제부터 〈자질구레한 것들〉을 추가해 볼까요?

영혼 자질구레한 것들이라구요? 아직 남은 게 있습니까?

심판 대천사 라파엘 당신은 지난 생애를 통틀어 주위 사람들에게 해를 입힌 거짓말을 8,254회 했고, 비열한 행동은 경미한 것 567회, 심각한 것 789회를 저질렀어요. 그리고 당신 자동차의 타이어에 45마리의 작은 동물들이 깔려 죽었어요. 또, 당신은 도박에 빠져서 가산을 낭비하기도 했고, 소음을 내며 자동차를 몰기도 했군요. 또, 당신은······.

영혼 (낙담한 표정으로) 저를 완전히 개차반 취급하시는 것 같군요.

심판 대천사 라파엘 사실을 그대로 말했을 뿐이오. (대천사 라파엘은 매듭이 잔뜩 달린 끈을 다시 들여다본다. 끈에서는 이제 기억들이 샴페인 거품처럼 일어난다.) 당신은 병원에 가서 정기적으로 헌혈을 했군요. 선업 점수 20점. 고속도로에서 어떤 운전자의 차가 불길에 휩싸이기 직전에 그 사람을 구한 적이 있군요. 선업 점수 50점. 또, 낡은 옷을 쓰레기통에 버리지 않고 〈엠마우스의 벗들〉에게 주었어요. 선업 점수 10점.

영혼 제가 죽던 때의 상황도 빼놓지 마세요.

심판 대천사 가브리엘 (여전히 끈을 바라보며) 아닌 게 아니라 당신이 죽던 때의 상황은 관심을 가질 만하군요. 당신은 자전거를 피하려다 플라타너스를 들이받았어요. 그때 맞은편에서는 트럭 두 대가 추월 경쟁을 벌이며 달려오고 있었지요. 그 트럭 운전사들이 바로 당신 뒤에서 차례를 기다리고 있어요.

영혼 (돌아서서 초조하게 기다리고 있는 두 영혼을 바라보며) 아, 그렇군요.

심판 대천사 가브리엘 일단 당신이 반사적으로 자전거를 피한 것은 인정해 줘야겠군요. 선업 점수 10점을 드리지요. 하지만 당신의 반사 신경이 더 발달했더라면 자전거를 피하는 것은 물론이고 플라타너스에도 피해를 입히지 않았을 텐데요.

영혼 (기가 막히다는 듯) 뭐라고요!

심판 대천사 미가엘 사실, 그 어린 플라타너스는 더 자라서 도로에 그늘을 드리우기로 되어 있었는데, 당신이 그것을 두 동강으로 만들어 버렸어요. 다음번에 비슷한 상황이 생기거든, 대처를 잘 해서 트럭과 자전거와 플라타너스를 다 피하고 붕 날아서 도랑에 처박혀 보세요. 실제로 당신이 그렇게 했더라면, 차에 불이 나서 당신이 타 죽었을지도 모르지요. 여기에서는 불에 타 죽는 것을 아주 높이 평가해 주거든요.

영혼 그게 혹독하게 죽는 방식이기 때문인가요?

심판 대천사 라파엘 죽음이 고통스러울수록 큰 수난을 겪은 것으로 인정을 받지요. 당신이 불에 타 죽었더라면 선업 점수 1백 점을 얻었을 것입니다.

영혼 아까 다음번이라고 말씀하셨는데, 그게 무슨 뜻인가요?

심판 대천사 가브리엘 (대단한 참을성을 발휘하며) 심판을 시작하면서 설명했듯이, 윤회를 끝내려면 6백 점을 얻어야 해요. 그런데, 당신은 지난 삶 동안에 도합 마이너스 230점을 얻었어요. 그래도 끔찍한 점수는 아니에요.

심판 대천사 미가엘 당신이 사람의 모습으로 환생한 게 193번째라는 점을 감안하면 그리 나쁜 건 아니지요. 우리는 당신을 다른 육체로 되돌려 보낼 수밖에 없어요. 마이너스 230점이 형편없는 점수로 느껴지거든, 다음 심판 때는 그보다 나은 점수를 받을 수 있도록 노력하세요.

영혼 (겁에 질려서) 다른 육체라고요?

심판 대천사 미가엘 그래요. 다른 육체, 다른 삶이오. 당신이 이제부터 그것을 선택하는 거요.

영혼 (더욱더 놀라며) 제가 제 삶을 선택할 수 있단 말입니까?

심판 대천사 가브리엘 물론이오. 사람은 언제나 자기가 선택한 삶을 사는 거요.

심판 대천사 미가엘 덧붙이자면, 우리가 여기서 하는 일은 영혼들을 돕는 거요. 우리는 지금 당신이 스스로를 개선할 수 있도록 돕고 있는 겁니다. 우리가 당신을 환생시키는 것은 당신의 행복을 위한 것이고 당신이 스스로를 개조할 수 있게 하려는 거요.

심판 대천사 라파엘 우리는 당신에게 전생에서 쌓은 악업을 씻을 수 있는 기회를 줄 것입니다. 당신의 새로운 삶을 향해 출발하기에 앞서 유리한 조건과 불리한 조건을 당신이 직접 선택하십시오. 자, 그러면 마이너스 230점에 맞는 삶으로 우리가 준비해 둔 것을 보기로 합시다.

심판을 벌이는 동안 줄곧 그들 위를 날아다니던 두 육익 천사를 세 대천사가 부른다. 그러자 육익 천사들이 즉시 가는 끈들을 가져다준다. 그 끈에는 풍부한 정보가 담긴 영상들이 거품처럼 매달려 있다.

심판 대천사 라파엘 지금 이 시간에도 장차 부모가 될 사람들이 한창 방사를 벌이고 있어요. 그 사람들의 새로운 명단이 여기 있어요.

영혼 제가 제 부모를 선택할 수 있습니까?

심판 대천사 미가엘 몇 번씩 얘기해야 알아듣겠소? 누구나 자기 삶을 선택할 수 있어요. 자, 그럼 시작합시다. 신중하게 판단하시기 바랍니다. 우선, 부모가 엄한 편이 좋습니까? 아니면, 자상한 편이 좋습니까?

    영혼 음…… 어떤 차이가 있지요?

    한 육익 천사가 텔레파시 영상을 방출한다. 뚱뚱한 남자와 뚱뚱한 여인이 알몸으로 침대에 누워 있다. 그들은 어느 쪽도 상대방의 몸무게 때문에 질식하지 않을 수 있는 체위를 찾느라고 고심하고 있다. 남자가 위로 올라가는 자세와 여자가 위로 올라가는 자세를 번갈아 시도하지만, 어느 것도 여의치 않자 모로 누운 자세로 서로를 껴안는다. 짤막한 순가락 두 개를 포개 놓은 것 같다.

    전화벨이 울린다. 그러나 여인이 남자에게 전화를 받지 말라고 신호한다. 남자는 얼굴이 벌겋고 땀에 흠뻑 젖어 있다. 그가 요란하게 헐떡인다. 여인이 얼굴을 찡그리며 그의 머리채를 잡고 비튼다.

    심판 대천사 가브리엘 드오르뉴 부부요. 착하고 인정 많은 사람들이라서, 당신을 잘 보살펴 주고 사랑해 줄 거요. 한 가지 단점은 그들의 직업이오. 그들은 식당을 경영하고 있는데, 손님이 별로 없어요. 그래서 저녁마다 그들은 당신에게 남은 음식을 억지로 먹일 거요. 그들의 전문 요리는 카스텔노다리 스튜와 초콜릿 슈크림이오. 그들처럼 당신도 금방 뚱뚱한 아이가 될 거요. 어때요, 드오르뉴 부부가 마음에 드십니까?

    영혼 (그 부부의 거북한 방사 동작을 마뜩잖은 표정으로 바라보면서) 물론 마음에 들지 않습니다.

심판 대천사 가브리엘 어느 부모나 다 유리한 점이 있으면 불리한 점도 있는 거요. 당신 점수를 생각해야죠. 그 점수를 가지고는 까다롭게 굴 형편이 못 돼요.

새로운 텔레파시 영상이 나타난다.

심판 대천사 라파엘 폴레 부부요. 남편은 담배 가게를 가지고 있는데, 담배를 많이 피우고 술을 너무 많이 마셔요. 아내는 문맹이고 남편에게 개처럼 순종합니다. 폴레 씨는 밤이면 자주 곤드레만드레 취한 채 돌아와 아내와 자식들은 물론이고 아무한테나 손찌검을 해요. 분명히 말하지만, 그 사람하고 살면 가죽띠로 매질깨나 당할 거요.

폴레라는 사내가 마침 자기 아내의 엉덩이를 움켜쥐더니 피가 날 정도로 그곳을 할퀴고 있다. 아내는 불평을 하기는커녕 황홀경에 젖어 신음을 내뱉고 있다.

영혼 아니, 저 사람들 변태 성욕자들 아냐! 끔찍해요. 다음 사람들을 보여 주세요!

심판 대천사 가브리엘 (이해할 수 없다는 표정을 지으며) 마이너스 230점이라는 점수를 가지고는…….

심판 대천사 미가엘 드 쉬르낙 부부요. 고상한 사람들이죠. 젊고 활동적이고 언제나 붙어 다니는, 친구 같은 부부예요. 그들은 친구가 많고 춤 추러도 자주 가고 세계 곳곳을 여행하지요.

잘생긴 젊은 부부가 이불 속에서 서로를 껴안고 즐거워한다.

영혼 (무척 마음에 드는 듯) 괴물들만 보여 주시는 줄 알았더니 저런 사람들도 보여 주시는군요.

심판 대천사 가브리엘　그렇게 간단히 말한 건 아니오. 그들은 자기들의 행복을 위해서 당신을 무엇이든 마음대로 할 수 있게 방치할 거요. 하지만 그들은 너무 활동적인 사람들이라서 그들과 같이 살면 당신은 늘 소외감을 느끼며 기가 죽어 지낼 겁니다.

　　심판 대천사 라파엘　처음엔 그들을 시샘하다가 나중엔 증오하게 될 거요. 그들 부부는 서로를 너무 열렬히 사랑하기 때문에 당신한테는 별로 애정을 쏟지 않을 거예요. 당신은 늘 우거지상을 짓고 걸핏하면 화를 내는 아이가 되겠지요. 그 부부는 환갑이 되어서도 여전히 젊음을 유지할 터인데, 당신은 열두 살만 되면 벌써 애늙은이가 될 거요. 자기 부모를 미워한다는 생각을 받아들이기가 어려우니까 당신은 곧 세상을 원망하게 될 겁니다.

　　영혼　그렇군요. 알겠습니다. 또 다른 사람들은 누구죠?

　　심판 대천사 라파엘　우리는 당신에게 사물의 좋은 면과 나쁜 면을 다 보여 줄 의무를 지고 있습니다. 하지만 그렇게 되면 당신의 선택이 더 어려워질지도 모릅니다.

　　심판 대천사 미가엘　고플랭 부부를 고려해 보시죠. 벌써 나이가 지긋해서 이젠 아이를 가질 수 없다고 생각하는 부부랍니다. 인공 수정 기술이 발달한 덕택에 이미 폐경기가 된 그 부인이 아이를 낳을 수 있게 된 거죠. 당신은 그 가정에 뜻하지 않은 선물로 들어가는 겁니다. 그 부부는 당신이 해 달라는 대로 다 해줄 것이고, 당신은 그들을 무척 사랑하게 될 거예요.

　　영혼　(믿을 수 없다는 듯) 이번에 어디에 함정이 있지요?

사탕을 많이 먹여서 나를 뚱뚱보로 만드나요? 아니면, 내 학교 성적을 자랑하고 싶어서 내가 점수를 잘 못 받아 올 때마다 회초리를 드나요?

 심판 대천사 가브리엘 아니요. 그 부부는 나이가 많아요. 하지만 아주 착해요.

 영혼 그럼 저에게 딱 맞을 것 같군요.

 심판 대천사 라파엘 그렇게 생각하세요? 당신은 그들을 너무나 사랑해서 가정이라는 고치에 갇혀 살게 됩니다. 언제나 집에 틀어박혀 지내기 때문에 폐쇄적인 사람이 될 거예요. 당신 어머니를 너무나 사랑하는 까닭에 당신 눈에는 세상 어떤 여자도 어머니만 못합니다. 세상의 어떤 남자도 지혜롭고 너그럽기 한량없는 당신 아버지를 따라갈 수 없을 것처럼 보일 겁니다.

 심판 대천사 미가엘 그런데, 그들은 나이가 많아서 당신을 나약한 고아로 남겨둔 채 곧 죽게 됩니다. 당신은 나는 법을 배우기도 전에 둥지에서 떨어진 새끼 새와 같을 것입니다. 그래서 언제나 그들을 그리워하며 살게 됩니다.

 영혼 (애석하다는 듯) 다른 사람들이 아직 남아 있습니까?

 한 부부가 호사스러운 거실의 카펫 위에서 뜨겁게 포옹하고 있다.

 심판 대천사 가브리엘 시루블 부부요. 이 사람들, 지금은 서로 껴안고 있지만 며칠 후면 이혼할 거요.

 심판 대천사 미가엘 부모가 헤어지고 당신은 어머니가 맡게 됩니다. 그런데 어머니는 이미 정을 통하는 남자가 있어요. 그 사내가 당신을 미워할 겁니다. 그들은 더 편안하게 섹스를 즐기려고 당신을 다락 안에 가두어 버립니다. 당신이 울 때마다 어머니가 당신을 때릴 겁니다. 자기 애인이 당신 때문에 헤어지자고 할까 봐 두려운 거지요. 아버지가 주말에 이따금 당신을 데리러 올 겁니다. 하지만 아버지 역시 당신보다는 자기 여자들에게 더 관심이 많지요.

영혼 갈수록 가관이군요…….

심판 대천사 라파엘 하지만, 시루블 부부를 당신 부모로 선택하면 몇 가지 유리한 점이 있어요. 당신 마음속에 그들에 대한 분노가 점점 자라서 당신은 박탈당한 삶에 대해 앙갚음을 하려 할 겁니다. 여자들을 보면 어머니 생각이 나기 때문에 모든 여자들을 싫어합니다. 여자들에 대한 그런 무관심이 오히려 당신을 매력적으로 보이게 할 것이고, 당신을 색마로 만들어 버리지요. 당신은 아버지 때문에 남자들도 다 미워합니다. 그래서 당신은 남자들을 지배할 수 있는 힘을 갈망하게 되지요. 당신처럼 불행한 어린 시절을 겪은 사람들이 흔히 악착같은 기업주나 정력적인 정치가가 되는 법이오.

심판 대천사 미가엘 그뿐 아니에요. 당신이 끔찍한 어린 시절을 들먹이기만 하면, 누구나 당신에게 연민을 느끼고 당신의 악행을 용서해 줄 겁니다.

심판 대천사 라파엘 또, 만일 당신이 자서전을 쓰게 되면, 그 책은 날개 돋친 듯 팔려 나갈 것이고, 영화 제작자들이 판권을 따내려고 치열한 경쟁을 벌일 겁니다. 사람들은 불행한 어린 시절의 이야기를 꽤나 좋아하죠.

도나위의 영혼이 잠시 머뭇거린다. 언뜻 보기엔, 카펫 위에서 뜨겁게 사랑을 나누고 있는 듯한 그 부부가 괜찮아 보였다. 하지만 그는 얼른 생각을 바꾸었다.

영혼 저는 『레 미제라블』의 코제트나 가브로슈가 되고 싶지 않습니다. 다른 부부를 보여 주십시오.

심판 대천사 가브리엘 당신의 점수가 마이너스 230점이라는 걸 잊지 말았으면 좋겠네요. 미안하지만, 그 점수대에서 우리가 당신에게 권할 수 있는 건 다 보여 주었어요. 식당을 운영하는 뚱뚱한 부부, 술에 절어 사는 담배 가게 주인 부부, 항상 젊게 사는 고상한 부부, 인정 많은 늙은 부부, 곧 이혼할 부부, 그게 전붑니다. 빨리 선택을 하십시오. 이어서 당신의 건강 상태를 결정해야 하니까요.

영혼 하지만 어느 쪽도 마음에 들지 않아요. 그야말로 페스트와 콜레라 중에서 고르라는 거나 다름없어요.

심판 대천사 라파엘 이제 와서 그런들 무슨 소용이 있겠습니까? 그러길래 진작 이런 날이 오리라는 걸 생각했어야지요. 부모, 아내, 자식들에게 더 잘했더라면, 더 좋은 점수를 받았을 테고, 그러면 우리가 더 좋은 가정을 추천했을 거예요. 당신보다 앞서 심판을 받은 사람은 악업 점수가 20점밖에 안 됐어요. 그래서 우리는 그 정도 점수로도 포도주 도매업을 하는 화목한 가정을 추천해 줄 수 있었지요. 좋은 부모가 그를 훌륭하게 교육시켜서 어쩌면 더 이상 환생을 하지 않아도 될 만큼 현명해질 기회를 갖게 될 거예요.

심판 대천사 가브리엘 제3세계 나라에 다시 태어날 가능성은 아직 남아 있어요. 그런 나라에 태어나면 당신은 배불리 먹지는 못해도 인정이 넘치는 환경을 향유할 수는 있을 거예요.

　영혼　고통받으며 힘겨운 삶을 사는 한이 있더라도, 아직 나라를 바꾸고 싶은 생각은 없어요.

　심판 대천사 미가엘　내가 당신이라면 카펫 위에서 뒹굴던 그 곧 이혼할 부부를 택하겠어요. 이번 삶에서 당신이 고통을 받으면 받을수록 좋은 점수를 받을 가능성이 많고, 그러면 당신의 다음 삶이 한결 나아지겠지요. 긴 안목으로 바라보아야 해요. 사람 한평생, 알고 보면 잠깐입니다.

　육익 천사들이 지금까지 추천된 부부들의 영상을 주위에 퍼뜨려 놓는다.

　심판 대천사 라파엘　내 생각에도 그게 좋을 것 같군요. 그 선택이 당신을 진보시킬 거예요. 처음엔 어렵겠지만 어른이 되면 그에 대한 보상을 받게 될 겁니다.

　영혼　(가브리엘에게) 천사님 생각은 어떠신가요?

　심판 대천사 가브리엘　내가 당신이라면 그쪽보다는 담배 가게 주인인 폴레 부부를 선택할 겁니다. 술주정뱅이에다 주먹을 예사로 휘두르는 아버지가 있는 가정이지요. 나 같으면 기꺼이 그런 타락한 가정에서 어린 시절을 보내겠어요. 그런 가정에서는 시간이 흐를수록 사정이 좋아집니다. 언젠가는 당신이 아버지보다 더 힘이 세져서 당신 아버지가 감히 당신에게 손찌검을 못 하는 날이 올 것이고, 당신이 문을 꽝 닫고 집을 떠나서 아버지의 횡포로부터 벗어날 날도 올 겁니다.

　영혼　하지만 천사님들은 아까 제가 전생에서 부모를 홀대했다고 나무라지 않았습니까?

심판 대천사 라파엘 각각의 삶이 다릅니다. 절대적인 법칙이란 존재하지 않습니다. 나쁜 부모를 벗어나려 하는 것은 당연한 일이죠. 나중에 가서 그들을 용서할 수만 있다면, 당신은 상당히 높은 선업 점수를 받게 될 겁니다.

샤를 도나위의 영혼은 각 부부의 영상을 주의 깊게 검토하면서 한참 동안 숙고한다.

영혼 (한숨을 쉬며) 좋아요. 카펫 위에서 사랑을 나누는, 곧 이혼할 부부를 고르겠어요.

심판 대천사 미가엘 훌륭한 선택입니다. 아홉 달 지나면 당신은 시루블 부부의 가정에서 환생할 겁니다.

심판 대천사 가브리엘 이제 건강 문제로 넘어갑시다. 살다 보면 당신 몸에 탈이 날 텐데, 당신은 그것도 선택할 수 있습니다. 마이너스 230점으로는 다음 목록에서 두 가지를 선택할 수 있습니다. 마비성 류머티즘, 위궤양, 항시적인 치통, 만성적인 안면 신경통, 끊임없는 신경 발작, 실명 상태에 가까운 근시, 난청, 외사시(外斜視), 항시적인 구취, 마른 버짐, 변비, 알츠하이머 병, 왼쪽 다리 마비, 말 더듬기, 만성 기관지염, 천식.

영혼 음…….

심판 대천사 가브리엘 서두르세요. 그렇지 않으면 내가 당신 대신 결정할 테요. 당신 뒤에 기다리는 사람들이 많아요.

영혼 그럼 아무거나 하지요. 위궤양하고 천식으로 하겠습니다.

심판 대천사 가브리엘 (영혼이 말한 것을 기록하며) 괜찮은 선택이에요. 뭘 아시는 분이군요.

영혼 전생에서 이미 만성 기관지염하고 지긋지긋한 치통 때문에 고생한 적이 있어요. 너무 견디기가 힘들었어요. 바꾸는 게 낫겠어요.

심판 대천사 가브리엘 간단한 절차가 더 남았어요. 당신은 남자로 환생하고 싶어요, 여자로 환생하고 싶어요?

영혼 무슨 차이가 있죠?

심판 대천사 가브리엘 남자로 태어나면 병역 의무를 이행해야 합니다. 평균 수명은 80세입니다. 여자로 태어나면 산고를 치러야 합니다. 평균 수명은 90세입니다.

영혼 잠깐만요. 제가 여자로 태어나면, 여러분이 저에게 약속하신 매력적인 남자나 카리스마적인 우두머리가 될 수 없는 것 아닙니까?

심판 대천사 미가엘 아직도 남성 중심의 세계관을 못 버렸군요. 당신은 잘못 생각하고 있어요. 미래는 여성 군주들의 것입니다. 역할이 바뀌는 것일 뿐 당신의 상황은 달라지지 않습니다. 뭇 사내들이 당신에게 머리를 조아릴 것이고, 당신은 마음껏 지배력을 행사할 수 있을 겁니다. 게다가 풍속이 계속 바뀌어 가고 있어요. 나라나 기업을 이끄는 여인들이 점점 늘어나고 있어요.

영혼 그래도 출산의 고통이 너무 심하지 않을까요?

심판 대천사 라파엘 정 힘들면, 제왕 절개를 하는 방법도 있지요. 게다가 아는지 모르지만, 여자의 오르가슴은 남자의 오르가슴보다 아홉 배나 강렬합니다. 여자들만이 진정한 쾌락을 경험할 수 있지요.

영혼 그 분야에 대해서 천사님은 저보다 더 많이 아시는 것 같군요.

심판 대천사 미가엘 왜 사내애들보다 계집애들이 많이 태어나는지 아세요? 그것은 사람들이 다음 삶을 선택하기 전에 서로 정보를 교환하기 때문이에요.

영혼 그럼, 좋아요. 여성으로 하겠습니다.

심판 대천사 가브리엘 이제 모든 삶에 걸쳐서 당신이 수행해야 하는 임무에 대해 이야기합시다. 당신은 아마 기억하지 못하겠지만, 당신의 영혼은 지금으로부터 70만 년 전에 나타났어요. 당신의 임무는 회화 예술을 완전히 혁신할 작품을 완성하는 거예요. 그런데 지금까지 당신이 만들어 낸 작품이 뭔 줄 아세요? 학습 노트 여백에 장래성을 겨우 짐작게 하는 낙서들을 몇 가지 남긴 게 전부예요. 당신은 이전의 어떤 삶도 당신의 임무를 완수하기 위해 활용하지 않았어요.

심판 대천사 라파엘 (실망한 기색을 보이며) 인류가 여러 분야에서 정체를 계속하고 있는 까닭을 알 만해요. 각자 지상에서 많은 임무를 제대로 이행하지 않으면 모든 예술 분야와 과학 분야가 정체할 수밖에 없지요.

영혼 전생에 나는 너무 일이 많아서 여가를 즐길 겨를이 전혀 없었어요.

심판 대천사 미가엘 (한심하다는 듯) 당신 지금 우릴 놀리는 거요? 당신이 이전의 삶들을 어떻게 허비했는지 여기 다 나와 있어요. 당신은 매머드 사냥꾼, 짐수레꾼, 어떤 귀족의 시종, 아프리카 탐험가, 진주 캐는 사람, 영화배우 따위를 했어요. 그런 걸 하느라고 그림 한 점 그릴 시간을 내지 못

했단 말인가요?

영혼 그림 그릴 생각은 전혀 해본 적이 없는 것 같습니다. 앞으로도 그럴까 봐 걱정이군요.

심판 대천사 가브리엘 이제부턴 그걸 잊지 말아야 합니다. 온 인류가 당신이 그림을 통해 기여하기를 바라고 있어요. 당신의 게으름 때문에 인류의 회화가 아직도 새로운 활력을 못 찾고 헤매는 거예요. 수많은 화가들과 그래픽 디자이너들이 스스로를 더 잘 표현하고 당신의 메시지를 풍부히 하기 위해 당신을 기다리고 있어요. 어떤 사람들은 끝내 나타나지 않는 당신을 기다리다가 그림 한 점 못 그리고 죽기도 해요.

영혼 그것 참 유감스럽군요. 이번엔 최선을 다해 보겠습니다. 그렇지만, 화가는 배고픈 직업이에요. 50년을 기다려야 겨우 이름을 얻는 경우가 흔하죠.

심판 대천사 가브리엘 (비꼬듯) 굉장히 급하시군요. 기차 시간에 쫓기기라도 하시는 모양이죠? 깊이 생각하고 붓을 사는 데 필요한 시간이 90년이나 있어요. 그 정도면 충분하지 않아요?

영혼 게다가 여자라는 점 때문에 어려움이 더 많을 텐데요.

심판 대천사 라파엘 어려움이 많을수록 보상이 커요. 당신의 작품이 우리가 기대하는 것만큼 훌륭하다면, 즉 당신이 당신의 「모나리자」를 완성한다면, 다음 심판 때 당신에게 선업 점수 7백 점을 드리기로 약속하지요. 그것은 1백 점 내에서 당신에게 악업을 허용한다는 얘기가 돼요. 그 정도 점수면, 그림을 그리다가 싫증이 날 때 조금 방탕한 생활을 해도 괜찮을 거예요.

심판 대천사 가브리엘 이분이 임무를 빨리 완수하고 싶어 하는 것 같으니, 모차르트 식의 삶을 마련해 주는 게 어떨까요?

심판 대천사 미가엘 모차르트 식의 삶이라, 그거 좋은 생각입니다.

영혼 (흥미를 느끼며) 모차르트 식의 삶이라는 게 뭡니까?

심판 대천사 가브리엘 당신의 걸작을 아주 빨리 완성해서, 명성도 어느 정도 얻고 먹고 살 만큼 돈도 번 다음에, 질 좋은 작품을 대량으로 계속 만들어 내는 겁니다. 그러고 나서 일찍 죽는 거죠. 볼프강 아마데우스 모차르트처럼 서른다섯에 말입니다. 당신 경우에는 서른아홉까지 갈 수도 있을 겁니다.

영혼 (구미가 당기는 듯) 그거 괜찮은데요. 기꺼이 받아들이겠습니다. 고맙습니다.

심판 대천사 가브리엘 잠깐만요. 아직 끝나지 않았어요. 당신이 어떻게 죽을 것인지를 선택하는 일이 남아 있어요.

영혼 죽음을 선택한다고요? 하지만 전 벌써 죽어 있지 않습니까?

심판 대천사 가브리엘 당신의 다음 죽음을 말하는 겁니다. 우리는 모든 걸 미리 결정해 놓아야 합니다.

영혼 그럼 지난번에 멍청하게 플라타너스를 들이박고 죽은 것도 제가 선택한 거란 말입니까?

심판 대천사 가브리엘 그렇다마다요. 이번엔 어떤 것을 원하십니까? 또 자동차 사고로 할까요? 아니면, 코카인 과다

복용? 그것도 아니면, 당신 팬이나 당신을 연모하다 퇴짜를 맞은 사내에게 살해당하는 걸로 할까요? 우리는 지상에서 생길 수 있는 모든 죽음을 다 준비해 두고 있어요. 경찰관의 실수, 발코니에서 우연히 떨어진 화분, 익사, 자살 등 뭐든지 있어요. 죽음이 고통스러울수록 선업 점수가 크지요. 중세에 이단으로 몰려 화형당한 카타리파 신도들 가운데 많은 사람들이 선업 점수 5백 점을 얻고 윤회를 끝냈어요. 당시에는 화형이 유행했지요. 하지만 죽는 방법이 현대화한 다음부터는 그렇게 높은 점수가 없어요. 죄가 없는 사람이 누명을 쓰고 전기의자에서 처형된다거나, 일반적인 암에 걸려 죽은 사람은 선업 점수 3백 점을 받을 수 있어요.

영혼 보상이 적어도 할 수 없어요. 저는 죽는다는 걸 느끼지 못하는 채 자다가 죽고 싶어요. 산 채로 잠들었다가 죽은 채로 깨어나고 싶어요.

심판 대천사 라파엘 누구나 그럴 수 있으면 좋게요. 미안한 얘기지만, 당신의 점수는 마이너스 230점이에요. 그 점수로는 그렇게 안락한 죽음을 바랄 수 없어요. 당신이 삶에서 죽음으로 이행하는 방식은 격렬할 수밖에 없어요. 게다가 당신의 작품을 더욱 빛나게 하려면 그렇게 죽는 편이 나아요. 반 고흐를 생각해 보세요. 그림다운 그림을 그릴 줄 아는 사람이었는데, 고통도 겪을 만큼 겪었고 죽음도 고통스러웠지요. 그래서 그는 6백 점을 얻고 윤회를 끝낼 수 있었어요. 그는 순수한 정령이 되었어요. 그를 본보기로 삼아 보세요.

영혼 (애처롭게) 하지만 저는 고통받고 싶지 않아요.

심판 대천사 가브리엘 따지고 보면, 인간이 지상에 머무는 목적은 그저 즐기는 데 있는 게 아니에요. 게다가 당신이 선택한 부모와 살면, 당신의 어린 시절이 장밋빛은 아닐 텐데요.

영혼 정말 어렵군요! 할 수 없죠. 자살을 택하겠어요. 하지만, 고통스럽지 않고 아주 신속하게 이루어지는 자살이라야 해요.

심판 대천사 가브리엘 높은 건물 창문에서 투신하는 건 어때요?

영혼 안 됩니다. 저는 줄곧 현기증 환자였어요.

심판 대천사 라파엘 미지근한 물이 담긴 욕조에서 정맥을 자르는 것은 어때요? 하지만 조심해야 돼요. 실패하지 않으려면 손목에 깊이 상처를 내야 해요. 그러지 않으면 성공하기 어려워요. 칼날을 아주 예리하게 만드는 것도 잊으면 안 돼요.

도나위의 영혼은 속이 메슥거리는지 입을 비죽 내민다.

영혼 하는 수 없지요. 면도칼 자살로 합시다.

심판 대천사 가브리엘 (가는 끈의 매듭을 문지르며) 자, 그럼 요약을 하겠습니다. 우리는 다음과 같이 결정했습니다. 당신은 위궤양과 천식을 앓는 여자로 다시 태어납니다. 당신의 부모는 이혼을 해서 당신에게 심한 마음의 상처를 줍니다. 당신은 젊은 나이에 훌륭한 그림을 그려 냅니다. 당신은 욕조에서 정맥을 자르고 죽습니다. 나머지는 당신의 자유 의지대로 그때그때 알아서 하면 됩니다. 자, 다음 분 오십시오!

심판 대천사 라파엘 아직 끝나지 않았어요. 신상 기록 카드를 작성하는 일이 남았어요.

영혼 그건 또 뭐죠?

심판 대천사 가브리엘 걱정할 것 없습니다. 당신의 특성 중에서 몇 가지를 분명히 해 두려는 거니까요. 판단은 우리가 하는 거니까 당신은 아무 말씀 안 하셔도 됩니다.

심판 대천사 미가엘 자, 시작하겠습니다.

체력: 보통보다 낮은 수준

미모: 보통보다 높은 수준

시선의 강도: 보통보다 높은 수준

목소리의 울림: 보통 수준

카리스마: 아주 높은 수준

재치를 발휘하는 능력: 낮은 수준

거짓말 소질: 높은 수준

기술적인 소질: 낮은 수준

영혼 기술적인 소질이 낮은 수준이라는 게 무슨 뜻이죠?

심판 대천사 가브리엘 당신이 여자로 태어났을 때, 운전면허를 따는 데 애를 먹는다든가, 고장 난 세탁기를 혼자서는 고칠 수 없다는 걸 뜻하는 겁니다.

영혼 별거 아니군요. 미모가 있고 영리하면 나 대신 고쳐 주러 올 사람이 언제나 있을 텐데요, 뭐.

심판 대천사 미가엘 계속하겠습니다.

지력: 보통 수준

유혹 능력: 높은 수준

지구력: 낮은 수준

고집: 높은 수준

요리 소질: 낮은 수준

　　흥분하는 경향: 높은 수준

　영혼　저는 성미 급한 사람이 되는 겁니까?

　심판 대천사 가브리엘　꽤 급할 겁니다.

　심판 대천사 미가엘　(자꾸 방해를 받아 성가시다는 듯)

　　악기 연주 능력: 낮은 수준

　　권총 사격 능력: 높은 수준

　　스포츠 활동에 대한 관심: 낮은 수준

　　자식 욕심: 보통 수준

　영혼　자유 의지라는 건 말뿐이군요. 아직도 더 알려줄 게 있습니까? 십자말풀이에 재주가 있다는 말씀은 안 하십니까? 내 환생을 내가 선택하는 거라고 하셨는데, 내 의지와 상관없이 미리 정해진 요소가 너무 많군요. 이래도 되는 겁니까?

　심판 대천사 미가엘　보세요, 당신이 성미 급한 사람이라는 게 벌써 표가 나잖아요. 계속합시다.

　　싸움 소질: 높은 수준

　　거짓 울음을 우는 능력: 높은 수준

　　모험에 대한 관심: 낮은 수준

　자, 다른 분 오세요!

　영혼　한 가지만 더 묻고 싶은데요. 제가 이 모든 것을 다 기억하게 되나요?

　심판 대천사 가브리엘　물론 아니지요. 당신은 아무것도 기억하지 못할 겁니다. 당신이 여기를 거쳐 갔다는 사실조차 기억하지 못할 거예요. 그편이 훨씬 나을 겁니다.

심판 대천사 가브리엘 하지만, 이따금 어떤 직감이나 예감을 갖게 될 겁니다. 이 심판에 관해 당신이 간직하게 될 것은 그게 전부입니다. 그런 직감이 생기거든 그것을 믿고 따르시면 됩니다. 그건 그렇고 얘기가 너무 길었군요. 당신 부모들이 방사를 끝내기 전에 서둘러 내려가세요. 그러지 않으면 당신은 당신 기차를 놓치게 돼요. 자, 가요!

다음 분 오세요!

235. 기독교 신화
우리는 천사들의 형제가 될 것입니다. 우리가 천상의 뜨락으로 인도받아 들어갈 때 천사들의 휘황찬란한 모습을 보고 우리는 이루 말할 수 없는 기쁨을 누리게 될 것입니다. 그 무수한 복된 영혼들과 영원히 형제처럼 지낸다는 것은 얼마나 기쁜 일이겠습니까! 천사들은 아주 뛰어난 영혼들이어서 우리의 예술가와 천재들은 그들에 비하면 난쟁이에 불과합니다.

샤누완 G. 판통

프랑시스 라조르박의 논문, 「죽음에 관한 한 연구」에서 발췌

236. 역사 교과서
완성된 영계 지도

1. 이륙.
2. 생명의 징후가 사라짐. 약 86kHz의 파동이 나옴.
3. 코마.
4. 지구를 벗어남.

5. 우주 공간을 비행함. 지속 시간 약 18분.
6. 소용돌이치는 거대한 빛의 동그라미 출현. 영계의 가장자리. 파란 기슭.
7. 제1천계에 다다름.

제1천계
자리 코마 플러스 18분.
빛깔 청색.
느낌 유혹, 물, 하늘. 삽상함과 즐거움.
겪는 일 빛의 유혹을 받음.
계속 나아가기 위한 도움말 첫 번째 코마 장벽 넘기를 두려워하지 말 것.
끝나는 곳 모호 1.

제2천계
자리 코마 플러스 21분.
빛깔 암흑.
느낌 두려움, 혐오감, 추위, 전율.
겪는 일 갈수록 가팔라지는 벼랑길 위에서 가장 고통스러운 기억과 맞닥뜨림. 빛은 여전히 존재하나 기억의 공격 때문에 아스라해짐.
계속 나아가기 위한 도움말 자기 과거를 이해하고 자기 행위 하나하나에 대해 자기 입장을 설명할 수 있어야 한다.
끝나는 곳 모호 2.

제3천계

자리 코마 플러스 24분.

빛깔 적색.

느낌 쾌락, 불, 더위, 습기.

겪는 일 자기의 가장 타락한 마음과 가장 터무니없는 환상을 만남. 가장 깊숙한 내면에 감추었던 욕망들이 표면으로 떠오름. 그것들에 굴복당하지 말고 의연하게 맞서야 함. 방심하다간 끈끈한 내벽에 붙어 버릴 염려가 있음.

계속 나아가기 위한 도움말 환상의 진창에 빠지지 말고 의연하게 받아들일 것.

끝나는 곳 모호 3.

제4천계

자리 코마 플러스 27분.

빛깔 주황색.

느낌 시간과의 싸움, 강한 바람.

겪는 일 끝없이 늘어선 영혼의 행렬을 만남. 영혼의 행렬은 원통형의 거대한 평원을 가로질러 천천히 나아가고 있음. 지루한 시간과 맞섬으로써 인내심을 배움. 유명한 고인들과 만나 대화를 나눌 수 있음.

계속 나아가기 위한 도움말 시간을 허비하고 있다는 두려움이나 시간을 벌겠다는 조바심에서 벗어날 것. 불멸성을 받아들이고 영원히 죽지 않는 사람으로 행동할 것.

끝나는 곳 모호 4.

제5천계

자리 코마 플러스 42분.

빛깔 황색.

느낌 열정, 힘, 전지전능함.

겪는 일 이제껏 이해하지 못하고 있던 모든 신비를 깨우침. 요가 수행자들은 샤크라의 의미를 깨닫고 제3의 눈을 찾음. 도교 신자들은 도(道)를 발견함. 유대교도는 카발라의 신비를 풂. 회교도에게는 알라의 낙원이 나타나고 기독교인에게는 에덴동산이 나타남. 절대지의 천계. 모든 것이 자기의 존재 이유를 찾음. 무한히 큰 것에서 무한히 작은 것에 이르기까지 삶의 의미를 깨달음.

계속 나아가기 위한 도움말 지식에 너무 현혹되지 말 것. 지식에 걸신들린 것처럼 마구 삼키려 들지 말고 자신을 지혜로 가득 채울 것.

끝나는 곳 모호 5.

제6천계

자리 코마 플러스 49분.

빛깔 녹색.

느낌 완벽한 아름다움.

겪는 일 화려한 풍광을 발견한다. 꿈같은 광경, 고운 꽃, 오색영롱한 열매를 달고 있는 식물. 녹색 천계는 절대미의 세계다. 그러나 뜻밖의 시련을 겪는 곳이기도 하다. 절대미를 보게 되면 자기 자신을 부정하게 된다.

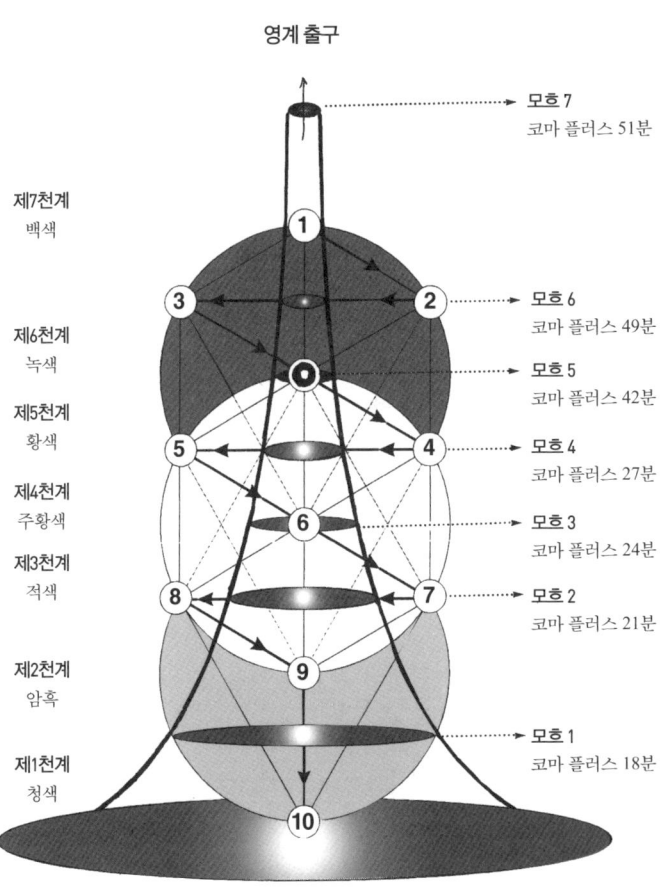

라울 라조르박이 완성한 영계 지도

자기 자신을 흉측하고 쓸모없고 투박하고 우둔하게 느낀다. 겸허함을 느끼는 정도가 아니라 자신에 대해 지독한 혐오감을 느끼는 것이다.

계속 나아가기 위한 도움말 자기 자신의 추악함을 받아들일 것.

끝나는 곳 모호 6.

제7천계

자리 코마 플러스 51분.

빛깔 백색.

겪는 일 천사와 악마를 만난다. 한가운데는 영혼의 행렬이 장강처럼 흘러간다. 안쪽에는 마지막 심판이 이루어지는 빛의 산이 있다. 여기에서 영혼들의 이동이 끝나고 새로운 환생이 시작된다. 세 대천사가 영혼을 심판한다.

계속 나아가기 위한 도움말 자기의 업보를 받아들일 준비를 할 것. 전생의 악업을 씻을 수 있는 환생을 자발적으로 요구할 것.

끝나는 곳 빛의 산.

『기초 강의용 영계 탐사의 역사』

237. 우려

샤를 도나위의 심판 장면을 기록한 기사는, 조촐한 『프티 타나토노트 화보』에 실렸지만, 그 반향은 세계적이었다. 그 기사는 모든 언어로 번역되었고, 가장 뛰어난 심리학자, 철학자, 성직자, 정신분석학자, 정치가들이 해설을 덧붙였다.

가장 말이 많았던 사람은 물론 우리의 친구 뤼생데르 대통령이었다.

그는 모든 텔레비전 방송을 동원하여 우리가 메시아의 시대에 진입했음을 알리는 연설을 했다. 그는 영계 탐사가 이제껏 닫혀 있던 모든 문을 열어젖혔다고 주장했다. 이제부턴 영계의 발견 이전과 이후로 시대를 나누어야 하리라는 거였다. 그의 말을 듣고 있노라면, 그가 그 새로운 시대를 뤼생데르의 시대로 규정하고 싶어 한다는 것을 짐작할 수 있었다. 예수 그리스도의 출생 이전과 이후를 기준으로 한 기독교의 시대 구분은 사라지고, 우리가 사는 연대가 갑자기 장 뤼생데르 출생 이후 68년이 된 것 같은 착각이 들 정도였다.

뤼생데르가 모든 유권자들이 자기를 지지하게끔 만들지는 못했지만, 그래도 그의 연설을 들은 사람은 누구나 뭔가 아주 중요한 일이 성취되었음을 깨달을 수 있었다. 커다란 문이 열리자 폭풍이 몰려 들어와 오랫동안 닫혀 있던 방을 휩쓸려 하고 있었다.

죽음이 하나의 나라라는 것, 그 나라에 천사들이 살고 있다는 것, 대천사들이 우리의 지난 삶을 심판한다는 것을 알게 됨으로써 사람들은 엄청난 혼란에 빠졌었다. 「어떤 영혼과의 대화」는 한발 더 나아가 우리가 왜 도덕적으로 살아야 하는지를 더욱 분명하게 가르쳐 준 셈이었다.

이승에는 착하게 사는 방식과 나쁘게 사는 방식이 있었다. 지상에 머무는 동안 사람들은 시험을 준비하는 학생이

나 다름없었다. 그들은 측은지심과 너그러움과 양심의 고양을 배워야 했다.

그 가르침은 아주 간단하고 유치하고 도덕적인 것이었다. 갖가지 교리 문답서들만이 가르쳐 왔을 뿐, 수 세기를 거치는 동안 대부분의 사람들은 잊고 있던 것이었다. 하지만, 미래가 착한 사람들의 것임은 오랜 옛날부터 수많은 성직자들이 되풀이해 온 얘기가 아니던가!

죽음의 마지막 비밀이 모두에게 밝혀짐으로써 나타날 폐해가 분명히 있었다. 내가 그 위험성을 깨달았을 때는 이미 더 이상 손을 쓸 수 없는 상황이 되어 있었다. 이미 모든 사람들이 비밀을 알아 버린 뒤였다. 이제 사람들에게 가장 중요한 일은 악취로 가득 찬 자기의 업을 정화하고, 일체의 악행을 저지르지 않음으로써 자기의 삶을 더럽히지 않는 것이었다. 살고, 고통받고, 죽는 것은 더 이상 중요하지 않았다. 그 모든 것은 순수한 정령이라는 정점에 도달하기까지 거쳐야 할 삽화에 지나지 않았다.

우리는 펜트하우스에 모여 그 문제에 관해 토론했다. 촛불의 은은한 빛을 받고 있는 유리 지붕을 통해 별빛이 새어 들어오고 있었다.

자타가 공인하는 스타가 된 아망딘은 여사제 같은 분위기를 풍기려고 애썼다. 그녀의 복장은 이제 한 가지뿐이었다. 깃을 세우고 치마를 길게 튼 중국식의 긴 드레스가 그 것이었다. 빛깔은 물론 검은색이었다. 또, 아망딘은 펜트하우스의 모든 전등을 없애고 촛대를 들여놓았다. 오렌지색 불빛이 우리를 담뿍 적시고 있었다.

내가 먼저 말문을 열었다.

「우리는 중대한 위기를 맞고 있어요. 뜻하지 않은 일들이 벌어지고 있는데, 우리는 속수무책이에요. 영계 탐사는 우리 손을 떠났어요.」

아망딘이 비극 배우가 대사를 하듯이 짐짓 드레지게 말했다.

「이런 사태가 오리라는 걸 예상했어야 해요. 영계 탐사는 중요한 문제들을 너무 많이 건드렸어요. 우리는 죽음의 신비를 벗기는 일에서 삶의 보람을 찾았었는데, 그 결과가 너무 이상해졌어요.」

스테파니아가 평소처럼 괄괄하게 말했다.

「크리스토퍼 콜럼버스의 경우도 비슷했어요. 그는 아메리카 대륙을 발견하고도 귀환의 때를 놓쳤어요. 그는 앵무새와 초콜릿으로 사람들에게 감명을 주려고 생각했지만, 사람들은 그를 조롱했어요. 우리가 무시당하는 게 당연한 건지도 몰라요.」

또 콜럼버스 얘기다…….

「그 가련한 콜럼버스는 비참과 망각 속에서 죽었어요. 그에 비하면 우리 형편은 나은 편이에요.」

로즈가 스테파니아를 달랬다. 그러자 스테파니아는 더욱 화를 냈다.

「하지만, 콜럼버스가 진짜 비참한 이유는 탐험의 성과를 완전히 남에게 빼앗겨 버렸다는 거예요. 아메리카라는 이름이 에스파냐 왕실로부터 공인을 받은 유일한 탐험가 아메리고 베스푸치의 이름에서 나왔다는 사실이 그걸 말해 주고 있어요. 우리도 그와 비슷해요. 사람들이 우리에게서 우리 일을 빼앗아 가고 있어요.」

나는 동감한다는 뜻으로 나지막한 탁자를 주먹으로 내리쳤다. 하마터면 아망딘이 만든 칵테일이 엎어질 뻔했다. 라울을 포기한 뒤로는 이상하게도 그 친구 대신에 내가 고함을 질러 대야 할 것 같은 느낌이 들곤 했다. 어떤 집단에나 다 그렇듯이 우리 동아리에도 성미 급하고 다혈질인 사람이 꼭 있어야 할 것만 같았다.

「우리는 영계 탐사의 주도권을 지켜야 해요. 우리는 영계 탐사의 개척자였고, 그것을 통제하는 것도 당연히 우리 몫이 되어야 해요.」

내가 그렇게 소리를 치자, 로즈가 한숨을 내쉬며 말했다.

「하지만 여보, 〈어떤 영혼과의 대화〉가 나온 뒤로 영계 탐사는 우리 손을 떠난 거예요.」

스테파니아가 흥분을 감추지 못하고 다시 나섰다.

「뉴스에서 말하는 거 다들 들었죠? 범죄 건수가 현격하게 줄어들었대요. 이제 살인하는 사람은 미친 사람들밖에 없어요. 선행에 보상이 따른다는 걸 알게 되더니, 세상 사람들이 다들 성인이 되려나 봐요.」

「이제 우리가 할 일은 뭐죠?」

아망딘이 실제적인 물음을 던졌다.

「없어요. 너도나도 착하게 살겠다고 마음먹고 있으니, 선행이 대조류를 이룰 거예요. 그런 것은 인간 세상이 한 번도 경험하지 못했어요. 그런 조류가 어떤 결과를 빚을지는 두고 봐야죠.」

로즈의 말에 다들 입을 다물었다. 우리는 앞에 놓인 음료를 음미하며 마셨다. 알코올은 별로 들어 있지 않고 너무 달았다. 혐오감이 일었다.

238. 아마조니아 인디언 신화

옛날에 과라니[26] 인디언들은 하늘에서 신들과 함께 살고 있었다. 그들의 임무는 항성의 불을 간수하고 행성의 반사광을 유지시키는 일이었다. 그러던 어느 날 어리고 서툰 어떤 전사가 활을 쏘던 중에 하늘에 구멍을 냈다. 그 구멍으로 땅을 내려다보니 여간 풍요로워 보이는 게 아니었다. 양 떼, 사냥감, 꿀벌통, 물고기, 열매 따위가 하도 먹음직스러워서 그 전사는 자기가 발견한 것을 형제들에게 알렸다. 신들이 한눈파는 틈을 타서 과라니들은 땅으로 덩굴 식물을 던진 다음 그것을 타고 내려왔다. 그때 그들이 다다른 곳은 오리노코 강 연안의 숲 한가운데였다. 그들은 지상의 음식을 마음껏 먹었다. 그러나 머지않아 동물들이 경계심을 갖게 되면서 점점 눈에 띄지 않게 되었다. 큰물이 나서 열매들이 썩어 버렸다. 과라니 인디언들은 오한이 들어 덜덜 떨면서 신들에게로 돌아가게 해달라고 애원했다. 그러나 이미 때는 늦었다. 하늘은 닫혀 버렸고 과라니 인디언들은 그들이 그토록 갈망하던 그 땅에서 힘겹게 살아가도록 벌을 받았다.

프랑시스 라조르박의 논문, 「죽음에 관한 한 연구」에서 발췌

26 남미 파라과이 강 동쪽에 사는 원주민.

239. 달착지근한 세상

 사람들은 갈수록 착해져 갔다. 악행을 저질러서 자기의 업을 더럽히는 일이 없도록 하려고 애썼다. 악업을 쌓으면 기아에 허덕이는 아프리카, 또는 뉴욕이나 파리의 빈민가에 환생할 염려가 있기 때문이었다.

 어떤 공상 과학 소설도 그토록 감미로운 현실을 상상하지 못했다. 상냥함이 전염병처럼 온 세상을 휩쓸고 있었다.

 자선 사업 단체에 기부금이 홍수처럼 밀려들었다. 사람들은 수표나 자기의 가장 좋은 옷을 내놓기 위해 몇 시간씩 줄을 서서 기다려야 했다. 헌혈을 하려는 사람들이 병원에 몰려드는 바람에 병원 쪽에서는 수많은 헌혈 희망자들을 골고루 만족시키기 위해 대기자 명부를 만들어야 했다.

 세계 전역에 걸쳐서 만성적인 분쟁이 저절로 종식되었고, 무기상들은 악업의 원천이 되는 자기들의 사업을 기꺼이 포기했다. 멀건 가깝건 악행으로 간주될 염려가 있는 일은 아무도 하려고 하지 않았다. 마약 중독자들은 공급자들을 찾을 수 없게 되었다. 은행업자들은 요구만 하면 가장 낮은 금리로 대출을 허락했다. 고객들의 상환 능력은 더 이상 알려고 하지 않았다. 너그럽게 베풀다가 손해를 보는 것은 틀림없이 저승에 가서 좋은 보상이 있을 거라는 믿음이 있기 때문이었다.

 거지의 깡통 앞에도 착한 영혼들이 구름같이 몰려들었다. 거지들은 신용 카드를 받을 수 있도록 기계를 준비했고, 수표는 신분증을 제시해야만 받아 주었다.

 더 이상 문에 빗장을 지를 필요가 없었고 경보 장치도 폐기되었다. 사람들은 이제 아파트며 자동차며 금고의 문을 활짝 열어 둘 수 있게 되었다. 훔쳐 갈 테면 훔쳐 가라! 하고 내버려 둬도 아무도 훔쳐 가는 사람이 없었다.

인색함, 강도, 말다툼, 몸싸움, 폭력 따위가 자취를 감추었다. 그에 비해 상업은 번창했다. 인색함 때문에 죄를 짓지 않으려고 사람들은 아무에게나 닥치는 대로 선물을 했다. 장님이 길을 건널 기미를 보이면, 수십 명이 팔을 내밀었다. 그러다 보니, 길을 건널 의사도 없는 맹인들이 반대편 보도로 옮겨져서 길을 잃는 경우가 속출했다.

제3세계 국가들은 상당한 액수의 원조를 받았다. 저승에 가서 시험에 떨어지면 가난한 나라에 환생할지도 모르는 일이니, 그동안에 가난한 나라들이 부유해져야 나중 삶이 더 편하리라는 생각이 그런 사정의 바탕이 되었다. 자기가 다시 태어날지도 모를 불행한 가정의 수를 줄이는 일이 일반적인 관심이 되었다.

사람들은 찡그린 얼굴이나 험한 말로 이웃에게 불쾌감을 줄까 저어하며 억지로라도 웃는 얼굴을 보이려고 애썼다.

사람들은 착하고 슬기롭게 살아서 순수한 정령이 될 만한 점수를 받지 못하면 끝없이 환생을 되풀이해야 한다는 법칙을 저마다의 가슴에 단단히 새겨놓은 모양이었다. 그렇게 모두가 최선을 다하고 있었다.

화실, 음악가의 연습실, 도자기 가마, 심지어 요리사의 주방에까지 위대한 임무를 띠고 환생한 예술가를 찾아 사람들이 몰려들었다. 도나위의 영혼처럼, 곧 숨겨진 재능을 발휘할 예술가가 어떤 사람인지는 아무도 모르는 일이었다. 사정이 그렇고 보니, 가장 형편없는 작품조차 사려는 사람이 나섰다. 가난한 예술가들을 지원하고 싶어 안달하는 독지가들은 그들의 그림을 거실에 당당하게 내걸었다.

누구나 배우고, 깨닫고, 진보하고, 자기를 개선하는 일에 전념했다. 각종 교육 기관에서 학생을 모집할 때는 한결같이 〈영혼의 아름다움을 유지하세요. 정원을 가꾸듯 당신의 영혼을 가꾸세요〉라는 식으로 광고를 냈다.

기업주들은 자기 사원들에게 임금 인상을 받아들여 달라고 애원했다. 하지만 사원들은 그것을 거절했다. 그들이 원하는 것은 돈이 아니라 자기들의 재능을 계발하는 데 필요한 여가였다. 노조에서는 〈돈이 아니라 도서관을〉 요구했다. 그러자 건축업자들은 기꺼이 도서관을 세워 주었다.

사정이 그러하니, 영계 탐사에 관한 관심이 되살아나는 것은 당연했다. 저승에 올라가서 〈먼저 가신 소중한 이들〉을 다시 만나거나, 그것까지는 이루지 못하더라도 자기의 업에 대해 한번쯤 알아보고 싶지 않은 사람이 누가 있겠는가?

240. 나바호 인디언[27] 신화

아메리카 인디언들은 죽음을 병적으로 두려워한다. 특히 나바호 인디언들이 그러하다. 그들은 시체에 다가가는 일도 겨우겨우 할 만큼 죽음을 두려워한다. 사람이 죽으면 그들은 내키지 않는 마음으로 조금이라도

---

27 북아메리카 원주민의 한 종족. 아파치족과 친족 관계에 있으며, 오늘날 북미의 인디언 인구 중 가장 주요한 부분을 차지하고 있다. 미국에 동화하는 것을 거부하고 애리조나 주의 거대한 보호 구역에 살고 있다.

몸이 닿을세라 조심조심하면서 재빨리 시신을 묻어 버린다. 시신은 마을에서 멀리 떨어진 외진 곳에 묻는다. 그들은 망자의 물건에는 더 이상 손을 대지 않고 그의 천막에도 다가가지 않으며 그 사람 것은 이제부터 다 더러운 것이라고 생각한다.

나바호 신화에는 나바호들을 죽이려는 괴물들을 죽이기 위해 태양에서 무기를 탈취해 왔다는 쌍둥이 영웅이 나온다.

그 괴물들이란 늙음, 더러움, 가난 그리고 배고픔이다. 그 괴물들이 아직도 살아 있는 것은 쌍둥이 영웅의 일이 사소한 차질을 빚었기 때문이다. 그러니 그 괴물들에게 현혹되어서는 안 된다는 것이 그들의 생각이다.

프랑시스 라조르박의 논문, 「죽음에 관한 한 연구」에서 발췌

241. 프레디 메예르의 환생을 찾아서

라울은 세상의 갑작스러운 변화에 아랑곳하지 않고, 여전히 술로 세월을 보내고 있었다. 알코올 중독 치료가 별로 효과를 거두지 못한 셈이었다. 그의 음주벽이 이미 중증에 들어섰음을 알고, 그에게 술을 주려는 술집 주인들이 점점 줄어들고 있었지만, 그래도 그는 줄곧 마셔 댔다.

그리하여 타나토드롬에는 여전히 나와 〈나의〉 세 여자 로즈, 스테파니아, 아망딘만이 있었다. 그 기간 동안 우리가 즐기던 소일거리는 프레디의 환생을 찾기 위하여 신문의 출생 광고란을 낱낱이 뒤지는 일이었다.

우리는 거기에서 머리글자가 F. M.인 아기들을 찾아냈

다. 프랑수와 모를롱, 파니마 마우이치, 프랑크 미냐르, 펠리시테 뮈냉, 페르낭 멜리시에, 플로랑 무시냐르, 파비앵 메르칸토비치, 피르맹 마글루아르, 플로랑스 메르윈……. 그런 이름들을 찾아낼 때마다 우리는 행복해서 어쩔 줄 모르는 부모들과 만날 약속을 했다. 그들 집에 찾아가서 우리는 아이 앞에 손목시계와 만년필과 메달을 각각 10개씩 죽 늘어놓고 그 속에 프레디의 소지품이었던 손목시계와 만년필과 메달을 섞어 놓았다. 그러나 프레디가 사용하던 물건 쪽으로 손을 뻗는 아이는 하나도 없었다.

내가 실망한 기색을 보일 때마다 아내는 나를 위로하곤 했다.

「너무 일러요. 줄을 서서 기다리던 영혼의 행렬을 생각해 봐요. 프레디는 아직 황색 천계에서 북적거리는 영혼들 속을 빠져나오지 못했을 거예요. 빅토르 위고도 아직 환생을 기다리고 있었어요. 19세기에 죽은 사람도 아직 통과하지 않았는데, 프레디는 말할 것도 없잖아요?」

「죽은 이들이 모두 똑같은 속도로 나아가는 건 아니오. 빅토르 위고는 너무 수다스러워서 다른 영혼들하고 입씨름을 하느라고 뒤로 처진 거요. 서둘러 나아가는 영혼들도 있어요. 도나위의 영혼이 얼마나 빨리 환생했는지 생각해 봐요!」

「참고 기다립시다. 프레디는 언제나 참을성 있는 모습을 보여 준 분이잖아요.」

참고 기다리자는 아내의 말 속에는 장차 태어날 우리 아기가 프레디의 환생일 수도 있다는 기대가 담겨 있었다. 우리는 여러 차례의 토론을 거쳐 우리 아기가 태어나기도 전에 프레데릭 마르셀 팽송이라는 이름을 지어 놓고, 한술 더 떠서 우리끼리는 아예 프레디 2세라고 불렀다.

나는 아내의 분만을 도왔다. 아기를 낳는다는 것은 정말 아름다운 일이었다! 입맞춤과 포옹을 하고 아홉 달이 지났더니, 우리의 뜨거운 사랑이 3.2킬로그램의 작고 연약한 아기로 변해 있었다. 따뜻한 보살핌을 갈망하는 발그레한 생명체였다. 나는 일찍이 그보다 더 감동적인 일을 겪어 본 적이 없었다. 그것은 수십억의 수십억 번이나 되풀이된 평범한 일이었다. 하지만 생명의 탄생이라는 그 기적에 비하면 영계의 발견조차 아무것도 아니었다.

며칠 전만 해도 뷔트 쇼몽 타나토드롬의 우리 아파트에는 두 사람만 있었는데, 이제는 우리가 셋이 되었다. 그보다 더 경이로운 일이 어디에 있겠는가? 그것에 비하면 영계 탐사도 내 카르마도 사소한 일에 지나지 않았다. 오로지 우리의 〈프레디 2세〉만이 중요했다.

242. 경찰 기록

관계 부서에 보내는 보고

우리가 대단히 잘못 생각하고 있다는 것을 인정해야 할 때가 왔습니다. 영계 탐사가 발전하도록 방치한 것은 실수였습니다. 현재 매일 열 팀 이상이 영계를 향해 이륙하고 있다는 사실을 명심하시기 바랍니다. 기술은 갈수록 안전성이 높아 갑니다. 천사들과 악마들이 일을 하는 데 방해를 받고 있습니다.

관계 부서의 회신

사태를 과장할 필요는 없음. 영계 탐사가 오랜 전통을 가지고 있다는 것은 우리 모두가 다 아는 사실임. 천 년의 전통이 있음. 우리는 영계로 들어올 줄 아는 모든 사람들에게 입계를 허용해 왔음. 아직 우리의 태도를 바꿀 만한 이유가 없음.

243. 도교 철학

인생은 한바탕의 꿈과 같다. 형체가 바뀌는 것에 불과한 죽음 때문에 근심하는 것은 온당치 못하다. 단 하루를 머물 집에 어찌 그리 미련을 두는가?

노자(老子)
프랑시스 라조르박의 논문, 「죽음에 관한 한 연구」에서 발췌

244. 프레디 2세

우리는 고(故) 프레디의 소지품으로 우리 프레디 2세를 시험하기까지 1년을 기다렸다.

고인의 소지품을 가지고 환생을 알아내는 것은 티베트 사람들이 사용하는 방법이다. 아프리카의 몇몇 부족에도 그와 비슷한 관습이 있다. 그들은 죽은 사람의 손가락뼈를 잘라 두었다가 나중에 그와 똑같은 손가락뼈를 가지고 태어난 아이를 식별하기 위해 사용한다. 우리가 보기에는 티베트의 식별 의식이 더 타당했다.

로즈와 아망딘과 나는 프레디 2세를 카펫 위에 앉히고, 우리도 아이 옆에 무릎을 꿇고 손바닥으로 바닥을 짚은 채

엎드렸다. 아이는 우리가 잔뜩 펼쳐 놓은 손목시계와 만년필과 메달을 빤히 바라보았다. 신기하고 흥미롭게 생긴 딸랑이들을 바라보듯 했다. 평소 같으면 우리는 그런 물건들을 아이 손이 닿지 않도록 멀찌감치 떼어 놓았을 것이다. 아이가 물건을 망가뜨리거나, 더 나쁜 경우에는 삼켜 버릴 염려가 있었기 때문이다.

아이는 먼저 시계에 관심을 보이며, 그중의 몇 개를 잡고 흔들다가 두 개를 깨뜨리려고 했다(바로 그런 일을 염려해서 나는 내 물건을 아이 손이 닿지 않는 곳에 두어 왔던 것이다). 그러다가 아이는 마침내 우리의 랍비가 사용하던 시계를 잡고 좋아라 했다.

우리는 이미 서로 얼싸안을 준비를 하고 있었다. 프레디 메예르가 우리 아들의 몸을 빌려 지상에 돌아왔다! 그러나 로즈는 아직 그럴 때가 아님을 일깨웠다.

「흥분하지 마요.」

로즈가 속삭였다. 아이는 카펫 위에 놓인 물건 더미를 계속 뒤적거리고 있었다.

나는 다시 깜짝 놀랄 일이 벌어졌다. 아이가 프레디의 만년필을 자랑스럽게 흔들고 있었다. 아이는 만년필 더미에서 그것을 식별한 다음 곧바로 그것을 집어든 것이었다.

의심의 여지가 없었다. 그 순간에 나는 우리가 프레디 메예르를 다시 찾은 거라고 확신했다. 천국에서 부모를 선택하는 순간에 그가 우리를 고른 것이다. 프레디의 판단은 틀리지 않았다. 그는 우리가 자기를 알아보리라는 것을 알고 있었다. 어쨌든 나는 프레디 메예르와 프레데릭 마르셀 팽송이 똑같은 하나의 업을 가지고 있다고 확신했다.

아이가 이미 자기 안에 엄청난 지식을 지니고 있을 터이므로 우리는 아주 많은 시간을 벌게 되는 셈이었다.

아망딘이 감격한 어조로 말했다.

「철이 드는 대로 이 아이에게 무용과 안무를 가르칩시다.」

그 말을 받아 내가 덧붙였다.

「탈무드 학교에도 보냅시다. 그리고 우리가 프레디 1세의 삶을 프레디 2세에게 이야기해 주면, 프레디 2세는 환생의 순환에서 눈부신 도약을 이루어 낼 겁니다.」

「우리 아이는 대번에 60년의 경험을 활용하게 될 거예요. 이 애는 두 삶의 기억을 동시에 가진 첫 번째 사람이 되겠지요.」

로즈는 우리의 신동에 대해 자기가 품고 있는 야망을 숨기지 않았다.

「스무 살이 되면, 우리 아이는 벌써 위대한 현자가 되어 있을 거예요. 모차르트 같은 사람이 나타나게 된 사정과 비슷하지 않을까요? 모차르트는 다른 탁월한 음악가의 환생이었고, 그의 부모는 대번에 그 사실을 깨달았던 거예요.」

우리는 기쁨에 젖어 아이의 미래를 위한 제안들을 자꾸 늘어놓았다.

우리가 프레디 2세에게 더 이상 관심을 두지 않고 한눈을 팔고 있을 때, 우리의 들뜬 마음에 찬물을 끼얹는 일이 벌어졌다. 아이는 프레디 1세의 만년필을 팽개치고, 한결 더 솔깃한 오렌지색 형광펜을 잡았다.

아이가 이 물건에서 저 물건으로 편력을 계속하는 동안,

우리는 낭패감을 느끼며 아이를 지켜보았다. 아이는 우리 랍비의 시계와 메달을 내던지고 짙푸른색 일회용 라이터와 금박 종이에 싸인 막대 초콜릿을 움켜쥐었다. 고약한 일이었다. 우리는 갑자기 우리의 사랑스러운 아들을 낯모르는 아이를 대하듯 물끄러미 바라보았다. 아이는 우리가 한 번도 만난 적이 없는 어떤 낯선 사람의 환생인가 보았다.

로즈는 아이가 우리 가정 같은 곳에 태어난 걸 보면 전생에 착하게 살았던 사람의 환생임이 분명하다면서 나와 아망딘을 위로하고 스스로도 힘을 얻으려고 애썼다.

그래도 우리 아이가 프레디가 아닌 것은 엄연한 사실이다. 갑자기 아이가 왠지 낯설게 느껴졌다. 아이가 우리를 실망시켰다. 우리가 낳은 아기는 우리가 모르는 어떤 사람의 업을 받고 나온 평범한 아기였다. 우리 아기는 성인 같은 사람의 전생이 아니라 어떤 평범한 사람의 전생을 잇고 있는 것이다.

우리는 피부색이 다른 외국의 아이를 입양한 느낌, 또는 상거래에서 사기를 당한 느낌을 받았다.

정말 실망스럽기 그지없었다. 그러거나 말거나 아이는 집어든 막대 초콜릿을 먹기 시작했다. 아이가 얼굴에 초콜릿을 잔뜩 묻히자, 로즈는 마땅치 않다는 기색까지 보이면서 아이의 얼굴을 닦았다.

그날 밤, 침대에서 우리는 부부 싸움을 했다. 아내가 먼저 지청구를 했다.

「당신이 애한테 프레디라는 이름을 지어 주자고 했지요? 그건 너무 경솔했어요. 이제 그 이름이 우리 애하고 아무 상관이 없다는 게 밝혀졌으니, 우리 애는 자기 것도 아닌 이름을 평생의 짐처럼 지고 살아야 해요.」

나는 그때까지 한 번도 가져 본 적이 없는 악의를 가지고 억지를 부렸다.

「잘못은 당신에게 있어요. 따지고 보면, 애는 당신 배 속에서 만들어진 거지, 내 배 속에서 만들어진 게 아니잖소? 당신이 좀 더 신경을 썼으면 프레디의 영혼이 깃든 아이를 낳았을지도 몰라요.」

아내는 화가 나서 깃이불을 열어젖히며 되받았다.

「그게 가능하려면 수십억 번에 한 번 있는 행운이 따라야 한다는 것은 당신도 잘 알고 있었으면서 왜 그래요?」

「수십억 번에 한 번 있는 행운이 따라서 우리가 〈진짜〉 프레디를 다시 만날 수 있었으면 좋았을 텐데.」

「섭섭하기는 나도 마찬가지예요. 하지만, 그렇다고 이 애가 당신과 나의 유전자에서 나온 우리 애라는 사실을 잊으면 안 돼요. 이 애가 나중에 프레디 같은 사람이 되지 말란 법이 없잖아요?」

「우리 애의 눈을 멀게 하면, 프레디만 한 재주와 운을 갖게 될지도 모르지.」

로즈가 몹시 화를 냈다. 하긴, 자식에게 험담하는 자를 가만히 내버려 둘 어미가 어디 있겠는가. 로즈는 갖은 수단을 다 동원해 아들을 옹호하려 했다. 아내가 그렇게 성을 내는 모습은 일찍이 본 적이 없었다. 아내는 갖가지 묵은 원망을 내 면전에 마구 쏟아부었다. 아내는 내가 개성도 없고 진취성도 없으며, 늘 라울에게 순종만 해왔다고 비난했다. 또, 어머니와 형이 우리 아파트에 불쑥불쑥 드나드는 것을 막지 못한다고 나무랐다.

「특별한 일이 있는 것도 아닌데, 예고도 없이 식사 때에 불쑥 찾아오면 나보고 어떡하란 말이에요? 내가 시장 볼 시간이 있는지 없는지 그런 것은 안중에도 없으시고, 언제 우리 집에 오시면서 꽃 한 송이 들고 오시는 거 봤어요?」

「그렇다고 당신이 대접을 잘해 드린 것도 없잖소? 당신 음식 솜씨가 그다지 좋은 것도 아니고 말이오. 게다가 당신, 애를 제대로 돌봐 준 적 있소? 천문학 연구에 몰두하느라고 그럴 틈이 없었다고 변명할 거요? 그러고도 아이 어머니라고 큰소리칠 수 있소?」

말이 또 다른 말을 끌어내어 뜻하지 않던 이야기들이 튀어나왔다. 아내는 더 이상 참을 수 없었던지, 집히는 대로 옷을 걸쳐 입고 친정으로 피해 버렸다.

혼자서 프레디 2세를 보고 있자니 한심한 생각이 절로 들었다. 내 울적한 마음을 아는지 아이가 울음을 터뜨렸다. 나는 아이가 가장 좋아하는 장난감을 하릴없이 흔들어 주다가 결국 아이를 내 침대로 데려갔다.

아들이 잠이 들자, 나는 거실 바닥에 주저앉아 공포 소설을 읽으면서 위안을 찾으려 했다. 아주 끔찍한 이야기들을 읽노라면, 자기의 사소한 문제가 상대적으로 가볍게 느껴지면서 거리를 두고 바라볼 여유가 생길 수 있다. 그러나 그날은 달랐다. 나는 아내에게 행한 나의 비열하기 짝이 없는 행동과 모욕적인 언사를 도저히 잊을 수 없었다.

바로 그때, 뜻밖에도 라울이 타나토드롬에 돌아와 우리

아파트를 찾아왔다.

 그는 몸도 겨우 가눌 만큼 대취해 있었지만 내가 완전히 낙담해 있다는 것을 금방 알아차렸다. 나는 아내와 싸운 일을 그에게 이야기해 주었다. 라울은 묘한 표정을 짓더니, 술주정이라도 부리려는 듯 나에게 다가와 거창하게 말했다.

「미카엘, 자네에게 두 번째 비밀을 알려줄 순간이 왔네.」

 다른 때 같았으면 나는 재빨리 귀를 막거나 그의 입을 막기 위해 주먹을 날렸을 것이다. 하지만 그때 나는 아내와 싸운 일로 대단히 흥분해 있었다. 나는 아내에게 했던 약속을 저버리고 오히려 라울의 이야기를 재촉했다.

「로즈와 관계가 있는 건가?」

「음, 그렇다고 볼 수도 있지.」

「자, 어서 말해 보게.」

 라울은 카펫 위에 털썩 주저앉았다. 카펫 위에 있던 프레디의 유품들은 다 치워놓은 뒤였다. 나는 라울 옆에 배를 깔고 엎드렸다. 라울은 카펫 위에 침을 흘리며 바보처럼 히죽거렸다. 그를 마구 흔들고 싶었지만, 이내 그 충동을 억눌렀다. 자칫하면 그가 토악질을 해서 카펫을 더럽힐 염려가 있었다. 아내는 그 손실을 결코 묵과하지 않을 거였다.

 나는 불안한 마음으로 라울을 안아 일으켜 안락의자에 앉히면서 물었다.

「그런데, 그 두 번째 진실이라는 게 뭐야?」

 라울이 딸꾹질을 했다.

「그건 사랑에 관한 거야.」

「사랑에 관한 거라구?」

「그래. 이 세상 어딘가에 자네를 사랑하면서 자네를 기다리고 있는 여인이 있어.」

라울은 더듬거리며 무슨 말인가를 더 주절거리다가 마침내 동이 닿는 이야기를 하기 시작했다.

「자네는 전생에 위대한 사랑을 경험했네. 정말 아주 위대한 사랑일세. 놀랍도록 아름다운 여인과 열렬한 사랑을 나누었지. 그런데, 안타깝게도 그 여인은 선천적으로 불임이었네. 그래서 전생의 자네 부부에겐 애가 없었지. 그 때문에 여인은 엄청난 고통을 느꼈고 자네도 마찬가지였네. 그러던 어느 날, 여인은 무심코 대로를 건너다가 차에 치이고 말았네. 천사들은 그것을 일종의 자살로 생각하고 있지. 어쨌든, 자네는 아내를 잃은 고통에서 헤어나지 못하고 슬픔의 나날을 보내다가 몇 달 뒤에 아내 뒤를 따라가게 되었다네.」

라울은 취기가 조금 가신 듯 차분하게 설명을 계속했다.

「부부가 그렇게 열렬히 사랑하고도 애를 낳지 못하면, 내생에서 다시 만나 그 한을 풀 수 있다네.」

라울의 말인즉슨, 그 여인이 나의 진정한 아내이기 때문에 나는 그 여자를 다시 만나야 한다는 거였다. 라울은 그 여인에 대해서 거의 모든 것을 알고 있었다. 사탄이 그에게 많은 것을 알려 주었던 모양이다.

「현생에서 그녀의 이름은 나딘 켄트라네. 미국인인데 지금은 파리에 살고 있어.」

어쩌면 길에서 우연히 그녀와 마주친 적이 있을지도 모른다. 하지만 내 영혼이 영계 탐사에 완전히 매여 있어서 그녀를 알아보지 못했을 거였다.

「나딘 켄트!」
나는 꿈꾸듯 생각에 잠겨 그 이름을 되뇌었다.
「그래, 사탄이 내게 가르쳐 준 이름이 그것일세.」
「사탄은 악의 천사야.」
「하지만, 자네같이 가엾은 영혼을 도와주기도 하지.」
라울은 그가 상대한 사탄만큼이나 악마적이었다. 그는 이미 자기 나름대로 조사를 해 둔 터였다.
「나딘 켄트는 뛰어난 미모를 가진 여인일세. 그럼에도 이제껏 살아오면서 남자를 거의 사귀지 않았다네. 그토록 아름다운 여자가 왜 혼자 살기를 고집하느냐고 사람들이 물으면, 나딘은 생긋 웃으면서 매력적인 왕자님을 기다리고 있노라고 대답한다는 거야. 그 여자는 올해 스물아홉인데, 그녀의 부모는 그녀가 끝내 독신을 고집할까 봐 한 걱정을 하고 있다더군.」
「그 매력적인 왕자가……」
「멍청하고 코알라같이 순해 빠진, 바로 자네지 누구겠나! 자네 같은 친구가 어떻게 전생에 그런 미인과 사랑을 할 수 있었는지 알다가도 모르겠어.」
라울은 미친 듯이 껄껄거리다가 밭은기침을 여러 차례 토했다.
「이봐, 미카엘. 생각해 보라고. 여신처럼 매력적인 여인이 자네를 기다리고 있네. 그 여자는 오로지 자네만을 원해. 그녀에게 다른 사내들은 그저 시시풍덩해 보일 뿐이라네. 자넨 참 운이 좋아! 이미 위대한 사랑을 경험한 데다, 아직 또 다른 사랑이 남아 있으니 말일세.」

이제껏 존재조차 모르고 있던 생면부지의 여인이 내 사랑이란다. 내가 나딘 켄트라는 여인을 사랑하지 않은 것은 그것을 원하지 않아서가 아니었다. 내가 특히 사랑했어야 할 사람이 그 여인임을 내 어찌 알았으리오.

나딘 켄트가 그랬듯이, 나 역시 이성을 유혹하는 데 언제나 많은 어려움을 느꼈고, 부부 생활에 적응하는 데도 힘이 들었다. 나는 비로소 그 까닭을 알았다. 알고 보니, 애초에 나는 그 나딘 켄트라는 여인을 잉태시키도록 되어 있었다. 로즈와 프레디 2세는 운명의 방향을 잘못 잡은 결과일 뿐이었다. 다른 때는 몰라도, 라울에게 처음 그 얘기를 듣던 순간의 내 생각은 그러했다.

나는 낭패감에 빠진 채, 전화번호부를 꺼내어 켄트라는 이름을 찾았다. 나딘 켄트, 하얀 바탕에 까맣고 작은 글씨로 그녀의 전화번호가 나와 있었다. 나는 주저하지 않고 송수화기를 잡았다.

245. 유대교 신화

천국의 입구에는 금강석으로 지은 문 두 개가 있고, 그 곁에 봉사자로 나온 70만 명의 천사가 모여 있다. 의인(고결한 사람)이 문 앞에 다다르면, 천사들은 무덤 속에서 입고 있던 수의를 벗기고 영광의 구름 옷 여덟 벌을 입힌다. 의인의 머리에는 두 개의 관을 씌워 주는데, 하나는 보석과 진주로 만든 것이고 또 하나는 황금으로 만든 것이다. 그런 다음 의인의 손에 도금양(桃金孃) 나뭇가지 여덟 개를 쥐여 주고 어떤 곳으로 그를 데려가는데, 그곳에는 8백 가지 장미와 도금양 나무 사이로 시냇물 여덟 줄기가 흐른다. 그러고 나서 의인은 저마다 자기만의 닫집을 받게 되는데, 그 닫집으로부터 네 줄기의 강물, 즉 우유의 강, 포도주의 강, 감로의 강, 꿀의 강이 흘러나온다. 의인 한 사람마다 60명의 천사가 시중을 들면서, 〈가서 마음껏 꿀물을 마시게나. 그대가 지성으로 율법을 읽은 보람이라네〉라고 말한다.

『얄쿠트』, 천지 창조 2장
프랑시스 라조르박의 논문, 「죽음에 관한 한 연구」에서 발췌

246. 나딘 켄트

나이 지긋한 여인의 목소리.

「여보세요?」

서두르다가 번호를 잘못 누른 걸까?

「저, 나딘하고 통화를 했으면 하는데요.」

나는 자신 없는 어조로 말했다.

밤이 이슥한 시각이었다. 저쪽 송수화기에서 망설이는 기미가 느껴진다. 필시 그녀의 어머니일 게다.

「부탁드립니다!」

내 말투가 애원조로 바뀌었다.

기다림. 사뿐한 발자국 소리. 전화기에 닿는 섬세한 손길. 저쪽에서 누군가가 말문을 열려고 한다.

「여보세요? 누구시죠?」

부드러운 목소리, 적어도 3백 년 전의 환생 때부터 내 귀에 익어 온 음성이다.

틀림없이 그녀였다.
「여보세요!」
침묵이 흐른다.
「나요.」
망설임 끝에 나는 겨우 입을 열었다.

저쪽 송수화기에서 흐느낌 같은 것이 전해 왔다. 기쁨의 흐느낌이었다. 우리는 울먹이는 목소리로 이야기를 시작했다. 참으로 기이한 대화였다. 한 번도 만난 적이 없는 두 사람이 어떻게 그런 속내 이야기들을 서로에게 털어놓을 수 있었는지.

영계 탐사를 하는 동안 나는 어렵고 위험한 순간들을 숱하게 겪은 바 있다. 그러나 우리가 나누었던 그 다정하고 미더운 대화보다 더 놀랍고 굉장한 일은 경험한 적이 없었다. 그녀도 나와 똑같은 느낌을 가졌을 것이다.

「당신 전화를 아주 오랫동안 기다렸어요.」
나딘이 상냥하게 말했다.
「알고 있어요.」
나는 한숨을 내쉬었다.
침묵이 다시 찾아왔다.
「여보세요?」
「전화 끊지 않았어요. 저 여기 있어요. 당신을 위해 언제까지라도 여기에 있을 거예요.」
나는 숨이 막힐 지경이었다.

바로 그때, 내 아들 프레디 2세가 졸음이 가득 담긴 얼굴을 하고 나타났다. 아이는 대뜸 〈아빠!〉 하고 소리를 쳤다.

아이는 살이 통통한 자그마한 손으로 까슬까슬한 내 수염에 흐르는 눈물을 닦아 주었다. 나는 아들을 안고 방으로 데려갔다. 아이의 이불깃을 여며 주다가 나는 방문을 닫았다. 아내가 하늘색 바탕에 하얀 구름을 그려 예쁘게 장식한 문이었다. 전화기에서는 여전히 〈여보세요, 여보세요〉 하는 소리가 울리고 있었다. 나는 더 이상 그 소리를 듣고 싶지 않았다.

그 정도면 충분했다. 나는 그 두 번째 진실이라는 것을 알았다. 흉악한 사탄 같으니라고! 무엇 때문에 내게 그것을 가르쳐 주었는가? 어떤 대가를 치르더라도 나는 나딘 켄트가 이 세상에 존재한다는 것을 영원히 알지 말았어야 했다.

나는 라울을 저주했고, 모든 천사와 특히 사탄을 저주했고, 영계 탐사를 저주했다.

제 엄마 눈만큼이나 파란 아이의 눈 위로 금세 눈꺼풀이 다시 스스로 내려왔다. 나는 아이를 꼬옥 껴안았다.

거실로 나오자 라울이 악마처럼 낄낄거렸다. 전화기에서는 아직도 〈여보세요, 여보세요〉 하는 소리가 새어 나오고 있었다. 나는 얼른 전화기를 집어 들었다.

나는 그 상황을 더 이상 견딜 수 없었다.

내 운명이 다른 것이었으면 좋겠다는 생각이 들었다. 숙명적으로 정해진 여자 따위는 없었으면 싶었다. 나는 전생에서 맺은 낡은 계약을 책임질 수 없을 것 같았다.

내 영혼을 덮고 있는 살가죽을 벗겨 내고 싶었다. 나는 피가 맺힐 때까지 한쪽 손의 손톱으로 다른 손을 긁어 댔다. 운명은 어찌하여 이토록 감당하기 어려운 상황을 내게 강요하는가? 나는 어떤 나라, 어느 곳으로도 달아날 수 없었다. 어디를 가나 이 상황은 나를 따라다닐 것이었다.

지구를 세워 주오, 난 그만 내릴 테요.

지구를 세워 주오, 난 그만 내릴 테요.

나는 마음을 추스른 다음, 번뇌가 가득 담긴 음성으로 전화기에 대고 중얼거렸다.

「날 잊어요, 나딘. 현생에서는 부디 날 잊어 줘요. 다른 남자를 찾아요. 부탁이에요, 나딘. 행복하길 바라요.」

나는 송수화기를 내려놓고, 거칠게 라울의 멱살을 잡은 다음 그를 내쫓아 버렸다.

247. 이집트 신화

영생을 얻기 위한 주문[28](매일 잠자기 전에 28번씩 외울 것)

나는 〈눈〉[29]에서 나온 〈레〉[30]의 영혼이고, 〈후〉[31]를 낳은 신의 영혼입니다.

나는 그릇된 행동을 극도로 혐오합니다.

나는 그릇된 일을 마음속에 품지 않습니다.

나는 마트를 믿으며 마트의 가르침으로 삽니다.

---

28 고대 이집트인들이 생각한 영생의 형태는 여러 가지였다. 저승 왕인 오시리스의 심판을 거쳐 영생을 얻을 수 있다는 생각도 있었고, 올바른 주문을 외움으로써 넋이 태양신 라의 배에 오르도록 허락을 받아 태양과 함께 우주를 무한히 운행할 수 있다고 믿기도 했다.

29 혼돈의 물.

30 태양신 라는 아침에는 〈케프리〉이며, 한낮에는 〈레〉이고 밤에는 〈아툼〉이다.

31 창조적인 말과 창조적인 지혜의 신.

나는 〈후〉이며 그 영혼의 이름으로 영원히 살 수 있습니다.

나는 〈눈〉과 함께 있던 삶에서 〈케프리〉의 이름으로 나왔고, 그 이름으로 매일 삶에 이릅니다.

나는 빛의 주인이고 죽음을 극도로 혐오합니다.

나는 〈눈〉이며 누구도 나를 해칠 수 없습니다.

나는 원초신 가운데 맏이며, 내 영혼은 신들의 영혼, 영원의 영혼이고, 내 육신은 소멸하지 않습니다. 세월의 주인으로서, 억겁의 시간을 다스리는 자로서 나는 영원히 발현하기 때문입니다.

나는 내 죄를 씻었고, 나의 아버지, 밤의 지배자, 육신이 헬리오폴리스[32]에 있는 그분을 보았습니다.

나는 황혼에 일어나는 자로서 동방의 따오기 언덕에 있는 황혼의 거주자들을 책임지고 있습니다.

『사자(死者)의 서(書)』[33]

프랑시스 라조르박의 논문, 「죽음에 관한 한 연구」에서 발췌

---

32 이집트 어로 이우누 또는 오누라고 부르던 옛 도시. 오늘날의 텔 하산. 태양신 숭배의 중심지이다.

33 고대 이집트 신왕국 시대로부터 미라와 함께 관 속에 부장된 파피루스 두루마리. 고왕국 시대의 피라미드 텍스트, 중왕국 시대의 석관(石棺)과 같은 계통의 종교 문서로, 상형 문자나 신관 문자, 민중 문자로 된 주문, 찬가, 신화에 그림이 곁들여진 것이다. 이집트인들은 이 문서를 읽거나 미라 옆에 두면 죽은 이의 영혼이 시련을 이겨 내고 영생을 얻을 수 있다고 믿었다. 1842년, 독일의 이집트 학자 렙시우스가 「츠린 파피루스」를 간행한 이후, 이 문서들을 『사자의 서』로 부르게 되었다. 가장 유명한 『사자의 서』인 「아니 파피루스」는 테베의 신관 아니가 자기를 모델로 삼아 저승에 들어갈 때의 절차, 갖가지 주문, 죽음과 관련된 신화 등을 총 190장(章)에 걸쳐 적어 놓은 것이다.

248. 달라지는 세상

제7천계를 발견한 뒤로 세상은 나날이 달라지고 있었다.

사원에 사람들의 발길이 끊어졌다. 죽음의 신비가 사라진 마당에 무엇을 바라고 종교 의식에 참여하겠는가? 사제들조차도 믿음을 잃어 가고 있었다. 어느 종교나 사정은 마찬가지였다. 당황한 고위 성직자들은 타나토노트들이 발견한 것은 천사들이지 신은 아니었다고 목청을 높였다. 그러나 그들이 아무리 외쳐 댄들 소용이 없었다. 신앙심과 신비주의는 이미 종말을 맞고 있었다.

사원들이 박물관, 극장, 개인 주택 따위로 개조되었다. 성당 안에 수영장이 만들어지는 일조차 벌어졌다. 스테인드글라스를 통해 들어온 오색찬란한 빛이 수면에서 어른거렸고 다이빙하는 순간에 맞추어 오르간 음악이 울려 퍼지곤 했다.

종교는 그렇게 쇠퇴해 가는데, 영계 탐사는 날이 갈수록 번창해 갔다. 사설 타나토드롬이 우후죽순처럼 나타났다. 어떤 타나토드롬은 여행사나 다름없는 광고를 내기도 했다. 〈주말을 영계에서! 고속 단체 비행. 부스터 완비. 영계 탐사학 학위를 가진 수사가 동반함. 천사들을 만날 수 있음.〉

물론 그 광고의 대부분은 거짓이었다. 여행은 대개 제3천계나 제4천계에서 멈추었다. 우리는 이미 비싼 대가를 치른 덕에 그보다 더 멀리 가는 것이 얼마나 위험한 일인지를 잘 알고 있었다.

라울은 어머니 찾는 일을 포기한 듯했다. 하지만 그는 여전히 술집을 전전하며 비참한 나날을 보내고 있었다. 나딘 켄트 일 때문에 충격을 받은 뒤로는 라울이 무슨 짓을 하든 관심이 없어졌고 더 이상 그를 보살피고 싶은 마음도 들지 않았다.

타나토드롬 일은 여자들이 번갈아 가며 맡았다. 라울과 내가 허탈감에 빠진 패잔병들처럼 보였음에 반해, 아망딘과 로즈 — 나는 그녀와 곧바로 화해했었다 — 는 활기에 차 있었다. 그녀들은 프레디 2세를 키우는 일에서 즐거움을 찾고 있었다. 프레디 2세는 우리 타나토드롬의 마스코트가 되어 있었다. 아이는 웃음과 호기심이 아주 많고 붙임성이 있었다. 아이 적에는 누구나 위대한 현자인데, 나이를 먹어 감에 따라 삶에 찌들면서 다들 바보가 되고 마는 건 아닌지.

우리 아이는 분명히 프레디의 환생은 아니었다. 아무 데고 구석구석 누비며 뛰어다니기를 좋아하는 걸 보면, 상당히 활동적인 편이었던 어떤 쾌활한 낙천가의 환생일 거라는 생각이 들었다.

아망딘은 우리 아이를 끔찍이 위해 주었다. 아이는 〈아빠〉, 〈엄마〉, 〈쉬〉, 〈응가〉라는 네 낱말을 하나로 붙여서 말하기를 좋아했다. 나중에 그 네 개념을 분명히 구별할 수 있도록 아이에게 가르치려면 정신 분석적인 치료가 필요할지도 모를 일이었다.

나는 아들을 통해 인류의 한 구성원인 내 생명이 이어지고 있음을 느꼈다. 내 유전자가 아들의 세포핵 안에서 내 생명을 이어 가고 있었다.

콩라드 형은 아들과 놀고 있는 나를 보고 이렇게 빈정거렸다.

「애를 숫제 끼고 사는구나! 그러다간 애가 너를 지겹다고 하겠다. 난 우리 애들을 귀찮게 하지 않는다.」

그러자 아들 녀석이 느닷없이 이렇게 물었다.

「쉬 아빠야?」

콩라드 형이 웃음을 터뜨리며 대답했다.

「아니. 응아 아빠야.」

형은 영계 탐사 회사를 설립해 놓고, 주문에 따라 세계 어느 곳에건 타나토드롬을 세웠다. 빈틈없는 건축업자로 변신한 그는 타나토드롬의 실내 장식을 혁신해서, 고객이 원하는 대로 신화적인 분위기나 신비로운 멋이 풍기도록 비행실을 꾸며 주었다. 그럼으로써 사람들은 케호프의 피라미드나 바티칸 궁의 시스티나 성당을 본뜬 비행실로부터 이륙할 수 있게 되었다. 돈이 넉넉지 않은 사람들을 겨냥해서 콩라드는 개인 타나토드롬을 상품화했다. 그것은 사우나탕과 비슷하게 생긴 목조 오두막이지만, 이륙하는 데 필요한 장비는 두루 갖춘 것이었다. 또, 콩라드는 선택 품목으로 우리 타나토드롬에서 사용하는 것과 똑같은 음향 설비와 비행복을 마련해서, 20만 프랑을 더 내는 사람들에게 제공하였다.

어머니가 하시는 사업도 경기가 좋았다. 어머니는 출판사를 내어 아망딘 발뤼스의 전집을 출판하였다. 그 전집에는 『빈사자 편람』, 『천국 주말여행을 위한 몇 가지 제언』, 『영계 탐사 10강』, 『천식 환자, 심장병 환자, 간질 환자의 내생을 위한 도움말』 따위가 들어 있다.

아망딘의 책들은 모두 베스트셀러가 되었다. 하지만 다른 책들과의 경쟁이 만만치 않았다. 영계 탐사에 관한 실용적인 입문서와 증언-이야기 모음도 대성공을 거두고 있었다.

영계 비행은 이제 누구나 할 수 있는 일이 되었다. 콘라드가 파는 장비 일습을 구입할 수 없는 사람들은 명상을 이용해서 언제든지 육체를 벗어날 수 있었다.

249. 인도 철학

죽는 순간의 정신 상태가 어떠하냐에 따라 내생의 형태가 달라진다. 물론 평생토록 악에 빠져 지낸 자의 정신에 고결한 희원이 생겨날 수는 없을 것이다. 그렇기는 해도 이전의 여러 삶을 사는 동안에는 억눌린 채 움츠리고 있던 좋은 성품이 평생 잘못을 저지르며 살아온 사람의 영혼을 죽는 순간에 완전히 뒤바꾸어 버리는 경우가 있다.

마 아난다 모이
프랑시스 라조르박의 논문, 「죽음에 관한 한 연구」에서 발췌

250. 상황이 어려워진다

영계 탐사에 관한 지식이 세상에 널리 퍼짐에 따라, 인생이 덧없는 나그넷길에 지나지 않는다는 생각이 사람들 속에 자리를 잡아 가고 있었다. 현생 이전에도 삶이 있었고 현생 이후에도 삶이 있을 것이며, 육체는 죽어도 영혼은 살아남는다는 것. 구체적으로 촉지할 수는 없지만 천국의 자리는 우리 은하 한가운데에 있는 블랙홀이라는 것. 일곱 천계로 이루어진 〈우주적인〉 대륙이 있고, 그 마지막 천계에는 우리의 모든 문제를 해결할 수 있는 천사들이 살고 있다는

것. 그런 것들을 이제 거의 모두가 알고 있었다.

그런 비밀들을 드러냄으로써 가장 먼저 손해를 본 사람은 우리 대통령 뤼생데르였다.

선거가 한 달밖에 남지 않은 상황에서, 리샤르 픽퓌라는 후보가 뜻하지 않은 주장을 들고 나왔다. 천국에 올라가서 어떤 천사를 만났는데, 그 천사가 가르쳐 준 바에 따르면, 자기가 율리우스 카이사르의 환생이라는 것이었다.

「그것을 가르쳐 준 게 어떤 천삽니까?」

공개 토론을 벌이는 자리에서 뤼생데르가 물었다.

「무미아입니다. 잘 아시겠지만, 사람들의 사업이 성공하도록 도와주는 천사죠.」

상대 후보는 전혀 당황하는 기색을 보이지 않고 거침없이 대답했다.

율리우스 카이사르는 뤼생데르가 하나의 모범으로 삼고 있는 인물이었다. 그래서 그는 그 대정치가의 생애에 대해서 달달 욀 정도로 훤히 알고 있었다. 뤼생데르는 자기 지식을 이용해 상대 후보를 함정에 빠뜨리려고 했다. 그러나 상대는 그리 호락호락하지 않았다. 픽퓌는 고대 로마의 대광장을 세밀하게 묘사하고 율리우스 카이사르의 건강 문제를 낱낱이 이야기함으로써 기자들의 경탄을 자아냈다. 뤼생데르조차도 상대의 세밀한 묘사에 얼이 빠질 정도였다.

픽퓌는 거짓말쟁이거나 백과사전적인 기억력을 가진 사람일시 분명했다. 그의 뒤를 이어, 로베르 몰랭과 필립 필루라는 후보도 환생을 들고 나왔다. 몰랭은 자기가 나폴레옹 보나파르트의 환생이라고 주장했고, 필루는 자기가 전생에 알렉산드로스 대왕이었다고 주장했다. 그러나 우리는 천사들이 그런 것을 일일이 가르쳐 줄 만큼 수다스럽지 않다는 것을 알고 있었기에, 새로운 후보들이 쏟아 내는 그런 주장들을 곧이곧대로 믿지는 않았다.

뤼생데르는 영계를 개척한 최초의 국가 원수임을 내세웠지만, 카이사르와 나폴레옹과 알렉산드로스는 거대한 제국을 건설한 인물들이었다. 그들의 환생임을 주장하는 후보들은 한결같이 자기들은 프랑스에 국제적인 명성을 안겨다 주는 것에 그치지 않고 영계를 완전히 정복하겠노라고 기염을 토했다.

그들의 공약에는 엄청난 위험이 도사리고 있었다. 뤼생데르는 자기가 낙선되는 것보다 천국의 안위를 더 걱정했다. 그는 그 위험에서 벗어날 수 있는 방법을 찾기 위해 우리를 한데 모았다.

「자신이 카이사르, 나폴레옹, 알렉산드로스이었다고 주장하는 자들이 선거에서 이기는 날이면, 영계 전투가 다시 벌어지고 은하는 얼마 안 가 통제 불능의 아수라장이 되고 말 걸세.」

로즈가 한 가지 방법을 제안했다.

「역사학자들의 도움을 비는 거예요. 다른 후보들이 들고 나오는 그 위인들의 삶은 결코 모범적이지 않았어요. 그들은 간음죄를 범한 사람들이고 전제 군주였어요. 그들은 여러 대륙을 유린했고 무수히 많은 사람들을 죽게 했어요.」

우리는 역사책을 다시 뒤적였다. 율리우스 카이사르는 내전을 일으켜 로마 공화정을 무너뜨렸고, 나폴레옹은 프랑스 대혁명을 파괴하고 불필요한 분쟁을 일으켜 유럽을 피로 물들였다. 알렉산드로스 대왕은 품행이 수상쩍었고, 짧은 생애만큼이나 그의 제국도 단명했다.

우리가 옛 사람들의 악행을 들먹이며 간접적으로 상대 후보들을 깎아내리고 있을 때, 우리에게 뜻하지 않은 도움을 주는 사람들이 나타났다.

스스로를 베르생제토릭스의 환생이라고 주장하는 어떤 사람이 텔레비전에 나와서, 카이사르가 알레지아를 포위하고 있는 동안 그곳에서 농성하고 있던 갈리아인들을 거리낌 없이 굶겨 죽였던 일을 상기시켰다. 그는 갈리아인과 로마 군대 사이의 전투가 얼마나 끔찍했는지를 한 시간에 걸쳐서 이야기했다. 결국 카이사르는 오늘날 프랑스 유권자들의 조상을 굶겨 죽인 인물이 되는 셈이었다.

자기가 나폴레옹의 첫 번째 황후인 조제핀의 환생이라고 주장하는 여자도 나타났다. 그 여자는 여성 잡지를 통해 나폴레옹의 간통 행각에 대한 험담을 늘어놓았고, 에스파냐 전쟁 때의 대학살과 러시아 원정 때의 퇴각 및 워털루 전투의 참패를 강조했다.

알렉산드로스 대왕을 내세우는 후보는 비교적 수월하게 난관을 헤쳐 나갔다. 고대를 전공한 역사학자 말고는 그의 추잡한 삶에 대해 자세히 아는 사람이 없기 때문이었다. 그렇기는 해도 대학살과 방탕한 생활에 대한 그럴듯한 얘기들이 간간이 나오기는 했다.

전생에 대한 폭로가 쇄도하는 상황에서 뤼생데르는 자기 전생에 관해 철저하게 침묵을 지켰다. 그는 자기 현생만으로도 국민들의 지지를 충분히 얻을 수 있으며, 자기 현생만이 자기 미래를 결정할 거라고 장담했다. 유권자들 대다수는 천사들을 만나 본 적이 없었고, 자기가 어떤 훌륭한 사람의 환생이라고 자랑할 수 있는 형편이 아니었기 때문에 뤼생데르의 말에 고개를 끄덕였다. 나중에 심판을 받을 것은 현생의 업이지 과거의 업이 아니라는 것은 누구나 다 알고 있었기 때문에 뤼생데르의 태도는 더욱 좋은 평가를 받았다. 픽퓌가 아무리 카이사르의 환생임을 자랑해도 그는 어디까지나 픽퓌일 뿐이었다.

그러나 알렉산드로스 대왕의 환생임을 주장하는 후보와 그의 천사 같은 얼굴은 대중의 사랑을 받고 있었다. 그는 우월감에 가득 찬 거만한 사람이었음에도 그의 인기는 대단하였다. 선거를 일주일 앞두고 행해진 여론 조사에서 그는 34퍼센트의 지지를 얻었다. 뤼생데르는 24퍼센트로 그보다 한참 뒤져 있었다. 하위로 처진 카이사르와 나폴레옹은 각각 13퍼센트와 9퍼센트의 지지를 얻었다.

「막판 뒤집기라는 기적이 일어나야 할 텐데.」

뤼생데르 후보가 한숨을 쉬었다.

「제게 한 가지 방안이 있어요.」

아망딘이 꿈을 꾸듯이 생각에 잠긴 채 중얼거렸다.

251. 힌두교 철학

그렇게 끝없이 새로 시작한다는 관점에 힌두교 사상가들은 얼마간 싫증을 내고 있다. 사상가들이 죽음과 환생을 끊임없이 거듭하는 그 고통스러운 게임에 종지부를 찍고 싶어 하는데 반해서 대중들은 그것을 기꺼이 받아들이고 있다.

알렉산드라 다비드 닐, 『내가 살던 인도』
프랑시스 라조르박의 논문, 「죽음에 관한 한 연구」에서 발췌

252. 선거, 그리고 그 결과

아망딘은 실제로 한 가지 방안을 생각해 냈다. 그것도 아주 그럴싸한 방안이었다. 투표일 바로 전날에 〈영계 특파원〉인 막심 빌랭이 우리 선거 운동 팀에 합류했다. 뤼생데르의 〈기적〉은 그에게서 왔다.

빌랭은 기자 회견을 자청하고 기자들을 모은 다음, 천사들이 뤼생데르에 대한 지지 의사를 표명했다고 침착한 어조로 발표했다. 천사들이 왜 뤼생데르를 지지하느냐는 질문이 나왔다. 막심 빌랭은 이렇게 대답했다.

「천사들은, 아니 천사들만이 뤼생데르의 전생과 현생을 다 알고 있습니다. 그것을 바탕으로 뤼생데르를 지지하게 된 것입니다.」

천사들의 보증은 선거에 결정적인 영향을 미쳤다. 악업 점수를 얻을 각오를 하고 하늘이 원하지 않는 후보에게 표를 던질 사람은 거의 없었다. 투표장에 가지 않은 사람들은 병자와 신체 부자유자들뿐이었다. 뤼생데르는 73퍼센트의 표를 얻고 재선되었다.

막심이 일등 공신이었다. 그의 명성과 전설적인 정직성 덕분에 뤼생데르가 다시 대통령이 되었다. 「어떤 영혼과의 대화」를 그토록 충실하게 기록한 바 있는 막심 빌랭이 거짓

말을 하리라고 생각하는 사람은 아무도 없었을 것이다.

하지만, 막심 빌랭은 아주 심한 악업을 스스로 떠맡은 셈이었다. 그가 거짓말을 한 게 분명했다. 천사들이 선거에 대해 어떤 의견이든 표명할 까닭이 없었다. 사실을 말하자면, 그들은 우리 선거에 관심조차 갖지 않았을 거였다.

막심 빌랭은 악업을 떠맡은 대가로 대통령으로부터 영계 탐사 훈장을 받았다.

축하연 자리에서 나는 농담 삼아 막심 빌랭에게 이렇게 물었다.

「혹시 마키아벨리가 환생해서 자네가 된 거 아니야?」

땅딸막한 막심은 겸연쩍은 표정으로 빙긋 웃었다.

「이왕이면 단테나 셰익스피어에 나를 비교해 주었으면 하네.」

「자넨 거짓말을 했어. 그렇지?」

「그렇게 생각해? 난 거짓말을 어떻게 하는 건지도 모르는 사람일세. 진실은 때와 장소에 따라 달라지지. 어쨌든 뤼생데르가 당선되었네. 그건 저 위에서 천사들이 그를 호의적인 눈으로 바라보았기 때문이 아니겠나.」

그렇게 말하면서 그는 내게 한쪽 눈을 찡긋해 보였다.

253. 경찰 기록

관계 부서에 보내는 보고

우리가 예견한 대로 일이 벌어지고 있습니다. 너무 늦었습니다. 세상에 권태를 느끼는 사람들이 나타나기 시작합니다.

관계 부서의 회신

우리는 여전히 상황을 잘 통제하고 있음. 우리를 과소평가하지 말기 바람.

254. 유대교 신화

은사슬이 끊어지면…….

「전도서」 12:6

프랑시스 라조르박의 논문, 「죽음에 관한 한 연구」에서 발췌

255. 과거의 비밀이 밝혀지다

뤼생데르가 대통령에 다시 당선된 뒤로 영계 탐사는 과학 실험의 성격에서 완전히 벗어나 대중에게 더욱 확산되었다. 마지막 천계를 다녀오는 사람들이 갈수록 늘어났다.

그에 따라 새로운 사실을 알아냈다고 주장하는 사람들이 속출하게 되었다.

아무나 천사를 만났다고 주장하고 자기 나름의 특종 뉴스를 가져와서 우레 같은 충격을 안겨 주기가 일쑤였다.

그렇게 해서 아돌프 히틀러가 어떤 심판을 받았는지 알아냈다는 소식이 텔레비전 뉴스를 통해 알려졌다. 히틀러는 분재(盆栽) 나무로 환생했다고 했다.

그 소식을 듣자, 로즈가 깜짝 놀라며 소리쳤다.

「분재 나무라고? 사람의 영혼이 식물 형태로 되돌아가는 일은 없는 줄 알았는데.」

아망딘이 자기가 아는 바를 들려주었다.

「성 베드로가 내게 설명한 바에 따르면, 경우에 따라서는

그럴 수도 있는 모양이에요. 사람은 대개 자기를 개선할 수 있는 방식으로 환생하지만, 사람으로 사는 동안 동물만큼 어리석었음이 판명되면 동물의 수준에서 모든 걸 다시 시작하는 거예요. 또, 그 어떤 야수보다 훨씬 더 야만적인 짓을 한 사람은 식물로 되돌아가고, 더 나아가 광물로까지 되돌아갈 수 있어요.」

사람이 거실의 분재 나무로 환생할 수 있다는 사실에 나는 무척 놀랐다.

사람들은 경솔한 어떤 천사가 일러 준 곳에서 문제의 분재 나무를 찾아냈다. 총통의 환생이라는 분재 나무는 어떤 넉넉한 가정의 사내아이가 기르는 것이었다. 그 아이는 분재 나무의 삶이 어째서 형벌이 되는지 이해하지 못하고 있었다. 아이는 자기 나무를 아주 정성스럽게 돌보았고, 그것에 많은 애착을 느끼고 있었다.

나는 그 분재 나무를 바라보다가 그것의 삶이 왜 형벌이 되는지를 이내 깨달았다. 분재 나무의 일생은 고통의 연속이다. 수목은 제 크기에 비해 너무 작은 화분에 심어진 다음, 가지 솎기, 가지치기, 눈따기, 순 따기, 잎 따기, 뿌리 다듬기 따위를 끊임없이 당한다. 분재란 식물에 대한 잔학 행위가 예술의 수준으로 승화된 것이다. 웃자라지 못하게 하느라고 물도 충분히 안 주고, 사지는 끊임없이 잘려 나가며, 뿌리도 마음 놓고 뻗을 수 없고, 탁한 공기에 영양도 변변치 않은 분재의 삶은 한마디로 고통일 뿐이다.

자란다는 것은 모든 식물의 가장 기본적인 권리다. 땅에서 자라는 모든 것들은 그 권리를 마음껏 향유한다. 그러나 분재의 수목은 자랄 수 있는 권리를 박탈당한 채 언제나 난쟁이의 모습으로 남아 있어야 한다.

물론, 사람들은 더 예쁘게 보이도록 가꾼다는 구실을 내세운다. 그것은 중국인들이 오랫동안 전족(纏足)을 정당화해 온 것과 맥이 닿는다. 중국에는 여자아이의 발을 면포로 단단히 묶어 발의 성장을 정지시키는 풍속이 있었다. 분재의 경우는 그보다 더 나쁘다. 분재에서는 단지 발만이 문제가 되는 것이 아니다. 사람들은 수목의 상지(上肢)인 가지와 하지인 뿌리를 매일같이 잘라 댄다.

흉악한 전범에게 일본식 분재 나무로 환생하도록 벌을 내린 것은 대단히 치밀한 판단이었다. 나는 어린 시절, 부모님이 단지 돈을 절약한다는 이유로 형이 입던 꽉 끼는 옷을 입으라고 강요하셨을 때, 내가 느꼈던 절망감을 떠올리며 몸서리를 쳤다.

나는 심판 대천사들이 아주 멋진 생각을 해냈다고 여겼다. 그러나 히틀러에 대한 대천사들의 심판이 성에 차지 않아, 그들보다 더 악의적이고 더 교묘한 형벌을 내리고 싶어 하는 사람들이 있었다. 그들은 대대적인 청원을 통해 그 분재 나무를 사형에 처하라고 요구했다. 결국 사람들은 그 분재 나무가 썩어 없어지도록 땅에 묻어 버렸다. 그렇게 해서 그 분재 나무의 영원한 형벌이 끝이 났다(나로서는 대단히 유감스러운 일이 아닐 수 없었다).

제7천계를 다녀온 사람들이 폭로하는 〈새로운 사실〉이 잇달아 발표되었다. 그 가운데는 진실성을 검증할 수 있는 것도 있었고 그렇지 못한 것도 있었다. 나는 천사들이 그렇게 많은 사람들과 수다를 떨었다는 것을 도저히 믿을 수 없었기 때문에 사람들의 주장을 매번 신중하게 검토하였다. 저승을 다녀온 몇몇 여행객들의 이야기에 따르면, 앙리 4세를 시해한 혐의로 사형 당한 라바약은 무죄였고, 〈철가면〉은 루이 14세의 알려지지 않은 누이였다. 또, 나치 치하에서 헝가리의 유대인들을 구했던, 스웨덴의 용감한 외교관 라울 발렌베리는 소련 국가 안보 위원회 KGB에 죽임을 당했고, 그와 비슷하게 〈붉은 벽보〉 레지스탕스 대원들은 프랑스 공산당원인 그들의 〈동지들〉에 의해 고발당했다. 존 레넌은 단순히 살해당한 것이 아니라, 직접 살인 청부업자를 만나 자살을 도와 달라고 부탁한 것이었다. 기사(騎士) 에옹[34]은 남녀 추니였다. 니콜라 플라멜[35]은 부르주아들을 죽이고 그들의 재산을 강탈해서 재산을 모은 다음, 쇠붙이를 금으로 변환하는 비법을 발견하여 부자가 되었다고 해명했다. 할복자(割腹者) 잭은 궁정 의사였던 윌리엄 걸[36]이었다.

사람들은 폭군들에게 대체로 그에 상응하는 벌이 내렸음을 확인했다. 스탈린은 실험실의 흰쥐로 환생했고, 무솔리니는 곡마단의 개가 되었다. 남미의 파시스트 장군들은 대

---

34 d'Éon de Beaumont(1728~1810). 프랑스의 첩보원. 영세한 귀족의 아들로 태어나 비범한 글재주와 검술 덕택에 루이 15세의 왕실 기밀국에 발탁된 뒤, 여장을 하고 러시아와 영국에서 활동하였다. 〈이성의 옷을 입고 싶어 하는 경향〉을 뜻하는 에오니즘은 바로 에옹의 이름에서 나온 것이다.

35 Nicolas Flamel(1330~1418). 프랑스의 작가. 엄청난 재산을 모아 많은 병원과 성당에 기부했다. 그는 부의 축적을 정당화하기 위해 스스로를 연금술사라고 주장했다.

36 William Whithey Gull(1816~1890). 영국의 의사.

개 거위로 환생하여, 크리스마스의 거위 간 요리를 위해 도살당할 운명에 처해 있었다.

그러나 그렇게 〈짓궂은 사람들〉만 있었던 것은 아니고, 의심스러운 하늘의 계시를 이용해서 자기를 뽐내려는 사람들도 있었다.

약삭빠른 사람들은 진실인지 거짓인지 알 수 없는 자기들의 전생을 늘어놓으면서 현생에서 이득을 취하려고 했다. 파리에 사는, 아시아계의 한 식료품상은 자기가 모딜리아니의 환생이라고 주장했다. 그는 옛 화상들의 후손이 얻은 상당한 금액의 이익이 자기 몫이라면서 그들을 상대로 소송을 제기했다. 에어로빅 강사로 텔레비전에 출연하는 어떤 매력적인 여인은 자기가 보티첼리의 환생이라고 단언했다. 그 여자는 경매를 통해서 자기 부담으로 몇 폭의 그림을 미술관으로부터 되찾을 수 있었다.

그 밖에도 헤아릴 수 없을 만큼 많은 갖가지 소송과 배상 요구가 있었다. 누구 말따따나 인류 역사 전체를 재검토, 재규명하고, 허구를 깨뜨려야 할 판이었다.

256. 기독교 신화

본디 영혼은 깨끗하게 되고 바르게 될 필요가 있습니다. 이승에서 그것이 이루어지지 않으면 영혼의 정화는 뒤따르는 내생에서 이루어집니다.

니사 사람 성 그레고리우스[37]
프란시스 라조르박의 논문, 「죽음에 관한 한 연구」에서 발췌

257. 스테파니아의 실수

프레디 2세가 자라는 걸 보는 게 우리의 유일한 낙이었다. 영계 탐사에 관한 대중의 관심은 날로 커져 가는데 비해서, 우리의 관심은 갈수록 시들해졌다.

가정이 나의 유일한 우주였고, 나는 점점 더 가정에 매달렸다. 세상은 열리고 있었지만 나는 스스로를 가두고 있었다. 그 시기에 나는, 결혼하고 아이 낳고 견실한 가정을 이루어서 그 상태를 되도록 오래 유지하는 것이 인생에서 가장 중요한 일이라고 확신했다. 건전한 가정생활의 공덕은 후손들에게도 영향을 미치기 때문에, 그런 집안에서는 성격 장애자, 압제자, 몰인정한 자가 나오지 않으리라고 생각했다.

나는 행복했다. 로즈를 사랑했고, 아들을 가르치는 일이 즐거웠다. 옛날 라울 덕분에 내가 책에 재미를 붙였듯이, 나는 아들에게 책 읽는 재미를 가르쳐 주었다. 로즈는 아들에게 별들을 어떻게 관찰하는지 가르쳐 주었다. 영계 탐사가 있기 전에, 사람들은 별을 올려다보면서 자기들의 문제를 상대적인 것으로 고쳐 생각할 수 있었다. 그러나 우리의 영계 탐사 때문에 별을 바라보는 일의 의미가 아주 달라졌다.

나는 독서에 대한 나의 왕성한 욕구를 아들에게 전수함으로써 스스로 공부하는 능력을 키워 주고 싶었다. 그래서

---

37 Gregorius(335?~395?). 로마 시대 소아시아 니사의 주교를 지낸 신학자, 동방 교회의 교부(敎父). 381년 콘스탄티노플 공의회에 참여하였고, 황제의 종교 고문이 되었다. 아리우스 신학을 비판하고 오리게네스 신학을 개선하는 저서를 많이 남겼다.

나는 세 살배기 아이가 가장 흥미를 느끼리라고 생각되는 전설, 동화, 우화, 아름다운 배경을 가진 짤막한 이야기 따위를 들려주었다.

우리는 이미 영계 탐사가 몰고 온 충격을 겪고 그것을 이겨 냈지만, 포근한 우리 가정의 울타리 밖에서는 그 충격의 파동이 여전히 세상을 뒤흔들고 있었다.

어느 날 스테파니아는 잔뜩 화가 난 채 돌아왔다. 길을 걷고 있는데 어떤 낯선 사람이 다가와 거액의 돈을 주더라는 것이었다. 그 이유는 그녀를 유혹하려는 것이 아니라 그저 착한 일을 하기 위해서라는 거였다. 스테파니아는 그 돈을 받지 않으려고 한바탕 싸움을 벌였다.

「세상이 온통 달착지근하고 착하고 나긋나긋해요. 난 이 모든 게 지긋지긋해요.」

「그럼 폭력적인 세상이 낫다는 거예요? 괜히 하는 소리죠?」

로즈가 그렇게 묻자 스테파니아는 얼굴이 벌게지도록 성을 냈다.

「아니, 괜한 소리가 아니에요. 예전에도 착한 사람들은 있었어요. 그들은 자기가 그것을 원하기 때문에 착한 일을 했어요. 그들은 착한 것과 악한 것 중에서 착한 것을 자유롭게 선택할 권리가 있었어요. 그러나 지금은 달라요. 모두가 착해요. 그건 순전히 맹목적인 집착 때문이에요. 사람들은 모두 저승에서 치를 시험에 떨어질까 봐 전전긍긍하고 있어요. 그건 아무 의미가 없어요.」

그때, 더 이상 닫아 둘 필요가 없어진 우리 아파트 문 앞에 거지 한 사람이 나타났다. 누더기 옷차림으로 보아 거지임이 분명했다. 그는 아파트 안으로 태연히 들어와 곧장 냉장고 쪽으로 갔다. 그는 냉장고에서 훈제 연어 샌드위치와 아주 시원하게 해놓은 작은 맥주병을 꺼내더니 우리 곁으로 와서 편안하게 앉았다. 우리 대화에 동참하려는 모양이었다.

내가 미처 말릴 사이도 없이, 스테파니아는 그 거지에게 달려들어 그의 손에서 샌드위치와 맥주병을 낚아챘다.

스테파니아가 버럭 소리를 질렀다.

「당신이 뭔데, 여기 와서 이러는 거야!」

거지는 어안이 벙벙해져서 흥분한 스테파니아를 바라보았다. 모든 사람들이 문을 열어 놓고 살게 된 다음부터, 그는 아무 집에나 들어가서 자기 마음대로 뒤져 먹는 짓에 익숙해 있던 터였다.

「어…… 어…… 당신 미쳤어요?」

거지가 말을 더듬었다.

「이런 무례가 어디 있어? 남의 집에 함부로 들어오면 혼난다는 것을 사람들이 안 가르쳐 준 모양이지?」

부랑자가 분개했다.

「당신이 감히 나한테 적선하는 것을 거절한다 이거요?」

「네가 지금 동냥하러 온 놈이야? 동냥은 얼마든지 주겠어. 하지만, 더러운 몸에 때가 덕지덕지한 옷을 입고 들어와 집 안에 온통 악취를 풍기는 건 참을 수가 없어.」

비렁뱅이가 로즈와 나에게 응원을 청했다.

「이 아주머니, 제정신이 아니군요. 적선을 거절하면 카르마에 얼마나 나쁜 영향을 미치는지 통 모르는 모양이에요.」

우리는 불안한 마음으로 스테파니아를 바라보았다.

그녀가 다시 분노를 터뜨렸다.

「잔소리 말고, 꺼져! 이 버러지 같은 자식아.」

거지는 그녀를 빤히 바라보면서 빈정거렸다.

「좋아요. 가라면 가지요. 하지만, 나중에 다시 태어나서⋯⋯ (그는 잠시 스테파니아가 받아 마땅한 가장 고약한 내생이 뭘까를 생각하는 듯했다) 암에 걸리더라도 놀라지 마시오.」

스테파니아는 거지의 역겨운 입 냄새를 아랑곳하지 않고 그의 얼굴 앞에 자기 얼굴을 바싹 들이댔다.

「너 그 말 다시 한 번 해볼래?」

거지는 빈정거리는 웃음을 흘리며 자기가 했던 말을 당당하게 되풀이했다.

「당신은 내생에서 암 환자가 될 거요.」

어느새 스테파니아의 손이 올라갔는지, 따귀 올려붙이는 소리가 두어 차례 울려 퍼졌다. 그 서슬에 탁자 위에 놓인 물 잔이 흔들릴 정도였다.

거지는 성이 나기보다는 놀란 눈치였다. 여자가 자기 같은 거지에게 폭력을 행사하리라고는 전혀 생각지 않았던 모양이다. 그는 얼얼한 뺨을 쓰다듬었다.

눈을 휘둥그렇게 뜨고 그가 말했다.

「당신이 나를 때렸겠다!」

「그래. 때렸다. 너를 때렸으니, 내게 다른 저주가 또 내리겠네? 하지만, 그 따위 말은 더 이상 듣고 싶지 않아. 암에 걸릴 거라고? 좋아. 그럼, 나는 그때를 기다리면서 현생에서는 좀 즐기며 살 테야. 그러니 너는 당장 꺼지는 게 신상에 이로울걸. 발길질을 더 당해야 정신 차릴래?」

「이 여자가 날 때렸어. 이 여자가 날 때렸어.」

그는 거의 노래를 흥얼거리듯이 그렇게 되뇌었다.

그는 뺨을 맞음으로써 자기가 순교자의 수준으로 격상되었다고 생각하는 모양이었다. 폭력적이고 공격적인 여자에게 뺨을 맞았으니 틀림없이 적지 않은 선업 점수를 받게 되리라고 생각하는 듯했다.

거지는 환한 얼굴로 문을 나갔다.

스테파니아가 우리에게로 몸을 돌렸다.

그녀가 이마를 짚으며 말했다.

「봐요. 모두가 미쳐 가고 있어요.」

우리는 무어라고 대답할 말이 없었다. 사실, 그 순간에 우리는 스테파니아를 걱정하며 불안을 느끼고 있었다. 저러다가 스테파니아가 정말 내생에서 암 환자가 되는 것은 아닐까?

「그 사람을 때릴 것까진 없었어요. 혹시 모르잖아요······.」

내가 말문을 열자, 그녀가 대뜸 말을 막았다.

「이건 사람 사는 세상이 아니라, 벌레들이 사는 세상이에요. 아직도 그걸 이해하지 못하고 있어요? 감정도, 두려움도, 갈등도 찾아볼 수가 없어요. 이제 이 세상에는 미신에 빠진 무골충들밖에 없어요. 사람들은 착한 게 아니에요. 이기적인 거예요. 오로지 자기들 카르마만 걱정하고 있어요. 그들이 선행을 하는 것은 오로지 내생에서 좋은 지위를 차지하려는 이기심 때문이에요. 참으로 따분한 세상이에요!」

스테파니아의 말을 들으니, 문득 나 자신을 돌아보게 되었다. 나 역시 이기심 때문에, 게으름 때문에, 그리고 내 삶을 복잡하게 만들고 싶지 않아서 언제나 착하게 굴었다. 악하게 살려면, 남에게 관심을 가져야 하고 남의 방어 행동을 고려해야 하며 남을 괴롭힐 수 있는 못된 짓을 구상해야 한다. 그러나 착하게 살면 남을 간섭하지도 않고 남의 간섭도 받지 않으며 살 수 있다. 친절은 조용히 살기 위한 가장 편안한 방법이다.

스테파니아는 우리 안에 갇힌 암사자처럼 거실 안을 돌아다녔다.

「난 당신들에게 싫증을 느껴요. 착한 마음에 신물이 나요. 우리가 밝히지 말았어야 할 비밀을 알려 준 뒤로 세상은 너무 많이 변했어요. 이 세상이 지긋지긋해요. 잘 있어요! 난 떠날래요.」

그러고 나서 스테파니아는 두말없이 가버렸다. 술에 취해 지낼지언정 여전히 자기 남편인 라울에게 작별 인사 한마디 하지 않고, 자기 물건을 챙겨 뷔트 쇼몽 타나토드롬을 떠나 버렸다.

258. 유대교 신화

사람이 죄를 지으면 그것은 육신의 잘못인가, 영혼의 잘못인가? 육신과 영혼은 대등하게 신의 심판을 받는 것일까?

육신은, 영혼이 자기 곁을 떠난 뒤로 자기가 무덤 속에서 꼼짝 못 하고 누워 있다는 사실을 들어, 자기 혼자서는 아무것도 할 수 없으니 이전에 지은 죄는 모두 영혼의 탓이라고 주장할 것이다. 그에 대해 영혼은 죄 많은 육신을 떠난 뒤로 자기는 새처럼 평화로이 허공을 날고 있다는 점을 들어, 죄를 지은 것은 육신이라고 반박할 것이다.

영혼과 육체는 그런 식으로 신의 심판을 모면할 수 있는 것일까? 사람들이 그 물음에 대한 답을 들으러 어떤 현인을 찾아갔다. 현인들이 모두 그러하듯 그도 비유로 대답했다. 현인의 이야기는 이러하였다.

옛날에 어떤 왕이 있었다. 그는 자기 과수원을 충실하게 지켜 줄 사람을 찾고 있었다. 그가 고심 끝에 선택한 사람은 장님과 앉은뱅이였다.

앉은뱅이는 얼마 안 가서 먹음직스러운 열매에 넋을 잃게 되었다. 그는 장님에게 이렇게 제안했다.

「네 등 위에 올라가서 저 열매들을 딸 수 있게 해줘. 그런 다음에 열매를 나누어 먹자.」

장님은 유혹을 뿌리치지 못하고 앉은뱅이의 제안을 따랐다. 왕이 과수원에 와보니 열매가 하나도 남아 있지 않았다. 무슨 일인가 하고 놀라워하는 왕에게, 장님은 자기는 아무것도 못 보았노라고 대답했고, 앉은뱅이는 자기는 나무에 기어 올라갈 수가 없기 때문에 열매에 전혀 손을 대지 않았다고 말했다.

왕은 잠시 생각하다가 앉은뱅이에게 장님 등 위로 올라가라고 명령했다. 장님과 앉은뱅이는 마치 한 사람처럼 엉켜서 몽둥이찜질을 당했다.

그와 마찬가지로 영혼과 육신은 함께 신 앞에 나아가

심판을 받을 것이다.

『바빌로니아 탈무드』,[38] 「산헤드린」 9:a~b
프랑시스 라조르박의 논문, 「죽음에 관한 한 연구」에서 발췌

259. 역사 교과서

영계 탐사 덕분에 세계는 평화와 번영과 행복을 맞이하게 되었다. 인류가 지구 상에 출현한 뒤로 3백만 년 이상 품어 온 오랜 소원이 마침내 이루어진 것이다. 그때까지 사람들은 죽음을 하나의 형벌, 하나의 고통으로 여겨 왔는데, 영계 탐사가 이루어짐으로써 죽음에 대한 두려움이 사라졌다. 지상에서 착한 일을 하면 영계에 가서 보상을 받는다는 사실도 모두가 알게 되었다.

타나토노트들 덕분에 지구 상에서 전쟁과 증오와 질투가 사라지고 새로운 시대가 열렸다. 미국의 고대 생물학자 썬더는 〈호모 사피엔스〉라는 말을 폐기하고 한결 현대적인 〈호모 타나토노티스〉라는 말을 사용하자고 제안했다. 〈호모 타나토노티스〉는 자기의 삶과 죽음은 물론이고 전생과 내생까지도 지배하는 인간이다.

---

38 〈위대한 연구〉를 뜻하는 『탈무드』는 「미슈나」와 「게마라」를 집대성한 것이다. 「미슈나」는 토라에 대한 구전의 해석이나 주석을 랍비들이 편집한 것이며, 「게마라」는 「미슈나」에 대한 여러 가지 해석을 모은 것이다. 이 두 가지를 집대성하는 과정은 팔레스타인과 바빌로니아에서 각각 4세기 말과 6세기에 이루어졌다. 후자 쪽이 분량도 많고 더 중요하게 여겨져 왔기에 보통 『탈무드』라 할 때는 이 『바빌로니아 탈무드』를 가리킨다. 『탈무드』는 전 20권, 1만 2천 쪽, 250만 단어가 넘는 방대한 성전이며, 「산헤드린」은 그중 한 권이다.

영계 탐사는 인류에게 참으로 엄청난 도약을 가져다주었다.

『기초 강의용 영계 탐사의 역사』

260. 스미스소니언 박물관 구경

스테파니아가 없어도 삶은 계속되었다.

로즈와 나는 유월절 주말을 이용해서 프레디 2세를 데리고 워싱턴에 가기로 했다. 우리 모험과 관련된 기념물들이 모두 보관되어 있는 스미스소니언 박물관을 구경하기 위해서였다. 그 여행은 보람이 있었다. 그 웅장한 콘크리트 건물 안에서, 우리는 우리가 처음으로 사용했던 이륙용 의자를 다시 보았고, 영계 탐사의 제단에 바쳐진 초창기 지원자들의 명단을 가슴이 뭉클해짐을 느끼며 읽었다. 타나토노트들이 일상적으로 활동하는 모습을 흉내 내어 밀랍으로 빚어 놓은 우리 자신의 인형 앞에서 우리는 많은 시간을 보냈다.

나를 본떠 만든 인형은 별로 나를 닮은 것 같지 않았다. 입을 기이하게 벌쭉 벌리고 있는 것과 손에 커다란 주사기를 들고 있는 것이 그랬다. 아망딘의 인형은 스타의 인형답게, 한결 더 실물에 가까웠다. 몸에 꼭 끼는 검은 드레스를 입은 품이 영락없는 아망딘이었다.

시신이나 다름없는 라지브 뱅투의 육신도 한구석에 있었다. 쾌락이 가득한 암흑 천계에서 늑장을 부리며 끝내 돌아오지 않고 있는, 그 인도의 타나토노트는 냉동고에 보관된 채 아직도 링거액을 주입받고 있었다. 그가 이승으로 돌아오고 싶어 할 때를 대비해서 그의 육신을 보존하고 있는 모양이었다. 아닌 게 아니라 그의 육신 옆에 있는 표지판에는 그의 생명줄이 아직 끊어지지 않았다고 적혀 있었다.

박물관에는 첫 번째 코마 장벽을 넘은 뒤로 공포에 질린 채 은둔 생활에 들어갔던 브레송의 집 모형도 있었다. 그것은 집이라기보다 하나의 토치카였다.

우리의 랍비 프레디 메예르와 관련된 것도 있었다. 집단 비행을 위해 그가 고안한 다양한 비행 대형에 따라 인형들이 날고 있었다. 가로 10미터, 세로 30미터의 거대한 벽화에는 천국 전투의 실황이 생생하게 그려져 있었다. 단추를 하나 눌렀더니, 음향 효과까지 더해졌다. 〈으악〉, 〈악당아, 이걸 받아라〉, 〈더러운 이단자〉, 〈조심해! 나 죽어〉 하는 소리와 격렬하게 싸우는 소리가 들렸고, 생명줄이 끊어지는 소리를 재현하려는 듯 천을 찢는 소리도 섞여 있었다. 사실 연출은 터무니없는 것이었다. 정작 타나토노트들은 아무 소리도 내지 않기 때문이다. 설사 소리를 낸다 해도 우주의 진공 상태에서는 그것이 전달되지 않을 것이다.

스미스소니언 박물관은 거대했다. 관람객들에게 천국에 와 있다는 인상을 심어 주려는 듯, 어디를 가나 팝콘과 핫도그와 청량음료를 마음대로 먹을 수 있게 해주는 자동 공급기들이 널려 있었다. 미국인들은 역시 후한 대접을 할 줄 아는 것 같았다.

주 진열실 중앙에는 펠릭스 케르보스의 동상이 있었다. 그는 몇 세기를 먼저 산 크리스토퍼 콜럼버스와 악수를 나누고 있었다. 당연한 얘기지만, 환하게 웃고 있는 그 미남

청년은 우리가 알고 있던 아둔한 펠릭스와는 전혀 다른 모습이었다. 언젠가는 펠릭스의 초상이 새겨진 동전이 나오리라는 생각이 들었다. 그 동전에는 펠릭스의 새로운 그리스풍 옆얼굴과 〈알려지지 않은 곳을 향해 언제까지라도 곧장 나아가자!〉는 우리의 표어가 새겨질 것 같았다. 나로서는 그 말보다 우리의 옛날 표어인, 〈우리 다 같이 바보들을 물리치자〉가 더 마음에 들었다. 그 표어는 여전히 시의성을 지니고 있었다.

도나위 영혼의 심판을 재미있게 재연하는 곳도 있었다. 덥수룩한 흰 수염을 달고 있는 자동인형 셋이 투명한 합성수지로 만든 단(壇) 위에 올려져 있고, 그 단에는 심판 장소인 빛의 산을 나타내려는 듯 네온등을 밝혀 놓고 있었다. 자동인형들은 끊임없이 입을 움직이면서 〈지난 생의 모든 선행과 악행을 여기에서 심판합니다〉라는 말을 되풀이하고 있었다.

거기에서 좀 떨어진 곳에는 영혼의 비행을 탐지하는 감마선 탐지 장치 — 그것은 내 아내 로즈의 발명품이다 — 와 거대한 파라볼라 안테나, 가짜 초록색 점들이 그럴싸하게 나타나는 모니터 화면 등이 있었다. 뷔트 쇼몽 타나토드롬의 모습을 흉내 낸 것이었다.

박물관 책임자들은 관람의 마지막 순서로 영계를 본뜬 멋진 모형을 마련해 놓았다. 그 모형은 재생지로 만든 거대한 원뿔 모양의 터널인데, 넓게 벌어진 입구로 들어가서 점점 좁아지는 통로를 거쳐 나오도록 되어 있었다. 입구의 지름은 30미터, 출구의 지름은 2미터였다. 바닥이 컨베이어로 되어 있어서 가만히 서 있기만 해도 저절로 터널 안으로 들어가 천천히 나아갈 수 있었다. 터널 안은 구역에 따라 색깔이 변하도록 되어 있었고, 코마 장벽을 상징하기 위해 구역의 경계마다 커튼을 달아 놓았는데, 커튼 가장자리에 두툼한 플라스틱 장식이 달려 있어서 그 너머에 무엇이 있는지를 볼 수 없었다.

플라스틱 장막을 넘을 때마다 뭔가를 빨아들이는 듯한 소리가 들렸고, 주위에 슬라이드를 비춰서 각 천계의 특징을 설명하고 있었다. 그 설명은 영계에 관한 우리의 이야기를 토대로 한 것이었다. 암흑계에 들어섰을 때는, 어디에선가 이런 설명이 들려왔다. 〈여기에서 악마의 몇 가지 예를 보실 수 있습니다. 그 악마들은 모호 1을 처음으로 넘은 초기의 타나토노트들이 보았다고 주장했던 것들입니다.〉 그러나 거기에서 보여 주는 악마들의 그림 중에서, 우리가 마지막 천계에서 만났던 진짜 사탄과 비슷한 것은 전혀 없었다.

적색계에 들어서니, 모형의 설계자들이 아이들에게 충격을 주지 않으려고 애쓴 흔적이 보였다. 쾌락이 가득 차 있는 모습을 재현하기가 어려웠던지, 몇몇 인물들에게 입맞춤을 시키는 것으로 만족하고 있었다. 기다림의 시련을 겪는 구역에서는 컨베이어의 속도가 갑자기 느려져서, 사정을 모르는 사람들은 컨베이어가 고장이 난 게 아닌가 하고 생각하기 십상이었다. 절대지의 구역에서는 장외에서 들려오는 음성으로 피타고라스의 정리, $a^2+b^2=c^2$ 등과 같은 지식을 설명하고 있었다. 열등생들을 위한 보충 수업이라 할 만했다. 녹색계에서 절대미를 상징하기 위해 사용된 것은 작은 나비들과 웃는 모습의 돌고래였다.

구경 온 가족들은 사진도 부지런히 찍어 가면서, 한 마디 설명도 놓치지 않으려고 귀담아 들었다.

「아빠 엄마 말 잘 듣고 착하게 살면, 너도 언젠가는 천국을 구경하게 될 거란다.」

어떤 아버지가 아들에게 그렇게 말하고 있었다.

〈나도 나중에 우리 아들에게 저런 이야기를 꼭 들려줘야지.〉

컨베이어가 끝나는 곳은 아주 평범한 출구였다. 몇 시간 동안 박물관에 갇혀 있다 나오니, 햇빛이 그야말로 백색 천계와 같은 역할을 하고 있었다. 햇빛이 고마웠다. 약간 피곤을 느끼는 관람객들에게 그보다 더 좋은 보상은 없을 거였다. 넓은 홀에 셀프 서비스 식당이 몇 군데 있었다. 그곳에 앉아 잠시 휴식을 취했더니 기분이 상쾌해졌다. 기념품 가게들도 눈에 띄었다. 어머니 가게보다 물건을 훨씬 잘 갖춰 놓은 것 같았다. 티셔츠, 이륙용 의자의 모형, 천사와 악마의 모형, 천사나 악마가 들어 있는 그림책, 간편한 비행을 위한 비행식 등이 주요 상품이었다.

프레디 2세는 솜사탕을 맛있게 먹고 나서, 천사의 이름이 들어 있는 열쇠고리를 몇 개 사달라고 했다. 자기 수집품 중에 빠진 것을 거기에서 발견한 모양이었다. 나는 영계를 비행할 때의 모든 느낌을 〈실제와 똑같이〉 느끼게 해준다는 비디오테이프를 살까 하고 망설이다 그만두었다. 그렇게 널려 있는 모든 상품들이 왠지 역겹게 느껴졌다.

우리는 일정을 단축하고 대서양을 건너 돌아왔다.

261. 유대교 신화

인간이 이 세상에 태어나고 죽는 것은 영혼이 한 곳을 벗어나 다른 곳으로 옮겨 가는 것을 의미한다. 그것을 길굴림, 즉 환생이라고 부른다.

『조하르』
프랑시스 라조르박의 논문, 「죽음에 관한 한 연구」에서 발췌

262. 영계 마케팅

영계 탐사는 그야말로 대중적인 스포츠가 되었다. 죽어서 하게 될 여행을 미리 해보려고 덤벼드는 자들이 이루 헤아릴 수 없이 많았다. 어쩌면 그것은 당연한 일이었다. 죽음은 몇 사람의 문제가 아니라 모든 사람들의 문제이니까 말이다.

생명줄을 그대로 달고 있는 채로 새로운 기분을 맛보고 싶어 올라간 〈관광객들〉 때문에 영계가 북적거리게 되자, 진짜 죽어서 올라간 영혼들은 그들 사이를 겨우겨우 헤쳐 나가야만 했다.

관광객들 중에는 일본 사람들이 가장 많았다. 그들은 영계 탐사를 통해서 자기들이 극진히 숭배하는 조상들을 만나고 싶어 했다. 사정이 그러하니, 일본의 한 회사가 〈영계 상품〉을 가장 먼저 개발한 것도 놀랄 일이 아니었다. 일본의 선승들이 염력을 이용해서 그 상품들을 영계로 쏘아 올리는 일을 맡았다.

그러자 세계의 대기업들이 영계 마케팅에 뛰어들 생각을

했다. 2068년에는 영계에 처음으로 광고가 등장해서 죽은 이들과 영계 관광객들의 눈길을 끌었다. 그것은 콜라 회사의 광고로서 내용은 이러하였다. 〈코마 콜라로 당신의 영혼을 상쾌하게 하십시오.〉

보험 회사들도 콜라 회사의 뒤를 따랐다. 〈당신은 여기에 계십니까? 그렇다면, 뭔가 경솔한 행동을 하셨군요. 다시는 그런 일을 되풀이하지 마십시오. 다음에 환생하시거든, 저희 런던 종합 보험을 찾아 주십시오. 런던 종합 보험과 함께하면 현생과 내생이 모두 안전합니다.〉

처음에는 영계의 입구에서만 나타나던 광고가 급기야 첫 번째 코마 장벽 너머에도 나타나기 시작했다.

영계 광고 전문 대행사도 나타났다. 대행사들은 제멋대로 영계의 곳곳을 차지하고 광고를 내걸었다. 수사들이 진로를 바꾸어 광고 회사에서 활약하였다. 그들은 기도를 통해 정신을 집중한 다음, 영계에서 읽힐 광고 문구를 원하는 천계에 정확하게 쏘아 보냈다.

광고 비용은 면적에 따라 차이가 있었다. 판형은 $1m \times 2m$에서 $10m \times 20m$까지 있었다. 하늘은 무한히 넓었지만 수사들의 염력에는 한계가 있었다.

광고 회사를 찾는 고객들이 끊이지 않았다. 코마 콜라와 런던 종합 보험의 뒤를 이어 많은 회사에서 다음과 같은 광고를 냈다. 단체 여행 알선업자: 〈영계 항공과 함께 여행하십시오. 안전한 귀환을 보장합니다.〉 기저귀 회사: 〈앵페르 메아블렉스[39]는 실금(失禁)하는 노인과 그 노인의 환생이

39 〈새지 않는 천〉이라는 뜻의 조어.

될 미래의 갓난아기를 이어 주는 기저귀입니다. 앵페르메아블렉스로 미래의 당신인 갓난아기의 살갗을 보송보송하게 하십시오.〉 유제품 회사: 〈천연의 맛, 트랑지트[40] 요구르트! 트랑지트를 마시고 천연의 영계로 상쾌하게 출발하세요.〉 침구 회사: 〈솜누스[41] 매트리스, 성공적인 명상의 비결입니다.〉 콘라드 형의 이륙용 의자 회사: 〈옥좌(玉座), 그것은 저승을 향한 발사대입니다. 짜릿한 발진의 기쁨을 만끽하십시오.〉 록 그룹: 〈데드 스토리의 음악에는 천사들마저 열광합니다〉 주류 회사: 〈루킬리우스,[42] 육익 천사들과 함께 마시고 싶은 과일 맛 아페리티프입니다.〉

염력이 탁월한 어떤 영매들은 자기들의 광고 메시지를 반짝반짝 빛나게 만들기까지 했다. 영계에 다다른 사람들은 이제 커다란 슈퍼마켓에 온 듯한 느낌을 갖게 되었다.

나는 그전에도 영계 탐사를 상업적으로 이용하는 문제를 놓고 라울과 의견을 달리한 적이 있었다. 그때보다 상황은 훨씬 나빠져 있었다. 라울이 어떻게 생각하든, 영계는 상인들의 손으로 넘어간 것이 분명했다.

그런 상황을 염려하는 사람들이 없는 건 아니었다. 유엔에서는 국제 윤리 위원회를 열어 광고의 남용을 규제하기로 했다. 그 결정에 따라, 나쁜 기억들과 싸워야 하는 암흑계에서 기억 활성제의 광고 — 〈메모릭스 한 알이면 당신이 저지른 어리석은 짓을 모두 기억해 낼 수 있습니다〉 —

---

40 〈통과〉라는 뜻의 프랑스어.
41 〈잠〉이라는 뜻의 라틴어.
42 Gaius Lucilius(B.C. 180?~B.C. 102?). 고대 로마의 시인.

가 금지되었다. 또, 환상이 난무하는 적색계에서는 부풀릴 수 있는 인형을 광고할 수 없었고, 기다림의 시련을 겪는 주황색계에서는 시계 광고가, 절대지의 천계에서는 백과사전 광고가, 절대미의 천계에서는 미술 전람회 광고가 금지되었다. 의도야 어쨌든 그런 것들은 결과적으로 과대광고가 될 가능성이 많았던 까닭이다.

서점의 진열대에도 영계 탐사 관련 서적들이 쌓여 가고 있었다. 그 가운데는 이런 책들도 있었다. 『죽음과 그 의례』, 『천국, 정반대의 것들이 공존하는 곳』, 『죽음 이후에 무엇이 올까?』, 『다른 영혼, 조상, 천사와의 만남을 위한 기본예절』, 『환생의 길: 영계 전도(全圖)와 길을 잃지 않기 위한 몇 가지 도움말』, 『영계 안무 교본』.

지상에서는 모든 일이 단순 명쾌해지고 있었다. 모든 거래가 원만했고, 사람들은 서로 사랑했으며, 가난이 사라져 가고 있었다.

종교는 쇠퇴했고, 민족들 사이에 몇백 년씩 묵어 온 증오가 눈 녹듯 스러졌다. 온 세상이 선행의 기치 아래 정렬하고 있었다.

냉소적인 사람들, 비꼬는 사람들, 빈정거리는 사람들은 더 이상 찾아볼 수 없었다. 유머조차도 더 이상 통하지 않았다. 유머는 뭔가 모자라고 보잘것없는 것에 바탕을 두는 것인데, 사람들이 영계 여행을 통해 세상에 하찮은 것은 아무것도 없다는 것을 알아 버린 것이다. 사람들은 아무리 하찮은 것, 아무리 보잘것없는 행동에도 그 나름의 가치가 있다고 생각하게 되었고, 하늘 높은 곳에서 누군가가 모든 것을 감시하며 기록하고 있다는 것을 알고 있었다.

그러다 보니 다른 문제가 생겼다. 절대적인 숙명론이 만연하게 되었다는 것이 문제였다. 사람들은 이렇게 말하곤 했다. 〈무슨 일을 애서 할 필요가 뭐가 있나? 어차피 내 전생에 따라 내 업이 정해져 있는 것을. 나는 그저 수천 년의 경험을 바탕으로 살고 있을 뿐이야. 내 운명을 이미 천국에서 결정해 놓았는데, 뭐하러 쓸데없는 노력을 한단 말인가?〉

그리하여 선함과 함께 게으름이 인류를 지배하게 되었다. 가게나 개인 집에 들어가기만 하면 편안하게 먹을 걸 구할 수 있는데 무엇하러 힘들여 일을 한단 말인가?

사람들이 물질적인 욕망을 갖지 않으니, 사람들에게 일을 시키고 새로운 계획을 구상하게 할 방도가 막막하였다.

나는 영계의 비밀을 누설한 것에 대해 늘 회의를 갖고 있었다. 어느 날, 나는 아주 기이한 광경을 목격했다. 그 일이 있고 나서, 나의 불안감은 더욱 가중되었다. 어떤 사내아이가 길을 건너가고 있었다. 그때 갑자기 스포츠카 한 대가 나타났다. 차가 달리는 속도로 보아, 운전자는 제때에 차를 세우지 못할 것 같았다. 나는 어린 시절에 겪은 사고를 생각하고 달려갔다. 〈조심해!〉 아이는 발걸음을 멈추고 나를 쳐다보고 질주해 오는 자동차를 바라보더니, 담담하게 말했다.

「신경 쓰지 마세요. 이게 내 운명이라면, 막는다고 될 일이 아니에요.」

그러면서 아이는 팔을 흔들며 그 자리에 서 있었다. 내 경고도 자기 운명의 일부라는 생각은 안 하고, 자동차에 깔리기를 기다리는 듯했다. 나는 펄쩍 뛰어올라 아이를 가까스로 구해 냈다.

「이 자식, 너 하마터면 개죽음 당할 뻔했어!」

녀석이 되바라지게 나를 째려보며 말했다.

「그럴 리가 있나요. 나는 아저씨 덕분에 목숨을 건질 운명을 타고난걸요. 어쨌든 오늘은 내가 죽을 날이 아닌가 봐요.」

아이는 그 말을 남기고 강중거리며 뛰어갔다. 내 마음이 편치 않았다. 아이의 뒷모습을 바라보니, 나를 골탕 먹이기 위해 멀리 다른 곳에 가서 죽으려는 것은 아닌가 하는 생각마저 들었다.

263. 경찰 기록

관계 부서에 보내는 보고

영계 탐사를 당장 중지시키기 바랍니다. 대단히 위험한 양상을 보이고 있습니다. 인간들은 이미 영계에 광고까지 쏘아 보내고 있습니다. 천국에 관한 증언이 날로 증가하고 있습니다. 즉시 개입하기를 간곡히 요청합니다.

관계 부서의 회신

알았습니다. 상황이 뜻하지 않은 방향으로 가고 있습니다. 심각하게 검토하겠습니다.

264. 마음의 병

 우리 모험의 보람이 겨우 이거란 말인가? 인류를 완전히 무기력하게 만들고, 숙명론에 빠뜨리고, 삶의 동기를 빼앗아 버린 게 영계 탐사의 결과란 말인가?

 그렇다면, 나는 엄청난 죄를 지은 것이다. 그 지독한 악업을 청산하려면 나는 여러 차례의 환생을 거쳐야 하리라.

 나는 더 이상 거리를 나다니고 싶지도 않았다. 조용히 누워서 현생이 흘러가기를 기다리는 사람들을 타 넘고 다닐 수가 없기 때문이었다. 그런 사람들은 숙명론자라고도 말할 수 없었다. 그들은 숫제 삶을 포기한 사람들이었다.

 모든 것에 무관심하던 그 아이가 이따금 생각나곤 했다. 그때마다 나는 등골이 서늘해져 옴을 느꼈다.

 뷔트 쇼몽 타나토드롬의 분위기도 그다지 밝지는 않았다. 로즈와 프레디 2세와 나는 우리 가정의 울타리를 더욱 견고하게 만들어 가고 있었고, 그동안에도 아망딘은 순회 강연을 계속했다.

 라울의 사정은 더 나빠졌다. 부모에 이어 스테파니아마저 잃고 나자, 그에게는 술을 마실 구실이 하나 더 생긴 셈이었다. 그는 술 속에서 또 다른 세계, 삶과 죽음 너머에 있는 제3의 세계를 찾고 있는 사람 같았다. 어쩌면 술은 모든 탐색이 끝난 허무한 자리에 있는 것인지도 모른다. 그렇다면, 그런 비탈길로 이끌려 내려가지 않기 위해 하루라도 빨리 라울과 의절하는 편이 나을 것이다.

 어느 날 저녁, 나는 펜트하우스에서 혼자 재즈 음악을 듣고 있었다. 구슬픈 색소폰 독주가 유난히 마음에 들었다.

그런 음악을 듣는 사람은 이제 아무도 없었다.

강연에서 돌아온 아망딘이 내가 있는 곳으로 올라왔다. 나는 그녀를 본체만체했다. 아망딘은 녹색 식물을 밀어내고 내 옆에 있는 버들가지 안락의자에 털썩 앉았다.

「피곤해요?」

아망딘이 내게 물었다.

「아니요. 마음의 병을 앓고 있어요.」

「마음의 병요? 누군 그런 거 없는 줄 알아요?」

아망딘은 라울이 두고 간 가느다란 비디 담배에 불을 붙이고 나서 말을 이었다.

「예전에 프레디가 한 말 생각 안 나요? 〈이미 진리를 찾아낸 사람은 바보이고, 진리를 찾고 있는 사람은 현자다.〉 세상 사람들은 이제 모두 진리를 찾았어요.」

「그럼, 세상 사람들 모두가 바보로군요.」

「그렇지요. 하지만 그건 우리 잘못이에요.」

나는 심한 자책감을 느끼며 입을 다물었다. 어린 시절, 어머니에게 〈죽는다〉는 게 뭐냐고 물었던 일이 생각났다. 시트 밖으로 늘어져 있던 아글라에 할머니의 싸늘한 손이 선연히 떠올랐다. 천국에서 보았던 세 대천사의 환한 모습도 눈에 선했다. 영혼들을 심판하기 위해 모여 있던 그 대천사들의 놀라운 모습은 내 마음속에 영원히 지워지지 않을 인상을 심어 주었다.

따지고 보면, 그들은 우리에게 은혜를 베푼 것이 아니다. 환한 웃음을 짓고 있지만, 그들은 무시무시한 존재다. 나는 비로소 스테파니아의 마음을 이해할 수 있을 것 같았다. 선이 강요되면, 그것 역시 격에 맞지 않게 너무 달짝지근한 음식만큼이나 역겨운 것이다.

로즈가 펜트하우스에 나타나서 손뼉을 한 번 치며 말했다. 「배고프죠? 얼른 내려가요. 식사가 준비됐어요. 프레디 2세는 벌써 먹기 시작했어요. 꾸물거리면 빵 부스러기만 남기고 그 애가 다 먹어 버릴지도 몰라요.」

265. 요가의 가르침

충실한 삶을 살고자 하면 다음과 같은 다섯 가지 사항을 준수해야 한다.

건강 맑은 의식을 유지하자면 몸이 언제나 건강해야 한다. 몸을 정결히 해야 하고 포만감이 들 정도로 많이 먹는 일이 없어야 한다.

지분안족(知分安足) 지금 자기가 가진 것을 소중하게 생각할 것.

의연(毅然)함 사소한 감정에 휘말리지 말 것. 즉 불의의 사태나 장애를 두려워 말고 덧없이 사라지는 즐거움에 혹하지 말 것.

공부 성전을 읽고 명상을 하면서 깨달음을 향해 정진할 것.

봉헌 사람은 자기를 위해 사는 게 아니라 자기 안에 있는 어떤 초월적인 것을 위해 사는 것이다. 무엇보다도 겸허해야 한다.

프랑시스 라조르박의 논문, 「죽음에 관한 한 연구」에서 발췌

266. 카르마 점수 계산법

막심 빌랭의 「어떤 영혼과의 대화」가 나온 뒤로, 우리는 환생의 고리를 끊고 순수한 정령이 되기 위해서는 선업 점수 6백 점이 필요하다는 것을 알고 있었다. 아망딘은 성 베드로에게 다시 문의하여 더욱 정확한 정보를 알아냈다. 그리하여 대천사들이 영혼을 심판할 때 적용하는 채점 기준이 밝혀졌다. 그것을 표로 나타내면 다음과 같다.

악업 점수

거짓말을 했을 때	-10점에서 -60점까지
남을 비방했을 때	-10점에서 -70점까지
남을 모욕했을 때	-100점에서 -400점까지
위험에 빠진 사람을 돕지 않았을 때	-100점에서 -560점까지
자식을 유기했을 때	-100점에서 -820점까지
부모를 유기했을 때	-100점에서 -910점까지
동물에 대한 잔혹 행위	-100점에서 -1,370점까지
사람에 대한 잔혹 행위	-500점에서 -1,450점까지
남의 죽음을 유발하는 범죄	-500점에서 -1,510점까지
같은 악행을 되풀이했을 때	해당 악업 점수×1.5

(행위는 같더라도 경우에 따라 점수가 다르다. 즉, 해칠 의도가 있었는지, 해를 입히면서 즐거움을 느꼈는지, 단순한 과실인지, 이기심 때문에 작위 또는 부작위의 죄를 범한 것인지 등을 참작하게 된다.)

선업 점수

타산적인 기부 행위	+10점에서 +50점까지
비타산적인 기부 행위	+10점에서 +90점까지
주위 사람들에게 기쁨을 주었을 때	+10점에서 +100점까지
위험에 빠진 동물을 도왔을 때	+50점에서 +120점까지
위험에 빠진 사람을 도왔을 때	+100점에서 +270점까지
예술 작품을 만들었을 때	+100점에서 +410점까지
진보에 기여하는 독창적인 생각	+100점에서 +450점까지
남을 위해 자기를 희생했을 때	+100점에서 +620점까지
자녀를 잘 가르쳤을 때	+150점에서 +840점까지
같은 선행을 되풀이했을 때	해당 선업 점수×1.2

그토록 구체적인 채점 기준이 제시되자 사람들은 더욱더 겁을 먹었다. 어떤 사람들은 더 살면 죄를 지을 염려가 있으니, 당장 자살을 함으로써 〈계기(計器) 바늘을 0으로 돌려놓고〉 싶어 했다. 계기 바늘을 0으로 돌린다는 표현은 원점에서 다시 시작한다는 뜻으로 당시에 흔히 통용되던 것이었는데, 놀랍게도 그 말이 단순한 비유가 아니라 실제의 일로 나타나게 되었다. 어떤 일본 회사가 선업 점수와 악업 점수를 재는 기계, 즉 카르모그라프[43]를 상품화했던 것이다. 그것은 작은 액정 화면과 키보드가 달린 손목시계와 비슷했다. 사람들은 왼손에는 시계를 차고 오른손에 그것을 차고 다녔다.

[43] *karmographe*. 〈업〉을 뜻하는 카르마 *karma*와 〈기록하는 도구〉를 뜻하는 그라프 *graphe*를 합친 조어. 영어식으로 하면 카르모그래프 *karmograph*.

매일 잠자리에 들기 전에 그날 하루 동안 자기가 행한 일들을 입력하면 자기 카르마 점수가 정확하게 몇 점인지 알 수 있었다. 점수가 별로 좋지 않으면, 카르모그라프 화면에 말[馬] 그림이 나왔다. 그것이 카르마 점수가 나빠지고 있다는 것을 알려 주는 최초의 신호였다. 그보다 점수가 더 나빠지면, 개, 토끼, 민달팽이, 아메바가 차례로 나타나도록 되어 있었다. 파슬리 줄기나 버섯은 가장 심각한 경우를 표시했다.

카르모그라프로 자기 점수를 정확하게 알게 된 사람들은, 대천사들로부터 심판받을 일을 두려워하지 않고 마음 편하게 죽을 수 있었다. 물론 점수 계산을 정확히 하기가 쉬운 일은 아니었다. 정확한 가감 연산을 하자면 무엇보다 자기 자신에게 솔직해야 했다.

우리도 타나토드롬에서 그 기계를 가지고 장난을 해본 적이 있었다. 로즈의 점수를 계산해 보니 선업 점수 4백 점이 나왔다. 나는 그보다 훨씬 못한 선업 점수 0점에서 5점 사이에 있었다. 나는 살아오면서 나쁜 짓을 별로 하지 않았다. 그렇다고 성인처럼 살았던 것도 아니다. 결국 라울의 말마따나 나는 영웅이 아니라 평범한 사내였다. 카르마 점수에서조차 나는 평균 수준을 넘지 못하고 있었다.

프레디 2세는 그 기계가 무척 마음에 드는 모양이었다. 이렇다 할 선업이나 악업을 짓지 않았을 텐데도, 아들의 카르마 점수는 플러스 25점이 나왔다. 기특한 일이었다. 그러나 아이는 점수에 별로 집착하지 않았다. 나쁜 짓을 하면 점수가 어떻게 나오는지 알아보려고, 아이는 동네 친구네

집에서 키우는 말의 꼬리를 잡아당겼다. 그러고 나서 바로 카르모그라프에 그 사실을 입력하고 점수를 확인하였다.

카르모그라프는 고해 성사를 대체하는 아주 편리한 기계였다.

267. 자살은 오프사이드 반칙이다

콩라드는 카르모그라프의 복제권을 따내려고 했지만 그럴 수 없었다.

일본 사람들은 무단 복제를 막기 위한 조처를 이미 취해 놓고 있었다. 그들의 특허권은 확실히 보호를 받고 있었다.

결국 형은 사업의 방향을 완전히 다른 방향으로 돌렸다. 그가 개발한 상품은 〈오프사이드〉라는 이름의 알약이었다. 그 이름은 축구에서 오프사이드 반칙을 범하듯이, 때가 되기 전에 천국에 미리 올라가게 해준다는 뜻을 담고 있었다. 말하자면 〈무통 자살〉을 위한 정제인 셈이었다. 〈망친 삶보다는 새로운 삶이 낫다.〉 그것이 콩라드가 내건 광고 문구였다. 단순하고 의미가 분명한 슬로건이었다.

콩라드는 영계 탐사에 대해 늘 회의적인 태도를 보이던 사람이었다. 그런 그가 현생에 미련을 두지 말고 대도약을 하라고 사람들을 부추기는 일에 앞장을 섰다.

그러나 이 무슨 운명의 장난이란 말인가! 그의 상품을 이용한 첫 고객들 중에 그의 아들인 내 조카 귀스타브가 포함되어 있었다. 귀스타브는 수학 시험을 망치고 절망한 나머지 스스로 목숨을 끊었다. 그는 이런 내용의 유서를 휘갈겨 놓고 이승을 떠났다. 〈걱정하지 마세요. 저승을 얼른 둘러

보고 다른 육신을 빌려 돌아올게요.〉

그의 부모는 그가 어디로 환생할지는 알 수 없지만, 그의 말대로 될 수도 있다고 믿는 눈치였다.

「그토록 많은 노력을 기울이고 공들여 가르쳤는데, 수학 점수 한 번 나쁘게 나온 걸로 다 망쳐 버렸으니, 참으로 비통한 일이 아니고 뭔가!」

콩라드는 그렇게 한탄했다. 자기 아들의 죽음을 슬퍼하는 건지 아닌지를 헤아리기 어려웠다.

로즈와 나는 조카의 죽음을 보고 불안을 느꼈다. 만일 우리 프레디 2세도 그런 유혹에 빠지면 어쩌나 하는 걱정이 생겼던 것이다. 우리는 일종의 자기모순에 빠져 있었다. 우리 자신은 천국을 그토록 알고 싶어 했으면서도, 우리 아이가 거기로 떠나는 것은 원치 않았다. 어쨌거나 우리 아이가 그곳으로 떠나기에는 너무 일렀다. 게다가 아이 스스로 은빛 생명줄을 끊는다는 것은 생각하기조차 끔찍했다.

어린이들과 청소년들 사이에 〈오프사이드〉 알약을 주머니에 넣고 다니는 것이 이미 하나의 유행처럼 되어 있었다. 우리의 어린 프레디 2세도 그 유행을 따르고 있었다. 우리는 그런 짓을 못 하도록 강요하기보다는, 아이가 제 용돈으로 산 알약을 유해하지 않은 사탕으로 몰래 바꾸어 놓는 방법으로 대처하였다. 또, 우리는 아이가 갑자기 아파트 창문에서 뛰어내리고 싶은 충동에 사로잡힐까 봐, 모든 창문에 철망을 달았다.

로즈는 어떤 상황에서도 아이에게 용기를 북돋워 주려고 최선을 다했다. 아이가 형편없는 성적표를 가져오면, 우리는 아이를 위로하기 위해 선물을 주었다. 우리는 아이에게 결코 성을 내지 않았고, 언제나 애정으로 감싸면서 아이의 뒤를 든든하게 받쳐 주었다.

중요한 것은 아이가 자기 삶을 사랑하도록 만드는 일이었다. 그럼으로써 다시 환생하더라도 우리만큼 멋진 부모는 만날 수 없으리라고 믿게 만들어야 했다.

우리의 노력은 효과가 있었다. 그러나 모든 부모가 다 우리처럼 아이를 대하지는 않았던가 보다. 아이들의 자살이 증가하고 있었다. 어른들의 경우도 사정은 마찬가지였다.

뭔가 언짢고 불만스러운 일이 있다고 사람들이 훌쩍 떠나 버리는 경우가 비일비재했다. 극도로 감수성이 예민한 사람들은 시안화물 캡슐을 언제나 지니고 다니다가, 조금이라도 언짢은 일이 생기면 그것으로 자기 삶은 망친 거라고 판단하고 미련 없이 캡슐을 삼키곤 했다. 삶이 하나의 놀이처럼 되어 버렸다. 놀이에 끼기 싫으면 그만두겠다고 말하고, 콩라드 형이 자유롭게 팔고 있는 알약을 이용해서 놀이판을 떠나면 그뿐이었다.

그 결과, 거리에서 노인들을 찾아보기가 힘들게 되었다. 얼굴에 주름살이 나타나기가 무섭게 사람들은 새로운 젊음을 찾아 떠났다. 수심에 잠긴 사람들이나 너무 예민한 사람들도 만나기가 어려웠다. 그런 식으로 가다가는, 선행을 하겠다는 생각에 사로잡혀 있는 덜떨어진 사람들과 게으른 사람들만이 세상에 남을 판이었다.

그런 현상에는 또 다른 문제가 숨어 있었다. 지도자나 창조자 가운데는 불우한 어린 시절을 보낸 사람들이 많다. 그들은 혼자 힘으로 역경을 이겨 내면서 어떤 상황에서도 살아남을 수 있는 강철 같은 성품을 형성한다. 그런데 역경을 이겨 내려고 하기보다는 자살을 통해 내생에서 다시 시작하려는 풍조가 만연하면서, 장차 지도자가 될 재목들이 나이가 들기도 전에 사라져 가고 있었다.

뤼생데르와 그의 정부도 문제의 심각성을 깨닫고 있었다. 공무원 사회에는 두루춘풍식의 태도가 만연해 있었다. 그들은 국민 가운데 어느 한쪽이 마음을 상할까 두려워서 뭔가 분명한 결정을 내리지 못하고 망설이기 일쑤였다. 하지만 가장 똑똑하고 가장 감수성이 예민한 젊은이들의 자살이 잇따르는 상황을 더 이상 방치할 수는 없었다. 시급히 어떤 조치를 취해야 했다.

알 수 없는 장래에 어떤 다른 곳에서 환생할 생각을 하기보다, 지금 여기에서의 삶을 충실히 살도록 해야 했다. 그러나 뾰족한 방법이 없었다. 삶을 위해 바둥거리고 참을성 있게 역경을 헤쳐 나갈 만큼 삶에 애착을 가진 사람을 찾아보기 어려웠다. 설상가상으로 자살을 룰렛이나 복권 같은 것으로 여기는 분위기마저 있었다. 사람들은 더 멋진 삶을 기대하고, 행운의 번호가 얼마든지 있는 천국을 향해 떠나곤 했다.

정부가 생각해 낸 것은 고작 〈생명 진흥청〉을 신설하는 일이었다. 뤼생데르는 뛰어난 광고업자들에게 도움을 청하여, 사람들이 함부로 이승을 떠나기보다는 자기들의 삶에 애착을 가질 수 있도록 그럴듯한 슬로건과 광고 문안을 만들게 했다.

2000년대 이전 사람들은 그런 일을 꿈에도 생각하지 못했을 것이다. 세계에 삶이라고 하는 더 기본적이고 더 자연적이고 더 편리한 것이 있다는 것을 사람들에게 알리기 위해 광고를 해야 하다니! 그런 상황이 올 줄 그 누가 알았으리.

268. 공익 광고

삶은 풍요로운 감동의 시간입니다. 스무 살 난 대학생, 쉬잔 양은 이렇게 증언하고 있습니다.

「처음에 저는 삶을 그다지 사랑하지 않았어요. 삶을 하찮은 것으로 여기기까지 했어요. 제 부모님이나, 삼촌, 조부모, 그리고 망친 삶을 부둥켜안고 사는 친척들을 볼 때마다 한심한 생각이 들곤 했지요. 어떻게 쭈글쭈글해지고 넝마처럼 너덜해지는 것을 견디며 살아가는지 이해할 수가 없었지요. 그분들이 참 바보스럽다는 생각이 들었어요.

그래요, 저는 삶을 무가치한 것으로 생각했어요. 마약과 술로 삶에서 도망쳐 보려고도 했어요. 하지만, 마약은 나를 병들게 했고 술도 마찬가지였어요. 그러고 나니 삶을 버리고 싶다는 충동이 일더군요. 그때, 이런 생각이 떠올랐어요. 〈떠나기 전에 세계 일주나 한번 해보는 게 어떨까?〉 그래서 저는 세계 일주를 떠났지요. 여행을 하면서 산다는 게 대단히 멋진 일임을 깨달았어요. 식물도 살고, 동물도 살고, 심지어 돌들도 살고 있어요. 〈나라고 못 살 이유가 어디 있는가?〉 하는 생각을 하게 되었지요.

이제 저는 제가 선택한 것을 후회하지 않아요. 망설이는 젊은이들을 볼 때마다 저는 이렇게 말해 주곤 해요. 〈자, 얘들아, 너희들도 세계 일주를 해보렴. 그러면 삶이 더 오랫동안 유행하리라는 것을 알게 될 거야.〉」
이상은 〈생명 진흥청〉에서 전하는 말씀입니다.

269. 경찰 기록

관계 부서에 보내는 보고
세상이 완전히 미쳐 가고 있습니다! 힘이 있다고 자만에 빠질 상황이 아닙니다. 귀측의 실수를 인정해야 합니다. 귀측의 관용주의가 해악을 끼치고 있습니다. 모두에게 아주 심한 해악을 끼치고 있습니다.

관계 부서의 회신
당신들은 두려움 때문에 상황을 냉정하게 판단하지 못하고 있습니다. 침착한 태도를 견지하기 바랍니다. 특히 너무 당황한 나머지 실수를 저지르는 일이 없도록 주의하십시오.

270. 일본 신화

우리는 모래알일 뿐이네. 하지만 우리는 함께 있네.
우리는 모래톱에 있는 모래알과 같네.
하지만 모래알이 없이는 모래톱도 있을 수 없다네.

와카(和歌)[44]

프랜시스 라조르박의 논문, 「죽음에 관한 한 연구」에서 발췌

271. 자살, 그 엄청난 실수

〈생명 진흥청〉은 나름대로 최선을 다하고 있었지만, 성과는 보잘것이 없었다. 결국 사회에 만연한 자살 풍조를 일거에 몰아내는 데는 어떤 비극적인 사건이 필요했다. 그것이 이른바 랑베르 사건이다.

랑베르 사건은 어느 일요일 우리의 뷔트 쇼몽 타나토드롬에서 벌어졌다. 우리는 이따금 우리와 친한 사람들에게 타나토드롬의 이륙용 의자를 사용할 수 있도록 허락하곤 했다. 랑베르 씨도 그중의 한 사람이었다. 그가 이륙용 의자를 한번 사용해 보고 싶다고 하기에 우리는 선뜻 허락했다. 그는 우리가 즐겨 찾는 타이 식당의 주인이었으므로 그와 돈독한 관계를 유지하기 위해서라도 부탁을 거절할 이유가 없었던 것이다.

그가 의자에 앉자, 우리는 기계 장치를 조정하였다. 그는 정해진 방식대로 〈여섯, 다섯, 넷, 셋, 둘, 하나〉 하고 초를 센 다음, 스위치를 눌렀다.

그것까지는 모든 게 정상이었다. 이상한 일은 그가 돌아왔을 때 일어났다. 랑베르 씨가 눈을 떴을 때, 나는 또 다른 장 브레송을 마주하고 있다는 느낌이 들었다. 그는 몹시 흥분해 있었다. 그의 얼굴은 우리가 알고 있는 타이 식당 주인의 온화한 얼굴과는 전혀 딴판이었다. 아무리 살펴보아도 그는 옛날의 그가 아니었다. 랑베르 씨가 스티븐슨의 소설에 나오는 지킬 박사처럼 또 다른 얼굴을 숨기고 있었다

---

44 일본 상고 시대부터 전해 오는 정형 시가. 야마토 우타(大和歌)라고도 한다.

는 사실이 놀랍기만 했다. 우리 앞에 있던 것은 랑베르 씨가 줄곧 감춰 온 하이드 씨의 얼굴이었다.

「랑베르 씨, 괜찮아요?」

내가 물었다.

「아, 아, 예. 괜찮아요. 괜찮은 정도가 아니라 아주 좋은걸요. 이렇게 좋은 기분은 경험해 본 적이 없어요.」

「영계를 구경하셨나요?」

아망딘이 물었다.

「아, 아, 예. 구경했어요. 정말 대단히 흥미로운 곳이더군요.」

목소리와 생김새는 예전과 같았지만, 나는 그가 옛날의 랑베르 씨라는 느낌이 들지 않았다.

그 일이 있고 나서, 랑베르 씨는 냉소적인 사람으로 변해 버렸다. 그의 눈길에는 사악한 기색마저 어려 있었다. 그는 요리에 관한 것을 아무것도 기억해 내지 못했다. 자기의 전문 요리인 꿀풀 향이 나는 국수의 요리법조차 잊어버린 상태였다. 게다가 요리에 전혀 관심을 보이지 않았다. 그는 갑자기 식당을 팔아 버리고 식당업에서 손을 뗴었다. 옛날에 그토록 사이좋게 지내던 단골손님들이 어디에 가서 밥을 먹든 그런 것은 자기와 아무 상관이 없다는 투였다. 그는 파리를 떠났고, 그 이후로 우리는 그를 다시 만나지 못했다.

그 사건을 겪고 나는 심한 불안감에 휩싸였다. 나는 다른 타나토드롬 사람들과 그 사건에 대해서 이야기를 나누었다. 그들은 비슷한 경우를 이미 접한 적이 있다고 했다. 지킬 박사 신드롬이라는 이름만 안 붙였을 뿐, 그들도 나처럼 그런 증후군이 있다는 것을 알고 있었다.

우리는 그 문제를 토론하기 위해 영상 회의를 하기로 결정했다. 인도 타나토드롬의 책임자인 라자와 씨가 한 가지 설명을 내놓았다. 신비주의적이긴 하지만 일리가 있는 설명이었다.

「그 현상은 자살자들 때문에 생기는 것입니다. 지난 심판 때 결정된 수명을 다 채우기 전에 고의적으로 자기 목숨을 끊으면, 그 사람의 영혼은 떠돌이 넋이 됩니다. 그 넋은 땅 위를 날면서 남아 있는 수명을 채우기 위해 자기가 깃들일 수 있는 육신을 찾아다닙니다. 하지만, 비어 있는 육신을 찾아내기는 아주 어렵습니다. 그래서 많은 자살자들의 넋이 수천 년 전부터 허공을 떠돌고 있습니다.

산 사람들은 그 떠돌이 넋들을 대개 〈유령〉이라고 불러 왔습니다. 그 넋들은 너무나 비참하고 처량해서, 사람들에게 겁을 주는 일로 낙을 삼습니다. 그것을 통해 자기들이 아직 약간의 힘을 가지고 있다는 것을 스스로 확인하려는 것입니다. 그들은 밤에 벽을 두드리고 마루 쪽을 들어 올리고 샹들리에를 흔들어서, 겁쟁이들과 순진한 사람들을 두려움에 떨게 합니다. 아주 심한 경우에는, 떠돌이 넋들이 갑작스럽게 비와 바람을 일으킬 수도 있습니다. 그러나 그것이 그들이 발휘할 수 있는 최대의 힘입니다. 그들의 영향력은 대체로 미미하고, 두려움보다는 연민을 불러일으키기 십상입니다.」

세네갈의 다카르 타나토드롬의 소장이 나섰다.

「우리는 그것을 악령이라고 부르죠.」

아비장[45]의 책임자는 서아프리카인들의 용어를 그대로 소개했다.

「우리말로는 블롤로스라고 합니다. 남자의 경우에는 블롤로스 비안스, 여자의 경우에는 블롤로스 블라스라고 하지요.」

로스앤젤레스의 타나토노트가 한숨을 쉬며 말했다.

「오늘날처럼 자살이 성행하다가는, 육신을 찾아 떠도는 유령들 때문에 대기가 포화 상태가 되겠군요.」

라자와 씨가 설명을 계속했다.

「산 사람이 명상을 하거나 영계 탐사에 나서면, 한동안 자기 육체를 돌보지 못하게 됩니다. 그 틈을 타서 떠돌이 넋이 그 육체로 들어갈 수도 있습니다.」

우리는 할 말을 잊은 채 서로를 바라보았다. 그동안 숱하게 영계를 비행했는데, 우리는 그동안 얼마나 많은 위험을 무릅썼단 말인가! 그보다 더욱 고약한 일은, 영계로 떠나는 관광객들 때문에 수많은 유령들이 자기 몫의 육체를 찾아 스며들고 있다는 점이었다.

결국 자살자는 큰 잘못을 범하고 있는 셈이다. 그들은 더욱 나은 삶을 기대하며 떠나지만, 그들을 기다리고 있는 것은 떠돌이 생활일 뿐이다. 어쩌다 운이 좋으면, 비어 있는 육신 안으로 들어갈 수 있지만, 그것은 그다지 쉬운 일이 아니다.

타나토드롬의 대표들이 각자 유령에 사로잡힌 사람들의

---

[45] 서아프리카 코트디부아르의 수도. 〈서아프리카의 베네치아〉라는 별명을 가지고 있다.

사례를 이야기했다. 우리는 그 사람들의 성격과 행동이 갑자기 바뀌었던 이유를 비로소 깨닫게 되었다.

「사람들에게 이 사실을 알려서 경각심을 불어넣어야 합니다. 자살과 영계 탐사를 중단시켜야 합니다. 그건 너무 위험합니다.」

내가 제안한 대로, 우리는 각자 자기 나라에서 기자 회견을 가졌다. 모든 사람들이 우리의 말을 믿어 준 것은 아니었다. 우리 발표를 의심하는 사람들은, 영계 탐사가 대중화하여 노동자들조차 일요일에 그것을 즐길 수 있게 된 마당에, 우리끼리만 영계 스포츠를 즐기려는 속셈이라고 주장하였다. 그런 중상에는 더 이상 대꾸할 말이 없었다. 우리가 경고를 했음에도 영계 여행사들은 일을 계속했다. 아무리 위험을 강조해도 그 위험은 자기들과 상관없다고 믿고 모험에 뛰어드는 무모한 사람들은 언제나 있게 마련인가 보다.

하지만 육체를 벗어나 있는 동안 다른 영혼이 자기 육체를 가로챌 수 있다는 생각에 겁을 먹은 사람들도 물론 있었다. 어떤 자가 자기 행세를 하면서, 자기 가정에 들어가 아무도 눈치채지 못하게 자기 아내와 잠자리까지 같이한다고 생각하니 영계로 떠날 엄두가 안 나던 모양이었다.

영계 관광객은 별로 줄어들지 않았지만, 자살자는 급격히 감소하였다. 그들의 사정이 서로 달랐던 것이다. 영계 관광객은 모험을 찾고 있었지만, 자살 후보자들은 안전과 행복을 찾고 있었다. 콩라드는 남아 있는 〈오프사이드〉 알약을 팔아 치우려고 애썼다. 그러나 더 이상 그것을 사려는 사람이 없었다. 떠돌이 넋이 되어 육체를 찾아 헤매는 것, 그리하여 몇 세기가 걸릴지 모를 유랑 생활을 한다는 것은 그리 매력적인 미래가 아니었던 것이다.

사람들은 자살이 원점에서 다시 시작하는 것이 아님을 알게 되었고, 자기가 받은 삶은 끝까지 살아야 한다는 것을 깨달았다. 자질구레한 불행에 익숙해지는 법도 다시 배웠다.

지킬 박사 증후군에 대한 라자와 씨의 설명은 또 다른 현상을 이해하는 실마리를 주었다. 즉, 아이들이 질병이나 사고 때문에 너무 일찍 세상을 떠나는 것도 자살자들의 떠돌이 넋과 관계가 있을 수 있었다. 떠돌이 넋은 새로운 육체를 찾아 들어가 자기의 남은 수명을 살게 된다. 그런데, 예를 들어 예순여섯 살에 죽게 되어 있던 노인이 예순 살에 자살을 한 다음, 어떤 아기의 육신을 빌려 다시 태어난다면 그 아이는 여섯 살에 죽음을 맞게 된다.

어쨌든 자살은 자취를 감추었고, 카르마를 관리하는 것은 완전히 하나의 과학이 되었다. 카르마의 관리에 관한 새로운 가르침들이 쏟아져 나왔다.

라울은 침묵 속에 갇혀 살고 있었다. 나는 그가 스테파니아를 그리워하고 있다는 것을 알고 있었다. 우리는 신문을 통해서 스테파니아의 소식을 접하고 있었다. 스테파니아는 〈악인〉 무리를 자기 주위에 결집시키고 있었다. 우리가 그토록 사랑했던, 그 이탈리아 여인은 여기저기를 돌아다니면서, 선과 악은 서로를 보완하는 것이며, 세상이 이토록 무미건조하면 자살하려는 욕구들이 다시 고개를 들게 될 것이라고 주장했다.

스테파니아의 비호를 받으며, 불량배 한 무리가 검은 가죽 잠바 차림에 오토바이를 탄 채, 절도나 강도, 살인, 강간처럼 유행에 뒤진 행동들을 퍼뜨리려고 안간힘을 쓰고 있었다. 그러나 카르마를 훼손하는 것에 대한 사람들의 두려움은 여전히 너무 컸다. 스테파니아는 추종자들을 모으는 데 애를 먹고 있었고, 그녀가 벌이는 운동은 고립성을 면치 못하고 있었다.

경찰관들은 스테파니아와 그녀의 부하들을 체포할 수 있는 상황에서도, 그것을 자제했다. 그들은 그런 행동이 일종의 권리 침해가 되지 않을까 두려워했고, 그 패거리는 어차피 나중에 그들이 환생할 때 충분히 벌을 받게 되리라고 생각했다.

라울과 나는 그녀에게 깊은 관심을 갖고 있었다. 스테파니아는 악을 구현함으로써, 세상에 아직 위험하게 행동하는 사람들이 있다는 것을 보여 주고 있었다. 그녀의 악행은 선을 더욱더 두드러져 보이게 했다. 말하자면, 스테파니아는 자기 카르마를 희생해서 사회를 건전하게 만들고 있는 것이었다. 그녀의 행위는 결국 순수한 자기희생인 셈이었다.

우리는 모두 그 저주받을 스테파니아가 사실은 성인이라는 것을 막연하게 느끼고 있었다. 그러나 더 이상 어떻게 해야 할지 갈피를 잡을 수가 없었다. 마침내, 우리는 이승에서 벌어지고 있는 일의 의미를 좀 더 정확히 알기 위해 다시 천사들을 찾아가기로 했다.

272. 공익 광고

뱅스탁 씨는 마흔두 살의 독신 남자로서 모델 회사를 경영하고 있습니다. 그는 인생을 사랑하며 그 까닭을 이렇게 말합니다.

「제가 보기에, 인생은 여자입니다. 여자들은 천차만별입니다. 입, 눈, 다리, 젖가슴, 몸 냄새, 걸음걸이, 머리 모양, 목의 맵시가 여자마다 다릅니다. 아무리 오래 살아도 모든 여자들을 두루 경험해 보지는 못할 겁니다. 그런 점에서 인생이 짧지 않다는 것이 얼마나 다행스러운지 모르겠습니다. 저는 현재 열두 번째 결혼 생활을 하고 있습니다. 이것으로 끝나지 않고 백수를 누리면서 되도록 많은 여자를 겪어 보고 싶습니다. 인생에 여자가 존재하기 때문에, 저는 인생에 감사하고 여자들에게 감사합니다.」

이상은 〈생명 진흥청〉에서 전하는 말씀입니다.

273. 상황이 더욱 복잡해진다

천국으로 가는 길에는 여전히 많은 위험이 도사리고 있었다. 그 위험은 죽은 이들의 영혼과 우리 타나토노트들만 비행하던 초창기와는 성격이 달랐다.

지구를 떠나기가 무섭게 우리는 영계 관광객의 무리에 휩쓸려 버렸다. 관광객들은 자기들의 생명줄을 안내자의 생명줄에 묶은 채 날고 있었다.

광고는 여전히 많았다. 예전보다 오히려 더 많아진 것 같았다. 다음 생애에서 놓치지 말고 보아야 한다는 영화 광고가 있는가 하면, 고양이와 개를 위한 인스턴트식품, 담배, 모험 여행 등에 관한 광고도 보였다. 현생으로 돌아가는 것의 장점을 홍보하는 〈생명 진흥청〉의 광고도 물론 있었다.

뤼생데르 대통령은 영계 탐사의 안전성을 최대한 높이기 위해 알림판들을 설치한 바 있었다. 영계로 들어서서 가장 먼저 나타나는 알림판은 터키의 회교 수도자가 쏘아 올린 것으로 그 내용은 이러했다.

〈천국에 오신 것을 환영합니다. 여기는 지구에서 3만 광년 떨어진 곳입니다. 매우 위험한 곳이니 주의하시기 바랍니다. 혼자 여행하는 것을 삼가십시오. 여러분의 생명줄을 안내자의 것과 잘 엮어 주십시오.〉

유엔에서 정한, 영계 탐사에 관한 원칙들이 그 뒤를 잇고 있었다.

제1조 천국은 어떤 나라, 어떤 종교에도 특별히 귀속하지 않는다.

제2조 천국은 모든 사람에게 열려 있다. 천국에 대한 자유로운 접근을 방해할 권리는 누구에게도 없다.

제3조 다른 타나토노트의 생명줄을 자르는 행위를 금한다.

제4조 타나토노트가 영계에서 저지른 범죄 행위에 대해서는 지상에 있는 그의 육신이 책임을 진다.

제5조 관광 타나토노트들은 실제로 죽어서 올라갈 때를 생각해서 천국의 청결이 유지되도록 힘써야 한다.

제6조 일하고 있는 천사들을 방해해서는 아니 된다.

제7조 다른 사람의 기억이나 환영을 가로채서는 아니 된

다. 사람들은 이승에서와 마찬가지로 천국에서도 각자 자기 경험에 대해 소유권을 갖는다.

제8조 터널을 장식하는 광고물에 심령의 낙서를 붙이면 아니 된다.

제9조 통과하는 영혼들에게 골탕을 먹일 목적으로 코마 장벽 뒤에 숨는 행위를 금한다.

제10조 다른 영혼을 심판하고 있는 대천사들에게 말을 걸면 아니 된다.

제11조 심판받고 있는 영혼을 편들거나 헐뜯을 목적으로 개입하는 행위를 금한다.

제12조 천국은 유원지가 아니다. 자녀를 동반한 부모들은 자기들 생명줄로 자녀를 붙들어 매고 비행해야 한다.

관광객들의 안전과 편의를 위해 모든 것을 미리 알려 주고 있었다. 첫 번째 코마 장벽에는 다음과 같은 알림판이 붙어 있었다.

〈모호 1입니다. 기억의 공격을 조심하십시오. 감수성이 예민한 분들은 통과를 삼가십시오. 자기 과거를 수용할 수 없는 분들은 안내자에게 묶여 있는 생명줄을 풀고 육체로 되돌아가시기 바랍니다.〉

그런 경고가 있었음에도, 관광 타나토노트들은 그날 죽어 올라온 사람들과 함께 첫 번째 장벽 너머로 몰려 들어갔다. 고통스러운 기억들이 공격해 오자, 어떤 관광객들은 무람없이 달려들어 프로 레슬링 선수처럼 싸웠다. 그 천박한 꼴이라니! 그리스 관광객들은 자기들과 아무 상관 없는 기억 거품들을 살피면서 구경꾼 행세를 했다.

주위에는 광고가 널려 있었다. 과거의 잘못을 돌이킬 여지를 아직 가지고 있는 사람들을 겨냥해서, 뛰어난 정신 분석학자나 사설탐정을 소개하는 광고들이었다.

암흑계를 통과할 때마다 늘 그랬듯이, 나는 어린 시절의 교통사고, 형과 다툰 일, 펠릭스 케르보스의 죽음, 아망딘에 대해 품었던 열렬한 연정, 그리고 그 밖에 내가 담담하게 참아 내지 못했던 사소한 사건들을 다시 만났다. 그러나 나는 그런 것들에 그다지 시달림을 받지 않았다. 과거를 만나는 일에 미립이 나기 시작하는 모양이었다.

모호 2를 넘어서 온갖 쾌락으로 가득 찬 적색계로 들어갔다. 각자 자기들 내부에 감추어 온 욕망의 환영을 만나는데, 어떤 자들은 너무나 혐오스러운 장면을 연출하고 있었다. 적색계에 가면 갈수록 그곳이 여성 생식기의 따뜻하고 촉촉한 내부와 비슷하다는 느낌이 강해졌다. 아망딘 같으면, 아마 자기가 남성 생식기 안에 들어와 있다고 느꼈으리라……

규제를 하고 있음에도 불구하고, 그곳에는 섹스 관련 상품이나 스트립쇼, 포르노 비디오 따위와 관련된 광고들이 있었다.

자기의 난잡한 환상들을 밀어내면서, 아망딘은 검은 가죽옷을 입은 자기의 환영과 내가 부딪치지 않게 하려고 나를 끌고 갔다. 어떤 여인이 자기가 나딘 켄트라고 소리치면서 나를 쫓아오고 있었다. 나는 결혼한 몸이고 한 가족의 가장이니 나를 그냥 내버려 달라고 텔레파시로 울부짖었다. 그러자 나딘의 환영은 육덕 좋은 스테파니아의 모습으로 변했다.

내가 주변에 있는 모든 여자들에 대해서 환상을 품고 있었다는 사실이 드러나는 순간이었다.

아망딘은 의아한 표정을 지으며 내 손을 잡고 모호 3까지 이끌고 갔다.

그곳에도 알림판이 있었다.

〈주의! 여기는 모호 3입니다. 여러분은 곧 주황색계로 들어갈 것입니다. 참을성이 없는 분은 더 늦기 전에 돌아가 주시기 바랍니다.〉

주황색계를 통과하는 데 걸린 시간은 2~3분에 불과했지만, 우리에게는 그 시간이 대여섯 시간만큼이나 길게 느껴졌다. 도처에 시계 회사들의 광고가 붙어 있었다. 그토록 법을 안 지킬 바에야 애써 만들 필요가 뭐 있었나 하는 생각이 절로 들었다.

스타나 유명한 사람들을 만나도 예전 같은 감동이 일지 않았다. 나는 그저 그곳을 빨리 벗어나려고 비행 속도를 높였다. 아무리 좋은 일도 되풀이되면 싫증이 나는 법이다.

시간이란 참으로 끔찍한 시련이다!

모호 4가 나타났다.

〈주의! 여기는 모호 4입니다. 여러분은 곧 절대지의 천계로 들어갈 것입니다. 세계에 대한 모든 진리를 배울 자신이 없는 분은 통과를 삼가 주시기 바랍니다.〉

「유레카![46] 유레카!」

그리스 관광객들은 무척 흥분해서 소리를 질러 댔다.

마침내 모호 6에 다다랐다.

〈제7천계에 오신 것을 환영합니다. 여기서 모든 운명이 결정됩니다. 여러분은 지금 블랙홀의 가장 깊은 곳에 와 있습니다. 심판 대천사들 앞에 출두하실 분들에게 멋진 환생이 있기를 기원합니다. 다른 분들에게는 일하고 있는 천사들을 방해하지 말 것을 다시 부탁드립니다.〉

우리는 영혼을 심판하는 빛의 산 쪽으로 다가갔다. 천사들은 우리를 알아보았다. 그들은 관광객들은 거들떠보지도 않고 라울과 아망딘과 내게로 다가왔다.

그리스 사람 몇몇이 질문을 했지만 천사들은 무슨 말인지 이해를 못 하겠다는 표정을 지었다.

그러자 그리스인들이 말했다.

「여기가 올림포스가 맞죠? 그런데 제우스 신은 어딨어요?」

그 바보들은 아직 아무것도 깨닫지 못하고 있었다. 천국엔 제우스나 주피터, 케찰코아틀, 토르, 오시리스 같은 으뜸 신이 없다. 천사들에겐 우두머리가 없다. 또 그들은 특정 언어로 된 이름이 아니라 모든 언어로 된 이름을 가지고 있다. 그들에겐 특별한 국적이 없다. 그들은 모든 국적, 모든 종교, 모든 철학을 가지고 있다. 국수주의를 여전히 못 버리고 자기들의 신이 다른 신들보다 더 중요하다고 믿는 저 어리석음이라니!

---

46 〈나는 알았다!〉, 〈나는 찾아냈다〉는 뜻의 그리스어. 아르키메데스가 목욕을 하던 중에, 물체가 유체 속에 있을 때 그 물체의 부피에 해당하는 유체의 무게만큼 부력이 작용한다는 원리를 발견하고 나서 〈유레카!〉라고 소리쳤다고 하는데, 그 고사를 바탕으로 서양에서 널리 쓰이게 된 말이다.

그때 그리스 사람 하나가 갑자기 텔레파시로 소리를 질렀다. 나는 처음에 그 외침이 경탄의 소리인 줄만 알았다. 그러나 그것은 공포 때문에 내지른 비명이었다.

「내 생명줄이 끊어졌어!」

그의 안내자가 침착하게 대답했다.

「말도 안 돼요. 아저씨 생명줄은 우리와 단단히 묶여 있잖아요.」

「아니야. 누군가 아래에서 그것을 잘라 버렸어.」

그가 우는 소리를 했다.

그의 말은 영혼이 이곳에 나와 있는 동안 그의 육체가 살해되었다는 것을 뜻하고 있었다. 그의 생명줄이 다른 사람들의 것과 묶여 있어서, 그는 여전히 동료들과 결합되어 있었다. 하지만, 동료들이 매듭을 풀기만 하면, 그 가엾은 영혼은 다음 환생을 향해 빨려 들어가고 말 것이었다. 멀리, 다른 곳에서 자기가 죽어 있다는 것을 안다는 것은 정말 끔찍한 일이었다!

우리가 사태의 심각성을 깨닫자마자 〈사람 살려!〉 하는 소리가 또 들려왔다. 그리스인 관광객 열여덟 명이 잇달아 자기들의 생명줄이 끊어졌다는 비통한 사실을 확인했다. 그들의 생명줄 뭉치는 온전한 채로 남아 있지만, 그들은 전혀 지구와 연결되어 있지 않았다. 그들은 모두 육체를 잃어버린 영혼이 되었다! 그들은 강물처럼 흘러가는 영혼들의 행렬에 다 같이 합류하였다.

육체는 그렇게 허약한 것이다. 그래서 육체를 버려두고 떠나는 일에는 언제나 위험이 따른다. 라울과 아망딘과 나는 두려움에 휩싸였다. 우리는 여행 일정을 단축하고 재빨리 우리의 육체로 돌아왔다.

저녁 신문들은 그리스인들을 살해한 자들이 스테파니아와 그녀의 무리라고 보도했다. 스테파니아는 주요 언론사에 배포한 성명을 통해, 이제부터는 타나토드롬들을 공격할 것이며 외계 여행을 좋아하는 자들을 완전히 영계로 보내 주겠다고 발표했다. 그녀의 의도는 죽음의 공포와 신비를 되찾아 죽음을 본연의 모습으로 되돌려 놓겠다는 것이었다. 참으로 거창한 계획이었다!

기사를 읽고 나서 라울이 큰 소리로 말했다.

「스테파니아 말이 옳아. 우리는 너무 멀리 갔어.」

「자네는 그럴 말을 할 자격이 없어. 가장 먼저 죽음에 대해 알고 싶어 한 건 자네야. 그리고 우린 그 비밀을 알아냈어. 그런데 이제 와서 후회를 하면 도대체 어쩌자는 거야?」

라울의 생각은 예전과 완전히 달라져 있었다. 그는 펜트하우스 안을 성큼성큼 걸어다니다가 이렇게 말했다.

「무지 속에 그냥 머물러 있을걸 그랬어. 원자 폭탄 제조에 지도적 역할을 한 오펜하이머도 그걸 만들어 놓고 후회했지.」

「뒤로 돌아가기엔 너무 늦었어.」

「늦었다고 생각할 때가 바로 행동할 때야.」

아망딘과 로즈와 나는 고개를 설레설레 흔들었다. 라울의 어조가 갑자기 그의 아내와 똑같은 말투로 바뀌었다.

「우린 자살 풍조를 끝장내는 데 성공했어. 하지만 우리 주위를 좀 둘러봐. 사람들이 얼마나 나긋나긋한지 보란 말일세. 이젠 아무 일도 일어나지 않아. 전쟁, 범죄, 간통 따위는 자취를 감추었고, 한순간의 열정도 찾아보기가 어려워. 오로지 스테파니아만이 용기를 보여 주고 있어.」

라울의 말대로 세상이 견디기 어려울 만큼 따분한 건 사실이었다. 나는 권태와 싸우기 위해 영계 탐사에 뛰어들었는데, 영계 탐사는 온 세상을 따분하게 만들어 놓았다.

유리창 너머로 밖을 내다보는데, 포스터를 몰래 붙이고 있는 젊은이의 모습이 눈에 들어왔다. 포스터에는 스테파니아의 사진이 들어 있었고, 빨갛고 굵은 글씨로 이렇게 씌어 있었다. 〈악을 재건하기 위해 단결하자!〉

274. 장미 십자단[47] 철학

우리는 우리의 욕망 때문에 삶에 집착한다. 우리 주위에는 모든 것을 끌어당기되 아무거나 마구잡이로 끌어당기지는 않는 정신적인 분위기가 존재한다. 그 정신적인 분위기는 우리의 욕망으로 이루어진 것이다. 그것은 또한 우리 욕망의 부정적인 측면인 두려움으로 이루어진 것이기도 하다. 욕망과 두려움은 동전의 양면이다. 우리가 의식할 수 있는 욕망 이상으로 의식하지 못하는 욕망과 두려움이 존재한다. 그러기에 우리는 우리 삶의 씨줄을 형성하는 사람들과 사건들을 우리 쪽으로 끌어당기는 것이다. 행동은 그저 욕망이 구

---

[47] 15세기 말에 형성되어 17세기에 전 유럽에 확산된 신비주의자들의 비밀 결사. 십자가 한가운데에 빨간 장미 한 송이를 붙인 휘장을 사용한 데서 그런 이름이 붙었다.

체화한 것일 뿐이다.

우리는 과거와 현재에 대한 감정의 매듭을 풀지 않고서는 우리 자신을 해방시킬 수 없다.

막스 하이델, 『장미 십자단의 우주 생성론』
프랑시스 라조르박의 논문, 「죽음에 관한 한 연구」에서 발췌

275. 영혼을 훔치는 여자

로즈와 내가 텔레비전 앞으로 달려간 것은 프레디의 비명 때문이었다. 프레디가 열심히 보고 있던 푸에르토리코 만화 영화가 갑자기 중단된 채, 화면에는 흑백의 띠들이 구불거리고 있었다.

「아빠, 고장이에요.」

그건 고장이 아니었다. 흑백의 띠가 사라지고 이미 스테파니아의 얼굴이 나와 있었다.

「스테파니아가 53번 채널을 이용해 불법 방송을 하는군요. 시청률이 가장 높은 시간대에 가장 인기 있는 채널을 용케도 가로챘군요.」

아내가 감탄 어린 목소리로 소리쳤다.

우리는 제가 좋아하는 프로를 빼앗긴 것에 분개하는 아들을 조용히 시키고, 우리 친구의 말을 더 잘 듣기 위해 소리를 키웠다.

장소는 어떤 숲속이었다. 스테파니아는 풀이 무성한 둔덕에 올라서서 한 무리의 사람들을 앞에 놓고 연설을 하는 중이었다. 그녀의 얼굴이 클로즈업되었다. 예전에 그토록 명랑하던 그녀의 얼굴이 잔뜩 긴장되어 있었다.

「여러분, 이렇게 와주셔서 고맙습니다. 나는 자기의 업을 더럽힐 각오를 하고 악에 헌신하겠다고 약속하기까지 얼마나 많은 용기가 필요한지 잘 알고 있습니다. 그러나 우리가 행동하는 것은 전 인류의 행복을 위해서입니다.」

요란한 박수갈채가 터져 나왔다. 카메라가 이동하면서, 위팔에 문신을 새겨 넣은, 가죽조끼 차림의 청년들과 찢어진 청바지를 입고 긴 머리를 늘어뜨린 처녀들이 화면에 등장했다. 스테파니아는 수백만 명의 시청자들과 자기 추종자들에게 동시에 연설을 하는 셈이었다.

「세계는 그 자체로만 보면 선하지도 악하지도 않습니다. 자연이나 신, 또는 우리 삶의 방향을 규제하는 어떤 원리는 우리에게 보상도 벌도 내리지 않습니다. 우리가 할 일은 우리의 경험을 통해서 배우는 것입니다. 우리가 범할 수 있는 잘못은 오직 하나, 무지뿐입니다.

인류의 역사는 온통 혐오스러운 일과 잔학한 행위로 점철되어 있습니다. 그런 역사에서 교훈을 끌어내는 것 역시 우리가 할 일입니다. 고통 속에서 얻은 깨달음이 즐거움 속에서 배운 교훈보다 언제나 더 효과적입니다.

지구는 경험의 장소입니다. 마지막 심판의 시간에 여러분이 심판받는 것은 여러분의 모든 경험에 대해서입니다. 나는 그것을 분명히 말씀드릴 수 있습니다. 여러분이 이웃에게 주었던 모든 즐거움과 모든 고통을 다시 만나게 될 것입니다. 여러분이 이승에서 행한 모든 행위가 중요합니다. 여러분은 죽음의 순간에 그것을 깨닫게 될 것입니다. 심판의 순간에 대천사들은 여러분에게 저지른 행동 가운데 가장 비난받을 만한 것이 어느 정도인지를 가르쳐 줄 것입니다. 그러나, 그때에 대천사들은 여러분에게 화를 내거나 여러분을 비난하지 않을 것입니다. 그들은 오로지 여러분의 어리석음만을 비웃을 것입니다.

보르자[48] 가문이 이탈리아를 지배하고 있던 30년을 생각해 보십시오. 그 기간에 이탈리아는 전쟁, 공포, 살인, 독살 따위를 경험했지만, 레오나르도 다빈치, 미켈란젤로 같은 천재와 르네상스라는 사조를 만들어 냈습니다. 그에 비해, 스위스는 어떻습니까? 스위스인들은 5세기 동안 평화와 민주주의와 형제애를 향유했습니다. 그러나 그들이 만들어 낸 게 무엇입니까? 그들은 끝없는 권태의 시간을 정확하게 재려고 시계를 만들어 냈을 뿐입니다.

태초부터 선은 악과, 아름다움은 추함과, 진실은 거짓과, 양(陽)은 음(陰)과 투쟁해 왔습니다. 지식과 진보는 언제나 바로 그 끊임없는 대립으로부터 나왔습니다. 어느 한쪽이 없으면 다른 쪽도 온전할 수 없기 때문입니다.

그런데, 오늘날 우리의 상황은 어떻습니까? 영계에 관한 지식이 모두에게 알려졌습니다. 그리고 사람들은 언제나 모든 것을 단순화하고 싶어 하는 성향을 가지고 있습니다. 그 두 가지가 겹쳐서, 사람들은 이제 삶의 목적을 오직 한 가지 책무로 귀결시키고 있습니다. 그 한 가지 책무란 바로 선입니다. 이것은 대단히 잘못된 생각입니다. 세상에 악이 없으면 안 됩니다. 악이 없으면 만물이 평형을 이룰 수 없습

---

48 15세기 말에 두 교황 갈리스도 3세와 알렉산더 6세를 배출한 로마의 가문. 원래는 에스파냐 아라곤 왕국의 귀족 가문이었다.

니다. 저는 그 점을 여러분께 분명히 말씀드리고 싶습니다.」

한결같이 불량해 보이는 쉰 명가량의 젊은이들이 그녀를 둘러싸고 구호를 외쳤다.

「우리는 악을 되살릴 것이다! 우리는 악을 되살릴 것이다!」
「고맙습니다, 여러분. 고맙습니다. 인류에게 현실에 대한 정확한 관점을 되돌려 주기 위한 첫 번째 시도로, 우리는 이미 그리스인 관광객 한 무리를 저승으로 보냈습니다. 그것은 시작에 지나지 않습니다. 우리는 우리의 투쟁을 계속할 것입니다. 여러분께 분명히 말씀드리지만, 우리는 여기에서 멈추지 않을 것입니다.」

스테파니아의 검은 눈이 형형한 빛을 발하고 있었다. 자기 명분의 정당성을 입증해 보이겠다는 강렬한 의지가 엿보였다.

수염을 텁수룩하게 기른 남자가 그녀 옆으로 뛰어올랐다.
「위협과 폭력으로 우리는 타나토노트들을 공포에 떨게 할 것입니다. 누구든지 영계 비행에 나서려는 자들은 비행을 떠나기 전에 우리 손에 죽게 될 것입니다. 이것이 영계 관광객들에게 주는 마지막 경고입니다!」

왁자한 웃음과 박수갈채가 쏟아져 나왔다. 몇몇 젊은이들이 오토바이를 부르릉거렸다.

눈시울은 검게, 입술은 빨갛게 칠한 펑크풍의 여자가 소란을 가라앉히며 소리쳤다.

「세상이 온통 타나토드롬 천지로 변해 버렸습니다! 악을 모든 곳에 퍼뜨려야 합니다. 세상의 이 밍밍한 분위기를 끝장내야 합니다. 아주 간단한 방법들이 있습니다!」

「무슨 제안인가 들어 봅시다.」

어떤 사람이 쉰 목소리로 말했다.

「하드록 음악을 부활시켜야 합니다! 가게에 가면 이제 클래식 음악이나 명상 음악밖에 들을 수가 없어요. 라디오 방송들이 특히 더해요. 정말 지긋지긋해요. 끝내주는 록 콘서트를 열었으면 좋겠어요.」

「록! 록!」

악의 전사들이 일제히 구호를 외쳤다.

「여러분, 록 음악을 원하십니까? 제가 지금 들려 드릴 수 있습니다.」

그 말을 한 사람이 카메라에 잡혔다. 수염이 지저분하고 이마에 손수건을 두른 사내가 오토바이 위에 올라서더니, 담배를 입에 문 채 카세트테이프를 흔들었다. AC-DC라는 그룹 이름과 대표곡 이름이 카세트에 적혀 있었다. 〈지옥행 고속 도로〉라는 아주 오래된 곡이었다. 그의 오토바이에는 카세트테이프 레코더가 장착되어 있었다. 그의 주위에 있는 사람들이 모두 선망의 눈으로 그 카세트를 바라보고 있었다.

그가 카세트를 밀어 넣고 볼륨을 최대로 높이자, 귀청을 찢는 듯한 소리가 공기를 뒤흔들었다. 그들은 기다렸다는 듯이 다 같이 몸을 뒤흔들었다. 미개 부족의 집단무를 보는 듯했다. 그들은 스테파니아 추장을 빙 둘러싸고 그녀의 색정적인 동작을 흉내 내며 미친 듯이 춤을 추었다.

분위기가 한층 더 고조되었다. 오로지 자기들만이 세상 사람들을 각성시킬 수 있다는 생각에 그들은 마냥 흥분하고 있었다.

「우리가 존재하는 것은 신이 그것을 원하기 때문이다!」

스테파니아가 소리쳤다.

「우리가 살인을 하는 것은 신이 그것을 원하기 때문이다!」

수염을 기른 사내가 부르짖었다.

「우리가 하드록을 사랑하는 것은 신이 그것을 원하기 때문이다!」

펑크풍의 여자가 외쳤다.

스테파니아가 숨을 헐떡이면서 다시 소리쳤다.

「신은 선이면서 동시에 악입니다. 신은 모든 것이기 때문입니다! 나는 천국에서 사탄을 만났습니다. 분명히 말씀드리지만, 사탄은 아주 존경할 만한 존재입니다. 빌리 조, 음악을 멈춰.」

오토바이의 주인은 즉시 명령에 따랐다. 사람들은 한창 황홀감에 젖어 춤을 추고 있었음에도 음악이 끊어진 것에 대해 항의하지 않았다. 모두들 스테파니아를 대단히 존경하고 있는 게 분명했다. 그녀의 손짓 하나, 눈짓 하나에도 그들은 고분고분 따르고 있었다.

「사라진 것은 하드록뿐이 아닙니다. 술도 있습니다. 사람들은 이제 술을 마시는 것은 엄두조차 못 내고 있습니다. 술김에 나쁜 짓이라도 하게 될까 두려워하기 때문입니다. 사실상 모든 주류업체가 지구 상에서 자취를 감추었습니다. 밀주 공장을 만들어서 세상에 술을 퍼뜨립시다.」

스테파니아가 가끔이라도 라울을 만났더라면 그런 소리는 하지 않았으리라는 생각이 들었다. 술을 포기하지 않은 사람이 적어도 한 사람은 있었다. 라울은 어디에 가면 술을 구할 수 있는지 알고 있었다.

　어쨌든 악의 숭배자들은 스테파니아의 제안을 대단히 훌륭한 것으로 받아들이는 듯했다. 음주벽을 세상에 널리 퍼뜨린다는 생각이 마음에 꼭 드는 모양이었다. 알코올 중독이 사람들 사이에 퍼지면, 아내와 자식들을 구타하는 남자들이 다시 나타날 것이고, 애먼 사람들을 치어 죽이는 음주 운전자들도 생길 거였다. 억압되어 있던 욕구가 터져 나오면서 강간 같은 범죄가 되살아날 것은 물론이었다. 술은 선의 세계를 간접적으로 무너뜨리는 아주 훌륭한 무기가 될 거였다.

「좋습니다. 술, 그거 아주 좋은 생각입니다!」

「술 말고 또 뭐가 있을까요…….」

「마약요.」

　록 음악 애호가인 빌리 조가 스테파니아의 마음을 얼른 헤아리고 말했다.

「마약, 그거 좋지!」

　스테파니아는 그렇게 맞장구를 치고 말을 이었다.

「마약 공급망을 다시 만듭시다. 변두리 지역에 틀림없이 아직 재고가 남아 있습니다. 옛날 두목들에게 정중하게 부탁하면, 코카인을 어렵지 않게 얻을 수 있을 겁니다. 그들은 금단 상태에 있는 중독자를 도움으로써 자기들이 선행을 하고 있다고 확신할 것입니다.」

　뒤쪽에서 AC-DC의 격렬한 음악이 다시 울려 퍼졌다. 스테파니아는 그것에 개의치 않고 자기 얘기를 요약했다.

「여러분은 이제 여러분이 해야 할 일이 무엇인지 아셨을 겁니다. 새로운 동지들을 규합하십시오. 타나토노트들을 죽이십시오. 술과 마약을 퍼뜨리십시오. 우리 다 같이 힘을 모아서 선과 악 사이에 다시 평형이 이루어지도록 만듭시다.」

거기까지 말하고 나서, 스테파니아는 시청자들을 의식한 듯 카메라를 똑바로 쳐다보며 침착한 음성으로 이렇게 결론을 지었다.

「여러분, 악이 다시 태어났습니다. 여러분은 두려움에 전율하시든가 아니면 우리에게로 와서 하나가 되십시오.」

안개 같은 것이 화면을 뒤덮더니, 프레디 2세가 보던 만화 영화가 다시 나오기 시작했다.

276. 경찰 기록

관계 부서에 보내는 보고

우리는 그 일과 아무 상관이 없습니다. 인간들이 자발적으로 벌이는 운동입니다. 타나토노트들을 제거하는데 우리가 굳이 스테파니아 키켈리를 이용할 까닭이 없습니다. 너무 오래 지속된 관용주의에 대한 당연한 반발일 뿐입니다.

관계 부서의 회신

귀측에서 어떻게 생각하든 그건 전혀 중요하지 않습니다. 우리는 여전히 예전의 개방 정책에 만족하고 있습니다.

277. 조로아스터교 신화

죽은 이들 다섯 가운데 하나가 땅에서 솟아오르리라. 그들은 육신을 지닐 것이고, 죽던 때의 모습 그대로, 숨을 거뒀던 그 장소에서 일어나리라. 그들은 아버지와 아들, 아내와 남편, 스승과 제자, 명령하는 자와 따르는 자 그렇게 둘씩 둘씩 솟아나리라.

일어나라, 육체를 가진 자들이여, 야사트[49]를 존중했고 이 땅에서 죽었던 그대들이여!

프랑시스 라조르박의 논문, 「죽음에 관한 한 연구」에서 발췌

278. 스테파니아가 이룬 것

스테파니아는 추종자들을 모으기 위해 열정적으로 호소하고 달변으로 사람들을 설득하려 했다. 그러나 악의 힘을 소생시키기에는 역부족이었다. 그녀의 주위에 모인 악의 숭배자들은 백 명을 넘지 않았다. 그들은 일반의 무관심 속에서 악을 퍼뜨리는 외로운 싸움을 힘겹게 전개했다.

그들은 수천 장의 전단을 거리에 뿌렸다. 그러나 사람들은 그것들을 주워서는 읽지도 않고 가장 가까운 쓰레기통에 던져 버렸다. 그럼으로써 그들은 도시의 청결에 기여한 공으로 손쉽게 선업 점수를 얻고 있었다.

몇몇 신문에서 전단의 원문을 그대로 보도했지만, 그 효과는 여전히 미미했다. 그렇다고 그 내용에 흥미로운 구석이 전혀 없었던 것은 아니다.

---

[49] 조로아스터교 경전인 『아베스타』의 한 부분으로, 이란과 인도의 여러 신들에게 바치는 기도를 말한다.

〈어떤 것이 진짜 죄악인가? 살인인가? 인간이 같은 인간을 죽이는 일은 태초부터 계속되어 왔다. 만일 어떤 신이든 신이 존재한다면, 그는 인간들끼리 서로 죽이는 행위를 허용해 왔던 셈이다. 전쟁은 인구 과밀을 막는 방법 중의 하나였다. 신은 어쩌면 인간들 때문에 다른 생물 종들이 괴멸하는 것을 막기 위해 전쟁이라는 수단을 활용했는지도 모른다.

훔치는 것이 죄인가? 어떤 물건이 다른 사람에게는 속하지 않고 오로지 나에게만 속한다고 주장할 수 있는 근거는 무엇인가? 훔치는 것은 죄가 아니다. 그것은 오히려 재산이 어떤 한 사람에게 귀속하는 것을 거부하는 행위이다.

신을 숭배하지 않는 것이 죄인가? 신이 존재한다면, 아주 지혜로운 실체로 존재할 것이다. 그런 신에게 오만함이 있을 리 없다. 신이 존재한다면, 신은 자기를 숭배하는 자와 자기를 모욕하는 자를 비웃을 것이다.

성스러운 것을 존중하지 않는 것이 죄인가? 이 세상에 성스러운 것은 없다. 신의 대변자임을 자처하는 사제들이야말로 오만의 죄를 범하고 있다. 어떤 장소, 어떤 것이 성스럽다고 누가 감히 주장할 수 있는가? 그것은 단지 주장일 뿐이다.

천사들은 전지전능한 존재가 아니다. 천사들의 위에는 그들보다 더 많은 권능을 가진 존재가 있다. 원한다면 그 존재를 신이라 불러도 좋다. 그러나 명심하라. 그 신은 선행과 친절 따위에는 전혀 관심이 없다.

세계인들이여, 깨어나라! 선행, 그것보다 더 나쁜 것은 없다.〉

권태로운 세상에 대한 분노 속에서, 스테파니아는 옛날의 애독서인 『바르도 토돌』을 내던지고 마오쩌둥의 『모순론』을 추종하고 있었다.

마오쩌둥처럼 그녀도 모순 속에서 세계의 참모습이 드러난다고 생각하고 있었고, 영구 혁명의 필요성을 역설하고 자기 나름의 대장정을 준비하면서, 자신을 기꺼이 그 〈위대한 조타수〉에 비교하고 있었다. 모순이 사상의 동력이라는 마오의 가르침을 스테파니아 키켈리는 인류를 위해 악에 의한 혁명이 필요하다는 말로 바꾸어 놓고 있었다.

마오가 붉은 군대를 가지고 있었다면, 스테파니아는 검은 군대를 가지고 있었다. 그녀의 군대는 방탕한 생활을 즐기고 있었다. 방탕한 생활을 즐기면 즐길수록 그만큼 이득을 보는 거라고 그들은 생각했다. 나중에 천국에 가서 죗값을 치르더라도 우선은 이승에서 악행을 저지르며 기쁨을 누리는 편이 낫다는 게 그들의 생각이었다.

그래도 그들 덕분에 세상이 덜 따분해진 건 사실이었다. 사람들은 무미건조한 일상에 흥취를 불어넣어 줄 그들의 다음 행동을 고대하곤 했다. 그들의 이타적인 용기를 칭찬하는 사람들도 있었다.

어떤 사람들은 그 〈악인들〉 덕분에 약간의 선업 점수를 거의 공짜로 얻기도 했다. 보낼 만한 옷가지들은 이미 다 구호 단체에 보낸 마당이라, 그런 것으로 선업 점수를 따기가 어려운 상황이었는데, 어쩌다가 다락방에서 마약이나 술이나 무기를 찾아낸 사람들은 그것들을 곧바로 스테파니아의 추종자들에게 보내곤 했다.

스테파니아 패거리가 영계 관광객들을 수없이 많이 죽였음에도, 영계 여행사들은 오히려 더 성업을 이루고 있었다. 그들에게 살해당하는 것을 많은 선업 점수를 얻을 수 있는 기회로 여기는 자들이 많았던 탓이다.

279. 뤼생데르의 죽음

뤼생데르 대통령이 자기 삶을 끝내기로 결심한 것이 그 무렵이었다.

비가 와서 차도가 거울처럼 번들거리는 어느 날, 그는 베란다 난간을 넘어 뛰어내렸다. 형체를 알아볼 수 없을 만큼 만신창이가 된 그를 길 가던 사람들이 몽파르나스 타워[50] 아래에서 발견했다.

높은 곳에서 뛰어내리자면 많은 용기가 필요하다. 특히 날씨가 궂은 날에는 더 그렇다. 게다가 창문에서 뛰어내린 사람들 중에는 자기 뜻을 못 이루고 살아난 사람도 많다. 그들은 대개 5층이나 6층 정도를 선택한 사람들이다. 살아나는 경우에도 자동차의 보닛이나 쓰레기 더미 위에 떨어져 아무 탈 없이 살아나는 경우가 있는가 하면, 다리뼈가 으스러지거나 하반신이 마비되어 평생 휠체어 신세를 져야 하는 경우도 있다.

뤼생데르는 행운이 따를 여지를 일체 남기지 않았다. 그가 선택한 것은 59층이었다. 게다가 그는 일을 확실하고 신속하게 끝내기 위해, 머리를 아래로 하는 고공 낙하 자세를 취했다.

[50] 파리의 몽파르나스 역 앞에 솟아 있는 59층짜리 고층 건물.

그는 왜 자살을 했던 것일까? 당시에 그는 정치가로서 성공적인 삶을 살고 있었다. 그의 정치력과 관련된 지표들이 모두 좋은 상태에 있었다. 지금에 와서 생각해 보면, 그는 스테파니아처럼 당시의 무기력한 사회에 갑자기 환멸을 느꼈던 게 아닌가 싶다. 그 자신이 그런 사회를 만드는 데 이바지했던 만큼 그의 혐오감도 남달랐을 것이다. 그는 모든 걸 자기 탓으로 돌리면서 스스로를 벌하기 위해 떠돌이 넋이 되었던 것이리라.

고인이 서재 위에 올려놓은 유서를 어떤 청소부가 발견했다. 우리의 친구 뤼생데르는 이렇게 썼다.

〈나는 비로소 명예가 다 부질없는 것임을 깨달았다. 불멸성, 그건 권태로운 것이다. 나는 모든 역사책과 사전에서 내 이름이 빠지기를 바란다. 내 동상 따위는 세우지 말았으면 좋겠고, 거리에 내 이름이 들어간 표지판이 생겨나지 않기를 바란다. 나는 허식이나 행렬이 없는 장례식을 원한다. 완충물을 댄 관에 넣어져 대리석 무덤 속에 묻히는 것을 원치 않는다. 꽃다발도 화환도 눈물도 장송곡도 조사도 원치 않는다. 나는 나무 밑에 묻히고 싶다. 내 존재를 표시하는 묘비 따위는 필요치 않다. 곧바로 흙으로 돌아가서 나무뿌리에 뚫리고 민달팽이와 지렁이와 빈대에 갉아 먹히고 싶다. 그럼으로써 비록 자살한 것 때문에 내 넋은 떠돌이가 될지라도, 내 육신은 기름진 부식토로 환생할 수 있지 않겠는가? 살아 있던 동안에 내 육신은 아무것에도 도움을 주지 못했지만 죽어서는 기름진 퇴비라도 될 수 있기를 바란다.

나는 오래전에 삶의 의미를 알았다고 생각했지만, 지금은 그것을 그저 어렴풋하게 느끼고 있을 뿐이다. 대통령이든 부랑자든, 왕이든 노예든 우리는 똑같다. 우리는 모두 우주 속에 버려진 작은 모래알일 뿐이다. 나는 다른 사람들과 마찬가지로 한 알의 모래에 지나지 않았던 나에게 특별한 대우가 주어지는 것을 원치 않는다. 나는 한 알의 모래일 뿐이었다. 그러나 난 알고 있다. 모래알이 없이는 백사장도 없다는 것을.〉

내무부 장관은 그 유서가 민심에 심대한 악영향을 주리라고 판단하고, 즉시 그것을 태워 버렸다.

뤼생데르 대통령의 죽음은 영계 탐사 운동에 쐐기를 박는 계기가 될 수도 있었다. 그러나 실제로는 전혀 그러지 못했다. 그의 소원과는 달리 그의 장례식은 웅장하게 치러졌고, 그 뒤에 사람들은 역사 교과서의 몇 장(章)을 그에게 할애했다. 시청 광장에는 그의 거대한 동상이 세워졌다. 정부는 뤼생데르가 세운 뷔트 쇼몽 타나토드롬을 이제부터 뤼생데르 타나토드롬으로 고쳐 부르기로 했다고 발표했다. 그와 마찬가지로 타나토노트 훈장은 뤼생데르 훈장이 되었다. 전국의 도시와 마을에 그의 이름을 딴 거리와 광장이 무수히 생겨났다.

자기 삶을 선택하기도 쉬운 일은 아니지만, 자기 죽음을 선택하는 것도 대단히 어려운 일이다.

리샤르 픽퓌가 차기 대통령으로 무난히 선출되었다. 그의 첫 번째 연설은 뤼생데르에 대한 찬사로 일관된 것이었다. 그는 자기의 목표가 있다면, 그것은 영계 탐사의 위대한 선구자인 뤼생데르의 업적을 계승하는 것이라고 단언했다.

그 연설이 끝날 무렵에 라울은 자기의 재혼 계획을 나에게 털어놓았다. 스테파니아가 그의 삶으로부터 너무 멀어져 갔기 때문에 그는 더 이상 그녀에게 얽매일 필요가 없다고 생각하고 있었다.

280. 공익 광고

텔레비전 화면에 하얀 가운을 걸친 남자가 나타났다. 나이는 마흔 살쯤 되어 보이고 얼굴엔 웃음이 가득하다. 그가 칠판 앞에서 설명을 시작한다.

「안녕하십니까? 저는 필리피니 교수입니다. 과학자죠. 저는 오랫동안 생명에 대해서 연구해 왔습니다. 이 화학식을 보십시오(교수가 들고 있던 자로 칠판을 가리킨다). 이것은 수소의 화학식입니다. 원자 하나에 전자 하나, 아주 간단합니다. 이것은 데옥시리보 핵산, 즉 DNA의 화학식입니다. 좀 복잡하지요? 이게 바로 생명입니다. 우주에 이런 것은 그리 많지 않습니다. 우주의 99퍼센트는 보잘것없는 수소로 이루어져 있습니다. 그런데 이렇게 복잡한 DNA, 즉 생명은 0.00000001퍼센트밖에 안 됩니다. 우리 인간도 이것을 만들어 낼 수 없습니다.

따라서 여러분의 생명을 함부로 다루시면 안 됩니다. 모든 생명이 다 소중한 것입니다. 만일 여러분 자신을 존중할 수 없으면, 여러분 내부에 있는 화학적인 생명을 존중하십시오.」

이상은 〈생명 진흥청〉에서 전하는 말씀입니다.

281. 메소포타미아 신화

그대 길가메시여
언제나 배가 가득하도록 먹고
밤낮으로 즐겁게 지낼지라.
그대 인생의 하루하루를
열락에 찬 축제로 만들라.
의복을 정결하고 화사케 하고
얼굴과 몸을 깨끗하게 씻을지라.
그대 손을 잡는 아이를 어루만져 주고
품에 안긴 아내에게 기쁨을 주라.
인간이 지닌 권리란 그저 그런 것뿐일지니.

『길가메시 서사시』
프랑시스 라조르박의 논문, 「죽음에 관한 한 연구」에서 발췌

282. 재혼

라울이 재혼 상대로 선택한 사람은 아망딘이었다. 뜻밖의 결정이었다.

아내와 나는 그들과 함께 펜트하우스에서 저녁 시간을 보내곤 했는데, 두 사람이 다정한 눈짓을 주고받거나 손을 잡거나 입맞춤하는 장면을 목격한 적이 없었다. 밤중에 두 사람이 자기들 아파트의 현관문을 열고 닫는 소리도 들은

적이 없었다. 게다가 술에 절어 살면서 스테파니아를 끊임없이 울렸던 그가 아망딘과 결합하리라고는 전혀 생각하지 못했다.

어쨌든 재혼은 성사되었고 두 사람은 행복해 보였다.

아홉 달 뒤에 아망딘은 딸아이를 낳았다. 그 부부는 아이에게 팽프러넬[51]이라는 이름을 지어 주었다. 아이가 태어나면서 라울은 완전히 다른 사람이 되었다. 부모가 만들어 놓은 그늘에서 벗어나지 못한 채 늘 어둡게 살았던 그가 한 아이의 아버지로 바뀌어 있었다. 그에 따라 자기 부모에 대한 그의 생각도 완전히 달라졌다.

우리는 그 문제에 대해 오랫동안 이야기를 나누었다. 그의 집 거실에서 라울은 갑자기 냉철한 사람으로 변해 있었다. 그는 자기 어머니가 죽음에만 관심을 가지고 있던 한 남자에게서 왜 등을 돌렸는지 그 사정을 이해하고 있었다.

「물론, 어머니는 아버지를 미워했고, 아버지를 속였지. 하지만 어머니가 자기 손으로 아버지를 살해한 건 아니야. 아버지 스스로 죽음을 결정하신 거야. 아버지는 저승에만 관심을 갖다가 이승에서 당신이 버림받았다는 것을 깨달으신 거지.」

그가 이야기를 하고 있는데, 팽프러넬이 악을 쓰며 울었다. 그것이 세계를 향해 아이가 자기 의사를 표현하는 방법이었다. 자기가 보살핌을 받고 있지 않다고 느끼거나, 자기가 요구하는 장난감을 어른들이 얼른 내밀어 주지 않을 때마다 아이는 큰소리로 울음을 터뜨리곤 했다. 아망딘이 아

---

51 〈오이풀〉이라는 뜻.

이를 달래러 갔다.

아이의 울음소리를 들으며 라울은 자신이 최근에 갖게 된 생각을 들려주었다.

「자기 부모를 사랑하는 방법은 한 가지밖에 없네. 그분들이 자기에게 무슨 잘못을 하셨든 간에, 모든 것을 용서해 드리는 거지. 그러고 나서, 그분들을 좀 더 일찍 용서해 드리지 못한 자신을 용서하는 거야.」

라울이 옛날을 회상하며 덧붙였다.

「어릴 때는 아주 사소한 일을 가지고 철없이 부모님을 원망하곤 했어. 어머니가 나와 놀아 주지 않고 설거지를 하고 계신 것도 견딜 수가 없었지. 〈잠깐만, 기다려〉 하고 계속 딴청을 피우시는 어머니가 미웠지. 어머니가 내 응석을 안 받아 주시고 내 요구를 외면하실 때마다 분한 생각이 들곤 했지. 그 분을 풀기 위해 어머니의 사랑을 모른 체했고, 내 사랑도 일부러 표현하지 않았지.」

따지고 보면 자기 부모에 대한 그의 태도는 어린 시절의 내 태도와 그리 다를 것이 없었다.

팽프러넬은 또 악을 쓰며 울었다. 이번에는 라울이 달려갔다. 라울이 아이를 안아 올리자, 아이의 울음이 서서히 잦아들었다. 언젠가는 저 아이도 자기 부모가 좀 더 일찍 달려오지 않은 일과 온전한 사랑을 베풀어 주지 않은 것과 세상의 모든 장난감을 사주지 않은 것을 용서해 줄 수 있을 것인지.

283. 공익 광고

껑충한 젊은이 하나가 가죽으로 된 안락의자에 편안한 자세로 앉아 있다.

「안녕하십니까? 전 토마 프릴리노라고 해요. 전 친구들과 어울려 사는 걸 좋아하죠. 삶이란 그것만으로도 좋은 겁니다. 그런데 거기에 친구들까지 있으니 더욱 신나는 일이지요. 우리가 함께 어울려서 무얼 하느냐고요? 음, 여러 가지예요. 그중에서도 특히 카드놀이를 많이 하지요. 저는 친구들을 사랑하고, 카드놀이를 좋아하죠. 그리고 물론 삶도 사랑합니다. 삶이 없으면 카드놀이도 친구들도 아무 의미가 없잖아요? 어쨌든 산다는 건 좋은 겁니다.」

이상은 〈생명 진흥청〉에서 전하는 말씀입니다.

284. 베다 철학

사람에게는 천 개의 머리, 천 개의 눈이 있고,
세상 구석구석을 누비는
천 개의 다리가 있다.
사람은 열 손가락으로 현세를 벗어난다.
사람은 이 우주 그 자체이며
과거이고 미래이다.
사람은 멸하지 않는 세계의 주인이다.
그는 양식이 없이도 자랄 수 있기 때문이다.

『리그 베다』

프랑시스 라조르박의 논문, 「죽음에 관한 한 연구」에서 발췌

285. 꿈

그날 밤 나는 꿈을 꾸었다.

그 꿈이 어찌나 생생하고 현실적이고 논리적이고 끔찍했던지, 나는 깨어나자마자 그것을 자세히 기록했다. 그 꿈의 내용은 다음과 같다. 이것은 그날 아침에 내가 기록한 것 그대로이다.

〈가브리엘 대천사가 지구에 내려와 유엔 총회에서 연설을 한다. 간결하고 직설적인 연설이다. 세계 인구가 계속 증가하는 바람에, 자기들이 하루에 심판하는 영혼이 너무 많아졌다는 것이다. 세계 인구가 70억이니 그럴 만도 하다. 대천사 셋이서 한시도 쉬지 않고 일한다 해도 모든 영혼을 심판하기는 어려울 것이다. 주황색계가 대기 중인 영혼들로 포화 상태를 이루고 있고, 기록을 꼼꼼히 검토할 수가 없어 그릇된 심판을 내리는 일조차 있었다는 것이다. 현자가 불량배로 환생했는가 하면 개차반 같은 건달이 환생 순환을 너무 일찍 끝내고 순수한 정령이 된 적도 있다고 한다.

가브리엘 대천사는 사람들에게 두 가지 해결책을 제시하고 하나를 선택하라고 한다. 즉 출생률을 알맞게 조절하든가 아니면 사람들을 파견해서 자기들의 일을 도와 달라는 것이다. 산 사람들이 육체를 벗어나 영계 탐사를 하는 마당이니, 거기에 머물면서 자기들을 도와 영혼들의 카르마 기록을 조사하고 관리할 수도 있지 않느냐는 것이다.

세계 각국의 국가 원수들이 긴급회의를 열어 그 문제를 숙의한다. 그들은 엄격한 인구 억제 정책을 강행하기가 어렵다고 판단하고, 천국에 공무원들의 영혼을 파견하는 두 번째 방안을 선택한다.

그리하여 새로운 공무원들이 생겨나게 된다. 서류나 뒤적이던 샌님들이 대천사들을 돕는 영계의 일꾼으로 바뀌어 매일 아침 이륜용 의자에 앉는다. 다른 사람들이 지하철이나 교외선 국철을 타고 출근하는 시간에 그들은 그렇게 영계의 일터로 간다. 천사들이 마련해 준 사무실에서 그들은 고객들의 기록을 마음대로 들여다볼 수 있게 된다.

물론 그 공무원들은 모두 비밀을 엄수하겠다고 선서한 사람들이다. 그러나 사람이 하는 일에 잘못이 없을 수 없다. 그들 가운데 한 사람이 처음으로 과오를 범한다. 그의 잘못은, 자기 아들의 기록을 보고 난 뒤에, 자기 아들에게 반 친구들을 계속 괴롭히면 나중에 민달팽이로 환생하게 될 거라고 말했다는 것이다.

일견 사소해 보이지만, 그것은 서약을 깨뜨렸다는 점에서 위중한 과오였다.

세상에 완벽한 사람은 없는 법이다. 공무원들이라고 예외가 될 수 없다. 인구가 계속 증가하면서 영계 공무원들이 자꾸 늘어난다. 그렇게 수가 많아지니 배임 사고가 증가할 수밖에 없다.

예를 들어, 이런 사고가 생긴다. 나쁜 짓을 계속하는 아들 때문에 속을 끓이던 아버지가 자기 아들의 카르마를 고치기 위해 아들의 기록에 손을 댄다. 1백 점을 더한 것이다. 재빨리 해치운 일이므로 아무도 눈치채지 못한다.

그러나 자기 가족의 카르마를 고치는 것으로 일이 끝나지 않는다. 가족 다음엔 친구가 있고, 그다음엔 그 친구의 친구가 있다. 어느 사회에나 정보가 유난히 빠른 자들이 있다. 그들은 영계 공무원들의 보수가 그리 많은 편이 아니라는 것도 알고 있다. 그들이 영계 공무원들에게 자기들의 신분을 밝히며 조심스럽게 봉투를 내민다. 돈이 많으면 귀신도 부릴 수 있다는 옛말이 그르지 않다. 돈이 있으면 좋은 환생을 보장받을 수 있는 것이다!

좋은 환생을 따내기 위한 검은 거래가 서서히 자리를 잡아 간다. 부자들은 돈을 내고 자기들의 카르마가 어떤 상태에 있는지, 자기들이 얼마나 더 죄를 지어도 좋은지를 알아낸다. 그들은 자기들이 넉넉한 가정에서 훌륭한 건강 상태로 환생하리라는 것을 미리 보장받는다. 그럼으로써 부자들은 내생에서도 여전히 부유하고 건강한 삶을 누리게 된다. 그에 반해 가난한 사람들은 내생에서도 여전히 가난하고 불행하다.

이쯤 되면 이건 단순한 꿈이 아니라 지독한 악몽이다. 영계 탐사 덕분에 거부가 된 새로운 부르주아들, 즉 타나토그라트가 출현한 것이다.

영계 공무원을 매수할 만한 경제적인 능력이 없는 사람들은, 이승에서 아무리 착하게 살아도 더 좋은 환생을 받기가 불가능해졌다. 옛날에 사람들이 가장 무서워했던 것은 죄를 짓는 일이었다. 그러나 이제는 가난이 가장 무섭다. 가난한 사람들은 실패의 악순환을 벗어날 가능성을 박탈당한 채 그런 삶을 영원히 되풀이해야 하기 때문이다.

시대의 흐름이 바뀌었다. 사람들은 오로지 돈을 위해 산다. 돈을 벌기 위한 일이라면, 절도, 매춘, 사기, 살인, 마약

거래 등 무엇이든 마다하지 않는다. 선의 시대와는 정반대다. 모든 행위의 목적이 돈을 획득하는 데 있다.

우리 아들 프레디 2세는 학교 앞에서 불량배들에게 돈을 뜯겼고 아내는 슈퍼마켓에서 지갑을 소매치기 당했다.

사라졌던 마피아가 다시 나타났다. 남의 돈을 가로채거나 상업적인 경쟁자를 물리치기 위해서라면 누구나 거리낌 없이 살인 전문가들을 고용한다. 돈이 있으면 아무리 죄를 많이 지어도 카르마는 결백하다. 그런데 무엇을 주저하리오?

세계가 완전히 돈의 지배를 받고 있다. 겨우 명맥을 유지해 온 여러 종교의 지도자들이 세상을 바꾸어 보려고 고군분투한다. 그러나 인간이 천국의 일에 개입하는 것을 중단해야 한다는 그들의 외침은 공허한 메아리일 뿐이다.

천국의 일을 포기하면, 카르마를 관리하는 모든 책임이 다시 천사들에게로 돌아간다. 그러나 그들은 70억이나 되는 지구의 거주자들을 더 이상 관리할 수가 없다.

결국 사람들은 갈수록 야만스러워지고 무지해져 갈 뿐이다……〉

나는 땀에 흠뻑 젖은 채 꿈에서 깨어났다. 전율이 일었다. 우리 인간이 그렇게까지 타락할 수 있는 걸까?

꿈은 천사들이 즐겨 사용하는 의사소통의 수단이다. 나는 천사들이 그 꿈을 통해서 내게 어떤 메시지를 남긴 것이라고 확신했다.

그 메시지의 내용을 더 이상 통제할 수 없도록 상황이 악화되기 전에 영계와 관련된 모든 일을 중단해야 한다는 것이다.

나는 벌떡 일어나 샤워를 하고 옷을 입은 다음, 다른 사람들과 아침을 먹기 위해 카페로 내려갔다. 거기에는 라울밖에 없었다. 프레디 2세는 벌써 학교에 갔고, 아망딘과 로즈는 쇼핑을 하러 나간 뒤였다.

카페의 고양이가 눈에 들어왔다. 그 자태가 자못 침착했다. 모든 깨달음을 얻고 자기 환생을 즐기는 고양이인 모양이었다. 행복한 짐승이로고. 나는 그 고양이가 아주 느긋한 성품을 가진 어떤 사람의 모습으로 다시 태어날 거라고 생각했다.

그때 경찰관 한 명이 무슨 소린가를 지르며 카페 안으로 뛰어 들어왔다. 무슨 말을 지껄이는지 정확히 알 수는 없었지만 대충 이런 말을 하는 듯했다.

「당신네 타나토드롬을 그자들이 약탈하고 있어요!」

286. 유대교 신화

인간의 육체가 사지와 여러 등급의 부분으로 이루어져 서로 작용과 반작용을 하면서 하나의 유기체를 형성하듯이 거대한 세계도 피조물의 위계 구조로 이루어져 서로 적절한 작용과 반작용을 하면서 말 그대로 하나의 유기체를 형성한다.

『조하르』
프랑시스 라조르박의 논문, 「죽음에 관한 한 연구」에서 발췌

287. 뷔트 쇼몽 타나토드롬에 대한 공격

 그들은 악의 숭배자들이었다. 스테파니아가 그들에게 우리 타나토드롬을 파괴하라고 명령한 모양이었다. 1층 창문 너머로 그들이 야구 방망이와 자전거 체인으로 무엇이든 닥치는 대로 부수고 있는 모습이 보였다.

 라울이 팔꿈치로 내 옆구리를 찔렀다.

「자네와 내가 저 바보들을 혼내 줄까?」

 그 말을 들으니 불현듯 옛날 일이 떠올랐다. 라울과 내가 세상에 둘도 없는 단짝이었던 시절에 라울은 어른 목소리를 흉내 내어 악마 숭배자들과 맞선 적이 있었다. 우리는 그들을 물리치는 데 성공했다. 우리 타나토드롬을 공격하고 있는 자들과의 싸움 역시 쉬울 것 같지는 않았다. 그러나 어머니의 가게가 엉망진창이 되고, 영계 포스터가 찢기고, 티셔츠가 짓밟히고, 아망딘의 사진이 콧수염이나 음란한 그림으로 뒤덮이는 광경을 보자, 분노가 치밀어 올랐다.

 우리는 문을 넘어갔다. 처음엔 아무도 우리에게 신경을 쓰지 않았다. 그 틈을 타서 라울은 거대한 포스터를 받치고 있던 기다란 쇠 파이프를 빼내어 나에게 내밀었다.

 그 순간 나는 라울과 내가 서로에게 화를 냈던 일이며, 라울이 알코올 중독자가 되었다는 사실을 다 잊었다. 우리는 옛날의 그 시절로 돌아가 있었다. 나는 무기를 움켜쥔 손에 힘을 주었다.

 라울과 내가 다시 하나가 되어 있었다. 우리는 바보들을 상대로, 무기력감에 빠진 세상 사람들을 상대로 싸우고 있었다.

라울도 알루미늄 파이프 하나를 잡았다. 1층에는 험상궂게 생긴 불량배 두 사람이 있었다. 몸에는 흉측한 문신이 가득하고 머리털과 수염이 텁수룩한 자들이 역겨운 냄새를 진동시켰다.

그중의 하나는 영계 지도가 들어 있는 스카프에 칼질을 해대고 있었고 다른 하나는 가장 인기 있는 천사 인형을 이로 물어뜯고 있었다.

「무슨 짓들이냐! 당장 그만두지 못해!」

라울이 벽력같이 고함을 쳤다.

그자들은 우리의 느닷없는 출현에 당황하는 기색을 보였다. 그들은 그토록 선량한 세계에서 자기들의 난폭한 행위를 저지할 수 있는 사람은 더 이상 없다고 믿고 있었다. 경찰과 군인들마저 그들을 건드리지 않는 상황이었다. 그들은 아무도 자기들을 이길 수 없으리라고 생각하고 있었다.

라울의 제지를 받고 잠시 얼떨떨해하던 그자들이 이내 정신을 차렸다. 둘 중에 키가 더 큰 자가 미소까지 지어 가며 우리에게 다가왔다. 그는 악수를 청하는 것처럼 손을 내밀며 가까이 다가오더니 발로 내 아랫배를 걷어찼다. 경계심을 푼 게 화근이었다. 악의 숭배자들은 아무것도 존중하지 않고 명예 규범 따위는 가지고 있지 않다는 사실을 깜박 잊었던 내가 어리석었다.

나는 허리를 꺾고 털썩 주저앉았다. 그러자 바로 라울이 달려들어 그 신의 없는 자의 머리를 알루미늄 파이프로 때려 주었다. 다른 사내가 우리에게 덤벼들었다.

난투가 벌어졌다. 나는 다시 일어나 있는 힘껏 싸웠다.

내가 싸움을 제법 한다는 사실이 무척 놀라웠다. 아마 영계 전투를 통해 자신감을 얻었기 때문일 거였다. 누가 뭐래도 나는 그 무시무시한 하샤신의 산중 장로를 격퇴한 몸이다. 물론 아망딘의 도움이 있었지만 말이다.

나는 펠릭스의 석고상을 들어 올려 키가 큰 쪽의 머리 위로 던졌다. 그자가 털썩 무너져 내렸다. 고맙네, 펠릭스. 나머지 한 녀석은 상황이 여의치 않다고 판단했는지, 동료들의 지원을 얻으려고 위층으로 달아났다. 우리는 그자를 추격했다.

7층에서 우리는 건장한 체격의 네 사내와 마주쳤다. 그들은 도끼로 모든 걸 때려 부수며 즐거워했다. 이륙용 의자, 모니터 화면, 오실로스코프 따위가 이미 박살이 나 있었다.

넷 중에 우두머리로 보이는 뚱뚱한 사내가 도끼를 들고 덤벼들었다. 라울은 급한 김에 알루미늄 파이프로 도끼를 막아 보려 했다. 라울의 무기가 부러졌다.

그와 동시에 두 장한(壯漢)이 내게 달려들었다.

라울은 도끼를 잡고 있는 뚱보의 손을 겨냥하고 발길질을 했다. 일격에 도끼가 바닥으로 떨어졌다.

「개자식, 죽여 버리겠어!」

뚱보가 이를 갈았다.

그가 라울의 머리를 낚아채어 쥐기 시작했다. 그러나 호리호리하고 유연한 라울은 금방 빠져나와 그의 허리를 껴안았다.

더 이상 그들의 싸움을 구경하고 있을 겨를이 없었다. 내 상대자들이 덤벼들고 있었다. 우리는 사내아이들처럼 바닥을 뒹굴며 싸웠다. 나는 그들의 머리털을 뽑았고, 그들은 길고 더러운 손톱으로 내 목을 긁었다. 판세가 그들에게 유리한 쪽으로 돌아가려던 찰나에, 누군가가 버럭 소리를 질렀다.

「어이, 친구들, 내가 왔네!」

막심 빌랭이 우리를 도우러 달려온 것이다. 그는 쌍절곤을 들고 있었다. 그 동양의 무기를 들고 달려드는 모습이 꽤나 우스꽝스러웠지만 그의 지원은 시의적절했다. 어쨌든 친구가 있다는 건 좋은 일이다.

「경찰을 불러야겠어!」

내가 고함을 쳤다.

「소용없을 거야. 그들은 결코 개입하고 싶어 하지 않을 거야. 경관들마저 카르마를 더럽힐까 전전긍긍하는 판국일세.」

한바탕의 아수라장이 펼쳐졌다. 얼굴을 향해서 물건들이 날아다니고, 야구 방망이가 허공을 가르며 바람 소리를 냈다. 그 사이사이에 몸을 때리는 둔탁한 주먹 소리가 들렸다. 서로 때리고 조르는 데 몰두하느라고 우리는 오토바이의 부르릉 소리가 들리고 급하게 계단을 뛰어 올라오는 소리가 들려도 그다지 신경을 쓰지 못했다.

거뭇한 형체 하나가 문을 등지고 나타났다.

스테파니아였다.

「됐어, 그만해!」

그녀의 명령이 떨어졌다.

그녀가 9밀리미터 구경 자동 권총을 겨누었다. 우리는

손을 들었다.

산림 생활이 힘겨웠던지, 통통하던 스테파니아가 무척 날씬해져 있었다. 밤이나 다람쥐가 식량이 되지는 못할 테니, 그렇게 야윌 법도 하다. 스테파니아는 빨간 안감이 언뜻 내비치는 기다란 검은 망토를 걸치고 있었다. 내가 적색 천계에서 만난 그녀의 환영처럼 멋진 모습이었다. 우리를 바라보는 그녀의 눈길에 반가움이 어려 있었다.

「오랜만이군요. 이런 만남을 오래전부터 원했어요.」

「그렇게 만나고 싶었으면 전화를 하지 그랬소? 당신이 만나자고 했으면 감히 내가 거절했겠소?」

라울이 빈정거리는 어조로 말했다.

스테파니아는 라울의 익살을 받아 줄 기분이 아닌 듯했다. 그녀의 뒤에 있는 불량배들이 불뚝거렸다.

그녀가 우두머리의 위엄을 갖춘 목소리로 말했다.

「바보 같은 소리 집어치우고 내 얘기 잘 들어요.」

「듣고 있소. 아주 귀담아듣고 있소.」

「나와 이 사람들은 이 타나토드롬을 파괴하러 왔어요. 깊이깊이 생각해서 결정한 거예요. 우리가 세운 이 끔찍한 건물을 파괴해야겠어요.」

「이자들을 없애는 것부터 시작하는 게 어떨까요?」

도끼를 휘두르며 우리와 싸웠던 뚱보가 뺨을 문지르며 제안했다. 그의 입에서는 피가 뚝뚝 떨어지고 있었다.

「안 돼. 이들은 내 친구야.」

그녀의 어조가 단호했다.

그녀가 나에게 바싹 다가왔다.

「미카엘, 라울, 막심. 당신들은 내 친구예요. 당신들을 결코 해치지 않을 거예요. 그러나 여기 이것들은 다 없애 버릴 거예요. 자, 시작해!」

그녀의 명령이 떨어지자 그녀의 부하들이 다시 모든 것을 때려 부수기 시작했다. 그들은 이륙용 의자를 뜯어 헤치고, 기계를 부수고, 플라스크를 박살 냈다.

스테파니아는 여전히 우리에게 권총을 겨눈 채 애원조로 말했다.

「라울, 제발, 영계 탐사를 끝내요. 그러지 않으면 더 이상 돌이킬 수 없을 정도로 상황이 나빠질 거예요.」

라울이 손을 내리고 그녀에게 다가갔다. 그녀가 금방이라도 총을 쏠 것만 같았다. 그러나 총알은 전혀 발사되지 않았고 라울은 그녀에게 입을 맞추었다.

프레디 메예르는 〈우리가 원수를 사랑하면 그들은 도리어 역정을 내겠지만, 그것 때문에라도 우리는 원수를 사랑해야 한다〉고 말하곤 했다. 그의 말이 옳았다. 라울과 스테파니아가 서로 끌어안고 입을 맞추자 폭력이 난무하던 시간이 멎고 동화처럼 아름다운 순간이 펼쳐졌다. 너무 환상적인 순간이었다. 그러나 도끼를 휘두르던 뚱보는 그 순간을 견딜 수 없었다. 모두가 얼떨떨해하고 있는 사이에 그가 도끼를 다시 집어 들고 라울의 등을 찍었다.

눈 깜짝할 사이에 일어난 일이어서 아무도 그를 말릴 겨를이 없었다.

라울은 기습을 받고 눈을 휘둥그렇게 떴다. 그러더니 자기가 죽음을 맞고 있다는 것을 깨닫고 미소를 지으면서 스테파니아를 꼬옥 껴안았다. 그는 그녀를 누구보다도 사랑했고 그녀를 찾아 사랑을 나누고 싶어 했다. 죽음을 발견하고 삶의 궁극적인 의미를 깨달은 그였지만, 죽음이 가까이 다가온 순간에는 오로지 자기가 나눈 마지막 사랑의 순간을 생각하고 있었다. 그는 다른 곳으로 떠나기 전에 지상에서 좀 더 사랑을 하고 싶어 했다.

라울이 무릎을 꿇었다. 도끼는 여전히 그의 등에 꽂혀 있었다.

「자, 빨리! 아직 늦지 않았어요. 그의 영혼이 영계에 다다르기 전에 다시 데리러 갑시다. 이륙 장비를 다시 작동시켜야 해요.」

내가 그렇게 외치자 스테파니아는 울먹이는 소리로 나를 만류하였다.

「아니에요! 그냥 조용히 죽게 내버려 둬요.」

그녀가 불량배들에게 신호를 보내자 그들이 우리를 결박했다.

나는 손이 묶인 채로 라울의 곁으로 급히 나아갔다. 라울은 아직 완전히 떠난 게 아니었다. 그가 눈을 뜨고 나를 알아보더니 빙긋 웃으면서 무슨 말인가를 중얼거렸다.

내가 분명히 알아들은 것은 이 말뿐이었다.

사슬이 풀리고
나는 내 안에 있던 모든 괴로움을 땅에 던져 버렸네.
오 위대한 오시리스여!
마침내 삶을 얻었나이다.

방금 이렇게 태어났나이다.

라울은 힘겹게 몸을 끌고 가서 스테파니아의 다리를 껴안았다. 마지막 경련이 일었다.

한시가 급한데, 우리는 시간을 낭비하고 있었다. 분노가 치밀었다. 하지만 스테파니아의 결심은 흔들리지 않았다. 라울이 〈정상적으로〉 죽게 내버려 두자는 게 그녀의 생각이었다. 예전 같으면 우리는 그를 붙들어 두려고 했을 거였다. 영계 탐사가 시작되기 전에는 사람들이 죽어 가고 있으면 다른 사람들은 그의 죽음을 슬퍼하면서 장례를 치를 일을 생각했었다. 오늘날 죽어 가는 사람들을 붙들어 두는 일이 너무 흔해진 탓에 나는 그 사실을 잊고 있었다.

라울의 영혼은 이 〈아래〉 세상에서의 마지막 추억을 위한 입맞춤을 남기고 떠났다.

정말 멋진 죽음이다! 나도 내 죽음을 그렇게 맞고 싶다. 돌이켜 보면, 라울은 진정으로 사랑할 줄 아는 사람이었다. 그는 아버지의 모험을 계승할 만큼 아버지를 사랑했고, 자기에게 충실한 사랑을 베풀어 주지 않은 어머니를 용서할 만큼 어머니를 사랑했다. 그는 책을 사랑했고 또, 나를 자기의 모험에 끌어들일 만큼 나를 사랑했다. 그는 아망딘을 사랑했고, 스테파니아를 사랑했다.

〈진정으로 사랑하기란 아주 어려운 일이다. 수많은 환생을 거치지만 우리가 진정으로 사랑할 수 있는 삶은 대개 한 번밖에 주어지지 않는다. 그 한 번의 기회를 놓치면 안 된다〉고 메예르는 말했다.

스테파니아는 라울의 시신을 품에 안았다. 그녀의 눈에 눈물이 글썽거렸다. 주위에 있는 불량배들은 더 이상 어찌해야 할지를 모르고 있었다. 자기들의 우두머리가 눈물을 흘리고 있지 않은가! 그것은 악을 추종하는 자들의 계율에 어긋나는 행위였다. 그들은 파괴 행위가 중단된 것이 아쉽다는 듯 팔을 건들거리면서 그대로 서 있었다.

「자, 갑시다.」

스테파니아가 명령을 내렸다. 오토바이들의 연속적인 폭음이 들렸다. 악의 숭배자들은 그렇게 요란한 소음을 남기며 사라져 갔다.

나는 내 친구의 유체를 바라보았다. 그의 영혼은 벌써 육체를 벗어났을 것 같았다. 내 앞에 놓인 것은 더 이상 영혼이 돌아올 수 없는 살덩어리에 지나지 않았다.

그를 다시 데려오기에는 이미 너무 늦어 있었다. 그의 영혼은 벌써 주황색계에 들어가 수십억 명의 사자들 속에 섞였을 거였다. 우리는 영원히 그를 다시 만나지 못할 터였다.

라울의 죽음이 돌이킬 수 없는 사실임을 확인하면서, 나는 라울이 나의 형제임을 깨달았다. 라울이야말로 나의 진정한 형이었다.

사악한 코요테가 달을 보고 울부짖듯 마음껏 소리를 지르고 싶었다. 아우우우우우. 그러나 그것이 고통을 표현하는 나의 유일한 방식임을 이해해 줄 사람이 아무도 없을 것 같았다. 가장 사랑하는 친구가 죽었을 때는 코요테처럼 울부짖을 수 있어야 하고, 마음껏 눈물을 흘릴 수 있어야 한다.

288. 역사 교과서

영계 탐사에 지대한 공헌을 한 사람들 중 하나인 막심 빌랭이 2068년에 이런 말을 했다.

〈언젠가는 죽게 될 것을 알기에, 인간은 진정으로 느긋할 수 있다.〉

그것은 한 세기 전의 미국 철학자 우디 앨런에게 답하는 말이었다.

사실 불멸성보다 더 끔찍한 게 무엇이 있겠는가! 우리의 삶이 영원히 지속되고 반복되고 연장된다고 상상해 보라.

우리는 금방 모든 것에 싫증을 느끼게 될 것이다. 모든 게 시들하고 권태롭고 짜증스러울 것이다.

시간의 의미는 사라지고 희망도 한계도 두려움도 사라질 것이다.

어느 하루도 특별한 의미를 지니지 못한 채 하루하루가 기계적으로 반복될 것이다. 능력 있는 통치자들은 영원한 지배자가 될지도 모르고, 절대로 늙지 않을 권력자들 때문에 모든 자유가 억압될지도 모른다. 자기 삶을 끝낼 자유조차 사라질지 누가 알겠는가.

불멸은 죽음보다 천 배나 더 나쁘다.

우리 육신이 늙는다는 것, 지상에서 우리가 보낼 시간이 제한되어 있다는 것, 우리의 카르마가 혁신된다는 것, 우리가 받는 새로운 삶들이 저마다 경이와 실망, 기쁨과 슬픔, 관대함과 쩨쩨함으로 교직되어 있다는 것, 그것은 정말 행복한 일이다.

우리의 삶에 죽음은 꼭 있어야 할 요소다. 다행히 언젠가는 우리에게 죽음이 찾아올 것이다. 그러니 우리는 진정으로 느긋할 수 있지 않은가!

『기초 강의용 영계 탐사의 역사』

289. 라울 라조르박의 영혼

가브리엘 대천사는 깨달은 이에 대한 예우를 갖추어서 라울 라조르박의 영혼을 맞아들였다.

그가 영혼의 상태를 간단히 확인하면서 말했다.

「이번엔, 잠깐 다녀가는 게 아니라 진짜 올라온 거군요.」

잠시 의견을 나눈 뒤에, 심판 대천사들은 깨달은 이에게는 다음 삶을 위한 심판이 필요 없다는 것을 알려 주었다. 그런 이들의 영혼은 이미 모든 것을 다 알고 있기 때문에 내생을 결정하는 절차가 다르다는 거였다.

라파엘 대천사가 라울의 삶에 대한 간략한 설명을 들려주었다.

「당신은 전생들을 살면서 선업을 많이 쌓았기 때문에 등에 도끼를 맞고 그렇게 빨리 죽을 수 있었던 거예요. 그 선업 덕분에 당신이 원하는 지식을 모두 얻을 수 있었고 깨달은 이까지 될 수 있었지요. 하지만 아직 순수한 정령이 될 때는 오지 않았어요. 당신은 오만함 때문에 너무 많은 죄를 지었고, 음주벽에 빠졌고, 복수심을 품었어요. 그래도 당신이 깨달은 이라는 점과 그런 수준에 오를 수 있었던 능력을 생각해서 관습에 따라 우리의 심판권을 포기하는 거예요. 따라서 당신 스스로 다음 환생을 결정해야 해요.」

라울은 대천사들에게 깊은 감사를 표했다. 그는 환생 순환을 끝내는 데 필요한 6백 점을 얻을 수 있었음에도 오만함 때문에 그것을 그르친 최초의 영혼이었다.

「나는 나무로 환생하고 싶어요.」

라울의 영혼이 자기 뜻을 알렸다.

「무엇으로 환생하겠다고요?」

가브리엘 대천사가 깜짝 놀라며 되물었다.

「나무로요.」

라울이 단호하게 되풀이했다.

미가엘 대천사가 마음을 바꾸도록 그를 설득하려고 했다.

「다시 생각해 보세요. 정신은 광물에서 식물, 식물에서 동물, 동물에서 인간으로 진보해 간다는 것을 잘 아시면서 그래요. 당신이 말하는 그런 종류의 역행은 지독한 악인에게나 어울리는 거예요. 나무는 당신에게 합당치 않아요.」

「그럴지도 모르지요. 하지만 나는 너무 지쳐 있어요. 나 나름대로 냉정히 생각해서 그런 역행을 허용해 달라고 부탁하는 겁니다. 나는 인간 세계의 소란스러움에 싫증을 느껴요. 동물도 너무 많이 움직여서 싫어요. 나는 식물의 고요함으로 돌아가고 싶어요. 나에게는 그것이 역행이 아니라 평온을 되찾는 일이에요.」

「당신의 뜻이 정 그렇다면 어쩔 수 없지요. 어차피 당신의 내생은 당신이 결정하는 거니까요.」

가브리엘 대천사가 한숨을 쉬었다.

라울의 영혼이 활기를 띠며 말했다.

「좋아요. 그렇게 결정하겠습니다. 그럼, 어떤 나무가 좋은지 나한테 권할 만한 것이 있으면 보여 주세요. 세상 어딘가에는 같은 종의 꽃 암술머리에 옮겨 붙고 있는 데이지의 수꽃술 꽃가루들처럼 한창 꽃가루받이를 벌이고 있는 식물들이 있겠지요. 어떤 씨앗이나 덩이줄기나 비닐 줄기에 나를 들여보내 주세요. 나는 흙을 뚫고 나가서 고요하고 깨끗한 한 생애를 시작하렵니다. 평온한 삶, 마침내 평온한 삶을 누릴 수 있겠군요.」

묵묵히 듣고 있던 라파엘 대천사가 말했다.

「하지만 식물의 삶이라고 다 평온한 것은 아니에요. 바람이 식물들을 후려치고 벌레가 갉아먹고 동물과 사람이 무심코 짓이겨 버리지요.」

「알아요. 그래도 식물은 신경 조직이 없기 때문에 고통을 느끼지 않아요.」

육익 천사 하나가 식물들이 사랑하는 모습을 담은 몇 가지 영상을 보여 주었다. 아주 시적(詩的)인 모습이었다. 라울은 대천사들과 함께 그 영상들을 찬찬히 검토하였다.

「아, 저길 봐요!」

미가엘 대천사가 외쳤다.

「맛있는 백포도주를 만드는 데 쓰이는 소테론산(産) 포도나무예요. 지금 한창 프랑스의 샤토 이캉이라는 포도원에서 꽃가루받이를 벌이고 있는 중이에요. 그 포도원은 포도 맛이 좋기로 유명한 훌륭한 농원이지요. 저 나무는 볕도 잘 들고 습기도 충분한 곳에서 자라고 있어요. 포도 재배자들도 정성을 다해 돌봐 주고요. 그곳에서라면 어린 포도 묘목이 되는 것도 괜찮을지 몰라요.」

라울은 곧 자기의 부모가 될 포도나무를 감동 어린 표정으로 바라보았다. 그 나무는 조금 비틀리긴 했지만 아주 착해 보였다.

결국 라울의 다음 환생은 포도나무로 결정되었다.

290. 힌두교 철학

누구에게나 〈생애 장부〉라는 것이 있다. 근동 사람들은 그것을 〈아카슈 문서〉라고 부른다. 그 장부에는 각자가 전생에서 했던 행위와 말이 기록되어 있고, 업고에서 벗어나기 위해 그가 치러야 할 내생이 기록되어 있다. 영혼은 여러 가지 내생 중에서 자기가 먼저 시작하고 싶은 것을 선택할 수 있다. 예컨대 가장 나중에 살았던 전생에서 지은 빚을 갚기 전에 17세기에 살면서 지은 빚을 먼저 갚을 수도 있는 것이다. 또한 최근의 환생에서 겪은 불행은 그 이전의 삶에서 받은 행복의 대가일 수도 있다.

프랑시스 라조르박의 논문, 「죽음에 관한 한 연구」에서 발췌

291. 경찰 기록

관계 부서에 보내는 보고
이제 때가 되지 않았습니까?

관계 부서의 회신
귀측의 판단이 옳았습니다. 개입할 때가 되었습니다.

292. 연쇄 반응

새벽 2시 11분, 암내 내는 암고양이 한 마리가 보도 위에서 암상궂게 울고 있다. 고양이 울음소리에 성이 난 불면증 환자가 욕설을 내뱉으며 창문을 열더니 고양이 쪽으로 끌신 하나를 내던진다. 끌신은 과녁에 맞지 않고 지나가던 자동차의 앞 유리창에 떨어진다. 운전자가 급제동을 건다. 고양이는 길을 건너 달아났고, 앞차가 급정거하는 바람에 뒤따르던 자동차는 미처 제동을 걸 사이도 없이 앞차와 충돌했다.

그 충격 때문에 앞차의 기름 탱크에서 기름이 샌다. 두 운전자가 차에서 내린다. 두 사람이 조서(調書)와 보험 문제로 입씨름을 벌이는 동안 행인 하나가 버린 불붙은 꽁초가 기름 웅덩이 속에 떨어진다. 기름에 불이 붙고 두 자동차가 폭발한다. 불붙은 흙받기가 튀어 올라갔다가 문제의 암고양이가 숨어 있던 쓰레기통에 되떨어진다.

질겁한 암고양이가 벽 쪽으로 쏜살같이 내닫는다. 그 서슬이 지나는 길에 놓여 있던 통조림 깡통이 고양이 발에 채이고, 그 깡통 안에 웅크리고 있던 커다란 쥐 한 마리가 화들짝 놀라며 공터 쪽으로 줄행랑을 놓는다.

공터에서는 건장한 두 젊은이가 가로등 불빛을 받으며 농구를 하고 있다. 그중 한 사람이 쥐를 발견하고는 소스라치게 놀라서 농구공을 담 위로 멀리 날려 버렸다. 대단히 빠른 속도로 솟구치던 농구공이 어떤 집의 유리창에 부딪쳤다가 튕겨 나온다. 그 집 안주인은 남편과 전화 통화를 하고 있다가, 유리창이 깨지는 소리에 놀라 새된 비명을 지른다. 한편, 그 남편의 직업은 항공 관제사이다. 그는 통화를 하던 중이었다. 수화기에서 겁에 질린 아내의 비명이 터져 나오자, 그는 엉겁결에 어떤 기어 장치를 눌러 버렸다.

그 기어 장치는 공교롭게도 공항 쪽으로 다가오는 노선 여객기에 착륙 활주로를 기준으로 한 정확한 위치를 가르쳐 주는 장치였다.

293. 표면과 이면

내 손목시계로 새벽 2시 13분. 나는 모든 것을 다 이야기했다.

아, 아니다! 내가 기록해 놓은 것을 검토해 보니 한 가지 빠뜨린 게 있다. 원과 그 원의 중심점을 펜을 떼지 않고 그리는 법을 이야기하지 않았다.

해답의 실마리는 종이의 한 귀퉁이를 접는 데에 있다. 그런 다음, 접힌 귀퉁이의 가장자리와 표면이 만나는 경계선에 점을 찍되, 표면과 이면에 걸쳐서 커다란 점을 찍는다. 그 점에서 출발하여 접힌 귀퉁이 위에 반원을 그려 나가다가 귀퉁이의 가장자리와 표면이 만나는 경계선에서 멈춘다. 그러고 나서 접힌 부분을 펴고 표면에 이미 나타나 있는 점을 중심점으로 삼아 그 둘레에 원을 그리면 된다.

이면이 표면을 도움으로써 펜을 들지 않고 원과 그 원의 중심점을 그릴 수 있는 것이다.

그렇듯, 우리는 또 다른 차원을 넘나듦으로써 언뜻 보기에 불가능한 일을 가능한 일로 만들 수 있는 것이다.

라울이 옳았다. 어떤 문제들을 해결하기 위해서는, 우리가 무슨 일이든 할 수 있는 또 다른 세계를 상정하고 우리가 그 세계에 들어갈 수 있다는 것을 받아들여야 한다. 그것은 신비주의하고는 다르며, 오히려 모든 신비주의를 넘어서는 것이다. 자기의 정신을 넓히는 것, 정신의 자유를 마음껏 구가하는 것, 바로 그것이다.

막심 빌랭이 말한 것처럼, 작가는 자기의 목표를 〈더 멀리 꿈꾸게 하는 것〉에 두어야 한다. 종이의 이면을 꿈꾸게 하는 것, 죽음의 이면을 꿈꾸게 하는 것, 그런 것이 작가의 유일한 목표가 되어야 한다. 문학에서는 모든 일이 가능하다. 우리는 당연히 그 점을 활용해야 한다.

나는 단지 글을 쓰거나 읽는 것만으로도 다른 차원 속으로 들어갈 수 있다는 것을 이따금 느끼곤 한다.

나는 이제 줄곧 나를 따라다니던 물음들, 즉 〈나는 어디에서 왔는가?〉, 〈나는 누구인가?〉, 〈나는 어디로 가는가?〉에 어느 정도는 답할 수 있을 것 같다.

나는 지금 여기에 살고 있는 한 인간이다. 무엇을 위해 사는가? 나는 영계를 발견하는 일에 참여하기 위해 살고 있다. 인간의 생각이 무한한 능력을 가지고 있다는 것을 알고 있다. 인간의 생각은 날기도 하고 물질을 통과하기도 한다. 또 책 속에 저장되기도 하고, 모든 것을 만들고 바꿀 수 있으며, 모든 것을 죽일 수도 있다. 나는 시간, 공간, 지식, 아름다움 등 모든 것이 내부에 있음을 안다. 만물은 중심에 있다. 외부에는 그저 반영(反影)이 있을 뿐이다.

나는 내가 〈집행 유예 상태에 있는 시체〉일 뿐임을 안다.

나는 모든 것을 다 이야기했다. 모든 것을 기록했으니, 나는 이제 모든 것을 잊어도 된다.

천사들에게 감사한다. 그들은 내가 영계 탐사에 관한 이야기를 할 수 있도록 시간을 주었다.

그러나 이것을 출판해야 하나? 이것은 인류에게 선이 될 것인가, 악이 될 것인가?

동전을 던져 하늘의 뜻을 묻기로 하자. 동전을 던지는 행위는 이면과 표면에 대한 끊임없는 반성이다. 숫자가 새겨진 뒷면이 나오면 출판하기로 하고, 앞면이 나오면 출판하지 않기로 한다.

뒷면이다.

내 책에 마지막으로 한 문장을 추가해야겠다! 〈마지막 순간까지 나는 그들이 이 책을 쓰지 못하게 할까 봐 저어하였…….〉

294. 신문 기사
영계 탐사의 개척자들 사망하다

영계 탐사의 문을 연 주요 개척자들, 즉 미카엘 팽송, 아망딘 발뤼스, 로즈 팽송이 오늘 새벽 돌연한 사고로 사망했다. 사고가 벌어진 상황은 한마디로 불가사의하였다. 보잉 787 여객기가 느닷없이 그들의 타나토드롬을 덮쳤던 것이다. 사고는 일단 항공 관제사의 실수로 빚어진 인재(人災)로 추정되고 있다. 현재 전문가들은 사고 원인을 더 정확하게 알기 위하여 건물의 잔해 속에서 여객기의 블랙박스를 찾고 있다.

경찰 조사에 따르면, 그들은 모두 그 자리에서 숨졌으며, 미카엘 팽송은 서재에서 글을 쓰고 있다가 죽음을 맞았다고 한다. 그의 원고가 모두 재로 변해 버렸기 때문에 영계 탐사의 개척자인 그가 무슨 메시지를 남기고 싶어 했는지는 아직 밝혀지지 않고 있다.

지금쯤 그들은 틀림없이 천국에 가 있을 것이다. 그 천국을 발견한 것은 바로 그들의 공로였다. 그들의 영혼에 평화가 있기를 빈다.

(프랑스 타나토노트들의 생애나 업적에 관한 특별호를 다음 주부터 발매할 예정이다.)

295. 힌두교 신화

힌두교의 한 유구한 전설에 따르면, 사람들이 모두 신이었던 시절이 있었다고 한다. 그런데 사람들이 신의 권능을 너무 그릇되게 사용했기 때문에 최고신인 브라마가 그들에게서 신의 능력을 빼앗아 버리고 그 능력을 인간들이 찾아내지 못할 만한 곳에 감추어 두기로 결심했다. 그러나 막상 마땅한 장소를 찾으려 하니 그게 그리 쉬운 일이 아니었다.

그 문제를 해결하기 위해 회의가 열리고, 회의에 참석한 군소 신들이 여러 가지 의견을 내놓았다.

「사람들이 지닌 신성(神性)을 땅에 묻어 버리는 건 어떨까요?」

브라마가 대답하되,

「사람들이 땅을 파고 그것을 찾아낼 터이니 그것으로는 안 될 거야.」

그러자 군소 신들이 다른 안을 내놓았다.

「그러면 그 신성을 바다 밑바닥에 던져 버립시다.」
브라마가 다시 대답하되,
「조만간 인간들은 바닷속을 탐사하게 될 것이고, 그러면 언젠가는 그것을 찾아내어 수면 위로 건져 올리고 말 거야.」
군소 신들은 결국 이렇게 결론을 내렸다.
「땅이건 바닷속이건 언젠가는 인간들이 도달하지 못할 장소가 없는 듯하니 인간의 신성을 어디에 감추어야 할지 모르겠습니다.」
브라마는 곰곰이 생각하다가 마침내 결정을 내렸다.
「인간이 지닌 신성을 어떻게 처리할지 그 방도를 말하마. 그것을 인간들 자신의 가장 깊숙한 곳에 감추기로 하자. 그곳은 신성이 감추어져 있을 거라고 도저히 생각하지 못할 유일한 곳이니라.」
전설에 따르면 그 후로 사람들은 신성을 찾아서 세계를 온통 뒤지고 다녔다고 한다. 사람들은 산에도 올라가고 물에도 들어가고 땅도 파보면서 구석구석을 뒤지고 다녔으면서도 정작 자기들 내부에 있는 것을 찾아내지 못했다.
프랑시스 라조르박의 논문, 「죽음에 관한 한 연구」에서 발췌

296. 역사 교과서

연습 문제

대학 입시에 대비하여 영계 탐사에 관한 여러분의 지식을 테스트하기 위한 예상 문제입니다. 시간을 정확

히 재어 가면서 다음 각 문항에 대해 5분 이내에 대답할 수 있는지 스스로 점검해 보시기 바랍니다.

1. 영계 비행에 성공한 것으로 공인받은 최초의 타나토노트는 누구입니까?
2. 미국 철학자 우디 앨런의 유명한 말을 인용하시오.
3. 영계에는 코마 장벽이 몇 군데 있습니까?
(주의! 천계가 아니라 장벽을 묻는 것임.)
4. 영혼을 육체로부터 분리시킬 수 있는 방법 가운데 주요한 것 세 가지를 열거하시오.
5. 타키온이란 무엇입니까?
6. 두 번째 코마 장벽을 가장 먼저 넘은 타나토노트는 누구입니까?
7. 파리의 타나토드롬은 구체적으로 파리의 어느 곳에 세워졌습니까?
8. 영혼은 무엇을 발하며 영계 비행을 추적할 수 있게 해줍니까?
9. 천국은 어디에 있습니까?
10. 프레디 메예르가 영계 비행에 기여한 것은 무엇입니까?
11. 천국 전투는 언제 일어났습니까?
12. 우리의 운명을 결정하는 세 심판 대천사의 기독교식 이름은 무엇입니까?
13. 육체를 벗어나기 위한 명상은 어떤 방법으로 합니까?
14. 스테파니아 키켈리가 반란을 일으킨 이유는 무엇입니까?

15. 영계 비행을 할 때 영혼의 은빛 생명줄을 지키는 방법은 무엇입니까?
16. 무지한 자들의 영혼은 어떻게 됩니까?
17. 현자들의 영혼은 어떻게 됩니까?

『대학 입시 대비 영계 탐사의 역사』

297. 경찰 기록

관계 부서에 보내는 보고
명령만 내리십시오. 만반의 준비가 되어 있습니다.

관계 부서의 회신
작전 개시!

298. 망각의 시간

나는 나의 벗들과 함께 다시 천국을 향해 날아간다. 이번엔 우리의 생명줄이 잘려 있다. 이것이 현생의 마지막 비행이 될 것이다.

로즈와 아망딘과 나는 뷔트 쇼몽 타나토드롬의 아파트에서 죽었다. 느닷없이 타나토드롬을 덮쳐 버린 보잉 여객기에 희생된 것이다. 빌랭은 자기 집에서 세탁기 모서리에 되우 부딪쳐서 쓰러졌다. 우리는 똑같은 순간에 이륙했다. 기계 장치도, 비행복도, 이륙용 의자도 없이, 스위치를 누르지 않고, 〈여섯⋯⋯ 다섯⋯⋯ 넷⋯⋯ 셋⋯⋯ 둘⋯⋯ 하나, 발진〉하고 초를 헤아리지도 않고.

우리는 이제 타나토노트가 아니라 진짜 죽은 사람이다. 그래도 이렇게 다 같이 최후의 비행을 할 수 있어서 다행이다.

우리는 전속력으로 태양계와 그 외곽을 지나, 은하계의 중심을 향해 나아간다.

우리는 이제 저승의 문턱을 넘는 일에 두려움을 느끼지 않는다. 영계에 들어서면 내 집같이 편안하다. 우리는 트루빌이나 팔라마 레 플로에 소풍을 가듯이 영계를 자주 드나들었던 것이다.

해골 가면을 쓴 하얀 새틴 옷의 여인을 만나도 나는 그저 덤덤하여, 그녀의 텅 빈 눈구멍과 쩍 벌어진 입을 두려워하지 않게 된 것은 이미 오래전 일이다.

우리는 영계의 모든 구역을 차례로 지나간다. 청색계, 암흑계, 적색계, 주황색계, 황색계, 녹색계, 백색계. 우리는 다른 영혼들보다 훨씬 더 빨리 나아가고 있다. 아마도 저 높은 곳에서 우리를 급히 보고 싶어 하는 모양이다. 우리는 타나토노트였을 때처럼 빠르게 사자들의 행렬 속으로 들어갔다.

빛의 산이 곧 모습을 드러낸다. 우리 생각이 틀리지 않았다. 대천사들이 거기에서 우리를 기다리고 있다.

그들은 우리와 긴한 이야기를 나누려는 듯, 영혼 행렬의 흐름을 잠시 중단시킨다. 성미 급한 영혼들이 항의를 하는데도 아랑곳하지 않는다.

성 베드로가 우리를 보고 딱하다는 표정을 짓는다. 여느 때처럼 그가 일의 자초지종을 설명한다.

「아주 오랜 옛날부터 영계를 탐사하고 싶어 하는 타나토노트들은 어느 시대에나 있었어요. 천사들은 그 희귀한 방문객들을 친절하게 맞아들이고 그들에게 기꺼이 천국의 비밀을 털어놓았어요. 지상으로 돌아간 뒤에 그들 가운데 어떤 사람들은 다른 사람들에게 그 〈계시〉를 전달하고 싶어 했지요. 아브라함, 예수, 석가모니, 마호메트와 그 밖의 많은 사람들이 자기들이 보고 들은 것을 증언했어요. 그렇게 해서 『성서』, 『바르도 토돌』, 『복음서』, 『코란』, 『도덕경(道德經)』들과 같은 세계의 모든 경전들이 나오게 된 겁니다.

 천사들은 그들을 〈깨달은 이〉들이라고 불렀고, 그들은 천사들의 믿음을 저버리지 않았어요. 그들은 자기들의 지식을 활용해서 인류를 진보시키고, 개선시키고, 순수한 정령의 상태로 더 빨리 나아가게 하려고 노력했지요. 그럼으로써 깨달은 이들은 이승과 천국에 똑같이 공헌했어요.

 그러면서도 그들은 자기들의 〈계시〉를 신비의 너울과 알 듯 말 듯 한 상징으로 감쌌고, 신화와 전설의 외피 속에 감추었어요.

 그런데 당신들은 어떻게 했지요? 당신들은 비밀을 폭로하고 신의를 저버렸어요. 또 인류를 그릇된 길로 이끌고 지상에 혼란의 씨를 뿌렸어요.

 천사들은 깨달은 이들에게 언제나 상냥하게 대했어요. 당신들이 오기 전까지는 그들이 모두 현자들이었기 때문이지요. 그러나 당신들은 지각이 없었어요. 당신들은 삶과 죽음의 모든 의미를 배워 가서, 그것을 함부로 퍼뜨렸어요. 당신들은 아무에게나 당신들을 따라오라고 권했고, 신비가 신비로 남아 있어야 하고 비밀이 비밀로 남아 있어야 하는 이곳에 관광객들을 마구 끌어들였어요.」

가브리엘 대천사도 성난 어조로 우리가 저지른 일을 나열한다. 천국을 서로 차지하려고 싸웠던 일, 영계에 광고 게시판을 내건 일,「어떤 영혼과의 대화」를 대대적으로 출판한 일, 카르모그라프의 대유행……. 야, 그 엄청난 무질서라니! 사정이 그러했으니 천사들이 우리의 어리석은 행동을 끝장낼 때라고 판단한 것이리라.

「좋아요. 우리가 지상에 다시 내려가서 우리가 저지른 모든 잘못을 바로잡겠어요.」

로즈가 말문을 연다.

「이제 그럴 필요가 없어요. 당신들은 이승에서 더 이상 할 일이 없어요. 오랫동안 망설이다가 우리는 마침내 〈천사들의 경찰〉을 개입시키기로 결정했어요. 지금 어떤 일이 벌어지고 있는지 보세요.」

사탄이 씁쓸하게 웃으며 말한다.

육익 천사 하나가 영상이 담긴 거품들을 뿜어낸다. 공식, 비공식의 크고 작은 타나토드롬들이 번갯불을 맞고 폭발한다. 이륙용 의자들이 산산이 부서지고, 영계 탐사 역사 교과서들은 종이 가루가 된다. 워싱턴의 스미스소니언 죽음 박물관과 어머니의 가게가 불길에 휩싸여 있다. 영계에 게시된 광고들이 흔적도 없이 사라진다. 지상에 태풍이 몰아치면서 영계 탐사와 관련된 것을 모조리 휩쓸어 가고 사람들의 뇌리에서 영계 탐사를 영원히 지워 버린다. 지난 삶에서 우리가 이룬 모든 일들이 무(無)의 상태로 돌아간다.

「당신들은 신들을 흉내 내려고 했어요. 그러나 인간은 인간들 자신의 방식으로 진리를 깨달아야 해요. 하늘의 지식은 땅의 지식이 될 수 없어요.」

가브리엘 대천사가 성을 불끈 내며 우리를 나무란다.

「라울을 먼저 죽인 것은 그 때문인가요?」

내게 문득 의문 하나가 떠오른다.

「그래요. 당신들 가운데서 그가 가장 먼저 시작했고 가장 위험했어요.」

「어둠이 지배해야 할 곳에 빛을 비추려는 당신들의 그 광적인 집착 때문에 당신들을 좀 더 내버려 두었다면 환생의 길에 가로등과 창녀가 등장했을지도 몰라요.」

매력적인 육익 천사까지 화를 낸다.

「우리는 그저 평범한 사람들일 뿐이에요. 모든 사람들이 실수를 하듯이 우리도 실수를 저지른 거예요.」

우리 입장을 설명하고 싶은데, 내 목소리에 힘이 실리지 않는다.

「그렇지 않아요. 당신들은 깨달은 이들이에요. 그런데 삶의 의미에 대한 깨달음을 침묵 속에서 향유하려 하지 않고 마구 떠벌렸어요. 그럼으로써 삶의 동력이나 다름없는 호기심, 즉 새로운 것을 배우고 진리의 길로 나아가려는 욕구를 없애 버렸어요.」

미가엘 대천사가 성을 냈다.

「하지만 라울은 바로 그런 삶의 동력을 찾고 싶어 했어요.」

「물론 그런 욕구가 있었으니까 깨달은 이가 되었겠지요. 하지만 우리의 지식을 더럽히는 건 용서할 수 없어요. 당신들이 오기 전에도 많은 사람들이 여기를 다녀갔어요. 그중에는 아주 이단적인 신비파 교단에 속한 사람들도 있었어요. 그래도 그들은 누구나 자기들이 침묵을 지켜야 한다는 것과 말을 하더라도 비유로써만 표현해야 한다는 것을 깨닫고 있었어요. 그런데 당신들은 오만한 생각에 사로잡혀서 영계에 관한 지식을 대중화하려 했고, 그러다가 결국 모든 것을 망쳐 놓은 거예요.」

대천사들이 우리의 잘못을 다시 열거하기 시작한다.

「당신들은 영계 지도를 만들어 팔았어요.」

「당신들은 영계 관광 안내서를 출판했어요.」

「당신들은 사람들을 천국으로 보내는 기계를 만들어 냈어요.」

「당신들은 우리 이야기를 아무에게나 누설했어요.」

「당신들은 자살을 부추겨서 수많은 영혼을 떠돌이 넋으로 만들었어요.」

「당신들은 우리를 두려워하지 않았어요.」

「당신들은 우리를 존경하지 않았어요.」

「당신들은 우리를 주인으로가 아니라 종으로 여겼어요.」

심판을 기다리고 있는 영혼들이 무슨 일인지 알고 싶어 안달을 한다. 그들이 이곳에 온 이후로 천사들이 냉정을 잃고 가엾은 영혼들에게 그토록 화를 내는 모습은 처음 보았기 때문이리라.

「배신자, 당신들은 배신자들이나 다름없어요.」

「좋습니다. 그렇다면 왜 우리가 그렇게 하도록 내버려 두셨지요?」

천사들이 우리를 꾸짖기 시작할 때부터 한 가지 의문이 계속 마음을 어지럽히고 있었다. 나는 천사들의 말을 막고 그 질문을 던졌다.

 몇몇 천사들이 냉소적인 표정을 짓는다. 그들이 어쩌면 우리 일에 개입했던 〈천사들의 경찰〉들일지도 모른다. 그들은 분명히 처음부터 우리를 제거하고 싶었을 것이다. 우리에게 일을 계속하도록 허용한 것은 다른 천사들일 것이다. 지금 우리에게 화를 내고 있는 이들이 바로 우리를 믿고 지지해 준 천사들인지도 모른다.

 가브리엘 대천사가 난처한 기색을 보인다.

 「우리는 당신들이 어디까지 가려 하는지 알고 싶었어요.」

 「우리도 가끔은 사람들에 대해 호기심을 느껴요. 사람들 가운데는 이따금 아주 특이한 정신을 지닌 자들이 있더군요. 라울의 아버지도 그런 사람이지요. 그 사람을 놓고 우리끼리 의견을 나눈 적이 있었어요. 〈죽음에 관한 한 연구〉라는 논문이 도를 지나쳤더군요. 그것이 출판되면 너무 많은 비밀이 폭로될 것 같았지요.」

 미가엘 대천사가 열없는 표정을 지으며 덧붙인다.

 「그 뒤에 라울이 아버지의 일을 계승했을 때, 우리는 영계 탐사를 하나의 스포츠처럼 여기는 타나토노트들을 어떻게 처리할까 하고 부심했어요. 우리의 의견은 둘로 갈렸어요. 나처럼 호기심 많은 천사들은 당연히 그대로 두자는 쪽이었고, 〈천사들의 경찰〉을 비롯한 반대파들은 영계 탐사의 위험성을 계속 경고했어요. 하지만 기다리면서 지켜보자는 쪽이 다수였지요. 우리는 우리의 경찰인 지상의 천사들에게 성급하게 굴지 말라고 충고했어요. 우리는 영계 탐사가 스스로 자멸의 길을 걷게 되리라고 생각했지요. 집념이 여간 강한 사람들이 아니고서는 그토록 위험한 실험을 계속할 수 없으리라고 쉽게 생각했던 거지요. 하지만 당신들은 보통내기가 아니었어요. 끝내는 여기까지 들어와서 깨달은 이들의 반열에까지 올랐지요. 문제는 그다음부터였어요. 당신들의 행동은 너무 도가 지나쳤어요. 세상에! 그 영계 여행사들을 생각해 봐요……. 천사들이 아무리 착하다 해도 관광객들이 그렇게 마구잡이로 자기들의 세계를 침입해 오는 것을 더 이상 용인할 수 없었어요. 어중이떠중이가 다 〈나는 모든 것을 안다〉고 주장하는 것도 더 이상 참을 수 없었지요. 당신들은 성경에 나오는 아담과 선악과의 비유적인 의미를 헤아렸어야 해요. 절대지에 도달하려고 해서는 안 돼요. 그저 그쪽을 향해 나아가기만 하는 거예요……」

「어쨌든 영계 탐사는 당신들과 더불어 종말을 맞았어요.」
라파엘 대천사가 단호하게 말했다.

「하지만 너무 늦었어요. 너무 많은 사람들이 우리의 책을 읽었어요. 카르마를 걱정하고 관리하는 일이 모든 사람의 습관 속에 깊이 배어 버렸어요.」

로즈가 탄식 어린 목소리로 반박했다.

「당신은 우리의 능력을 의심하는 죄를 다시 범하고 있어요. 지상의 모든 죄인을 물에 잠기게 한 노아의 대홍수를 알지요? 우리는 이미 그런 것을 지상에 내려보냈어요. 우리가 아까 영상을 보여 주었는데도, 모든 인간의 기억 속에 망각을 심는 것이 불가능하다고 생각하는 거예요?」

가브리엘 대천사가 어림없는 소리 말라는 듯 로즈의 말

을 중단시킨다.

「아무도 여러분의 행위를 기억하지 못할 것입니다. 여러분의 일은 네스 호(湖)의 괴물이나 히말라야의 설인(雪人)이나 버뮤다 삼각 지대처럼 아무도 그 진실성을 믿지 않는 희미한 전설이 될 것입니다. 어쩌면 영계 탐사 이야기를 담은 신화들이 생길지도 모릅니다. 하지만 영계 탐사가 실제로 존재했다고 믿는 사람은 아무도 없는 것입니다. 영계 탐사는 아주 감수성이 예민한 사람들의 깊은 내면에 아스라한 무의식으로만 남아 있을 겁니다.」

성 베드로가 강한 어조로 결론을 짓는다.

「스테파니아도 잊게 되나요?」

내 질문에 성 베드로가 계속 대답한다.

「스테파니아 역시 잊을 겁니다. 하지만 당신들과는 달리 그 여자는 용서를 받을 겁니다. 사람들이 다들 착하고 곰살갑게 사는 바람에 사탄이 더 이상 할 일이 없을 때에 그의 일을 이어 가려고 했기 때문입니다.」

사탄이 흡족한 얼굴로 고개를 끄덕인다.

아이를 두고 온 어머니들이 고민을 털어놓는다.

「그럼 프레디 2세는요?」

「그리고 팽프러넬은요?」

「그 아이들 역시 잊을 겁니다. 그들에 대해서는 더 이상 걱정할 게 없습니다. 부모들의 죄 때문에 아이들이 벌을 받지는 않을 겁니다.」

299. 메소포타미아 신화

여섯 낮 일곱 밤이 지났다.
큰불을 낸 사나운 비바람은 여전히 몰아쳤고
남쪽에서 오는 폭풍이 온 나라를 뒤덮고 있었다.
일곱째 날
군대가 지나가듯
모든 걸 닥치는 대로 휩쓸어 간 비바람이
차츰 수그러들었다.
바다가 고요해지고
바람이 가라앉았다.
큰물 흐르는 소리가 잠잠해졌다.
하늘을 올려다보니 정적만이 감돌았다.
나는 흙으로 되돌아간 사람들을 보았다.
잔잔한 물속에 지붕이 잠겨 있었다.
나는 자그마한 천창을 열었다.
얼굴에 빛이 쏟아져 들어왔다.
나는 무릎을 꿇고 울음을 터뜨렸다.
드디어 모든 게 끝나 있었다.

『우타 나미슈팀[52] 서사시』

프랑시스 라조르박의 논문, 「죽음에 관한 한 연구」에서 발췌

300. 유대교 신화

카발라에 따르면, 태아는 위대한 현인이다. 어머니 뱃

---

52 우타 나미슈팀은 수메르의 신화에 나오는 영웅으로 구약 성서 「창세기」에 나오는 노아와 비슷하다.

속에서 그는 이미 세계의 모든 비밀을 알고 있다. 그러나 그가 세상에 나오기 직전에 천사 하나가 내려와 그가 비밀을 발설하지 못하도록 단속을 한다. 천사는 태아의 입 위에 손가락을 대고 〈쉬〉 하고 말한다. 그럼으로써 태아는 모든 것을 잊는다. 〈위대한 비밀〉을 어렴풋하게나마 기억하고 있는 것은 그의 무의식뿐이다. 우리가 〈인중〉이라고 부르는 곳, 즉 코와 윗입술 사이에 오목하게 골이 진 곳은 바로 그 천사와 접촉했을 때 생긴 것이다.

프레디 메예르, 「연구 노트」
프랑시스 라조르박의 논문, 「죽음에 관한 한 연구」에서 발췌

301. 대단원

우리는 여전히 빛의 산 앞에 있다.

어떤 천사도 로즈와 아망딘과 빌랭과 나를 변호해 주려 하지 않는다. 천사들은 모두 차분한 빛을 발하고 있다. 자기들의 결정이 돌이킬 수 없는 것임을 나타내려는 것 같다.

「하지만 나중에, 수천 년쯤 되는 아주 오랜 세월이 흐른 뒤에, 다른 깨달은 이들이 이곳에 나타날 겁니다. 그때 가면 관광객 따위는 받아들이지 않을 테니까 그들은 진짜 깨달은 이들이 되겠지요. 우리는 그들에게 당신들의 모험에 관한 이야기를 들려줄 겁니다. 그러면 그들은 천천히, 아주 천천히 당신들의 행적을 더듬게 될 것입니다.」

가브리엘 대천사가 말을 잇는다.

실낱같은 위안이다! 언제인지는 알 수 없지만 누군가가

우리를 위해 『오디세우스』나 『성서』 같은 것을 써줄 것이다. 라울의 생각이 옳았다. 〈신화〉라는 이름으로 불리는 모든 것들은 그 안에 진리를 숨기고 있는 것이다.

「우리는 이제 어떻게 되죠?」

아망딘이 불안한 기색을 보이며 묻는다.

「당신들은 보통의 영혼들과 같은 길을 가게 돼요. 선업 점수 6백 점을 얻지 못한 다른 영혼들처럼, 당신들도 새로운 삶을 받을 것입니다. 물론 새로운 삶을 받고 태어나면 당신들은 전생에 대해서 아무것도 기억하지 못하게 됩니다.」

나는 내가 타나토노트였다는 사실을 잊고 싶지 않다. 나는 그 사실을 뇌리에 깊이 새겨 두려고 안간힘을 쓴다. 〈나는 타나토노트였다. 나는 타나토노트였어.〉 영계 탐사가 실제로 존재했고 내가 그 개척자 중의 한 사람이었다는 사실을 영혼 속에 아로새기면, 다음 생애에서 내 영혼이 그것을 기억해 낼지도 모른다.

「자, 앞으로 가시오!」

가브리엘 대천사의 명령이 떨어진다.

「당신들은 빛의 산 뒤에 무엇이 있는지 알고 싶어 했지요?」

그렇게 물으면서 그가 빙긋 웃는다.

「몇 걸음 더 가면 그것을 알게 될 겁니다.」

「천국의 가장 깊은 곳을 보여 주겠다는 건가요?」

로즈가 반색을 하며 묻는다.

「물론요. 당신들은 다시 지상에 내려가더라도, 당신들이 본 것을 더 이상 떠들고 다니지 못할 테니까요.」

아내가 몽유병 환자처럼 앞으로 나아간다. 그 마지막 순간에도 천문학자로서의 직업의식이 되살아난 듯, 아내는 호기심을 충족시키게 된 것이 마냥 행복하기만 한가 보다. 아내는 블랙홀 건너편에 무엇이 있는지를 알아보려고 거의 뛰다시피 해서 나아간다.

「당신 차례요, 미카엘.」

「심판을 거치지 않나요?」

「라울에게도 이미 설명했지만 깨달은 이들에겐 심판이 없어요. 하지만 우리를 믿어요. 당신의 영혼은 아주 젊어요. 당신은 인간의 삶을 153번밖에 경험하지 않았어요. 우리는 당신을 위해 좋은 환생을 마련해 두었어요.」

나는 로즈가 기다리고 있는 곳으로 다가간다. 로즈가 불안한 얼굴로 나를 바라보고 있다.

「우리 함께 바보들에 맞서 싸웁시다.」

내가 텔레파시를 발하자 로즈의 영혼이 내 품에 안겨 든다. 긴 입맞춤. 내 입술은 아무것도 느끼지 못하지만, 영혼이 짜릿한 감동을 받는다.

「그래요. 우리 함께 가요.」

아까 로즈가 하던 대로 나도 빛의 산을 넘는다. 보인다. 정말 놀라운 광경이다. 일곱 천계 어디에서도 본 적이 없는 엄청난 것이 있다.

문득 나는 모든 것을 깨닫는다. 우리의 생각은 얼마나 사실과 먼 것이었던가! 아무도 그것이 있으리라고 기대하지 못했던 것은 아주 당연하다. 터무니없다, 정말 터무니가 없다.

블랙홀 깊은 속, 그 속의 속, 다시 그 속의 속이 보인다. 그저 얼떨떨할 따름이다. 그것은 전혀 내가 생각하던 것이 아니다. 격한 감동으로 내 영혼이 전율한다.
 이제 나는 안다. 저승 건너편에 무엇이 있는지. 죽음 저쪽에 무엇이 있는지.
 거기에 있는 것은…….

역자의 말

 소설가는 어느 만큼의 상상력을 구사할 수 있을까? 작가는 한 편의 소설을 쓰기 위해 얼마나 많은 지식을 동원해야 할까? 소설은 얼마나 익살스러울 수 있을까? 또, 소설은 사람이 착하게 사는 데 어떤 도움을 줄 수 있을까?

 베르베르가 만들어 낸 새로운 세계에 푹 빠져 있는 지금, 그런 질문들이 줄곧 머릿속에서 떠나지 않습니다. 『개미』에서 현미경을 들고 경이로운 상상력을 구사했던 베르베르가 이번엔 천체 망원경을 들고 웅대한 정신의 자유를 구가합니다. 고대의 신화와 주요 종교의 경전이 현대 과학과 어우러지면서 신화인 듯도 하고 과학인 듯도 한 독특한 세계가 펼쳐집니다. 죽음을 다룬 책이니 어둡고 으스스하리라는 선입견과는 달리 분위기는 지나치다 싶을 정도로 명랑하고 익살이 넘칩니다. 그렇게 웃으며 배우며 정신없이 이야기를 따라가노라면 이번엔 베르베르가 짐짓 무게를 잡고, 〈너 어떻게 살래?〉 하고 묻습니다.

 문화란 인간이 죽음과 대결하는 양식이라고 정의하는 작

가를 본 적이 있습니다. 의식하든 의식하지 않든 사신(死神)은 우리의 모든 욕망과 행위에 그림자를 드리우고 있는 듯합니다. 비껴가고 외면하고 싶은 그 죽음의 문제에 우리의 악동 베르베르가 정면으로 도전했습니다. 그야말로 대담무쌍하고 패기만만한 베르베르입니다. 이 소설에 펼쳐진 정신의 자유로움을 만끽하시려면, 『장자(莊子)』〈소요유편〉첫머리에 나오는 붕새 이야기를 한 번쯤 떠올리면서 마음의 준비를 하시는 것도 좋을 듯합니다.

『타나토노트』의 작가 베르베르 대담기[1]

죽음에 대한 그런 특별한 관심은 무엇에 기인한 것인가?

묻고 있는 당신과 모든 독자들을 포함해서 우리 모두가 언젠가는 죽게 된다는 사실로부터 나온 것이다. 사회적, 경제적, 정치적으로 나름대로의 의미를 지니고 있던 하나의 시민이자 소비자이자 유권자였던 사람이 한 줌의 퇴비, 한 줌의 재가 되어 버린다는 것, 그것은 모든 인간의 공통분모이다. 따라서 우리가 그것에 관심을 갖는 것은 당연한 일이다.

소설의 주인공들이 겪은 것과 비슷한 경험을 한 적이 있는가?

없다. 그러나 내가 죽는 꿈을 자주 꾸었고, 언젠가 내가 죽으리라는 것을 확신하고 있다. 한번은 아주 뜨거운 물속에서 목욕을 하다가 비몽사몽간에 내 안에 있는 뭔

---

[1] 이 대담기는 프랑스 알뱅 미셸 출판사의 편집자가 베르나르 베르베르를 인터뷰한 내용이다.

가가 빠져나가려 하는 것을 느낀 적이 있다. 그것은 단지 느낌에 지나지 않는 것이었지만, 심한 두려움을 가졌던 게 사실이다.

『개미』는 픽션과 과학적 사실의 정교한 결합으로 이루어진 소설이다. 『타나토노트』도 그러한가?

그렇다.

다소 장기적인 안목으로 볼 때, 당신 소설의 근간이 되고 있는 그 실험이 현실로 나타날 수 있으리라고 생각하는가?

과학자들이 보기엔 불가능할 것이다. 현재로서는 〈신화적〉인 암시로 받아들여질 것이기 때문이다. 그러나 죽음은 신화적 현상인 동시에 과학적인 현상이다. 죽음은 우리 삶의 일부를 이룬다. 죽음은 살아 있는 존재에게 일어날 수 있는 가장 나쁜 일이다.

모든 것 안에 신이 있는가? 신이 저 위에서 우리를 기다리고 있다고 생각하는가?

신의 존재를 믿는다는 것과 믿지 않는다는 것은 둘 다 오만한 생각이다. 그런 생각들은 인간이 신에 대해 뭔가를 알고 있음을 암시하고 있다. 따라서 신이 존재하지 않는다고 말하는 것이나 신이 존재한다고 말하는 것은 똑같이 주제넘은 일이다. 우리는 신에 대해 아무것도 모른다. 우리의 무지를 인정해야 한다. 나는 굳이 말한다면 불가지론자라고 할 수 있다. 현재로서는 확실한 대답이 없다 할지라도 끊임없이 스스로에게 질문을 던져야 한다고 생각한다.

당신은 어떻게 죽기를 바라는가?

죽는다는 걸 모르고 무심코 죽기를 바란다. 그 대신에 죽음 다음에는 관에 들어가지 않고 바로 땅속에 묻히기를 원한다. 내 육신이 평생 나를 먹여 준 이 지구에 거름이 되도록 하기 위해서이다. 내 육신이 포도나무 한 그루를 키우는 비료가 되어, 죽은 다음일지라도 사람들이 즐겁게 취하는 데 이바지할 수 있기를 바란다.

옮긴이 **이세욱** 1962년에 태어나 서울대학교 불어교육과를 졸업하였으며, 현재 전문 번역가로 활동하고 있다. 옮긴 책으로 베르나르 베르베르의 『제3인류』(공역), 『웃음』, 『신』(공역), 『인간』, 『나무』, 『상대적이며 절대적인 지식의 백과사전』, 『베르나르 베르베르의 상상력 사전』(공역), 『뇌』, 『개미』, 『아버지들의 아버지』, 『천사들의 제국』, 『여행의 책』, 움베르토 에코의 『프라하의 묘지』, 『로아나 여왕의 신비한 불꽃』, 『세상의 바보들에게 웃으면서 화내는 방법』, 『세상 사람들에게 보내는 편지』(카를로 마리아 마르티니 공저), 장클로드 카리에르의 『바야돌리드 논쟁』, 미셸 우엘벡의 『소립자』, 미셸 투르니에의 『황금 구슬』, 카롤린 봉그랑의 『밑줄 긋는 남자』, 브램 스토커의 『드라큘라』, 파트리크 모디아노의 『우리 아빠는 엉뚱해』, 장자크 상페의 『속 깊은 이성 친구』, 에리크 오르세나의 『오래오래』, 『두 해 여름』, 마르셀 에메의 『벽으로 드나드는 남자』, 장크리스토프 그랑제의 『늑대의 제국』, 『검은 선』, 『미세레레』, 드니 게즈의 『머리털자리』 등이 있다.

타나토노트 2

발행일	1994년 9월 20일 초판 1쇄
	1999년 5월 20일 초판 15쇄
	2000년 9월 15일 2판 1쇄
	2012년 12월 30일 2판 58쇄
	2013년 5월 30일 3판 1쇄
	2025년 7월 25일 3판 18쇄

지은이 베르나르 베르베르
옮긴이 이세욱
발행인 홍예빈
발행처 주식회사 열린책들

경기도 파주시 문발로 253 파주출판도시
전화 031-955-4000 팩스 031-955-4004
홈페이지 www.openbooks.co.kr 이메일 literature@openbooks.co.kr

Copyright (C) 주식회사 열린책들, 1994, 2013, *Printed in Korea.*
ISBN 978-89-329-0321-7 04860
ISBN 978-89-329-0319-4 (세트)